모든 일은
결국 벌어진다

(상)

STEPHEN KING

EVERYTHING'S EVENTUAL

모든 일은 결국 벌어진다

스티븐 킹 단편집 (상)

조영학 옮김

황금가지

EVERYTHING'S EVENTUAL
: 14 Dark Tales
by Stephen King

Copyright © 2002 by Stephen King
All rights reserved.

Korean Translation Copyright © 2009, 2014 by Minumin

Korean translation edition is published by arrangement with
Stephen King c/o The Lotts Agency, Ltd. through Danny Hong Agency.

이 책의 한국어 판 저작권은 대니홍 에이전시를 통해
The Lotts Agency, Ltd.와 독점 계약한 ㈜민음인에 있습니다.
저작권법에 의해 한국 내에서 보호를 받는 저작물이므로 무단 전재와 무단 복제를 금합니다.

| 차례 |

서문　　　　　　　　　　　　　　　　　　　7

제4호 부검실　　　　　　　　　　　　　21

검은 정장의 악마　　　　　　　　　　　63

당신이 사랑하는 모든 것이 사라질 것이다　　103

잭 해밀턴의 죽음　　　　　　　　　　127

죽음의 방　　　　　　　　　　　　　　179

엘루리아의 어린 수녀들　　　　　　　221

모든 일은 결국 벌어진다　　　　　　　321

서문
(거의) 사라진 스타일 연습하기

 창작의 즐거움에 대해서는 이미 한두 번 말했기 때문에 이곳에서까지 재탕의 프라이팬을 가열할 생각은 없다. 내가 하고 싶은 얘기는 일종의 고백이다. 솔직히 나는 내 일의 사업적인 측면에 대해 아마추어적이면서도 다소 광적인 쾌감을 추구하는 편이다. 이것저것 조몰락거린다는 뜻인데 이를테면 매체를 이화수분하기도 하고 소설의 한계를 뛰어넘어보기도 하는 것이다. 과거 시각적 소설을 시도해 보기도 하고(『센트리스톰』), 시리즈 소설(『그린마일』)과 인터넷 시리즈 소설(『더 플래닛』)에 손을 대본 적도 있다. 물론 더 많은 돈을 벌기 위해서도 아니고 딱히 새로운 시장을 개척하자는 것도 아니었다. 그건 다양한 방식으로 글 쓰는 행동과 예술과 기술을 관찰함으로써 창작 과정을 새롭게 하고 그로 인한 결과물을(요컨대 이야기들을) 가능한 한 밝게 가져가기 위한 것이었다.

나는 윗줄에서 '이야기를 새롭게 만드는 데' 대해 쓰려고 했다가, 좀 더 솔직해야겠다는 생각에 그 문구를 삭제했다. 요컨대 이런 것이다. 신사숙녀 여러분, 내 말 좀 들어보소, 하는 식으로 이렇게 사람들을 불러 모은들, 이제 와서 나 말고 또 누구를 속일 수 있단 말인가? 난 스물한 살의 나이에 첫 이야기를 팔아치웠다. 대학 3학년 때였다. 그리고 이제 내 나이는 쉰넷이 되었고, 이 레드삭스 모자를 씌운 1킬로그램짜리 유기체 컴퓨터 겸 워드프로세스를 이용해 지금껏 수없이 많은 언어를 희롱했다. 이야기를 만들어내는 행동이 익숙한 습관이 된 것도 오랜 세월이라는 말이다. 이 일의 매력이 시들었다거나 하는 말은 아니지만, 아무튼 늘 새롭고 흥미로운 방법을 찾아낼 수 없다면 결국 순식간에 늙고 피곤해질 수밖에 없으리라. 그런 건 싫다. 내 잡동사니들을 읽는 사람들을(그건 애독자 여러분이 될 수도 있다) 속이고 싶지 않기 때문이다. 아니, 나를 속이는 것도 싫다. 요컨대 우리 모두가 그 행위에 얽혀 있는 셈이다. 우리는 데이트 중이며, 때문에 즐거워야 하고 또 함께 춤을 출 수도 있어야 한다.

일단 그걸 염두에 둔다면 여기 또 다른 얘기를 꺼내야겠다. 알다시피, 내 아내와 나는 라디오 방송국 두 곳을 소유하고 있다. 스포츠 채널인 WZON-AM, 그리고 클래식 록을 전문으로 하는 WKIT-FM이다(우리는 이 FM 방송국을 '뱅고의 록'이라고 부른다). 요즘 라디오는 운영이 어렵다. 특히 뱅고 시장의 경우가 더욱 심한데 방송국은 미어터졌고 청중은 손가락으로 꼽을 정도이기 때문이다. 우리는 러시 림보, 폴 하비, 케이시 카셈 등에게 진행을 맡기고, 모던 컨트리, 클래식 컨트리, 옛 노래, 과거 애창곡 등을 틀어준다. 스티브와 태비 킹 방송국들은 몇 년째 적자에 허덕이고 있다. 죽을 만큼은 아니지만 괴로울 정도의 적자는 분명하다. 난 승자이고 싶다. 아비트론(미디어전문조사업체. TV를 전문으로 하는 닐슨과 달리 라디오를 주로 다룬다. — 옮긴이) 차트에서 이겨야 하지만, 연말만 되면 우린 늘 바닥을 기고 있다. 그것이 의미하는 바는 뻔했다. 뱅고에는 충분한 광고주가 없으며 파이도 너무 잘게 나뉘어져 있다는 것.

그래서 이런 생각도 했다. 라디오 극을 쓰는 거야. 어릴 적 메인의 더럼에서 (늙어가는) 할아버지와 함께 들었던 그런 종류의 극. 그것도 할로윈 극을 말이다. 맙소사! 물론 나는 오손 웰스가 자신의 라디오 드라마「머큐리 극장」에 내놓은, 그 유명한(또는 불명예스런)『우주 전쟁』의 할로윈 버전(H. G. 웰스의『우주 전쟁』을 바탕으로 마치 실제 벌어진 외계인 침공 사건인 것처럼 라디오극을 방송함으로써 이를 진짜로 받아들인 수많은 청취자들이 대혼란에 빠졌던 일화 — 옮긴이)을 기억하고 있다. H. G. 웰스의 침략이야기를 일련의 뉴스게시판 및 보도 형식으로 각색한 것은 (너무나도) 기발한 상상력이 아닐 수 없으리라. 그의 시도는 먹혀들어 갔다. 어찌나 대단했던지 그 방송은 기어이 전국적인 패닉 상태를 초래했고, 웰스는(H. G.가 아니라 오손은) 다음 주「머큐리 극장」에 사과성명을 발표하고 말았다(그는 분명 만면에 미소를 띤 채 사과했을 것이다. 만일 그렇게 강력하고 설득력 있는 거짓말을 할 수만 있다면야 나라도 커다란 미소를 지었으리라.).

오손 웰스의 시도가 내게도 이용가치가 있을 것이라는 생각이

들었다. 웰스의 버전처럼 댄스용 밴드음악으로 출발하는 대신에, 내 방송은 「캣 스크래치 피버」에 삽입된 테드 뉴전트의 울부짖음으로 시작하게 될 것이다. 그러다가 아나운서의 멘트가 끼어든다 (물론 우리 WKIT의 DJ들이지만 이젠 아무도 그들을 디제이라고 부르지 않는다.). "JJ 웨스트 WKIT 뉴스입니다. 전 지금 천여 명의 인파가 밀집해 있는 피커링 광장에 나와 있습니다. 모두 은빛의 대형 비행접시가 광장에 착륙하는 장면을 보고 있는데…… 잠깐만 기다리십시오. 마이크 볼륨을 올리면 여러분도 그 소리를 들을 수 있을 것 같군요."

그런 식으로 우리는 외계인들에게 다가간다. 음향효과는 자체 스튜디오 시설을 이용하고 배역은 지방 극단 단원들에게 맡기면 될 것이다. 가장 중요한 일은? 무엇보다도 중요한 일은 방송녹음을 전국의 방송국에 배급하는 것이다! 내 생각에(회계사도 동의했지만) **최종 수익**은 '창작수익'이 아니라 '**라디오 방송국 수익**'으로 처리될 것이었다. 그건 광고 적자를 매우는 방법이며 그렇게 하면 연말쯤 라디오 방송국들이 실제로 흑자를 기록할 수도 있었다!

라디오극의 아이디어는 기발했다. 고용 작가로서의 기술로 내 방송국들을 흑자로 올려놓는다는 생각 역시 짜릿하기 이를 데 없었다. 그래서 결과는? 완전한 실패. 정말이다. 도무지 쓸 수가 없었다. 죽어라 짜냈지만 내 손에서 나오는 거라곤, 기껏 어설픈 내레이션처럼 들리는 것뿐이었다. 마음속에서 술술 풀려나오는 그런 종류의 극이 아니라(「서스펜스」와 「건스모크」 등의 TV 시리즈를 기억하는 옛 시청자들은 내 말뜻을 이해할 것이다.) 정말로 오디오북 같았다. 배급을 통해 한 밑천 건지리라는 사실만큼은 확신이 있건만 그 극으로는 가망이 없었다. 시청자들을 기만하고 지루하게 만들고야 말 쓰레기. 그런데도 난 그 극을 고칠 방법조차 몰랐다. 이제 라디오극은 사라진 스타일처럼 보인다. 옛날과 달리 우리는 귀로 보는 능력을 잃어버린 것이다. 언젠가 라디오에서 FBI 요원이 손가락으로 텅 빈 나무를 두드리는 소리를 들은 적이 있다. 그때 나는 맷 딜런이 더러운 장화 발로 롱브랜치 술집의 바를 걸어가는 장면을 또렷이 볼 수 있었다. 하지만 이젠 아니다. 그 시절은 끝났다.

셰익스피어 스타일로 극을 쓰는 것(그러니까 무운시(無韻詩)로 표현되는 희극과 비극을 창작하는 것) 또한 잊혀진 기술이다. 사람들이 여전히 「햄릿」과 「리어왕」을 보기 위해 대학 연극제를 찾고는 있지만, 까놓고 말해서 그 연극들을 TV에 올려서 인기 만점의 예능 프로그램과 경쟁할 수는 없다. 햄릿을 브래드 피트가 맡고 폴로니우스 역으로 잭 니콜슨이 나온다 해도 마찬가지이다. 게다가 사람들이 여전히 「리어왕」, 「맥베스」 등 엘리자베스 시대의 사치극을 보러가기는 하지만, 그 예술형식의 향유는, 이미 그 예술형식의 신작을 창조하는 능력으로부터 몇 만 광년은 떨어져 있다. 이따금 브로드웨이 안팎에서 무운시를 무대에 올리려는 시도가 있다는 사실을 안다. 물론 그들은 백발백중 실패한다.

시가 잊혀진 예술은 아니다. 아니 오히려 전보다 발전된 듯 보인다. 물론 수풀 속에 숨은 얼간이 그룹(《매드》 잡지의 직원들은 스스로를 그렇게 부른다.)도 있고 오만과 천재성을 온통 헷갈리고 있는 작가들도 있다. 그러나 그 예술형식을 갈고 닦는 천재들도 얼마든지 있는 것이다. 믿기 어렵다면 동네 서적에서 문학잡지들을 들쳐보라. 쓰레기 시들 대여섯 편만 참아낸다면 정말로 한두 편의 좋은 시도 만나게 될 터이니 말이다. 그건 쓰레기와 보물의 비율로 볼 때 매우 고무적인 현상임에 틀림없다.

단편 이야기가 잊혀진 예술은 아니지만, 소멸의 구덩이에 곤두박질칠 순서로 따진다면 시보다 오히려 더 가깝다는 데 전 재산을 걸겠다. 1968년이라는 아득한 옛 시절에 최초의 단편소설집을 팔 때에도 이미 시장의 마모 현상을 한탄했었다. 싸구려 잡지는 온데간데없고 다이제스트 판은 축 늘어졌으며 《선데이 이브닝 포스트》같은) 주간지들도 죽어가고 있었다. 그 후 몇 해 동안 내가 본 것이라고는 단편 소설 시장의 위축뿐이었다. 오, 신이여, 힘없는 잡지들을 굽어 살피소서! 젊은 작가들이 선집에나마 낄 가능성은 그곳뿐이옵니다! 신이여, (2001년 탄저병 위기에서도 꿋꿋이) 잡동사니 원고들을 읽고 있던 편집자들에게 복을 주소서! 오, 신이여, 독창적인 단편선집에 기회를 부여하는 출판업자들을 칭송하소서! 물론 하느님이 이런 사람들을 축복하기 위해 하루 종일, 아니, 커피 휴식시간조차 할당할 리는 만무하다. 아니, 어쩌면 심심풀이로 15분 정도만 투자해도 충분할지도 모르겠다. 그런 사람들의 수도 적은데다 그마저 매년 한두 명씩 줄어들고 있으니 말이다. 내 자신을 포함해(그렇다고 그곳에서 책을 낸 적은 없다.) 젊은 작가들의 북극성 역할을 해주었던 《스토리(Story)》잡지도 사라졌다. 부활을 위한 지난한 몸짓에도 불구하고 《놀라운 이야기(Amazing Stories)》역시 폐간되었다. 《베르텍스(Vertex)》같은 흥미로운 SF 잡지들도 사라졌고 《크리피(Creepy)》, 《이어리(Eerie)》등의 호러 잡지들도 물론 문을 닫았다. 그들 영예로운 잡지들은 오래 전에 소멸하고 말았다. 이따금 누군가가 한두 잡지의 복간을 시도하기는 한다. 이 글을 쓰는 동안에도 《기이한 이야기 (Weird Tales)》가 부활을 위한 안간힘을 쓰고 있다는 소문을 들었다. 하지만 대개의 경우 결과는 실패로 나타나고 만다. 그건 마치 무운시로 쓰인 연극과도 같다. 무대에 오르자마자 사라지고 마는 그런 연극들. 게다가 사라진 것들을 되돌릴 방법도 없다. 잊힌 것들은 잊힌 대로 존재하는 법을 배우기 때문이다.

지난 몇 년간 난 계속 단편소설을 써왔다. 가끔 3000단어, 9000단어, 1만 5000단어 정도의 압축된 단어로 외치는 아이디어들이 떠오른 탓도 있지만, 동시에 그건 (적대적인 비평가 그룹이 어떻게 생각하든 간에) 내가 아직 끝나지 않았음을 확인하는 방식이기 때문이다. 단편 소설은 여전히 삯일이다. 도자기 가게에서 살 수 있는 동일 아이템들처럼 말이다. 말하자면 골방에서 뚝딱거리는 동안 여러분은 인내를 가지고 느긋하게 기다려야 한다는 뜻이다.

단편소설이 조상님들의 구태의연한 방식으로 쓰인다고 해서 반드시 시장도 그래야 한다는 법은 없다. (꽉 막힌 비평가들의 주장처럼) 소설을 파는 행위 자체가 작품 자체의 질을 훼손하거나 평가 절하한다고 가정할 필요도 없다.

지금 나는 「총알차 타기」에 대해 말하는 중이다. 그건 내 상품을 시장에 팔았던 최초의 경험이며 또 내가 말하고자 하는 요점을 웅변적으로 보여주는 작품이기도 하다. 사라진 것을 되돌릴 수는 없다. 어떤 일이든 시점을 지나가버리고 나면 소멸은 불가피한 사실이 된다. 하지만 방법은 있다. 창작의 상업적 측면에 대한 인식 전환이 이따금 모든 것을 새롭게 보이게 할 수도 있다는 사실.

「총알차 타기」는 『유혹하는 글쓰기』 다음에 쓴 글이다. 나를 평생 불구로 몰아갈 뻔한 사고로부터 회복 중에 있을 때였는데, 그 글의 창작은 가장 고통스런 순간을 잊게 해주는 치유제가 되어 주었다. 이른바 내 보잘 것 없는 병참 창고에 들어 있는 가장 훌륭한 진통제인 셈이다. 내가 쓰고 싶은 얘기는 그야말로 간단하다. 모닥불 주변에 모여 앉아 들려줄 만한 유령이야기 정도. 그래서 나온 스토리가 '죽은 자의 차에 올라탄 히치하이커'였다.

내가 상상이라는 비현실 세계에서 이야기 창작에 여념이 없는 동안, 전자상거래라는 이름의 비현실 세계에서도 소위 닷컴버블이 막 커가고 있었다. 그리고 그 거품에서 나온 한 현상이 이른바 전자책이었다. 사람들은, 전자책이 우리가 아는 그대로의 책을 구현해 낼 것이라고 했다. 풀과 제철로 빚어내고 손에 침을 발라넘기는 물건으로 말이다(그러니까 접착제가 약하거나 제본이 낡으면 페이지가 떨어져나갈 수도 있다는 뜻인가?). 2000년 초에 아서 C. 클라크의 에세이가 커다란 관심을 일으킨 적이 있었는데 그 이유가 바로 사이버 공간을 통해 출간되었기 때문이었다.

하지만 그건 아주 짧은 글이다(처음 그 글을 읽었을 때 내 머릿속에 떠올랐던 첫 키스만큼이나 짧았다.). 그에 비하면 내 글은 엄청나게 길었다. 어느 날 스크리브너 출판사의 편집장인 수전 멀더(『엑스파일』의 팬인 나는 그녀를 멀더 요원이라고 부른다…….'당신이 알아서 해요!')가 전화를 걸어(랠프 비시난자의 성화에 못 이긴 때문이다.) 전자시장에 내놓을 만한 물건이 있는지 물었다. 나는 「총알차 타기」를 보냈다. 그리고 우리 셋(수전, 스크리브너 출판사, 나)은 출판역사의 작은 신기원을 이루게 된다. 그 파일을 다운 받은 사람 수가 몇 십만에 달했고 나는 실로 놀라운 액수의 돈을 챙기고 말았다(아니, 거짓말이다. 난 그 액수에 눈 하나 깜짝하지 않았다.). 심지어 오디오 판권도 10만 달러에 팔렸는데 기가 막힐 정도의 액수였다.

　지금 독자들의 염장을 지르고 있는 걸까? 돈 자랑이 하고 싶어 입이 근질거려서? 어쩌면 그럴 수도. 하지만 내가 정말로 하고 싶은 말은, 「총알차 타기」가 나를 완전히 미치게 만들었다는 얘기다. 대개의 경우, 화려한 비행장 라운지에 있을 때, 고객들은 완전히 나를 무시해 버렸다. 그들은 휴대폰 전화를 하느라 바쁘고 바에서 거래를 트느라 정신이 없다. 그건 상관없다. 이따금 그들 중 한 명이 찾아와 아내한테 주고 싶다며 냅킨에 사인을 부탁하는 경우는 있다. 고급 정장에 서류 가방을 든 친구들은, 한결같이 그들의 아내가 내 책을 모두 읽었음을 알리고 싶어 했다. 물론 정작 당사자들은 한 권도 읽지 않았고 그들은 그 사실까지도 내가 알아주기를 원했다. 너무 바빠서?『성공하는 사람들의 일곱 가지 습관』은 읽었겠지?『누가 내 치즈를 옮겼을까?』,『야베스의 기도』는 읽었고? 아마 그랬을 것이다. 바쁘다, 바빠. 그렇게 서두르며 살다가 4년쯤 후 심장마비에 걸리게 되겠지. 그 병이 나타날 때쯤 부디 401k(은퇴연금의 일종 — 옮긴이)가 아무 문제없이 작동되기를 빈다.

　「총알차 타기」가 전자책으로 출간된 후(표지, 판권 페이지 등 모두) 사정이 바뀌었다. 공항에 나갈 때마다 나는 사람들에 둘러싸었다. 심지어 보스턴 앰트랙 대합실에 갇힌 적도 있고 길거리에서 옴짝달싹 못한 적도 있었다. 그런 일은 한참이나 이어졌다. 그 웃기는 토크쇼에 출연할 기회를 하루에 세 번이나 거절한 적도 있으며(스프링거에게 다음 기회에 하겠다고 했는데, 제리는 결국 전화하지 않았다.), 「총알차 타기」의 성공뿐만 아니라, 그 사이버 후속작인 『더 플래닛』의 예견된 실패 등으로 《타임》과 《뉴욕타임스》의 커버를 장식하기도 했다. 아니, 세상에, 난 《월스트리트 저널》의 1면에 실린 적도 있었다! 나도 모르게 거물이 되고 만 것이다.

 그런데 왜 미치겠냐고? 그 모든 것을 무의미하게 만드는 것이 무엇이냐고? 도대체, 그 이야기 자체에 대해서는 아무도 신경 쓰지 않았던 것이다. 젠장, 아무도 그 이야기에 대해 물어본 적이 없었다. 왜 미치지 않겠는가? 자화자찬을 하자면, 그건 아주 잘 쓴 스토리이다. 단순하면서도 재미있는, 그럴듯한 작품이란 말이다. 내가 원하는 성공이란, 그 이야기 때문에(그리고 그 다음에 나타날 단편집의 이야기들 때문에) 당신이 TV를 켜지 않는 것이다. 내가 원하는 건 바로 그런 거다.

 하지만 「총알차 타기」가 붐을 일으킬 때 관련자들이 묻는 것은 오직, "어떻게 돼가?" "얼마나 팔리고 있어?" 따위들이었다. 그 책이 시장에서 어떤 반응을 얻는지 쥐꼬리만큼도 관심 없다는 말을 내 입으로 어떻게 하겠는가? 내 관심은 오직 그 책이 독자들의 가슴 속에서 어떻게 노는지에 있을 뿐이라는 말을 어찌 하란 말인가? 그곳에서 성공하고 있는 걸까? 아니면 실패일까? 기필코 불후의 명작 반열에 오를 수 있는 걸까? 그 음산한 이야기의 존재 이유인, 약간의 스릴이라도 느끼고는 있는 건가? 결국 내가 깨달은 것은 시들어가는 창작의 또 다른 예를 보고 있다는 사실이었다. 조금씩 조금씩 소멸의 구렁텅이로 다가가 결국 사라져 버릴 또 하나의 장르를 말이다. 주요 잡지의 표지에도 뭔가 퇴폐적인 분위기가 느껴졌는데 그건 순전히 다른 통로를 통해 시장에 상품을 내놓았기 때문이었다. 그것보다 더 끔찍한 일은, 독자들 역시 그 패키지에 어떤 내용이 들어 있는지보다 전자책이라는 신기한 발명품에 훨씬 더 관심이 많았을지 모른다는 사실이다. 「총알차 타기」를 다운로드 한 독자들 중, 실제로 「총알차 타기」를 읽은 사람이 얼마나 되는지 알고 싶으냐고? 아니, 사양하겠다. 어쩌면 그 수치 때문에 더 심한 좌절감에 빠질 수도 있을 테니까.

전자출판은 미래의 흐름일 수도 아닐 수도 있다. 맹세코, 난 쥐꼬리만큼도 관심 없다. 내가 그 길을 간 것은 순전히 나로 하여금 이야기를 쓰는 일에 몰두할 수 있게 해주는 또 다른 기회였기 때문이었다. 그리고 그런 기회를 가능한 한 많이 갖고 싶기 때문이다.

이 책도 아마 한동안은 베스트셀러 목록에 올라 있을 것이다. 그 점에서는 무척 운이 좋다고 생각한다. 하지만 베스트셀러에 오른다면, 여러분들도 직접 그런 질문들을 떠올려보길 바란다. 도대체 베스트셀러에 오르는 단편집이 일 년에 얼마나 되는 걸까? 독자들조차 관심이 없는 스타일의 책을 출판사에서 언제까지 찍어낼 것인가? 하지만 나로 말하자면, 추운 밤 따뜻한 차 한 잔을 들고 좋아하는 의자에 앉아, 창밖에서 부는 바람소리를 들으며, 그 자리에서 한 번에 다 읽을 수 있는 멋진 이야기들을 접하는 것보다 더 즐거운 일은 없다.

하지만 단편소설을 쓰는 일이 그다지 즐겁지는 못하다. 이 소설집에서도 별 볼일 없는 결과에 비해 그다지 억울할 바 없는 노력으로 쓴 단편은 겨우 두 편 정도에 불과하다(타이틀 스토리와 「L. T.의 애완동물 이론」). 그리고 (나만의 착각일지는 몰라도) 적어도 새로운 스타일을 유지하는 데에도 어느 정도 성공했다고 본다. 최소한 1년에 한두 편은 계속해서 써낸 덕분일 것이다. 돈 때문이 아니다. 그렇다고 딱히 사랑 때문이라고 할 수도 없다. 그건 당연한 의무이기 때문이다. 단편을 쓰고자 한다면, 단편을 쓰는 것에 대해 생각하는 것 이상의 생각을 해야 하기 때문이다. 그건 자전거를 타는 것보다는 체육관에서 운동하는 쪽에 가깝다. 선택은, 쓰든지 잃어버리든지 둘 중의 하나일 수밖에 없다.

그렇게 쓴 이야기들이 이런 식으로 엮이는 모습을 보는 건 늘 기분 좋다. 여러분도 그러기를 빌며, 그 마음을 www.stephenking.com에서 알려준다면 더욱 더 기쁠 것이다. 그리고 여러분은 나를 위해(그리고 여러분을 위해) 또 다른 일을 해줄 수 있다. 이 이야기들이 맘에 든다면 다른 단편집도 사딜겨. 예를 들어, 매튜 클램의 『고양이 샘』이나 론 찰슨의 『에덴 호텔』 같은 글들이다. 이 세상에는 좋은 글을 쓰는 좋은 작가가 둘밖에 없다. 그리고 공식적으로 21세기임에도 불구하고, 그들은 한 번에 한 단어 식의 낡은 방식을 고수한다. 그 작품이 궁극적으로 어떤 형식으로 나오든, 그 사실은 바뀌지 않는다. 걱정스럽다면 그 분들을 지원해 주길 빈다. 그리고 그들을 지원하는 방법도 그다지 바뀌지 않았다. 그들의 이야기를 읽어주는 것.

내 책을 읽어준 몇 분들께 감사를 전하고 싶다. 《뉴요커》의 빌 버포드, 스크리브너의 수전 멀더, 몇 년 동안 내 글을 무던히도 출간해 주었던 척 베릴,《판타지와 SF 매거진》의 랠프 비시난자, 아더 그린, 고든 반 겔더, 그리고 에드 퍼먼,《카발리어》의 나이 윌 든, 1968년 내 최초의 단편 이야기를 사준 바 있는, 고 로버트 A. W. 라운데스가 그들이다. 그리고 무엇보다 영원한 애독자인 내 아내 태비사가 있다. 모두 단편 소설이 사라진 예술이 되는 것을 막기 위해 노력해 왔고 또 지금도 노력 중인 분들이다. 물론 나 역시 예외는 아니다. 그리고 구매하고 구독하고 그래서 읽어주는 여러분도 그렇다. 늘 그렇게 애독자로 남아 있기를 빈다.

스티븐 킹
매인, 뱅고
2001년 11월 11일

제4호 부검실

정신을 차린 지 얼마나 되었을까? 너무 어두운 탓에 아직 의식 불명 상태라고 생각한다. 그러다가 의식 없는 사람이라면 어둠 속의 움직임을 감지할 수도 없고 또 이런 식의 리드미컬한 음향을 들을 수도 없다는 생각이 자리를 잡아간다. 삐걱거리는 작은 바퀴소리. 머리와 발꿈치의 촉감도 느낄 수 있고 고무나 비닐 같은 냄새도 난다. 이건 의식불명이 아니다. 이곳엔 뭔가가 있다······. 그게 뭐지? 꿈이라고 하기엔 너무나도 또렷한 이 느낌은?
 그게 뭐지?
 난 누구지?
 그런데 난 어떻게 된 걸까?
 바퀴의 삐걱거리는 리듬이 멈추고 내 움직임도 멈춘다. 고무냄새 그리고 바스락거리는 소리.

목소리. "어디 거라고?"

잠시 침묵.

두 번째 목소리. "4호실일 거예요. 예, 4호실이 맞아요."

다시 움직이기 시작한다. 조금 전보다 느린 속도이다. 발을 질질 끄는 소리도 들리는데, 고무창이 달린 스니커즈 종류인 모양이다. 목소리의 주인들이 바로 그 신발의 주인들이다. 그들이 다시 멈춘다. 그리고 쿵 하는 소리와 곧이어 압력밥솥 바람 빠지는 소리. 압축공기로 작동되는 문이 열리는 소리다.

'이게 무슨 일이요?' 내가 고함친다. 하지만 고함은 머릿속의 상상일 뿐이며 입술은 꿈쩍도 않는다. 입술을 느낄 수는 있다. 입 안쪽에 기절한 두더지처럼 눌어붙은 혀도 느껴진다. 그런데 움직일 수는 없다.

나를 태운 물건이 다시 구르기 시작한다. 이동 침대? 그렇다, 다른 말로는 '가니'. 오래 전, 몇 번 타본 적이 있다. 린든 존슨(미 36대 대통령 — 옮긴이)의 엿 같은 아시아 모험에서였다. 요컨대 나는 병원에 있고 뭔가 나쁜 일이 일어났다는 뜻이겠다. 필경 23년 전 내 거시기를 날려버릴 뻔했던 폭발 비슷한 재앙이 있고 그래서 수술을 받아야 하는 것이리라. 그 가정에는 수많은 해답이 있고 또 대부분은 말이 되는 것들이다. 문제는 아픈 데가 하나도 없다는 사실이다. 두려움 때문에 제대로 된 생각이 어렵다는 점만 제외하면 난 완벽하게 팔팔하다. 그런데 수술실로 들어가는 저 사람들이 간호사들일 진데 왜 난 볼 수가 없는 거지? 왜 말을 못 하는 거지?

세 번째 목소리. "이봐, 저 쪽이야."

거니가 방향을 바꾼다. 머릿속을 울리는 질문 하나. '도대체 어떤 일에 얽혀든 걸까?'

'아니 네가 누구인지부터 알아야 하잖아?' 이렇게 자문해 보기도 하지만 그건 아니다. 난 내가 누군지 안다고 생각한다. 하워드 코트렐. 주변 사람들에게 정복자 코트렐로 알려진 증권 브로커다.

두 번째 목소리. 바로 내 머리 위다. "박사님, 오늘은 유난히 아름다우십니다."

네 번째 목소리. 차가운 여자 목소리. "러스티한테 인정받는 건 늘 기분 좋아요. 좀 더 서둘러 주실래요? 베이비시터한테 7시까지는 돌아가겠다고 했어요. 부모님과 저녁 약속이 있다더군요."

7시까지 돌아간다고? 7시? 요컨대 아직 오후이거나 초저녁이란 뜻이다. 그런데 왜 이렇게 어두운 거지? 우물처럼 어둡고 원숭이 똥구멍처럼 어둡고 페르시아의 정복기만큼이나 어둡다. '도대체 무슨 일이야?' 여기가 어디야? 난 뭐 하고 있는 거지? 지금은 열심히 전화를 걸고 있어야 하는 시간 아닌가?

지금은 토요일이다. 문득 깊은 심연의 목소리······ '너는······ 그러니까 너는······'

소리. "휙!" 내가 좋아하는 소리다. 내 인생의 즐거움이기도 한 그 소리. 그런데······ 무슨 소리더라? 그렇다. 골프 클럽을 휘두르는 소리다. 티에 놓인 공을 쳐내고 저 멀리 그린으로 날아가는 모습을 지켜보는······.

누군가 내 어깨와 허벅지를 잡고 일으켜 세운다. 나는 너무 놀라 비명을 지르지만 아무 소리도 나오지 않는다. 아니, 아주 작은 끽 소리 같은 게 나온 것도 같다. 그러나 그건 이 침대의 바퀴 소리보다도 훨씬 작다. 아니, 어쩌면 그 정도도 아니겠다. 그저 내 상상 속에서 나온 소리일 뿐인지도.

그들은 나를 암흑의 대기 속으로 밀어 넣는다. '이봐요, 떨어뜨리지 말아요. 안 그래도 척추가 쑤신단 말입니다!' 나는 불평하려 했으나 여전히 입술과 이는 꼼짝도 하지 않는다. 혀도 입 안에 축 늘어져 있다. 기절한 두더지가 아니라 아예 죽은 모양이다. 문득 끔찍한 생각, 패닉에 가까울 정도의 두려움이 엄습한다. 행여 저 자들이 나를 잘못 내려놓으면? 그래서 혀가 안쪽으로 말려 기도를 막고 그래서 숨을 쉴 수가 없게 된다면? 그게 소위 '혀를 삼켰다.'고 하는 사고가 아니던가?

두 번째 목소리(러스티). "박사님, 이번 건 마음에 들 겁니다. 마이클 볼튼처럼 생겼거든요."

여의사. "그게 누군데요?"

세 번째 목소리는 젊은 남자 같은데 10대를 막 벗어난 애송이가 분명하다.

"마이클은 흑인이 되고 싶어 하는 백인 가수예요. 설마 이 친구가 그렇게까지 미치지는 않았겠죠?"

그리고 웃음소리. 여자의 (다소 미심쩍어하는) 목소리가 들리고 나는 패드가 깔린 침대에 놓인다. 러스티가 또다시 농담을 쪼갠다. 입담 깨나 좋은 남자인 모양인데 난 황당한 공포로 인해 전혀 재미를 느낄 수가 없다. 혀가 기도를 막으면 숨을 쉴 수 없다. 이젠 그 생각만이 머릿속을 헤집고 다닌다. 그런데 지금은 숨을 쉬는 건가?

이미 죽은 거라면? 죽음이 바로 이런 거라면?

그럴싸했다. 사후의 안락함이 필경 이러하리라. 어둠. 고무 냄새. 나는 증권왕 정복자 하워드다. 데리 시영 컨트리클럽의 골칫거리이자 19홀로 알려진 전 세계 골프코스의 단골손님. 1971년엔 메콩 강의 델타 지역에서 의료보조팀으로 일한 적이 있었다. 집에 두고 온 개를 악몽에서 보고 울면서 깨어나곤 했던 겁 많은 소년은, 그래서 이 느낌과 이 냄새를 알고 있다.

맙소사, 이건 보디백(시신 운반용 부대—옮긴이)이야.

첫 번째 목소리.

"사인해 주시겠습니까, 박사님? 분발하셔야겠어요. 세 구나 되는데."

종이를 긁는 펜 소리. 첫 번째 목소리가 여의사에게 서류철을 내민 모양이다.

'오 신이여 굽어 살피소서!' 내가 고함쳐보지만 아무 소리도 나지 않는다.

'하지만 지금…… 숨을 쉬는 중 아닌가? 그러니까…… 만질 수는 없지만 허파는 아무 문제없다는 얘기야. 물속에서 허우적거리면서 공기를 갈구하는 건 아니잖아? 그러니까 괜찮은 거야, 안 그래?'

'이봐, 정말로 죽었는데 호흡기관들이 뭣 때문에 공기를 달라고 난리를 치겠어? 아니지, 죽은 허파는 숨을 쉴 필요도 없을 테니까. 죽은 허파는 이를테면…… 그냥 쉬는 거라고.'

누군가의 목소리가 들렸다. 러스티. "토요일 밤에는 뭐 하실 겁니까, 박사님?"

'하지만 죽은 거라면 어떻게 감촉이 있지? 내가 들어 있는 부대의 냄새를 어떻게 맡고 이 자들의 목소리를 들을 수 있는 거냐고? 의사는 지금, 토요일 밤에 러스티라는 이름의 강아지를 목욕시킬 생각이라고 말하고 있잖아. 기막힌 우연이라며 낄낄거리는 저들의 웃음소리도 듣고 있잖아. 내가 죽었다면 왜 백색광 속으로 빨려 들어가지 않는 거지? 「오프라 윈프리 쇼」에 나온 자들이 늘 그렇게 얘기하지 않았던가?'

순간 거칠게 지퍼를 여는 소리가 들리고 난 순식간에 백색광 속으로 빨려 들어간다. 눈이 멀 정도의 빛. 마치 겨울날 태양빛이 구름을 뚫고 비치는 것 같다. 눈을 질끈 감으려 해보지만 아무 반응도 일어나지 않는다. 눈썹이 마치 망가진 롤러에 걸린 블라인드 같다.

얼굴 하나가 나를 굽어보는 바람에 광휘의 일부가 가려진다. 그 빛은 아득한 별세계가 아니라 바로 머리 위에 매달린 형광등 몇 개에서 쏟아지고 있다. 나를 굽어보는 얼굴은 25세 정도의 젊고 고전적으로 생긴 미남형 남자인데 「SOS 해상구조대」나 「멜로즈 플레이스」에 나오는 바닷가의 몸짱 더하기 돌대가리 분위기를 풍기고 있다. 가운 차림의 사내는, 녹색의 낡은 수술용 캡 밑으로 풍성한 흑발이 매혹적인데다, 코발트빛의 눈은 여자들이 사족을 못 쓰고 달려들 정도도. 광대뼈 위로는 둥근 깨알 모양의 주근깨가 먼지처럼 얽혀 있다.

"이런, 젠장, 정말로 마이클 볼튼 닮았네요. 에, 늙은 캥거루 같아 보이기도 하지만…… (그가 조금 더 숙인다.) 정말, 닮았어요. 이보쇼, 마이클, 노래 한 곡 불러재껴 보시지 그래?" 세 번째 목소리다.

그의 녹색 가운에 매달린 평평한 넥타이가 내 이마를 건드린다. '사람 살려!' 내가 부르고 싶은 노래는 그것뿐이다. 하지만 내가 할 수 있는 일이라고는 죽은 자의 시선으로 남자의 검푸른 눈을 바라보는 것뿐이다. 정말로 죽은 걸까? 죽음이란 원래 이런 건가? 생명의 펌프질이 끝나면 누구나 다 이런 과정을 겪는 건가? 내가 살아 있다면, 빛이 들어왔을 때 동공이 응축하는 걸 어떻게 저들이 모를 수 있지? 하지만 난 그마저 대답을 알고 있다. 응축하지 않은 것이다! 형광등 불빛이 이렇게나 고통스러운 것도 그 때문이다.

'사람 살려! 제발, 살려줘!' 나는 해상구조대 몸짱을 올려다보며 외친다. 아마 인턴 아니면 의대 실습생일 것이다.

입술은 꿈쩍도 않는다.

남자의 얼굴이 뒤로 물러나고 넥타이도 더 이상 간질이지 않는다. 그러자 처절한 백색광이 내 무력한 시선을 뚫고 머릿속에 들어와 박힌다. 기분이 엿 같다. 강간이라도 당한 듯한. 저 빛을 오랫동안 바라보면 눈이 멀고 말겠지만 어쩌면 장님이 되면 차라리 낫겠다는 생각도 든다. 마지막 기억.

"훅!" 드라이버 샷을 날리는 소리. 하지만 이번에는 다소 맥아리가 없고 손의 감촉도 좋지 않다. 공이 날아가더니…… 자꾸 자꾸 날아가더니…….

젠장.

나는 그만 러프에 빠지고 말았다.

이번엔 다른 얼굴이 내 시야를 가로막는다. 아래쪽으로는 녹색 가운이 아니라 흰 가운이고 위쪽으로는 숱이 엄청난 오렌지색 머리카락이다. 왕재수. 그의 인상을 보고 처음 떠오른 단어는 그랬다. 러스티일 것이다. 만면에 개구쟁이 같은 미소를 잔뜩 깔고 있었는데, 그건 빈약한 이두근에 '브래지어를 끌러줍니다' 따위의 문신을 그린 얼간이의 미소이다.

"마이클. 오 예 신수 주우욱이는데! 만나 뵈어 영광이외다. 어디 노래 한 수 읊어보시지, 명카수 양반! 노래해 주세요, 온 입술이 다 터지도록……"

러스티가 외쳤다.

뒤쪽 어딘가에서 의사의 목소리가 들린다. 더 이상 치기꾼의 농담을 받아주지 않겠다는 양 차가운 목소리이다.

"그만 둬요, 러스티. (다시 어조를 바꾸어) 어떻게 된 거죠, 마이크?"

마이크는 첫 번째 목소리이며 러스티의 파트너다. 그의 목소리에서, 앤드루 다이스 클레이(코미디언이자 배우 — 옮긴이)를 닮고 싶어 하는 파트너와 일하는 게 쪽팔려 죽겠다는 불만이 배어나온다.

"데리의 14번 홀에서 데려왔습니다. 러프에 빠져 있었죠. 그 다음 포섬(4인이 둘씩 조를 짜서 하는 경기 — 옮긴이) 멤버가 잡목 숲 밖으로 삐져나온 다리를 보지 못했다면 지금쯤 개미집이 되어 있었을 겁니다."

머릿속에서 다시 "훅!" 하는 소리가 들린다. 더욱 불쾌한 소리가 그 뒤를 잇는데 드라이버 봉으로 관목 숲을 휩쓸 때 나는 소리다. 14번 홀이었을 것이다. 그곳에 옻나무가 있으니까. 아니, 옻나무 말고도…….

러스티는 아직도 나를 내려다보고 있다. 멍청하고 탐욕스런 표정. 그의 관심을 끈 것은 죽음이 아니라 마이클 볼튼과 닮았다는 사실뿐이다. 오, 그래, 나도 알고 있다. 알고 있을 뿐만 아니라 몇몇 여성 고객들에게는 그걸 이용하기까지 했다. 하지만 그건 옛날 이야기고, 게다가 이런 상황에서는…… 맙소사!

"담당의가 누구죠? 카잘리안?"

여의사가 묻는다. 갑자기 마이크의 얼굴이 나타나 잠시 나를 내려다본다. 러스티보다는 10살은 더 나이가 먹은 듯하다. 새치가 섞인 흑발.

"아닙니다. 그를 발견한 포섬에 의사가 있었죠. 1쪽에 그의 사인이 어디…… 아, 여기 있군요."

종이가 바스락거리는 소리.

"맙소사, 제닝스군요. 아는 사람이에요. 아라랏 산에 방주가 정박했을 때 노아를 진료했던 사람이죠."

러스티는 농담을 이해 못하는 게 분명하지만 그래도 내 얼굴에 웃음을 뿌려준다. 그의 입에서 마늘냄새와, 아직 소화되지 못한 점심식사의 냄새가 난다. 그런데…… 냄새를 맡는다는 건 숨을 쉰다는 뜻이 아닌가? 틀림없다. 만일……

생각을 끝내기도 전에 러스티가 얼굴을 더 가까이 들이 댄다. 문득 용솟음치는 희망. 그가 뭔가를 본 것이다. 뭔가를 인식하고 마우스투마우스 인공호흡을 시도하려는 것이다. 그대에게 축복이 있으라, 러스티여! 그대와 그대의 마늘 냄새에도 축복이 있으라!

하지만 그는 여전히 멍청한 미소를 매달고는 입술을 갖다대는 대신 손을 아래로 미끄러뜨려 턱을 감싸 쥔다.

"이 친구 살아 있어요! 살아 있다고요! 이제 벌떡 일어나서 4호실의 마이클 볼튼 팬클럽을 위해 노래를 부를 겁니다!"

그가 외친다. 그의 손가락이 내 턱을 옥죄고는 위아래로 흔든다. 이가 부딪치며 달그락거리지만 마취제 노보카인 때문인지 통증이 아련하기만 하다.

"그녀가 아아아무리 악해에도 그는 볼 수가 없어요. 그녀는 더어어어 이이이이상……"

그의 노랫소리가 어찌나 끔찍하고 높낮이가 없던지 퍼시 슬레이지(소울로 유명한 가수 — 옮긴이)의 머리까지 날려버릴 판이었다. 그가 마구 흔들어대는 바람에 내 입이 열렸다 닫히고 내 혀도 불편한 물침대에 던져진 개의 시체처럼 계속해서 덜렁거린다.

"그만 하지 못해요!"

여의사가 그에게 소리친다. 여자는 정말로 놀란 표정이다. 러스티는 분위기를 감지했을 텐데도 멈추기는커녕 즐겁기만 한 모양이다. 그의 손은 이제 턱을 꼬집고 있다. 나는 죽은 눈으로 멍하니 천장만 바라본다.

"그녀가 원한다면 가장 친한 친구에게 등을 돌리고……"

그때 그녀가 나타난다. 녹색 가운 차림의 그녀는 시스코 키드(인기 드라마 겸 만화 — 옮긴이)의 솜브레로처럼 목에 건 모자를 등 뒤로 늘어뜨리고 갈색 단발머리를 뒤로 묶어 이마를 훤히 드러냈다. 시원하면서도 단호한 느낌의 이마다. 그녀의 전체 인상도 미인이라기보다는 잘생긴 쪽에 가깝다. 그녀가 손톱을 짧게 깎은 손으로 러스티를 내게서 떼어낸다.

"이런, 이 손 놓지 못해?"

러스티가 버럭 화를 낸다.

"그 손부터 놔요, 러스티, 이젠 그 철없는 농담도 지겹군요. 다음에 또 그러면 보고하겠어요."

그녀의 목소리에도 분노가 담겨 있다.

"맙소사, 진정들 하세요. 도대체 왜들 그러세요?"

해양구조대 덩치가 끼어든다. 그의 목소리는 잔뜩 겁에 질려 있다. 러스티와 자기 상사가 주먹다짐이라도 할까봐 정말로 걱정되는 모양이다.

"도대체 저 여자는 왜 나만 못살게 구는 거죠? 왜 지랄이냐고요? 오늘이 그날이라서 그런 거야, 엉?"

러스티도 화난 목소리지만 그보다는 징징거리는 투에 가깝다. 박사도 질렸다는 표정이다.

의사. "데리고 나가요."

마이크. "이리 와, 러스티. 사인 받으러 가야지."

러스티. "예. 나도 더워서 못 있겠어요."

나는 이 모든 것을 라디오 방송처럼 듣고 있다.

두 사람들의 삐걱거리는 발소리가 문을 향해 움직인다. 러스티는 여전히 심통과 불만을 터뜨린다. 젠장 반지라도 껴야 다른 사람들이 오해하지 않을 게 아니냐며 투덜거리는 소리도 들린다.

타일을 밟는 부드러운 운동화 소리. 갑자기 그 소리가 드라이버 샷이 돌아가는 소리로 바뀐다. 빌어먹을 공을 찾아 숲을 뒤지는 소리. 도대체 어디로 간 거야? 깊이 들어가지는 않았을 텐데. 그건 분명하다. 그런데, 빌어먹을, 어디로 숨었단 말인가? 14홀은 맘에 들지 않았다. 옻나무도 있을지도 모르지만 이 관목 숲도 싫었다. 이렇게 빽빽하니……

그때 무언가가 나를 물었다. 뭐지? 그렇다. 분명히 무언가에 물렸다. 왼쪽 장딴지 스포츠 양말 바로 위쪽. 뜨겁게 달군 바늘에 찔린 느낌. 처음엔 한 곳에 집중되었다가 조금씩 번져나가는……

……암흑. 그리고 시체 부대에 처박힌 채 이동 침대에 누워 마이크("어디 거라고??")와 러스티("4호실일 거예요. 예, 4호실이 맞아요.")의 목소리를 듣는다.

뱀 종류라고 생각하고 싶지만 그건 아마도 공을 찾으면서 뱀 걱정을 했기 때문일 것이다. 벌레일 수도 있다. 하기야 기억나는 거라곤 순간적인 통증뿐인데 아무려면 어떤가. 중요한 것은 내가 살아있고 그들은 그 사실을 모른다는 것뿐이다. 끔찍한 사실이지만 저 사람들은 정말로 모르고 있다. 물론 운도 나빴다. 제닝스 박사는 나도 안다. 11번 홀에서는 그의 포섬과 겹치면서 얘기까지 해보았다. 괜찮은 사내지만 모호하고 고리타분했다. 그 고리타분함이 내 죽음을 선언한 것이다. 그리고 녹색의 멍한 눈에 범죄자 특유의 미소를 지닌 러스티란 놈이 내 죽음을 선언했다. 시스코 키드에나 어울릴 것 같은 여의사는 아예 검사할 생각도 않는다. 그 여자가 조금만 신경 쓴다면, 어쩌면……

"얼간이 새끼. 도대체 왜 매일 저 병신이 이 방에 들어오는 거지, 피터?"

문이 닫히자 여의사가 폭발하고 만다. 이제 우리 셋뿐이다. 물론 여자는 둘뿐이라고 생각하겠지만.

"글쎄요. 어쨌든 러스티는 보통 얼간이하고는 급이 달라요. 별명이 걸어 다니는 뇌사 상태거든요."

해양구조대 청년의 농담에 그녀가 웃는다. 그리고 철컹 하는 소리가 들리고 잇따라 다른 소리도 들린다. 금속 기구들이 부딪치는 소름끼치는 소리. 두 사람은 내 왼쪽으로 자리를 옮겼다. 여전히 볼 수는 없지만 그들이 뭘 하고 있는지는 알고 있다. 부검. 나를 자를 준비를 하는 것이다. 하워드 코트렐의 심장을 적출해내어 그 안에 권총이 들어 있는지 회초리가 들어 있는지 보려는 것이다.

'내 다리! 내 다리를 봐! 거기가 문제라고, 심장이 아니라!' 내가 머릿속으로 외친다.

어쩌면 내 눈도 밝은 조명에 어느 정도 익숙해진 모양이다. 눈 가장자리로 스테인리스 금속 무기들이 보이니 말이다. 거대한 치과 기구처럼 보이는 장비들이다. 예외가 있다면 마지막 도구다. 그건 드릴이 아니라 톱이다. 아련한 기억 속에서, 그러니까 「제퍼디」 같은 퀴즈 프로그램에나 필요한 잡동사니들을 모아두는 머리 한구석에서, 그 톱의 이름 하나가 딸려 나온다. 지글리 톱. 두개골을 절단하는 데 쓰는 장비라 했다. 물론 그 전에 얼굴을 할로윈 가면처럼 들어내야 한다. 머리카락까지 모두.

그리고 뇌를 꺼낸다.

철컹, 철컹, 철컹. 잠시 조용. 그리고 철커덩! 어찌나 소리가 큰지 할 수만 있었다면 그 자리에서 펄쩍 뛰었을 것이다.

"심낭 절개부터 해야겠지?"

그녀가 묻는다.

피터. 긴장된 목소리로. "나보고 하라는 건가요?"

시스코 박사. 즐거운 목소리. 마치 특혜와 책임을 동시에 인계

하려는 듯하다.

"그래, 그러는 게 좋겠어."

"알았어요. 도와주실 거죠?"

"그대의 성실한 충복이 되어주지."

그녀가 웃으며 대답한다. 그녀의 웃음 사이사이로 찰칵거리는 소리가 끼어든다. 공기를 끊어내는 가위소리.

이제 두개골 안에서는, 고통이 다락방에 갇힌 참새 떼처럼 퍼덕거리며 아우성치기 시작한다. 비록 오래 전이긴 해도 베트남에 있을 때 현장 부검을 본 것도 여러 번이다. 의사들이 '돌팔이 해부 쇼'라고 부르던 그 일. 시스코와 판초가 지금 무슨 일을 하려는지 모르려야 모를 수가 없다. 가위는 길고 예리한 날이 있고 커다란 구멍도 나 있지만 그래도 그걸 사용하려면 엔간한 힘으로는 어림도 없다. 먼저 아래쪽 날이 내장을 버터처럼 끊어내고 뒤이어 사각거리는 소리. 태양 신경총의 신경 다발을 뚫고 그 위쪽에서 넘실거리는 근육과 힘줄의 육포까지 끊어내는 소리다. 그 다음이 가슴판이다. 이때는 가위가 물릴 때마다 철컥 하고 큰 소리를 낸다. 뼈가 분리되고 갈빗대가 실로 꽁꽁 꿰매놓은 두 개의 드럼통처럼 떨어져나가야 하기 때문이다. 그건 슈퍼마켓에서 칠면조를 잡기 위해 가위로 설렁설렁 잘라나가는 일과도 같다. 사각-철컥, 사각-철컥, 사각-철컥. 뼈를 끊어내고 근육을 자르고 허파를 가르면서 기관을 향해 전진. 정복자 하워드를, 아무도 먹지 못할 추수감사절 칠면조로 만들어버려라!

가벼운 진동. 치과용 드릴 같은 소리다.

피터. "여기……"

시스코 박사. 이제는 아예 엄마 같은 목소리다.

"아니, 여기야."

슥삭, 슥삭. 그녀는 그를 위해 시범까지 보여준다.

'그럴 순 없어. 나를 자를 순 없다고……. 난 살아있단 말이야!'

"왜죠?"

그가 묻는다.

"내가 원하니까. 네가 책임자가 되면 그땐 네 맘대로 할 수 있어, 피터. 하지만 여긴 케이티 알렌의 부검실이야. 그러니까 심막 제거부터 하라고."

그녀의 목소리는 더 이상 엄마의 목소리가 아니다.

'부검실. 그래, 그럴 줄 알았어. 이제 끝장이야.' 차라리 온몸에 소름이라도 돋으면 좋으련만, 당연하다는 듯이 피부는 아예 매끄럽기까지 하다.

"잊지 마. 아무리 얼간이라도 착유기 사용법 정도는 배울 수 있어. 하지만 진짜는 실전경험이야. 무슨 말인지 알겠어?"

그녀는 거의 강의를 하고 있었는데 목소리엔 잔뜩 기대감이 묻어났다.

"예, 알겠습니다."

기어이 할 모양이다. 어떻게든 소음이나 움직임 같은 걸 만들어내야 한다. 지금 당장. 아니면 이들은 정말로 일을 저지르고 말 것이다. 가위를 찔러 넣고 피가 쏟아져 나오면 그들도 뭔가 잘못되었음을 알겠지만 그때는 이미 되돌릴 수 없게 될 공산이 크다. 최초의 사각-철커덕 소리가 나는 순간, 갈비뼈들은 상박위에 놓일 테고, 심장은 형광등 불빛을 아래서 미친 듯이 펄쩍거리고……

나는 가슴에 온 정신을 집중한다. '가슴을 내밀어!' 어떻게
든…… 해보란 말이야.

소리!

내가 소리를 낸다!

닫힌 입속의 파동에 불과하지만 난 들을 수도 있고 코로 느끼
기까지 한다. 작은 콧소리.

모든 힘과 정신을 집중해 다시 시도해 본다. 그러자 이번에는
소리도 더 커지고 담배 연기처럼 콧구멍 밖으로 새나오기도 한
다. "으으으응." 문득 오래 전에 TV에서 본 앨프레드 히치콕 드라
마가 떠오른다. 자동차 사고로 온몸이 마비된 조지프 코튼이 겨
우 눈물 한 방울로 자신의 생존을 알린다는 내용이었다.

이 미약하기 짝이 없는 모기 신음소리로 인해, 적어도 나는 살
아 있음을 확인하고 또 껍데기뿐인 시신에 갇힌 영혼이 아님을
확신하다

온 신경을 집중하자 호흡이 코를 빠져나갔다가 다시 목구멍을
타고 내려와 막 소비해 버린 공기를 대체하는 흐름도 느낄 수 있
다. 다시 공기를 내보낸다. 10대 시절 여름 내내 레인 건설회사에서
의 아르바이트보다 고되고, 평생의 노동을 모두 모은 것보다 눈물
겨운 노력이다. 결국 생명을 걸고 분투 중이 아니던가. 단지 저들에
게 살아있음을 보여주기 위해. 맙소사, 기필코 알려야 해…….

"으으으으응……."

"음악 듣고 싶어? 나한테 마티 스튜어트하고 토니 베넷이 있는
데……."

청년이 절망적인 신음소리를 흘린다. 거의 들리지도 않는 소리

지만 곧 이어 나온 그녀의 말로 의미를 알 수 있다. 그녀가 자비를 베풀기로 한 것이다.
"좋아. 롤링 스톤스도 있어."
그녀가 웃으면서 말한다.
"정말이요?"
"그래. 피터, 나도 꽉 막힌 인간은 아냐."
"난 그런 뜻이……"
피터가 당혹스러워 한다.
'내 소리를 들어! 딱따구리처럼 떠들지 말고 나한테 귀를 기울이라고!' 나는 얼어붙은 눈으로 얼음처럼 시린 백색광을 쳐다보며 있는 힘껏 소리 지른다.
더 많은 공기가 목구멍을 타고 내려온다. 문득 이런 행동들마저 어쩌면 점점 약해지고 있을지 모른다는 생각이……, 하지만 그건 사고의 스크린 위에 찍힌 작은 망점 같은 기우에 불과하다. 약해질지는 모르겠지만 어차피 머지않아 치료 자체가 무의미해질 테니 말이다. 지금은 그들이 내 소리를 듣도록 죽을힘을 짜내야 할 때이고 이번에는 분명히 들을 것이다. 틀림없이.
"그럼 롤링 스톤스로 해. 아니면 네 첫 심막 제거를 기념하기 위해 마이클 볼튼 시디를 사다줄 수도 있어."
그녀가 말한다.
"오, 그건 사양 할래요!"
그의 말에 두 사람 다 웃음을 터뜨린다.
소리가 나오기 시작한다. 좀 더 큰 소리. 원하는 만큼은 아니지만 이 정도면 충분하다. 이 정도면…… 저 사람들도 들을 수 있을 거야. 들어야 해.

그리고 코를 통해 급류 같은 소리를 뿜어낼 즈음 퓨즈 톤의 기타소리가 방을 가득 채우고 믹 재거의 목소리가 벽을 두들겨 댄다. "아우우우, 아냐, 이건 그저 로큰롤이지. 그래도 난 좋아아아아……"

"소리 줄여!"

시스코 박사가 고함을 지른다. 우스꽝스런 고음의 목소리. 그 소음들 속에서 내 콧소리는, 이 세상 무엇보다도 절박한 작은 절규는, 기껏 유리 공장의 속삭임처럼 완전히 묻혀버리고 만다.

이제 그녀의 얼굴이 나를 굽어본다. 그녀는 플렉시 아이쉴드를 썼고 입에는 거즈 마스크를 착용했다. 그 모습에 다시 두려움이 인다. 그녀가 어깨 너머를 돌아본다.

"대신 껍질은 내가 벗겨줄게."

그녀가 피터에게 말하고는 다시 나를 향해 몸을 숙인다. 한 손에는 메스가 반짝거리고 있다. 롤링 스톤스의 기타 음이 귀를 찢어놓을 것만 같다.

나는 절박한 심정으로 콧방귀를 내뿜지만 소용이 없다. 내 귀에조차 들리지 않으니.

메스가 흔들리더니 곧바로 꽂힌다.

내 머릿속에서 비명소리가 터진다. 하지만 고통은 없다. 그저 폴로셔츠의 옆구리가 반으로 갈라졌을 뿐이다. 내 갈비뼈가 잘리는 일은, 아무것도 모르는 피터가 살아있는 시체를 이용해 최초의 심막 제거 수술을 시작할 때일 것이다.

내 몸이 들리더니 고개가 돌아가며 잠깐 뒤집힌 피터가 보인다. 그는 금속 카운터 옆에 서서 플렉시 아이실드를 착용한 채 끔찍한 도구들을 점검하고 있다. 그 중에서 커다란 가위가 유독 눈에 들어온다. 언뜻 보았지만 새틴처럼 무자비하게 반짝거리는 무기다. 그리고 셔츠가 완전히 벗겨지고 나는 다시 똑바로 눕혀진다. 허리까지 알몸이다. 방은 추웠다.

'내 가슴을 봐! 아직도 오르내리고 있잖아! 아무리 약해도 움직이고 있단 말이야! 이런 빌어먹을 돌팔이 같으니!' 나는 그녀를 비난해 본다.

롤링 스톤스의 노랫소리는 여전히 귀를 찢을 듯하다. '좋아, 좋아! 맘에 들어!' 어쩐지 지옥의 문턱에서 영원히 그의 코맹맹이소리를 듣게 될 것만 같다. 여의사가 방을 가로지르며 큰 소리로 외친다.

"어떻게 생각해? 사각팬티야, 쪼가리야?"

물론 그들의 말을 이해할 수 있다. 두려움과 분노가 한꺼번에 용솟음친다.

"사각팬티죠! 남자를 봐요, 당연하지 않아요?"

그가 외친다.

개자식! 네 놈은 나이 마흔만 넘으면 모든 남자가 사각팬티를 입을 거라고 생각하는 거냐? 어디 한 번 마흔이 되어봐라. 그때는……

나는 고함이라도 치고 싶지만 그녀는 아무렇지도 않은 듯 반바지를 잡더니 지퍼를 내리기 시작한다. 다른 때였다면 물론 예쁜 여자가 그렇게 해주면 무지 행복했을 것이다. 하지만 오늘은……

"네가 졌다, 피터. 쪼가리야. 저금통에 1달러 집어넣어."

그녀가 말한다.

"봉급날에요."

그가 이쪽으로 건너오며 말한다. 그의 얼굴이 그녀 옆에 나타나고 둘은 플렉시 아이실드를 통해 함께 나를 내려다본다. 납치한 지구인을 내려다보는 두 마리 우주 괴물. 나는 그들에게 눈을 보여주려고 한다. 내가 두 사람을 바라보고 있다는 사실을 알려주려는 것이지만 두 얼간이가 보는 건 팬티뿐이다.

"와우, 빨간색이네. 연분홍 꽃 팬티네요."

피터가 감탄한다.

"그런 건 꽃분홍이라고 하는 거야. 피터, 잠깐 들어봐. 무지 무겁네. 심장마비도 무리가 아니겠어. 그러니 너도 조심해야 한다."

'미친 년, 이건 근육이야! 그래도 네년보다는 잘 빠졌을 게다.'

내가 그녀에게 소리친다.

갑자기 힘센 두 손이 내 엉덩이를 들어올린다. 등에서 쩍 하는 소리가 들려 깜짝 놀라고 만다.

"아저씨, 미안."

피터의 말이다. 그리고 바지와 빨간 팬티가 벗겨지고 더욱 추워진다.

의사는 내 한 발을 들어 올리며 한 번 "오, 이런!" 하고 탄성을 내뱉더니, 다른 발을 들며 다시 "오, 세상에!"라고 외친다. 그리고 "신발 벗기고, 다음엔 양말을 벗기고……"

그녀가 갑자기 멈춰 선다. 나는 다시 한번 희망에 휩싸인다.

"이봐, 피터."

"예?"

"남자들은 골프하러 갈 때 버뮤다 팬츠에 모카신(신창과 갑피를 한 장의 가죽으로 만들어 뒤축이 없는 구두 — 옮긴이)을 신고 가?"

그녀의 등 뒤에서 롤링 스톤스가 「감정의 구조」를 부르기 시작한다. '나는 빛나는 거시기를 달고 당신의 기사가 되겠어.' 도대체 어떻게 비쩍 마른 엉덩이에 고성능 다이너마이트를 세 개씩이나 달고 펑키 춤을 추는지 도통 이해가 가지 않는 놈이다.

"내 생각엔 이 남자 죽고 싶어 환장을 한 거야. 내가 알기론 골프장에 맞는 신발이 있거든. 흉측하게 생겼지만 밑창에 굴곡이 없어서 골프 치기에 좋게 만들어진 게……"

"예, 그렇다고 이런 신발이 불법은 아니잖아요. 적어도 아직은 아니에요. 볼링 슈즈는 다르지만요. 볼링 슈즈 없이 볼링을 치다 걸리면 주교도소에 처넣을 수도 있다더군요."

피터는 이런 얘기를 늘어놓으며 젖혀진 내 얼굴 위로 두 손을 미끄러뜨리다가 다시 주먹을 쥔다. 관절이 꺾이는 소리를 내며 운모가루가 아름다운 눈처럼 흩날린다.

"정말이야?"

"예."

"체온하고 종합검사도 네가 할래?"

안 돼! 절대 안 돼! 그 앤 아직 어린애잖아! 대체 무슨 짓거리들이야? 내가 외친다.

그도 그녀를 본다. 그도 같은 생각을 했다는 뜻이겠다.

"에…… 그게…… 크게 불법이 아닌 거죠, 케이티? 그러니까……"

그가 말하는 동안 그녀가 주변을 둘러본다. 무슨 상관이냐는 제스처겠다. 때문에 나는 치명적일 수도 있을 분위기를 감지하기 시작한다. 어느 수준인지는 몰라도, 시스코이자 케이트 알렌 박사로 통하는 이 여자는 암청색 눈의 피터에게 몸이 달아 있다. 맙소사, 이 자들은 골프코스에서 실려 온 내 몸을 미끼로「제너럴 호스피털」(멜로 의학드라마 ― 옮긴이)을 촬영하려는 것이 아닌가! 이번 주의 에피소드 부제는「4호 부검실에 싹튼 사랑의 꽃」.

"이런, 여긴 나하고 너밖에 없는 것 같은데?"

"테이프……"

"아직 켜지도 않았어. 게다가 작동한다 해도 일이 끝날 때까지 내가 네 옆에 바짝 붙어 있을 거야……. 어쨌든 아무도 모르게 하면 돼. 누가 알겠어? 이 차트와 슬라이드는 잠시 치우자고. 물론 네가 의향이 있다면……"

'그래! 생각 없다고 해! 아주 불편하고, 불안해 죽을 지경이라고 하란 말이야!' 나는 꽁꽁 마비된 얼굴로 이렇게 호소한다.

하지만 그는 이제 겨우 스물넷이다. 흑심을 품고 딱 달라붙어 있는 이 예쁘고 심각한 여자에게 도대체 뭐라고 할 수 있겠는가? '안 돼요, 엄마, 무서워요?' 게다가 그도 원하고 있다. 나는 플렉시아이실드를 통해 그의 갈망을 본다. 늙은 펑크 로커들이 롤링 스톤스의 음악에 맞추어 펄쩍펄쩍 뛰듯이 사방을 통통 튀어 다니는 욕망.

"에, 선생님이 도와주신다면야……"

"물론. 언젠간 너도 손을 대야 할 거야, 피터. 그리고 정말로 필요하다면 테이프를 되돌리는 방법도 있어."

그는 놀란 표정을 짓는다.

"그렇게 할 수 있어요?"

그녀가 미소 짓는다.

"4호 부검실에 들어온 사람들은 다들 입이 무겁답니다."

"물론 그렇겠죠."

그가 미소로 대답하고는 내 얼어붙은 시선 위로 손을 뻗는다. 이윽고 그의 손에 마이크가 들려 있다. 검은 코드로 천정에 매달려 있는 마이크가 마치 금속 눈물처럼 보인다. 마이크를 보니 문득 현재의 공포가 새로운 형태로 강화되는 기분이 든다. 정말로 나를 자르지는 않겠지? 피터는 베테랑은 아니겠지만 그래도 훈련은 받았을 테고, 어쩌면 내가 러프에서 공을 찾다가 물린 상처를 찾아낼 것이다. 그럼 의심은 하겠지? 물론 의심하고말고.

그런데 저놈의 무자비한 가위는 여전히 광채를 발하고 있다. 신제품 칠면조 가위. 저 친구가 가슴을 갈라 심장을 꺼내 보여도 난 여전히 살아있을까? 심장을 저울 접시에 던져 넣을 때에도 이 얼어붙은 두 눈은 뚝뚝 떨어지는 핏물을 바라보고 있을까? 그럴 수 있을 것 같다. 정말로 살아있을 것 같다. 심장이 멈추고도 3분까지는 뇌가 의식을 한다고 하지 않던가?

"준비됐습니다, 박사님."

피터가 말한다. 어딘가에서 테이프 돌아가는 소리가 들리고 그의 목소리도 어느새 근엄해져 있다.

부검절차가 시작된 것이다.

"먼저 팬케이크부터 뒤집어야지."

그녀의 경쾌한 목소리에 내 몸이 가뿐하게 뒤집어진다. 오른팔이 아무렇게나 움직여 테이블 옆면으로 툭 떨어지고, 돌출된 테이블 가장자리가 이두근을 파고든다. 끔찍한 고통. 통증은 거의 고문 수준이지만 난 개의치 않는다. 차라리 테이블이 피부를 씹어 피를 내주기를 기도한다. 진짜 시체라면 출혈이 없을 터이니.

"어여차."

알렌 박사가 기합을 넣으며 팔을 옆구리에 갖다 붙인다.

이제 문제가 되는 건 코다. 코가 테이블에 으깨지며 허파가 처음으로 신음소리를 내뱉었다. 답답하고도 처량한 기분. 입은 닫혀 있고 코는 부분적으로 짓눌린 채 막혀 있다(얼마나 막힌 건지는 알 수 없다. 심지어 숨을 쉬는 것도 느껴지지 않는다. 정말로). 이런 식으로 질식하면 어쩌지?

그때 코의 관심을 온통 빼앗아갈 일이 일어난다. 거대한 물체가 직장 안으로 무자비하게 삽입된 것이다. 유리로 된 야구방망이 같은 물체다. 나는 다시 비명을 시도하지만 희미하고 처량 맞은 콧소리뿐이다.

"체온계 삽입. 시간 측정 실시."

피터가 말한다.

"잘 했어."

그녀가 이렇게 말하곤 자리를 피한다. 그에게 공간을 확보해 주려는 것이다. 시체인간이 된 하워드 코트렐을 시운전할 공간. 음악의 볼륨이 조금 낮아진다.

"부검 대상은 백인. 나이 44세. 이름 하워드 랜돌프 코트렐. 거주지, 이곳 데리의 로렐 크레스트 레인 1566번지."

피터가 마이크에 대고 녹음을 시작한다. 후대를 위한 작업인 셈이다.

알렌 박사. 약간 떨어진 곳.

"메리 미드."

잠시 침묵. 다시 피터. 이번엔 다소 긴장한 목소리다.

"알렌 박사님은 피부검자가 실제로 메리 미드에서 살았다는 점을 지적한다. 그곳은 데리에서 약……"

"지리 강의는 됐어, 피터."

맙소사. 엉덩이에 박아둔 게 도대체 뭐야? 가축 체온계? 조금만 길었다면 체온계 대가리를 맛볼 수도 있겠군, 젠장. 대체 윤활제는 어디에 쓰려고…… 아니지, 저들이 그런 신경을 쓸 이유가 어디 있겠어? 결국 난 죽은 건데.

죽은 건데.

"죄송합니다, 박사님."

피터는 이렇게 말한 다음 열심히 머릿속을 뒤져 할 말을 찾아낸다.

"이 정보는 앰뷸런스의 기록에서 발췌한 내용이며, 최초의 소스는 메인 주 운전 면허증입니다. 진단의는, 에, 프랭크 제닝스. 피부검자가 현장에서 즉사했다고 진단했군요."

이제 난 코에서 피가 흘러나오기를 기도한다. '제발, 피 흘려. 출혈 정도가 아니라 콸콸 쏟아버리란 말이야.'

소용이 없다. 피터의 가벼운 손이 벌거벗은 등줄기를 따라 엉덩이의 균열까지 내려간다. 제발 체온계 좀 빼냈으면…… 하지만 그 바람 역시 소용없다.

"사망원인은 심장마비로 추정. 척추는 이상 없는 것으로 보이며 그 외에 별다른 징후는 나타나지 않음."

별다른 징후? 별다른 징후라고? 도대체 날 뭐라고 생각하는 거야? 에이즈 보균자?

그가 내 고개를 들고 턱뼈를 감싸 쥔다. 물론 난 절박하게 콧소리를 뿜어낸다. "으으응으으응!" 케이스 리처드의 오열하는 기타소리 때문에 듣지 못할 거라는 생각은 들지만 그래도 콧구멍을 울리는 진동은 느낄 수도 있지 않겠는가?

하지만 그는 느끼지 못하고 그저 내 머리를 양쪽으로 돌려볼 뿐이다.

"목에도 부상은 없으며 경직현상도 나타나지 않음."

나는 그가 머리를 놔주기를 빈다. 내 얼굴을 테이블에 짓이겨 주기를 간절히 바란다. 그렇게 하면 코피가 날 텐데. 물론 정말로 죽은 것이 아니라면 말이다. 하지만 그는 고개를 얌전히 내려놓는다. 아까와 마찬가지로 모든 구멍이 막혀 잘하면 질식사도 가능할 것 같다.

"등과 엉덩이에도 시각적으로 관찰 가능한 상처는 없음. 오른쪽 허벅지 위쪽에 오랜 상처 같은 것이 보이는데, 유산탄 흔적으로 보임. 끔찍한 외관."

끔찍한 것도 맞고 유탄인 것도 맞다. 전쟁의 결말이지. 박격포탄이 보급창을 때리는 바람에 두 명이 죽고 운 좋은 나만 살아남았다. 앞쪽엔 더욱 끔찍한 상처가 생겼지만 그렇다고 고장 난 부위는 없다. 아니, 적어도 오늘까진 없었다. 아무튼 당시에도 왼쪽으로 조금만 깊이 맞았던들 그들은 손 펌프와 압축공기로 나를 살려야 했을 것이다.

그가 마침내 체온계를 빼낸다. 오 하느님 맙소사. 그 안도감이라니! 벽에 비친 그의 그림자가 체온계를 살피고 있다.

"34.5도. 맙소사, 이건 죽은 체온이 아닌데요? 이 친구는 살아 있다고 해도 과언이 아니겠어요, 케이티…… 알렌 박사님."

"그 사람을 어디에서 찾았는지 잊지 마. 골프 코스? 여름날 오후? 네가 37도라고 해도 놀라지 않겠어."

그녀가 방 저쪽에서 말한다. 듣고 있던 레코드를 교체 중인 탓에 잠깐이나마 그녀의 설교하는 듯한 말투를 들을 수 있다.

"아, 알았어요. 이런 대화들이 테이프에선 웃기게 들릴까요?"

그가 순화된 단어들을 내놓았지만. 번역하자면 '이런 말을 테이프로 들으면 쪽팔리겠죠.'쯤 되겠다.

"강의 시간처럼 들릴 거야. 뭘 강의하는지는 몰라도."

"오케이, 좋아요."

그가 고무장갑으로 내 엉덩이를 만지다가 다시 허벅지를 따라 내려갔다. 능력만 있었다면 발기라도 할 판이다.

'왼쪽 다리. 피터, 왼쪽 다리야! 장딴지 안 보여?' 그에게 텔레파시를 보내려 무던 애를 쓴다.

봐야 한다. 아니, 분명히 볼 게다. 아직도 통증이 느껴지지 않는가? 벌에 쏘인 자국만큼 욱신거리는 상처. 멍청이 간호사가 혈관이 아니라 근육에 주사를 놓았을 때처럼 벌렁거리는 통증.

"피부검자는 반바지 차림으로 골프장에 나가는 것이 얼마나 위험한지를 보여주는 좋은 예가 될 것이다."

차라리 장님으로 태어나지 그랬냐며 내가 놈에게 저주를 보낸다. 빌어먹을, 아냐, 저 자식은 이미 장님으로 태어난 거야. 아니면 못 본 척 하는 거야 뭐야……

"그의 몸에는 온갖 상처가 나 있다. 벌레 물린 상처, 벼룩에 물린 상처, 긁은 상처……"

"러프에서 찾아냈다고 했어. 공을 찾다가 심장마비가 온 걸 거야."

앨런이 저편에서 조잘댄다. 그녀는 지금 대학식당에서 설거지라도 하듯 온통 달그락거리는 소리를 만들어내고 있다.

"음흠……"

"계속 해, 피터, 잘 하고 있으니까."

"오케이."

다시 찌르고 누르기의 반복. 약해, 너무 약해.

"왼쪽 종아리의 모기 자국은 감염된 것으로 보임."

그가 계속 말을 해나간다. 지금껏 그의 손길은 부드러웠는데 이번만큼은 그 고통이 도를 넘어선다. 소리를 만들어낼 능력만 있다면 난 죽을 힘을 다해 비명을 질렀을 것이다. 내 생명이라는 게, 결국 그들이 듣고 있는 롤링 스톤스의 테이프 길이에 달려 있는 셈이다……. 시디가 아니라 테이프라고 한다면 말이다. 만일 부검도 시작하기 전에 테이프가 끝난다면…… 뒷면으로 돌리기 전에 그들이 들을 정도의 소리만 만들어낼 수만 있다면…….

"벌레 자국들은 총 부검이 끝난 후에 살펴볼 생각이야. 심장에 문제가 있다면 그럴 필요도 없겠지만. 아니면…… 지금 내가 봐줄까? 그게 걱정 돼?"

그녀가 말한다.

"아뇨, 그냥 봐도 모기 물린 자국이 분명한데요. 상처는 왼쪽으로 번져나갔다. 상처는 모두 다섯…… 일곱…… 여덟…… 세상에, 왼쪽 다리에만도 열두 개나 된다."

'이런 개자식.'

"물파스를 잊은 모양이로군."

"물파스인들 챙겼겠어요? 청심환도 안 챙겨 이 모양인데?"

그의 말에 두 사람은 한바탕 키득거린다. 부검실용 유머.

이번에 그가 혼자서 나를 뒤집는다. 헬스클럽에서 기른 미스터 육체미 근육을 보여주고 싶은 것이리라. 덕분에 뱀에 물린 상처 주변의 모기 상처들이 아래쪽에 가려지고 만다. 나는 다시 줄지어 매달린 형광등을 바라본다. 피터는 뒤로 물러나 지금은 콧소리만 들린다. 그리고 테이블이 기울어지기 시작한다. 물론 이유는 하나다. 나를 절개할 때 체액이 바닥의 채집판에 흘러내리도록 하는 것. 부검 과정에 문제가 발생하지 않는 한, 오거스타의 주립 실험실용 재료로 보내질 것들.

나는 의지와 힘을 끌어 모아 눈을 감으려 해본다. 그가 볼 수 있게 하려는 것이지만 티끌만한 미동도 만들어낼 수 없다. 내가 바란 건 기껏 토요일 오후의 골프 코스 열여덟 홀이었건만, 이런 식으로 가슴에 털 달린 백설공주 꼴이 되고 말다니. 저 칠면조 가위가 복부를 가르면 어떤 기분일까 하는 생각이 도무지 머리를 떠나지를 않는다.

피터는 한 손에 메모판을 들고 이것저것 참조하다가 한쪽으로 밀어놓고는 마이크에 대고 얘기를 한다. 그의 목소리는 훨씬 부드러워져 있다. 일평생 가장 끔찍할 오진을 저질렀건만 그 사실조

제4호 부검실 51

차 모르고 있는 주제에. 그가 서서히 워밍업을 시작한다.

"부검 시작 시간. 1994년 8월 20일. 토요일, 오후 5시 49분."

그는 경주마라도 사는 사람처럼 내 입술을 까집고 치아를 검사하다가 이번엔 턱을 아래쪽으로 잡아당긴다.

"혈색은 좋은 편이며 점상 출혈 흔적은 없다. 이런, 이 아저씨, 정말로 살아있는 것 같은데요!"

롤링 스톤스의 노래가 끝나가면서 조금씩 소리가 작아지고 있다. 그가 발판을 이용해 녹음테이프를 누른다. 딸깍.

나는 열정적으로 콧방귀를 뀌어댄다. 하지만 때를 맞추어 알렌 박사도 무언가를 내려놓는다. 환자용 변기인 듯하다.

"글쎄, 그러고 싶을까?"

그녀가 웃으면서 말한다. 그가 다시 등장하고 이번에는 나도 그들이 암에 걸리기를 바란다. 수술도 불가능하고 오랫동안 고통스러운 것으로 말이다.

그가 재빨리 내 몸을 훑어보고 가슴을 만지더니("타박상, 멍 등, 심장 마비를 지칭하는 어떤 외상도 없음.") "이건 귀신이 곡할 일이네."라고 중얼거리고는, 이번엔 배를 만진다.

내가 트림을 한다.

그가 눈을 동그랗게 뜨고 입을 조금 벌린 채 나를 바라본다. 「나를 기억해 줘요」 때문에 못 들었을까봐 나는 열심히 콧소리를 만들어내려 한다. 어차피 듣지는 못하겠지만 결국엔 그도 내 발악을 보게 될 것이다.

"이런, 하워드, 예의가 없군요. 피터, 조심 해. 검시 트림이 최악이니까."

빌어먹을 년. 알렌 박사가 등 뒤에서 키득거리며 웃는다.

그는 자기 얼굴을 향해 손부채질을 해대고는 하던 일로 되돌아간다. 그는 내 사타구니는 거의 건드리지도 않는다. 물론 오른쪽 다리의 상처가 앞쪽으로 번져 있다는 걸 모를 리는 없을 것이다.

'하지만 넌 큰 걸 놓쳤어. 그건 네가 본 것보다 더 위쪽에 있었어. 그래, 그것도 상관은 없다, 유원지 날라리 놈아. 네놈이 놓친 건 또 있으니까. 넌 내가 살아있다는 것을 놓쳤고 그게 진짜니까 말이야!'

그는 계속에서 마이크에 대고 노래를 부르는데 시간이 갈수록 노련해진다(사실 그는 TV 쇼 「퀸시」의 잭 클러그먼의 말투 같다.). 결국 내 뒤쪽에 있는 여자 파트너이자 의료계의 폴리아나 앨런은 이놈의 테이프를 되돌리지 않게 될 것이다. 최초의 심막이 살아 있음을 눈치 채지 못한 것만 뺀다면 그는 대단히 잘하고 있는 셈이다.

마침내 그가 말한다.

"계속 진행할 준비가 되었습니다, 박사님?"

하지만 그의 목소리엔 자신감이 빠져 있다. 그녀가 다가오더니 나를 힐끗 보곤 피터의 어깨를 움켜쥔다.

"오케이, 쇼를 시작해 보자고!"

나는 이제 혀를 내밀기 위해 갖은 애를 다하고 있다. 저 뻔뻔스런 얼간이들의 행동을 비웃어줄 정도면…… 충분할 것이다. 그리고 보니 혀 안쪽에 희미하게 간지러운 느낌이 이는 것 같기도 하다. 그러니까 수면제 과다 복용으로부터 깨어날 때 같은 그런 기분이다. 경련을 느낄 수도 있을까? 아니, 희망사항이리라. 단지……

'아냐, 분명해.' 하지만 그렇다 한들 뭐하겠는가, 그뿐인걸? 두 번째 시도는 아무 소용이 없다.

피터가 가위를 집어들 때 롤링 스톤스의 노래가 「발사지연」으로 바뀐다.

'내 코앞에 거울을 대고 김이 서리는지 보란 말이야! 최소한 그 정도는 할 수 있잖아?' 나는 그들에게 비명을 지른다.

철컥, 철컥, 철컥 — 철컥.

피터가 한쪽으로 가위를 비틀자 빛이 날을 따라 흘러내린다. 그리고 나는 처음으로, 이 미친 게임이 정말로, 진짜로, 끝까지 진행될 것이라는 사실을 깨닫는다. 감독은 촬영을 중단시키지 않을 테고 심판 역시 10라운드의 판정패를 선언하지 않을 것이다. 광고 평계로 잠시 쉬지도 않을 것이다. 내가 무력하게 누워 있는 동안 청년 슈바이처 피터는 내 배때기에 가위를 꽂고는 택배로 날아온 옥션 구입품처럼 활짝 열어젖힐 것이다.

그가 망설이듯 알렌 박사를 본다.

안 돼! 제발 그만 둬! 내가 울부짖는다. 목소리는 두개골의 어두운 벽을 울리지만 입 밖으로 나갈 기미는 전혀 보이지 않는다.

그녀가 끄덕인다.

"해 봐. 잘 할 거야."

"에…… 음악을 끄는 게 좋을까요?"

'그래! 그래! 제발 꺼버려!'

"신경 쓰여?"

'물론 신경 쓰이지. 이놈은 음악소리에 빽 가서 환자가 살아있

다는 것도 모르고 있잖아!'
"에……"
"알았어."
그녀가 시야에서 사라진다. 잠시 후 믹과 케이스도 완전히 사라진다. 나는 콧소리를 내려고 한다. 끔찍한 일은 이제 그마저 안 된다는 사실이다. 너무 겁에 질린 탓이다. 공포가 성대를 잠가버린 탓에 그녀가 다시 나타났건만 그저 멍하니 올려다볼 따름이다. 두 사람은 열린 관을 들여다보는 운구인들처럼 나를 내려다보고 있다.
"고마워요."
그가 말한다. 그리고 크게 심호흡을 하고 가위를 든다.
"심막 절개 시작."
그가 가위를 내린다. 나는 가위를 본다. 가위를…… 본다…….
보이지 않는다. 잠시 후 차가운 금속이 벌거벗은 배 위쪽에 닿는 느낌이 온다.
그가 주저하듯 의사를 바라본다.
"정말로 괜찮으시겠어요?"
"데뷔 무대를 원하는 거야 아니야, 피터?"
그녀가 약간 퉁명스럽게 쏘아붙인다.
"물론 원하죠, 하지만……"
"그럼 잘라."
그가 입술을 굳게 다물고 고개를 끄덕인다. 나는 눈을 질끈 감는다. 물론 그걸 행동으로 옮길 수는 없다. 그저 1, 2초 후면 닥쳐올 고통에 대비해 각오를 다진다는 뜻일 뿐이다. 다져질 것에 대한 다짐.

"절개."

그가 상체를 숙이며 선언한다.

"잠깐!"

그녀가 외친다. 태양신경총 바로 아랫부분의 날카로운 통증이 조금 가신다. 그가 놀란 표정으로 그녀를 돌아본다. 아니, 어쩌면 중요한 순간이 연기된 데 대해 안도하고 있는 건지도 모르겠다.

내 성기를 조심스럽게 감싸 쥐는 그녀의 고무장갑이 느껴진다. 해괴망측한 마스터베이션이라도 시키고 죽이겠다는 건가? 시체와의 안전한 섹스? 그때 그녀가 말한다.

"피터, 놓친 게 있잖아."

그가 상체를 숙여 그녀가 지적한 곳을 바라본다. 사타구니의 상처. 오른쪽 허벅지 제일 위쪽, 모공 없는 움푹한 부분이다.

그녀의 손은 여전히 내 성기를 들고 있다. 물론 그녀가 하는 일은 성기를 한쪽으로 젖혀두는 것뿐이다. 자신이 되찾은 보물을 보여줄 수 있다면 소파 쿠션이라도 들고 있을 그런 여자이다. 그게 동전이든, 잃어버린 지갑이든, 아니면 그동안 행방불명되었던 햄토리든 말이다. 그런데, 그런데, 무슨 일인가가 일어난다.

오 하느님 맙소사 지저스 클라이스트 나무아미타불 할렐루야, '일이 생긴단 말이다!'

"그리고 이걸 봐. (그녀가 가리킨 것은 오른 쪽 고환 아래로 그어진 가는 선이다.) 여기 가는 상처를 보라고. 이 사람 고환이 포도송이처럼 부풀어 오른 적이 있다는 뜻이야."

"그래도 용케 잃은 건 없나보죠?"

"그래 너라면…… 아무튼 다행이야."

그녀가 이렇게 말하고는 의뭉스럽게 웃는다. 그녀의 장갑이 느슨해지더니 자리를 바꾸어 조금 더 세게 누른다. 시야를 확보하기 위한 것이리라. 비록 우연이긴 하지만, 대개는 이 정도만으로도 25달러나 30달러를 벌 수 있는 서비스다……. 물론 다른 상황에서의 얘기다.

"이건 전쟁의 상처야. 저기 확대경 좀 줘봐, 피터."

"하지만 내가……"

"잠깐만 기다려. 어디 달아날 사람도 아니잖아."

그녀는 자신의 발견에 완전히 몰입해 있다. 손은 여전히 성기를 누르고 있고, 늘 그렇듯 나는 조금씩 흥분하기 시작한다. 아니 착각일 수도 있겠다. 착각이 분명하다. 아니, 아니, 피터는 볼 수 있지 않을까? 그녀가 느낄 수도……

그녀가 고개를 숙이는 통에 이제 그녀의 녹색 등만 보인다. 모자의 리본이 기이한 변발처럼 아래로 늘어져 있다. 이런, 오, 맙소사, 이젠 그녀의 따뜻한 숨결까지 느낀다.

"바깥쪽의 복사광을 잘 봐. 일종의 탄흔이야. 적어도 10년은 된 거지. 이 사람 복무 기록을 봤어야……"

그때 문이 벌컥 하고 열린다. 피터가 놀라 비명을 지른다. 알렌 박사는 비명까지는 안 지르지만 자신도 모르게 힘이 들어간 손으로 내 성기를 와락 움켜쥔다. 그야말로 노골적인 간호사 동영상의 엽기 버전이 아닐 수 없다.

"그 사람 절개하지 마요! 절개하면 안 돼요. 골프백 안에 뱀이 있었어요. 뱀한테 물린 거라고요!"

누군가가 외친다. 목소리가 얼마나 겁에 질렸던지 그가 러스티라는 사실조차 간신히 알아볼 지경이다.

두 사람이 그를 돌아본다. 눈을 동그랗게 뜨고 턱은 쩍 하고 벌어져 있다. 그녀의 손은 여전히 거시기를 틀어쥐고 있건만 그녀는 의식조차 못한다. 피터 역시 수술실 가운 가슴 부분을 움켜쥐고 있다는 사실을 깨닫지 못하고 있다. 내가 아니라 그쪽이 연료 펌프에 문제가 있는 환자처럼 보인다.

"뭐요? 당신 도대체……"

피터가 버벅거린다. 러스티도 버벅거리지만 그래도 할 말을 해나간다.

"기절한 거예요! 그 사람 멀쩡해요. 단지 말을 못할 뿐이라고요! 작은 갈색 뱀인데 나도 평생 처음 보는 종류였어요. 적하장 밑으로 달아나 지금은 거기 있어요. 아니, 중요한 건 그게 아니라…… 우리가 데려온 사람이 아무래도 그 뱀한테 물린 것 같아요. 그러니까…… 빌어먹을, 이봐요, 어떻게 해볼 수 없어요? 그 사람 되살릴 수 없냐고요?"

그녀가 돌아본다. 도대체 무슨 말을 해야 할지 갈피를 못 잡는 표정이다. 그리고…… 그녀는 결국, 이미 잔뜩 성이 날 대로 난 성기를 틀어잡고 있다는 사실을 깨닫고 만다. 그녀가 비명을 지르고는 피터의 얼어붙은 장갑에서 전지가위를 잡아챈다. 내 머릿속에서는 그 옛날 앨프레드 히치콕의 TV쇼가 다시 한번 떠오른다.

불쌍한 조지프 코튼.

눈물 한 방울이면 되는데.

그리고 그 후

4호 부검실에서의 악몽이 있고 1년이 지났다. 마비 증세는 그 후로도 끔찍할 정도로 오래 갔으나 어쨌거나 지금은 완쾌된 상태다. 보름달이 기울기 시작하면서는 손가락과 발가락의 섬세한 동작도 돌아왔다. 피아노를 치는 건 아직 어렵지만 그때 같았으면 영원히 불가능했을 것이다. 농담이지만 그렇다고 그 일에 대해 유감은 없다. 그 황당한 모험이 있고 석 달 동안, 내 농담의 영역은 정상과 신경증적 붕괴 사이의 경계를 아슬아슬하게 넘나들었다. 만일 부검용 가위 끝에 배를 찔려본 적이 있는 사람이라면 내 말을 이해할 수 있으리라.

황천길을 가까스로 빠져나오고 2주쯤 후 듀퐁 스트리트의 한 여인이 데리 경찰에 전화를 걸어 이웃집에서 '악취'가 난다고 불평했다. 그 집은 월터 커라는 이름의 독신자 은행원이 살고 있었는데, 경찰이 갔을 때는 집은 텅 빈 채였다. 그러니까 살아있는 인간이 없었다는 뜻이다. 지하실에서 그들은 다양한 종류의 뱀을 60여 마리나 찾아냈다. 그 중 반은 (굶주림과 탈수 증세로) 죽어있었지만 다른 뱀들은 활력이 왕성했고…… 또 극도로 위험했다. 몇 마리는 아주 희귀종이었다. 파충류 전문가에 따르면 그중 한 마리는 세기 중반 이후 멸종된 것으로 알려지기까지 했었다.

커는 8월 22일에 데리 커뮤니티 은행에 출근하지 못했다. 내가 물리고 이틀 후이며 기사가 신문에 터진 다음날이었다('마비된 사나이 죽음의 부검을 피하다.'라는 헤드라인이었다. 일부는 내가 '두려움에 얼어붙었다.'는 말을 했다고 인용하기까지 했다.).

커의 지하실 동물원 우리에는 모두 뱀이 들어 있었다. 오직 한 곳만 예외였다. 빈 우리에는 아무런 표시도 없었다. 내 골프가방에서 빠져나간 뱀도 끝내 발견되지 않았다(앰뷸런스 당번들은 내 '시체'와 가방을 옮겨 와 병원 주차장에서 칩샷을 연습했다.). 내 혈류의 독성을 기록했지만 어느 것과도 일치되지 않았다. 당번 잡역부 마이크 호퍼의 혈류에서 검출된 것도 농도는 새 발의 피에도 못 미쳤다. 지난 해 나는 무던히도 많은 뱀 사진을 보았고 그 결과 인간의 전신 마비를 초래했다고 보고된 뱀을 하나 정도는 찾아낼 수 있었다. 페루비안 붐슬랭, 1920년 이후로 멸종된 것으로 보이는 끔찍한 독사다. 듀퐁 스트리트는 데리 시영 골프장에서 불과 800미터도 안 되는 거리였으며 그 사이의 길은 주로 잡목 숲과 텅 빈 공터로 이루어져 있었다.

한 마디만 더. 케이티 알렌과 나는 4개월 동안 데이트를 했다. 1994년 11월부터 1995년 2월까지. 우리는 상호 합의에 따라 헤어졌는데 이유는 성적 취향 때문이었.

그녀가 고무장갑을 끼지 않으면 도무지 발기를 하지 않았으니 말이다.

무서운 이야기를 쓰는 작가들은 생매장에 대한 이야기를 다루어야 한다고 생각한다. 너무나 광범위한 공포일 것 같기 때문이다. 내가 일곱 살쯤 되었을 때 가장 무서운 TV 프로그램은 늘 앨프레드 히치콕 제공이었다. 그리고 가장 무서운 앨프레드 제공 영화는(내 친구와 나는 이 점에서 완전한 합의를 보았다.) 조지프 코튼이 주인공으로 나오는 영화였다. 자동

차 사고로 부상을 당했는데 그 정도가 심해 의사들조차 그가 죽은 줄 알고 있었다. 심장박동마저도 찾아내지 못했다. 그들이 막 부검을 실시하려는 찰나, 그러니까 내면으로는 살아서 비명을 지르고 있는 사람을 절단하려는 찰나, 그는 눈물 한 방울을 흘려 자기가 살아 있음을 알렸다. 무척 감동적인 이야기지만 감동적인 이야기가 내 레퍼토리는 아니다. 나는 이 문제를 파고 들어갔고, 그 결과 살아있음을 알리는 더 많은, 또는 더 현대적인 방법들이 수면으로 떠올랐다. 이 이야기는 그 결과물이다. 마지막으로 뱀에 대해 한 마디만 하고 끝내련다. 솔직히 말해서 페루비안 붐슬랭이라는 파충류가 있는지는 나도 모른다. 다만 애거서 크리스티 여사가 미스 마플 시리즈에서 아프리카 붐슬랭을 언급한 바 있고, 난 그 단어가(아프리카 말고 붐슬랭이) 너무나 맘에 들어 이 이야기에 등장시켜야만 했다.

검은 정장의 악마

이제 나도 늙을 만큼 늙었다. 그리고 이 이야기는 아주 어렸을 때, 그러니까 내가 아홉 살 때 일어났던 일이다. 1914년, 형이 마을 서쪽의 들판에서 죽은 그해 여름이고 또 미국이 세계1차 대전에 뛰어들기 3년 전이었다. 그해 그 개울의 갈라진 물길에서 어떤 일이 일어났는지에 대해서는 지금껏 아무한테도 말해 본 적이 없다. 앞으로도 하지 않을 것이다……. 적어도 내 입으로는 아니다. 다만 난 일기장에 그 얘기를 싣기로 했고, 일기장은 침대 옆 테이블에 놓아둘 것이다. 요즘엔 손이 떨리고 힘도 없는 탓에 오랫동안 쓰지는 못한다. 다행이라면 얘기가 그리 길지는 않으리라는 것.

누군가 후에 내가 써놓은 얘기를 발견할 수도 있겠다. 충분히 그럴 수 있다. 주인이 죽은 후 '일기장'이라는 이름의 책을 들여다보는 것은 인간의 본성에 속하니 말이다. 상관없다. 내 글 역시 충분히 이해가 가능할 것이다. 오히려 문제는 과연 누가 믿으려 하겠느냐는 거다. 믿을 사람이야 없겠지만 그것도 상관없다. 내게 중요한 것은 믿음이 아니라 자유이니 말이다. 난 글이 자유를 줄 수 있다는 사실을 안다. 20년 동안《캐슬록콜》에「그 옛날 그곳에선」이라는 이름의 칼럼을 써왔고 덕분에 가끔 그런 식의 자유를 누리곤 했다. 글을 써보라. 그 글은 밝은 햇볕에 노출된 사진처럼 당신을 영원히 완전한 백지로 만들어줄 것이다.

내 바람은 바로 그런 종류의 해방이다.

90대의 남자가 어린 시절의 두려움을 극복하지 못한다는 게 우습기도 하겠다. 하지만 혀를 날름거리는 무심한 파도가, 쌓아둔 모래성을 조금씩 갉아먹듯이, 기운이 빠져나갈수록 그 끔찍한 얼굴은 마음의 눈앞에 점점 더 또렷하게 모습을 드러내고 만다. 그건 마치 어린 시절의 은하수별 같았다. 어제 무슨 일을 했고, 이곳 요양원 병실에서 누구를 만났으며, 그 사람들이 무슨 말을 하고 난 또 무슨 말을 했는지…… 그런 건 하나도 기억이 나지 않는다. 하지만 검은 정장 남자의 얼굴은 시간이 갈수록 점점 분명해지고 가까워지기만 하며, 이젠 심지어 그의 말 하나하나까지 선명하게 기억난다. 잊고 싶어도 도리가 없다. 밤이면 심장이 어찌나 가쁘고 바쁘게 뛰는지, 정말로 터져버릴 거라는 생각이 들 정도다. 그래서 결국 만년필 뚜껑을 벗기고 늙고 떨리는 손을 들어 일기장에 이렇게 무의미한 일화를 적기로 한 것이다. 작년 크리스마스에 손녀(그 아이 이름이 뭐더라? S로 시작되는 이름인데……)가 선물한 일기장이다. 지금껏 그 펜으로 글자 하나 적지 않았지만 그것도 오늘로 끝이다. 1914년 여름의 어느 날 오후, 캐슬의 개울둑에서 그 검은 정장 남자를 만나게 된 얘기부터 써내려 갈 터이니 말이다.

그 당시 모든 마을은 별세계였다. 글쎄, 그걸 말로 설명할 수 있을까? 머리 위로 윙윙거리는 비행기는커녕, 자동차와 트럭도 거의 볼 수 없는 세계, 하늘이 아직 전선줄로 난도질당하지 않던 세계.
마을 전체에 포장도로라고는 하나도 없었다. 상가 지역이라고 해봐야, 코슨의 잡화상, 서트의 농기구 대여점, 크리스트 거리 모퉁이에 있는 감리교회, 학교, 마을회관, 그리고 그곳에서 800미터쯤 떨어진 해리 레스토랑(어머니는 늘 경멸스런 어투를 담아 '술집'이라고 불렀다.)이 전부였다.
하지만 내가 별세계라고 부른 이유는 사람들의 생활 모습 때문이다. 그런 걸 고립된 인생이라고 해야 하나? 20세기 중반 이후에 태어난 사람들이라면, 행여 나 같은 노친네들을 공양하는 마음이라면 몰라도, 선뜻 믿을 수 있다고 나서지는 못하리라. 예를 들어 당시의 메인 서부에는 전화가 하나도 없었다. 최초의 전화가 설치된 것도 그후 5년이 지나서이고, 우리 집에 전화가 생긴 것은 내가 열아홉이 되어 오로노에 있는 메인 대학으로 떠날 때나 되어서였다.
어쩌면 그것도 지엽적인 예일 수밖에 없겠다. 의사는 캐스코에나 가야 볼 수 있었고 마을이라고 부르는 지역엔 열 채 안팎의 집이 고작이었다. 물론 이웃도 없었다. 아니 이웃이라는 단어가 있었는지조차 모르겠다. 있었다 해도 교회 모임이나 시골 댄스파티 같은 데서나 쓰였을 것이다. 당연히 공동경작이라는 개념도 규칙이라기보다는 예외에 불과했다. 마을을 벗어나면 띄엄띄엄 떨어진 농장들이 있기는 했으나 그것도 12월에서 3월까지는 모두 가족이라는 이름의 손톱만 한 난롯가에 웅크리고 살아야 했다. 우리는 잔뜩 오그리고 앉아 굴뚝의 바람 소리를 들으며, 아무도 아프거나 다리를 부러뜨리거나 나쁜 생각을 하지 않기만을 빌었다. 3년 전인가 캐슬록의 농부 하나가 아내와 아이들을 도끼로 찍어 죽이고는 법정에서 귀신 때문이라고 증언한 사건이 있었던 것이다. 세계대전 이전의 모튼은 대부분 숲과 늪지였다. 사슴과 모기와 뱀과 비밀로 가득한 길고도 어두운 황무지. 그리고 당시에는 어디에나 유령이 있었다.

내가 말하고자 하는 사건이 일어난 것은 토요일이었다. 아빠는 내가 해야 할 잡일을 한 보따리 안겨주었는데 그중 일부는 형이 했어야 할 일들이었다. 물론 살았을 경우의 일이지만 말이다. 하나뿐인 형은 벌에 쏘이는 바람에 세상을 떠났다. 그리고 1년이나 지난 일인데도 엄마는 그 사실을 믿으려 하지 않았다. 단순히 그럴 리가 없다는 이유였다. 그러니까 도대체 벌에 쏘여서 죽는 사람이 어디 있겠냐는 얘기다. 그 전 해에 감리교회 여성회에서 제일 나이가 많은 마마 스위트가 교회 식사 시간을 틈타 엄마를 설득하려 한 적이 있었다. 그녀는 1873년 자기가 제일 좋아하는 삼촌도 그렇게 죽었다고 했다. 하지만 어머니는 두 손으로 귀를 막고 교회 지하실을 빠져나왔고, 그 후로 다시는 교회에 나가지 않았다. 아빠가 말리고 또 말렸지만 엄마는 이제 교회와는 끝났다고 선언했다. 만일 헬렌 로비차우드를 만나면 그 여자 아가리를 묵사발로 만들어버리겠다는 말까지 덧붙였다. 자신도 어쩔 수 없을 거면서.

그날 아빠는 내게 요리에 쓸 장작을 꺼내고, 콩밭과 오이밭의 잡초를 뽑고, 다락의 건초를 모두 쓸어내리고, 샘집(샘이나 개울 위에 세운 냉장 오두막. 밀크·고기 따위를 냉각, 저장한다. — 옮긴이)에 물 두 주전자를 갖다 두고, 지하실 격벽의 페인트를 할 수 있는 데까지 벗겨내라는 지시를 내렸다. 낚시를 가려면 그 다음에 하라는 것이다. 그것도 혼자서 말이다. 아빠는 빌 애버섐과 만나 암소 얘기를 해야 한다고 했다. 나는 물론 혼자 갈 수 있다고 대답했고 아빠는 놀랄 것 없다는 듯 실실 웃기만 했다. 지난 주 아빠가 준 대나무 낚싯대가 있었다. 아빠는 생일 같은 날이 아니더라도 가끔 뭔가 주는 걸 좋아했는데, 나 역시 그 낚싯대를 가지고 개울로 달려가고 싶어 몸이 달아 있었다. 그곳은 다녀본 중에서 연어가 가장 많은 개울이었다.

"하지만 숲 속 깊이 들어가면 안 된다. 특히 물길이 갈라지는 데는 안 돼."

아빠가 말했다.

"안 갈게요."

"뭐라고 했지?"

"가지 않겠습니다, 각하!"

"엄마한테도 약속해라."

우리는 뒷문 계단에 서 있었다. 물주전자 두 개를 들고 샘집으로 가는데 아빠가 불러 세운 터였다. 이제 그는 나를 돌려 엄마를 마주 보게 했다. 그녀는 대리석 카운터에 서서, 싱크대 위의 이중창을 통해 쏟아지는 아침 햇살을 만끽하고 있었다. 흘러내린 머리카락이 그녀의 이마와 한쪽 눈썹을 가로질렀다(내가 얼마나 잘 기억하고 있는지 실감이 가는가?). 밝은 햇살이 그녀의 머리카락을 금빛 필라멘트로 만들어놓아 난 당장이라도 달려가 꼭 끌어안아주고 싶었다. 그 순간 난 엄마를 여성으로 보았다. 요컨대 아빠가 엄마를 보는 식으로 본 것이다. 엄마는 작고 빨간 장미로 뒤덮인 실내복 차림으로 빵 반죽을 만드는 중이었다. 검은색의 스코틀랜드산 애완견 캔디빌도 옆에서 초조하게 그녀를 올려다보았다. 뭐든 떨어지기를 기다리는 것이리라. 엄마가 나를 바라보았다.

"약속할게요."

내 말에 그녀가 미소 지었다. 어딘가 불안감으로 가득 찬 미소였다. 아빠가 들판에서 형을 안고 돌아온 후로 엄마는 이따금 그런 미소를 짓곤 했다. 아빠는 그때 벌거벗은 상체로 울고 있었는데, 통통 부은데다 탈색까지 된 형의 얼굴을 가리기 위해 셔츠를 벗었기 때문이었다. '오 아들아! 내 아들 좀 봐! 오, 하느님, 이 애를 좀 봐주세요.' 아빠는 그렇게 울었다. 이런, 마치 어제처럼 기억이 생생하군. 그렇다. 아빠가 헛되이 구세주의 이름을 부른 건 그때가 처음이었던 것 같다.

"뭐에 대한 약속이니, 게리?"

엄마가 물었다.

"개울이 갈라지는 데에서 더 자꾸 가지 않겠다고요, 엄마."

"더 멀리."

"예, 더 멀리."

그녀는 아무 말도 않고 한참동안 나를 보았다. 두 손은 계속 밀가루를 주무르고 있었으나 반죽은 이미 비단처럼 부드러워 보였다.

"개울이 갈라지는 곳보다 더 멀리 가지 않을게요, 엄마."

"잘 했다, 게리. 그리고 학교뿐 아니라 세상을 위해서도 말은 제대로 해야 한단다."

"예, 엄마."

내가 허드렛일을 하는 동안 캔디빌이 졸졸 따라다녔다. 점심을 먹는 동안에는 나를 빤히 바라보았는데, 엄마가 밀가루 반죽 할 때와 하나도 다르지 않은 모습이었다. 그런데 내가 대나무 낚싯대와 찢어진 물고기 바구니를 들고 문 밖으로 나서자, 정작 놈은 낡은 방설책 옆의 먼지 속에 서서 멍하니 바라보기만 했다. 아무리 불러도 꼼짝도 하지 않았다. 오히려 내게 돌아오라는 듯 한두 번 깽깽 짖는 것이 아닌가.

"그럼, 거기 있어."

내가 말했다. 상관없다는 듯 대하기는 했지만 사실 조금은 불안했다. 캔디빌은 언제나 낚시에 따라 나섰기 때문이다.

엄마가 문으로 나오더니 한 손으로 눈에 그늘을 만들어 나를 내다보았다. 난 지금도 어머니의 그 모습을 기억한다. 그건 그러니까 갑자기 불행해지거나 죽은 누군가의 사진처럼 보였다.

"아빠 말 잊지 말거라, 게리!"

"예, 엄마. 그럴게요."

그녀가 손을 흔들고 나도 흔들었다. 그리고 엄마에게 등을 돌리고 걷기 시작했다.

    햇살이 목덜미를 때렸다. 뜨겁고 따가운 햇살. 하지만 500미터쯤 지나자 곧바로 숲이 나왔다. 그곳은 언제나 이중 삼중의 그림자가 길을 덮고 있는 탓에 늘 시원했다. 전나무 냄새도 났고, 무성한 침엽수 숲을 가르는 바람소리도 들렸다. 나는 당시 아이들처럼, 어깨에 낚싯대를 메고 바구니를 서류가방이나 샘플가방처럼 흔들며 걸었다. 숲 속 길을 따라 3킬로미터쯤 들어가자(길이라고 해봐야 가운데 잡풀들이 볼록하게 두드러져 있는 두 개의 바퀴자국에 불과했다.) 캐슬 개울의 조잘거리는 물소리가 들려왔다. 나는 얼룩무늬 등에 순백의 배를 지닌 송어를 생각했다. 가슴이 콩닥거리기 시작했다.

    작은 나무다리 밑으로 개울이 흐르고 있었다. 개울둑은 가파르고 잡풀이 무성했다. 나는 손에 닿는 대로 움켜잡기도 하고 뒤꿈치를 단단히 박기도 하면서 조심조심 아래로 내려갔다. 아래쪽은 다시 봄 날씨였다. 한여름임에도 불구하고 그곳은 초봄처럼 시원했다. 개울 쪽에서 부드러운 냉기가 불어왔으며 파릇파릇 이끼 냄새도 났다. 물 가장자리에 다다른 나는, 그곳에 잠시 서서 이끼 냄새를 맡고 잠자리들이 날고 소금쟁이들이 스케이트 타는 모습 따위를 지켜보았다. 그때 저 아래쪽에서 송어 한 마리가 나비를 향해 뛰어 올랐다. 30센티미터도 넘는 민물송어! 그렇지, 난 관광하러 여기 온 것이 아니다!

    나는 둑을 따라 물살 아래로 내려가다가 위쪽 다리가 보이는 곳쯤에서 처음으로 낚싯줄을 담갔다. 뭔가 한두 번 입질을 하다가 미끼의 반을 따먹었지만 놈은 아홉 살짜리가 어떻게 해보기엔 너무 교활했다. 아니면, 아직 눈치를 볼만큼 배가 부르던지. 아무튼 난 계속 지켜보기로 했다.

이른바 캐슬 개울의 핫바지라고 부르는 지점으로 향하고 있었다. 남서쪽으로는 캐슬록으로 흐르고, 남동쪽으로는 카슈와카마크 군구로 갈라지는 꼭짓점이다. 가는 길에 나는 두세 군데에서 멈춰 낚시를 했는데, 그때 평생 최대의 대어를 낚았다. 바구니에 담아온 작은 자로 재어보니 주둥이에서 꼬리까지 무려 50센티미터나 되는 멋쟁이였다. 당시에도 그렇게 큰 민물송어는 대박이었다.

그 송어를 그날의 선물로 받아들이고 돌아섰다면 지금 이 글을 쓰고 있지도 않으리라(게다가 처음 생각보다 글이 훨씬 길어질 것 같지 않은가!). 하지만 난 그러지 않았다. 오히려 아빠한테 배운 대로 수확물을 처리하기로 했다. 바구니 바닥에 마른 풀을 깔고 송어를 깨끗이 씻어 올려놓고는, 다시 젖은 풀로 덮어놓았다. 그리고 낚시를 계속했다. 아홉 살밖에 안 된 어린애가 50센티미터짜리 송어를 잡은 것이 대단한 위업이라는 생각을 할 수는 없었다. 물론 네트도 기술도 없는 꼬마가. 낚싯줄을 용케 끊어먹지 않고, 이리저리 꼬리를 흔들며 발악하는 놈을 끌어냈다는 사실에 적잖이 감탄했던 기억은 난다.

10분 후, 나는 핫바지에 다다랐다. 물살이 거의 변소만 한 잿빛 바위를 때리다가 가랑이를 벌리며 두 갈래로 갈라져 흐르고 있었다(지금은 아니다. 캐슬 개울이 흐르던 곳에는 2세대용 주택이 들어서 있고 지역 초등학교도 세워졌다. 만일 아직 물이 있다 해도 지금은 땅 밑을 흐르고 있을 것이다.). 그곳에는 내가 좋아하는 평지가 있었다. 부드러운 잔디도 있고, 아빠와 내가 남쪽 지류라고 부르는 지역이 내려다보이기도 했다. 나는 발뒤꿈치로 웅크리고 앉아 낚싯줄을 던졌고 거의 순식간에 멋진 무지개송어를 건져 올렸다. 내 송어에는 못 미쳤지만(기껏 한 자 정도?) 그래도 멋진 수확이었다. 나는 물고기가 아직 아가미를 펄떡거릴 때 깨끗하게 씻어 바구니에 저장한 다음 다시 물속에 낚싯줄을 던졌다.

이번에는 쉽게 무는 놈이 없어 나는 등을 기댄 채 개울의 물줄기를 따라 이어진 파란 하늘 길을 올려다보았다. 구름이 여기저기 뭉쳐 서쪽에서 동쪽으로 흐르고 있었다. 나는 구름들의 닮은 모습을 찾아보기로 했다. 내가 본 것은 유니콘, 수탉, 그리고 캔디 빌처럼 생긴 작은 개였다. 그리고 다른 구름을 살펴보려다가 그만 꾸벅 졸고 말았다.

아니 어쩌면 잠이 들었는지도 모르겠다. 아무튼 기억나는 거라곤 낚싯줄을 당기는 힘이 너무 강해 낚싯대를 놓칠 뻔했다는 것과 덕분에 오후의 개울로 돌아올 수 있었다는 사실이었다. 나는 일어나 앉아 낚싯대를 힘껏 붙들었다. 그리고 그때 코끝에 뭔가가 앉아 있는 것을 보았다. 눈을 사팔로 모아보니 꿀벌이었다. 심장이 배 밑으로 떨어져 죽는 줄 알았다. 순간적으로 바지에 오줌을 쌀 뻔하기도 했다.

다시 낚싯줄에 신호가 왔다. 이번엔 더 강했다. 나는 낚싯대 끝을 잡아 물속에 휩쓸리지 않게 해놓기는 했지만 그렇다고 포획물을 잡아당기거나 하지는 못했다. 내 관심은 온통 내 코를 둥지쯤으로 생각하고 있는, 흑색과 황색의 살찐 곤충에 집중되어 있었다.
 나는 천천히 아랫입술을 내밀어 위쪽으로 바람을 불었다. 벌은 조금 꿈틀거릴 뿐 자리를 뜨지는 않았다. 다시 바람을 불자 놈이 다시 꿈틀거렸다. 하지만 이번엔 짜증난다는 투였고 덕분에 더 이상 입바람을 날릴 엄두를 낼 수가 없었다. 괜히 성질만 돋우었다가 한 방 물려봐야 좋을 것 하나도 없을 테니 말이다. 너무 가까운 탓에 뭘 하고 있는지 알 수는 없었지만, 놈이 한 쪽 코에 침을 박아 넣고 눈과 뇌를 향해 맹독을 쏘아 올리는 장면을 상상하는 건 너무나도 쉬웠다.
 문득 끔찍한 생각이 들었다. 이 벌이 형을 죽인 바로 그 벌이 아닐까? 물론 그럴 리가 없다는 것쯤은 알고 있었다. 비록 아홉 살의 나이지만, 벌이 1년 이상 살 수 없다는 얘기를 들은 적도 있고(여왕벌은 예외다. 아무튼 잘 몰랐으니까.), 침을 쓰면 벌이 죽는다는 사실도 알고 있었다. 침이 낚싯바늘처럼 박히기 때문에 일을 마친 후 날아가려고 하면 몸이 뜯겨나간다는 얘기였다. 하지만 그렇다고 그 생각이 사라지지는 않았다. 이건 그냥 벌이 아니야. 악마벌이 앨비언과 로레타의 두 아이 중 나머지 애를 죽이러 돌아온 거라고!
 게다가 뭔가 다른 이유도 있었다. 전에도 벌에 쏘여본 적은 있었다. 쏘인 자국이 크게 붓기는 했지만(자세히 기억은 나지 않는다) 그래도 죽은 적은 없었다. 그런 건 오직 형에게만 해당되는 일이었다. 어쨌든 나와는 관계없는, 형만의 치명적인 결함을 위한 형벌이었다. 하지만 그 벌을 향해 눈을 사팔로 만드는 순간 논리는 더 이상 존재하지 않았다. 그건 실제로 존재하는 벌이었다. 그 벌이어야 했다. 형을 죽인 벌. 형의 울퉁불퉁하게 부운 얼굴을 보여주지 않기 위해 아빠가 작업복에 셔츠까지 벗어 덮어주었을 만큼 상상을 초월한 독성을 지녔던 그 벌. 아빠는 엄청난 슬픔 속에서도 그 일을 해내야 했다. 장남에게 어떤 일이 일어났는지를 엄마가 보지 못하도록 하기 위해서 말이다. 이제 돌아온 이상 놈은 기어이 나를 죽이고 말 것이다. 놈은 나를 쏘고 결국 나는 개울둑에서 발작을 하다가 죽고 말 것이다. 내게 끌려나온 숭어처럼 고통스럽게 펄쩍거리다가 죽게 될 것이다.

그런 생각들을 하면서 거의 미쳐가고 있는데(아마도 벌떡 일어나 어디든 달려갔을 것이다.) 뒤쪽에서 갑자기 커다란 폭발음이 들렸다. 총소리만큼 날카롭고 확실했지만 그렇다고 총소리는 아니었다. 누군가의 박수 소리. 단 한 번의 소리. 그리고 기적이 일어났다. 꿀벌이 코에서 미끄러져 무릎 위로 떨어진 것이다. 놈은 다리와 침을 처든 채 바지 위에 누워 있었다. 낡은 갈색 코르덴바지 위로 힘없이 뻗은 검은 바늘. 놈은 죽어 있었다. 그 정도는 한 눈에 알 수 있었다. 그와 동시에 낚싯대가 다시 꿈틀거렸다. 그건 어린 나로서는 도저히 어찌해 볼 수 없는 만큼의 저항이자 발악이었다.

나는 멍청하게 낚시를 힘껏 잡아당기고 말았다. 만일 아빠가 봤다면 "어이쿠, 두야!" 하면서 두 손으로 머리를 감싸고 말 일이었다. 무지개 송어. 내가 잡은 놈보다 훨씬 더 큰 송어였다. 놈이 몸을 비틀며 물 밖으로 튀어 오르더니 필라멘트 같은 꼬리로 아름다운 물방울을 뿌려댔다. 그건 마치 40년대와 50년대 유행했던 《진짜사나이》와 《남자의 로망》 같은 남성잡지 표지에 나왔던,

과장된 낚시 그림처럼 보였다. 기적의 대어를 건져 올리는 장면이 머릿속에 떠올랐지만, 그 순간 낚싯대가 가벼워지더니 송어는 다시 물속으로 돌아가 버리고 말았다. 난 그제야 어깨 너머를 돌아보았다. 누가 박수를 쳤는지 보기 위해서였다. 한 남자가 위쪽 숲 가장자리에 서 있었다. 길고 창백한 얼굴에 검은 머리를 착 달라붙도록 빗어 왼쪽으로 가지런히 가르마를 탔는데, 키가 무척이나 큰 사람이었다. 옷은 쓰리피스짜리 검은색 정장이었다. 난 한 눈에 그가 사람이 아님을 알아보았다. 두 눈이 난로의 주황색 불꽃 같았기 때문이었다. 광채를 말하는 건 아니다. 그의 눈에는 광채는커녕 홍채와 흰자위도 없었다. 그냥 온통 오렌지색 일색이었다. 꿈틀거리고 깜빡거리는 오렌지. 뭐, 이제 와서 무슨 얘기인들 못하겠는가? 그렇다. 그의 내부는 온통 불타고 있었으며 두 눈은 이따금 난로 문을 통해 보이는, 운모 덩어리처럼 보였다.

결국 방광이 터지고 말았다. 벌이 누워 있던 갈색바지가 순식간에 암갈색으로 물들었지만 난 그조차 깨닫지 했다. 나를 내려다보고 서 있는, 개울둑의 남자에게서 눈을 뗄 수도 없었다. 메인 서쪽의 길 하나 없는 숲을 빠져나오면서도, 검은 정장과 뾰족 가죽구두에 오물 하나 묻지 않은 남자. 조끼를 가로질러 타원형으로 늘어진 시곗줄이 여름 햇살에 반짝거리면서도 어디 하나 솔잎 한 올 묻어 있지 않은 사내. 그런 그가 내게 미소를 지어보이고 있다.

"이런, 강태공 꼬마로군. 멋지구나! 그래, 많이 잡았니?"

녹아들 듯 경쾌한 목소리였다.

"안녕하세요."

내가 인사를 했다. 목소리는 다행히 떨리지 않았으나 내 목소리 같지는 않았다. 왠지 형이나 아빠처럼 훨씬 더 나이가 먹은 목소리처럼 들였다. 머릿속에는 온통 그의 정체를 모르는 척 하면 나를 보내줄지도 모른다는 생각뿐이었다. 그의 눈이 이글거리는 불꽃이라는 사실을 모르는 체 하면 말이다.

"그래, 아무래도 너를 끔찍한 벌침에서 구해 준 것 같구나."

그가 말했다. 그리고 그가, 세상에, 강둑을 내려오는 것이 아닌가! 나는 젖은 바지에 죽은 벌을 매단 채 두 손으로 대나무 낚싯대를 붙들고 멍하니 서 있기만 했다. 미끄러운 잡초들이 가파른 둑을 덮고 있어, 그의 맨들맨들한 구두창으로는 금방 미끄러질 법도 하건만 그마저 내 바람과는 거리가 멀었다. 게다가 그는 발자국을 남기지도 않았다. 그의 발이 닿는 순간에도(그냥 닿는 것처럼 보이는 걸까?) 나뭇가지가 부러지거나 풀잎이 쓰러지거나 하지 않았고, 심지어 구두 모양이 찍혀 나오지도 않았다.

그가 다다르기도 전에 악취부터 풍겼다. 정장 속에 감춰진 살갗에서 나는 냄새인데, 그건 타버린 성냥냄새, 그러니까 유황냄새였다. 정장 사내는 악마가 분명했다. 악마가 모튼과 카슈아카마크 사이의 밀림에서 걸어 나와 내 앞에 우뚝 서 있는 것이다. 나는 곁눈질로 마네킹만큼이나 창백한 그의 손을 보았다. 손가락이 끔찍할 정도로 길었다.

그가 옆에 쪼그리고 앉을 때에는 보통 사람들과 똑같이 무릎이 앞으로 튀어나왔다. 하지만 두 손을 무릎 사이에 걸쳐놓을 때 보니 손가락 끝에 달려 있는 것이 보통사람의 손톱이 아니라 길고 노란 야수의 발톱이었다.

"질문에 대답해야지. 많이 잡았냐고 물었는데."

그가 여전히 부드러운 목소리로 말했다. 지금 생각해 보니, 그건 몇 년 후 라디오에서 나온 빅밴드 쇼의 사회자 목소리 같았다. 갖가지 영양제와 변비약 맥아 드링크를 팔고, 닥터 그래보 파이프들을 선전하던 바로 그 목소리 말이다.

"제발 해치지 말아주세요."

내가 중얼거렸다. 목소리가 어찌나 작았던지 내 귀에도 겨우 들릴 정도였다. 사실 너무나도 끔찍해 지금껏 기록은커녕 기억할 엄두도 못낸 일이다……. 하지만 이젠 쓰련다. 어떻게든 기억해 보련다. 그때까지만 해도 그게 꿈일 수도 있다는 생각은 하지도 못했다. 더 나이가 많았다면 했을지 모르겠지만 난 어렸다. 어려도 너무 어렸다. 하지만 악마가 쪼그리고 앉는 순간 진실을 알 수 있었다. 아빠 말마따나 적어도 똥, 오줌은 구별할 수 있는 나이가 아니던가. 한여름의 어느 토요일 오후, 숲 속에서 걸어 나온 남자는 악마가 분명했다. 텅 빈 눈구멍 안에서 뇌가 불타는 악마…….

"오, 이런, 무슨 냄새가 나는구나. 이게 무슨 냄새지……? 너 쌌니?"

그는 내 말을 못들은 척 물었지만 난 그가 들었다는 걸 알고 있었다.

그가 꽃 냄새라도 맡으려는 듯이 코를 불쑥 내밀고는 내 쪽으로 상체를 기울였다. 그때 소름끼치는 장면을 보았다. 그의 머리 그림자가 강둑 위로 기어오르자 그 밑에 가린 풀들이 노랗게 죽어버리는 것이었다. 그가 내 바지 쪽에 얼굴을 들이대고는 코를 킁킁댔다. 불꽃의 눈이 가늘어졌는데, 무슨 숭고한 향내에 온 정신을 집착하려고 결심한 사람 같았다.

"오, 이런, 정말 안됐구나! 오괄! 다이아몬드! 사파이어! 옥! 게리에게서 레모네이드 냄새가 난다네!"

그리고 그는 작은 평지에 드러누워 죽어라고 웃어댔다. 광인의 웃음.

달아날 생각도 해보긴 했지만 다리가 십 리는 떨어져 있는 것처럼 보였다. 울지는 않았다. 애들처럼 오줌을 지리기는 했지만 그래도 울지는 않았다. 너무 무서워 울 수도 없었기 때문이다. 그 순간 난 죽게 될 거라는 사실을 알고 있었다. 그것도 고통스럽게 죽을 것이다. 하지만 무엇보다 끔찍한 것은 그게 다가 아닐지도 모른다는 사실이었다.

최악은 그 후에 올 것이다. 내가 죽은 후에.

그가 갑자기 일어나 앉았다. 그의 정장에서 흘러나온 유황 냄새에 목이 꽉 막혔다. 그는 누렇게 뜬 얼굴과 불타는 눈으로 나를 내려다보았다. 짐짓 심각한 척 했지만 여전히 우스워죽겠다는 표정이었다. 그는 늘 그렇게 우습다는 표정을 지었다.

"슬픈 소식이 있다, 강태공 소년. 내가 온 건 슬픈 소식 때문이야."

나는 그를 바라보았다 검은 정장, 검은색의 고급 구두. 손톱이 아니라 야수의 발톱이 달린 길고 하얀 손가락.

"네 엄마가 죽었어."

"안 돼! 거짓말이야, 거짓말!"

내가 외쳤다. 빵을 반죽하고 머리카락 몇 올이 흘러내리고, 손을 이마에 댄 채 뜨거운 아침 햇살을 받고 서 있던 엄마의 모습이 떠올랐다. 또다시 공포가 휘몰아쳤으나…… 이번엔 나 때문이 아니었다. 낚싯대를 메고 떠나올 때 엄마는 나를 보고 있었다. 손으로 눈에 그림자를 만들고 부엌문에 서 있었다. 그리고 그때도 엄마가 다시는 볼 수 없는 누군가의 사진을 닮았다는 생각을 했었다.

그가 미소 지었다. 괜한 오명을 뒤집어쓰고 말았다는 투의 씁쓸한 미소.

"거짓말이 아니란다. 게리, 네 형한테 일어난 것과 똑같은 일이 일어난 거야. 벌 알지?"

"아냐, 거짓말이야. 엄마는 어른이야. 서른다섯이나 되었다고. 벌침이 형처럼 엄마를 죽일 수 있었다면 벌써 오래 전에 죽었을걸? 아저씬, 순 거짓말쟁이 날강도야."

내가 외쳤다. 그리고 끝내 울기 시작했다.

나는 악마를 거짓말쟁이 날강도라고 불렀다. 어느 정도 겁이 나기는 했지만 이미 그의 말로 인해 충격에 휩싸인 터였다. 엄마가 죽었다고? 그건 로키 산맥이 없어지고 그 자리에 새로운 바다가 생겼다고 말하는 것과 진배없는 개소리였다. 하지만 난 그의 말을 믿었다. 완전히 믿었다. 이따금 상상할 수도 없는 최악의 일까지 쉽게 믿어버리는 게 인간의 속성이 아니던가.

"꼬마야, 네 슬픔은 이해한다만 미안하게도 앞뒤가 맞지 않는 말을 하는구나. 평생 앵무새를 보지 못하고 살 수는 있겠지만 그렇다고 앵무새가 존재하지 않는 건 아니잖니?"

그는 마치 위로하듯 말했지만 그건 거짓이었다. 그의 말은 끔찍하고 무자비하고 냉담하고 건조했다.

그때 물고기 한 마리가 우리 쪽으로 뛰어올랐다. 검은 정장 사나이가 눈살을 찌푸리더니 손가락으로 그쪽을 가리켰다. 송어가 허공에서 경련을 일으켰다. 어찌나 몸을 비틀던지 한순간은 놈이 자신의 꼬리에 낚인 것처럼 보이기도 했다. 개울물에 다시 떨어진 물고기는 죽은 채 둥둥 떠올랐다. 핫바지의 중심 암석에 부딪친 송어 시체가 작은 소용돌이에서 두 번 맴돌다가 캐슬록의 지류를 따라 떠내려갔다. 그동안 이방인의 불타는 두 눈은 나를 노려보고만 있었다. 그의 얇은 입술이 날카로운 이빨 쪽으로 말리며 식인종의 미소를 연출해 냈다.

"네 엄마는 용케 벌에 쏘이지 않고 살아왔지만, 그러니까 한 시간쯤 전, 네 엄마가 오븐에서 빵을 꺼내 카운터에서 식히고 있을 때, 부엌 창문 틈으로 한 마리가 날아들어 왔단다."

"아니, 듣지 않을래요. 싫어, 듣지 않을 거야!"

나는 두 손으로 귀를 막아버렸다. 그는 휘파람을 불듯이 입을 삐쭉 내밀더니 정말로 나를 향해 가볍게 바람을 불었다. 가벼운 입김에 불과했는데도 악취가 상상을 초월했다. 막힌 하수도, 소독이라고는 한 번도 해본 적이 없는 옥외 변소, 홍수에 휩쓸려 내려온 닭의 시체…….

귀를 막았던 손이 맥없이 풀려 떨어지고 말았다.

"좋아, 게리, 이 말은 꼭 들어야 한다. 네 형 댄에게 치명적인 약점을 물려준 게 바로 엄마란다. 너도 없는 건 아니지만 너한테는 대신 네 아비가 물려준 면역력이 있어. 형은 불행하게도 그게 없었지. 그래, 죽은 사람을 두고 이러쿵저러쿵하고 싶지는 않다만, 그건 시적 정의에 가까운 거야, 안 그래? 결국 네 어미가 형을 죽인 거니까 말이다. 그러니까 형의 머리에 총을 겨냥하고 방아쇠를 당긴 건 네 엄마다, 이거야."

그가 다시 입술을 내밀었는데, 이번에는 역겨운 입김 대신 쯧쯧 하고 혀를 찼다.

"아냐, 아니야. 거짓말이야."

내가 중얼거렸다.

"맹세코 사실이란다. 창문으로 들어온 벌이 목에 앉은 거야. 그런데 네 엄마는 아무것도 모른 채 자기 목덜미를 찰싹 때렸고(넌 그렇게 어리석지 않겠지, 게리?) 그때 벌이 찌른 거지. 엄마는 곧바로 목이 오그라드는 기분을 느꼈어. 너도 알아두려무나. 벌침에 알레르기가 있는 사람들은 모두 그런 반응을 보이니까. 그러니까 숨이 막히고 그래서 열린 공간으로 나가는 거야. 네 형의 얼굴이 보라색으로 퉁퉁 부은 것도 그 때문이지. 그래서 네 아빠가 셔츠로 얼굴을 덮은 거고."

나는 아무 말도 못하고 그를 바라보기만 했다. 눈물이 두 뺨을 개울처럼 흘러내렸다. 그의 말을 믿고 싶지 않았다. 교회에서도 악마가 '거짓말의 아버지'라고 했다. 하지만 그럼에도 불구하고 난 그의 말을 믿고 있었다. 정말로. 그가 우리 집 부엌창문에 서서, 퉁퉁 부은 목을 부여잡으며 무릎을 꿇고 쓰러지는 엄마와, 엄마의 주변을 날카로운 비명과 함께 춤추며 돌아다니는 캔디빌을 지켜보았다는 사실을 믿어 의심치 않았다.

"네 엄마 비명소리는 정말로 끝내주더구나. 게다가 얼굴을 얼마나 긁어댔던지, 끔찍하게도 두 눈이 개구리눈처럼 툭 튀어나왔지 뭐냐? 그리고 마구 울기도 했어. 죽으면서도 울었지. 기막힌 얘기 아니냐? 아니, 그것보다 더 끝내주는 장면이 있다. 엄마가 죽은 후의 얘기란다……. 네 엄마는 죽고 나서도 15분 정도 바닥에 그대로 누워 있었어. 목에는 눈에 보이지도 않을 만큼 작은 벌침이 꽂혀 있고 스토브는 틱틱 소리를 내며 타고 있었지. 그런데 어쨌는지 알아? 캔디빌이 말이다. 그 나쁜 놈이 네 엄마 눈물을 핥아 먹은 거야. 한 쪽, 한 쪽…… 번갈아서."

악마는 한동안 개울을 바라보았다. 슬프면서도 심각한 표정이었다. 하지만 그가 다시 돌아봤을 때에는 박탈감의 표정은 꿈처럼 사라져 있었다. 굶어 죽은 시체의 얼굴만큼이나 허전하고 탐욕스러운 표정에 두 눈은 불타고 있었다. 그리고 창백한 입술 사이로 날카롭고 작은 이빨들이 드러났다.

"배가 고프다. 네놈을 죽여서 갈가리 찢은 다음 내장부터 먹어주마, 꼬마. 어때, 맘에 들지 않니?"

'안 돼. 제발, 안 돼!' 그렇게 외치고 싶었지만 말이 나오지 않았다. 이 자는 정말로 그렇게 할 것이다. 그 말이 진담임을 난 알고 있었다.

"정말 너무 배가 고파. 게다가 너도 소중한 엄마 없이 살고 싶은 생각도 없을 거잖아, 안 그래? 그건 내 말이 맞을 게다. 왜냐하면 네 아비라는 자는 자기 물건을 어디든 찔러 넣어야 직성이 풀리는 인간인데, 주변에 너밖에 없다면 너라도 그 시중을 들어주어야 할 게야. 그런 굴욕과 고통으로부터 널 구해주겠다는 거잖아. 게다가 넌 천당에 갈 거다. 멋지지 않니? 살해당한 영혼은 늘 천국에 간단다. 그러니 오늘 우린 둘 다 하느님의 뜻을 실천하는 셈이라고. 게리, 괜찮은 생각이지?"

그가 길고 창백한 손을 내밀었다. 순간 나는 거의 본능적으로 바구니 뚜껑을 열고는 괴물 송어를 잡아(그놈을 처음 잡았을 때 집에 돌아갔어야 했는데.) 얼른 그에게 내밀었다. 그러니까 검은 정장의 남자가 내 내장을 빼먹겠다고 달려들고 있는 판에, 나는 내장이 제거된 송어배의 붉은 상처 안에 손을 밀어 넣고 있었다는 얘기다. 물고기의 시뻘건 눈이 꿈을 꾸듯 나를 노려보았다. 배 중앙에 그려진 붉은 원 모양을 보자 불현듯 엄마의 결혼반지가 생각났다. 그리고 결혼반지를 빼놓은 채 캄캄한 관 속에 들어간 엄마의 모습도 떠올랐다. 그건 모두가 사실이었다. 엄마는 벌에 쏘였고 빵 냄새가 은은한 부엌에서 질식해 죽었으며 캔디빌이 엄마의 통통 분 두 뺨에서 죽어가는 눈물을 핥아먹은 것이다.

"대어다! 오, 대애어어야!"

검은 정장의 남자가 가래가 끓는 탐욕스런 목소리로 외쳤다.

그는 내게서 물고기를 낚아채더니 인간으로서는 말도 안 되는 크기로 입을 벌려 한 입에 삼켜버렸다. 먼 훗날, 65세가 되었을 때(65세임을 아는 이유는 그 해에 교직을 은퇴했기 때문이다.) 뉴잉글랜드의 수족관으로 가서 상어를 본 적이 있다. 그렇다, 검은 정장의 벌어진 입은 정확히 상어의 입과 똑같았다. 차이가 있다면 그의 식도 역시 끔찍한 두 눈과 마찬가지로 용암처럼 시뻘갰다는 점이었다. 실제로 그 안의 화기가 내 얼굴을 덮치기도 했다. 난로에 넣은 마른 장작에 불이 붙을 때 느껴지는, 그런 갑작스런 열기였지만, 사실 그런 열기는 상상조차 못했다. 어찌 상상하겠는가? 그가 50센티미터짜리 송어를 쩍 벌어진 아가리 속으로 밀어 넣기 전에 내가 본 것은, 물고기 양옆의 비늘이 모두 일어나더니, 소각로 위를 떠다니는 종잇조각처럼 오그라드는 광경이었다.

그는 마치 칼을 삼키는 유랑극단 단원처럼 물고기를 삼켰다. 씹지도 않았다. 삼키는 게 버거운지 불타는 눈이 툭 튀어나오기는 했다. 물고기는 조금씩 미끄러져 들어갔다. 그리고 들어갈 때마다 목이 붉어지더니 그가 눈물을 흘리기 시작했다……. 그의 눈물은 피였다. 짙은 선홍빛의 피.

내 목숨을 살려준 것은 바로 그 피눈물인 것 같다. 왜 그런지는 모르겠지만 아무튼 그 눈물을 내가 보았기 때문이라고 생각한다. 나는 박스에서 튀어나온 장난꾸러기 인형처럼 벌떡 일어나 개울둑 위로 달려가기 시작했다. 낚싯대는 여전히 손에 들고 있었다. 나는 허리를 잔뜩 굽히고 두 발과 한 손으로 거친 잡풀들을 마구 잡아챘다. 달아나는 것 말고는 아무 생각도 나지 않았다.

그는 목메는 목소리로(입에 뭔가를 가득 물고 있다면 누구라도 그럴 것이다.) 고함을 쳤다. 꼭대기에 올라가 돌아보니 그가 쫓아오고 있었다. 정장 깃이 펄럭이고 얇은 금시계 줄이 햇살에 반짝거렸다. 물고기 꼬리는 아직도 입 밖으로 튀어나와 있었으나 난 물고기 냄새를 맡을 수 있었다. 목구멍 오븐 속에서 구워지는 냄새.

그는 발톱을 휘저으며 쫓아왔고 나는 강둑을 따라 달렸다. 100미터쯤 지났을까, 난 겨우 목소리를 되찾고 비명을 지르기 시작했다. 물론 살겠다는 비명이기도 했지만 그건 아름다운 어머니의 죽음을 향한 비명이기도 했다.

그는 계속해서 나를 따라왔다. 뒤쪽에서 나뭇가지가 꺾이고 풀숲을 헤치는 소리가 들렸다. 하지만 절대 뒤를 돌아보지 않았다. 개울둑을 따라 뻗어 있는 키 작은 나무들과 낮게 늘어진 가지들로부터 눈을 보호하기 위해, 나는 고개를 잔뜩 숙인 채 죽을 힘을 다해 뛰었다. 한 걸음 한 걸음 내디딜 때마다 그가 두 팔로 어깨를 잡아 목구멍 용광로 속으로 처넣을 것만 같았다.

다행히 그런 일은 없었다. 어느 정도 시간이 흘렀다. 그래봐야 5분에서 10분사이겠지만 그렇다 해도 내겐 영원처럼 느껴지는 시간이었다. 활엽수와 침엽수 이파리의 두터운 틈 사이로 다리가 보였다. 여전히 비명은 지르고는 있었다. 숨이 턱까지 차오른 탓에, 비명은 다 말라버린 주전자 뚜껑이 덜거덕거리는 소리처럼 들렸다. 나는 두 번째 가파른 둑에 다다라 그 위로 차고 올라갔다.

내가 뒤를 돌아본 것은 언덕 중간쯤에서 발을 헛디뎠을 때였다. 검은 정장의 남자는 거의 발끝에까지 따라붙었다. 그의 하얀 얼굴은 분노와 탐욕으로 잔뜩 일그러져 있었으며 두 뺨은 자신의 피눈물로 뒤범벅이었다. 상어 입이 돌쩌귀처럼 벌어져 있었다.

"이 꼬마 송어 놈!"

그가 으르렁거리며 곧바로 달려 올라오더니 긴 손으로 내 발을 잡았다. 나는 힘껏 뿌리치고 몸을 돌리며 그를 향해 낚싯대를 내던졌다. 그는 손쉽게 쳐냈으나 어쩌다 줄이 발에 걸리는 바람에 무릎을 꿇고 말았다. 물론 구경만 하고 있을 생각은 없었다. 나는 황급히 비탈을 기어 올라갔다. 꼭대기 위에서 한 번 미끄러질 뻔했으나 다행히 다리 아래로 이어진 버팀목을 부여잡고 위기를 모면했다.

"이놈, 절대 도망 못 간다! 송어 한 마리로 내 배가 찰 것 같으냐, 꼬마 놈아?"

그가 뒤에서 소리 질렀다. 화난 목소리였지만 동시에 웃는 소리처럼 들리기도 했다.

"저리 가!"

내가 외쳤다. 나는 교각 난간을 붙잡고는 서투른 공중제비를 도는 식으로 다리 안으로 미끄러져 들어갔다. 손에는 나무 가시들이 가득 박힌데다, 다리 바닥에 떨어지면서 머리를 어찌나 세게 박았던지 정말로 별이 보였다. 나는 몸을 돌려 엉금엉금 기기 시작해 다리 거의 끝에 가서야 두 발로 일어섰다. 다행히 중심을 잡고 그대로 내달리기를 했지만, 한 번 미끄러지기도 했다. 아홉 살짜리 꼬마의 능력이라고는 도저히 믿기 어려운 속도였다. 그야말로 바람처럼 달렸다. 마치 서너 걸음마다 한 번씩만 발이 땅에 닿는 기분이었는데 솔직히 말해서 지금도 정말로 그랬다고 믿고 있다. 나는 곧바로 오른쪽의 샛길로 뛰어 들어가 죽어라 달렸다. 갈비뼈 바로 아래가 쑤시고, 목구멍 깊은 곳에선 피와 녹슨 쇠 맛이 났다. 내가 비틀거리며 멈춰 선 건 더 이상 달릴 수 없을 지경에 이르렀을 때였다. 나는 천식에 걸린 경주마처럼 헥헥거리며 어깨 너머를 돌아보았다. 그가 바로 뒤에 서 있을 것이라고 생각했다. 깔끔한 정장 차림에 조끼에는 시곗줄을 매달고, 여전히 머리 한 올 흐트러지지 않은 모습으로 말이다.

그는 보이지 않았다. 두터운 소나무 숲과 가문비나무 숲을 가르고 캐슬 개울까지 이어진 길은 텅 빈 그대로였다. 하지만 그는 숲 속 어딘가에 숨어서, 타버린 성냥과 구운 물고기 냄새를 풍기며, 용광로 같은 두 눈으로 나를 지켜보고 있을 것이다.

나는 돌아서서 가능한 한 빨리 걷기 시작했다. 두 다리의 근육이 풀릴 대로 풀려 다음날 침대에서 일어나면 거의 걷지도 못하겠지만, 그 순간엔 그마저 의식하지 못했다. 나는 끊임없이 뒤를 돌아보고 또 돌아보았다. 한시라도 그가 없다는 걸 확인하지 않고서는 견딜 수가 없었다. 이제 더 이상 보이지는 않았으나, 뒤를 돌아볼 때마다 두려움은 가라앉기는커녕 오히려 커가기만 했다. 전나무들도 평소보다 더 어둡고 짙었다. 길옆으로 줄지어 선 나무들, 아무렇게나 얽힌 빈틈과 균열들, 다리가 푹푹 빠지는 낙엽, 협곡 어디에나 그 남자가 있고 또 모든 것이 살아 있는 것만 같았다. 1914년의 그 토요일까지만 해도 숲 속에서 제일 무서운 존재가 곰인 줄만 알았건만.

이제 그 생각은 바뀌었다.

길을 따라서 1킬로미터쯤, 그러니까 숲에서 빠져나와 그리건 도로와 만나는 지점 바로 너머에 아빠가 휘파람으로 「낡은 오크 양동이」를 부르며 걸어오고 있었다. 그는 몽키 와드에서 구입한 기막힌 릴이 달린 자신의 낚싯대를 들고 있었다. 다른 손에는 통발이 들려 있었는데 형이 살아 있을 때 엄마가 손잡이에 리본을 매달아준 바구니다. 나는 터벅터벅 걷고 있다가 아빠를 보자 다시 달리기 시작했다. 물론 목이 쉬도록 "아빠! 아빠! 아빠!"를 외쳐댔고 지치고 풀린 다리 때문에 술주정뱅이 선원처럼 비틀거려야 했다. 다른 때였다면 나를 본 아빠의 놀란 표정이 너무도 우스꽝스러웠겠으나 그때는 전혀 그럴 게재가 못 되었다. 아빠는 낚싯대와 통발을 길 위에 버리고 곧바로 내게 달려왔다. 아빠 평생 제일 빠른 속도였을 것이다. 우리가 만났을 때는 그 충격에 둘 다 의식을 잃을 정도라고 해도 과언이 아니었다. 아빠의 벨트 버클에 부딪쳐 살짝 코피까지 흘렸지만 그 사실을 안 것은 나중의 일이었다. 그땐 그저 두 팔을 뻗어 있는 힘껏 아빠를 끌어안는 것밖에는 아무 생각도 할 수가 없었다. 나는 아빠의 배에 뜨거운 얼굴을 비벼댔고 그 바람에 아빠의 파란색 작업셔츠는 피와 땀과 콧물로 범벅이 되어버렸다.

"게리, 왜 그러니? 무슨 일이 있었어? 얘야, 너 괜찮은 거냐?"

"엄마가 죽었대요! 숲 속에서 만난 남자가 그랬어요! 엄마가 죽었다고 했단 말이에요! 엄마가 벌에 쏘였는데, 형처럼 퉁퉁 불어가지고 죽었대요! 지금 부엌에 쓰러져 있는데 캔디빌이…… 엄마 눈물을…… 얼굴에서…… 엄마 얼굴에서……"

'빨았다' 라는 단어가 마지막 말이었으나 가슴이 너무 벅차 그 말까지 할 수는 없었다. 눈물이 다시 흘러내려 아빠의 놀란 얼굴이 세 겹으로 보였다. 나는 엉엉 울기 시작했다. 무릎을 까진 아이가 아니라 달빛 속에서 끔찍한 유령을 본 강아지처럼 울었다. 아빠는 내 머리를 다시 단단한 배 쪽으로 끌어당겼지만 난 그의 손에서 빠져나와 어깨 너머로 돌아보았다. 검은 정장이 따라오지 않는다는 사실을 확인해 두고 싶었다. 그의 흔적은 없었다. 구불구불 숲 속으로 이어진 길은 텅 비어 있었다. 다시는 저 길로 돌아가지 않으리라. 절대로. 영원히. 글쎄, 지금 생각해 보면, 하느님이 우리 미천한 존재들에게 내려주신 가장 큰 선물은 미래를 보지 못하도록 하신 것 같다. 그때 만일 내가 그 길을 돌아가게 될 것이며 그것도 두 시간도 채 못 된 후라는 사실을 알았다면, 아마 그 자리에서 자진해 버리고 말았을 것이다. 하지만 그때만은 아빠와 있게 되었다는 사실만으로 행복할 수 있었다. 그리고 다시 엄마가, 죽은 엄마가 떠올랐다. 나는 아빠의 복근으로 돌아가 또 서럽게 울기 시작했다.

"게리, 아빠 말 들어, 엄만 괜찮다니까 그러네."

아빠는 잠시 기다렸다가 이렇게 말해주었다. 난 여전히 울부짖었다. 이번에도 아빠는 더 기다려주었고, 이윽고 두 손으로 내 턱을 들어 자신을 바라보게 했다. 나는 아빠의 얼굴을 올려다보았다.

눈물은 여전히 뺨을 흘러내리고 있었다. 아빠의 말이 믿기지 않아서였다.

"누가 그런 소리를 했는지, 어떤 개망나니가 어린 아이에게 그런 식으로 겁을 줬는지 모르겠다만, 네 엄마는 무사하단다. 하늘에 맹세하마."

"하지만…… 그자 말로는……"

"네가 무슨 말을 들었는지는 상관없다. 오늘 난 에버샘에서 예상보다 일찍 돌아왔다. 소를 팔지 않으려 해서 이런저런 얘기만 하다 온 거야. 그래서 너와 함께 낚시를 하기로 생각했고 낚싯대와 통발을 들고 나온 것도 그 때문이다. 네 엄마가 젤리 샌드위치를 만들어줬단다. 엄마가 만든 빵이야. 아직 따뜻하잖니? 그러니까 엄만 30분 전까지도 무사했어, 게리. 게다가 이쪽에서 만난 사람이 엄마가 살았는지 죽었는지 어떻게 알겠니? 걱정 할 필요 없다. 엄만 분명히 아무 일도 없으니까. 그런데 어떤 놈이지? 그 남자 어디 있냐? 아무래도 아빠가 단단히 혼쭐을 내줘야겠다."

아빠는 말을 마치고는 내 어깨 너머를 보았다.

불과 2초 동안에 온갖 생각을 다했다. 하지만 그 수많은 생각

중 제일 분명한 것은 마지막 것이었다. 아빠가 검은 정장의 남자를 만난다 해도, 혼쭐을 내주거나 쫓아내는 쪽이 아빠는 아닐 거라는 생각.

그의 길고 하얀 손가락. 그리고 그 끝에 매달린 짐승의 발톱.

"게리?"

"잘 모르겠어요."

"너 개울 핫바지에 갔었니? 커다란 바위 있는데?"

아빠가 이렇게 직접적으로 물으면 도저히 거짓말 할 방법이 없었다. 절대로 그건 안 된다.

"예, 하지만 거기 가지 말아요. 제발, 아빠. 정말 무서운 남자인데 아마 총도 있을 거예요."

나는 두 팔로 아빠한테 매달렸다. 거짓말이 마치 야간 조명등처럼 꽉꽉 켜지고 있었다.

아빠가 심각한 표정으로 나를 바라보았다.

"어쩌면 아무도 없었을지도 모르겠구나. 넌 낚시를 하다가 깜박 졸은 거야. 그래서 악몽을 꾼 거지. 작년 겨울에도 자주 형 꿈을 꾸고 놀랐었잖니?"

아빠는 목소리 끝을 약간 들어 올렸는데 그 때문에 아빠의 말은 질문도 아니고 훈계도 아니게 되어 버렸다.

사실 작년 겨울 유난히도 형에 대한 악몽을 많이 꾸었다. 내가 벽장이나 어두운 사과 헛간의 문을 열면, 형은 통통 부은 보라색 얼굴로 나를 바라보고 서 있었다. 그럴 때면 대개 비명을 지르며 깨어나 부모님을 괴롭혔다. 개울가에서 잠깐 잠이 든 건 사실이다. 적어도 졸기는 했을 것이다. 하지만 꿈을 꾼 것도 아니고, 게다가 내가 잠을 깬 것도, 검은 정장 사나이가 나타나 손뼉으로 코끝의 벌을 죽이기 전이었다. 그건 형에 대한 꿈을 꾼 것과는 질적으로 다른 문제이다. 그것만큼은 분명했다. 물론 그와의 만남이 꿈의 요소를 충분히 지니고 있긴 해도 초자연적인 현상이란 게 늘 그런 게 아니겠는가? 물론 아빠가 그 남자를 내 상상력이 빚어낸 허구라고 생각한다면, 그래 그게 더 좋을 수도 있겠다. 아빠를 위해서라도.

"그럴지도 모르겠네요."

"그래, 아무튼 돌아가서 네 낚싯대와 바구니는 찾아와야겠다."

아빠는 정말로 그쪽 방향으로 움직이기까지 했다. 나는 미친 듯이 아빠의 팔을 잡아 내 쪽으로 끌어 당겼다.

"나중에요. 제발, 아빠. 엄마 먼저 보러 가요. 내 눈으로 엄마를 보고 싶단 말이에요."

아빠는 잠시 생각하다가 고개를 끄덕였다.

"그래, 그게 좋겠다. 먼저 집에 갔다가 그 다음에 낚싯대와 바구니를 챙기자꾸나."

그래서 우리는 함께 농장으로 돌아갔다. 아빠는 내 친구들처럼 낚싯대를 어깨에 걸쳐 맸고 나는 아빠의 통발을 들었다. 둘 다 엄마가 검은 머루잼을 발라 만들어준 샌드위치를 씹었다.

"뭘 잡긴 했니?"

헛간이 보일 때쯤 아빠가 물었다.

"예. 무지개 송어인데 무지 컸어요."

'그리고 훨씬 더 큰 민물송어도 있었죠. 거짓말 하나도 안 보태고 평생 그렇게 큰 건 처음 봤어요. 하지만, 아빠, 보여드릴 수는 없네요. 그건 검은 정장 입은 괴물한테 줬거든요. 다행히 그자가 그걸 먹는 바람에 어느 정도는…… 그것 때문에……'
 물론 뒷말은 아빠에게 할 수가 없었다.
 "그게 다야? 더 없어?"
 "그거 잡고 잠들었거든요."
 정직한 대답은 아니지만 그렇다고 거짓말도 아니었다.
 "낚싯대를 잃어버리지 않은 게 다행이구나. 잃어버린 거 아니지, 게리?"
 "아뇨, 안 잃어버렸어요."
 내가 머뭇머뭇 말했다. 진짜 뻥을 칠 게 아니라면 그런 거짓말은 별 도움이 되지 못할 것이다. 통발을 찾으러 가겠다는 아빠의 마음을 바꿀 수 없다면 말이다. 표정으로 보아 아빠는 그곳에 갈 것이 분명했다.
 갠디빌이 꼬리를 흔들고 째지는 목소리로 짖어대며 저 쪽 뒷문에서 달려 나왔다. 스코티 종은 흥분하면 다들 저런다고 한다. 난 더 이상 참을 수가 없었다. 희망과 불안이 거품처럼 목을 간질였다. 나는 아빠의 팔을 뿌리치고 집으로 달려갔다. 아빠의 통발을 내던지지는 않았지만 마음속 깊숙이에서는 엄마가 부엌 바닥에 죽어 있는 것을 보게 될 거라고 확신하고 있었다. 아빠가 서쪽 들판에서 돌아와 신의 이름을 울부짖었을 때의 형처럼 얼굴이 퉁퉁 붓고 멍이 든 채로 말이다.
 하지만 엄마는 카운터에 서 있었다. 떠날 때와 마찬가지로 건강하고 기분도 좋아보였다. 완두콩을 까 그릇에 담으면서 콧노래까지 흥얼거리고 있었다. 그녀가 나를 돌아보았다. 처음에는 놀란 표정이었으나, 이윽고 내 커다란 눈과 핼쑥한 뺨을 보고는 기겁을 했다.

"게리, 왜 그러니? 무슨 일이 있었어?"

나는 아무 대답도 않고 그냥 엄마에게 달려가 무조건 키스부터 퍼부었다. 잠시 후 아빠가 들어와 나 대신 말해주었다.

"걱정 말아, 여보. 애는 괜찮으니까. 개울 옆에서 잠들었다가 악몽을 꾼 모양이야."

"네가 아직도 악몽에 시달리는 구나."

엄마가 나를 더 꼭 끌어안아주었다. 캔디빌이 주변을 돌면서 캥캥 짖어댔다.

"게리, 싫으면 안 가도 된다."

아빠의 말이었다. 하지만 아빠는 이미 내가 가야 한다고 마음을 정한 터였다. 요즘사람들이 말하는 것처럼, 그곳으로 돌아가 스스로의 두려움에 맞서야 한다는 뜻이겠다. 가상의 두려움이라면 그것도 효과 있겠으나, 불과 두 시간으로 검은 정장 남자가 진짜라는 내 신념을 바꾸어놓을 수는 없었다. 물론 그렇다고 아빠를 설득할 자신이 있는 것도 아니었다. 검은 정장 차림으로 숲 속에서 걸어 나온 악마에 대한 얘기들, 아빠를 설득할 수 있는 아홉 살짜리 아이가 세상에 존재할 리가 없지 않은가.

"나도 갈게요."

내가 대답하고는 막 집을 나서는 아빠에게 잽싸게 따라붙었다. 물론 다리에 힘을 주기 위해서라도 마음까지 단단히 다져먹은 터였다. 옆 마당 장작더미 근처의 장작 패는 곳을 지날 때였다.

"네 뒤에 그게 뭐냐?"

아빠가 물었다.

나는 천천히 손을 앞으로 내밀었다. 나는 아빠와 함께 갈 것이다. 그리고 화살처럼 뾰족한 이빨을 드러낸 검은 정장 악마가 가 버렸기를 바라기는 하지만…… 만일 그게 아니라면 나 역시 준비는 해야 했다. 아무튼 내 딴에는 그런 생각이었다. 등 뒤에서 꺼낸 손에는 가족 성경이 들려 있었다. 처음에는 화요일 날 밤 유소년부 성경 암송 대회에서 시편을 외운 덕에 얻은 신약성경을 집어 들었지만(그날 시편 여덟 개를 외웠다. 일주일도 안 되어 23절을 제외하고 모두 잊어버리긴 했지만 말이다.), 아무리 구세주의 말씀이 붉은 잉크로 표시되어 있다 할지라도, 그 빨간색의 작은 성경한테 악마와 맞설 힘이 있을 것 같지 않아 바꾸었다.

아빠는 구약성경을 바라보았다. 가족의 기록과 사진으로 불룩해진 성경이었다. 도로 갖다 두라고 말할 줄 알았는데 아빠는 그렇게까지 하지는 않았다. 언뜻 슬픔과 동정의 복잡한 감정이 얼굴을 스치기는 했다. 그는 가볍게 고개를 끄덕여 주었다.

"좋다. 엄마도 이거 가져온 걸 아니?"

"아뇨."

그가 다시 고갯짓을 했다.

"그럼 돌아오기 전에 엄마한테 들키지 않기만 빌어야겠구나. 가자. 성경 떨어뜨리지 말고."

반시간쯤 후 우리 둘은 개울둑에서 캐슬 개울이 갈라지는 지점을 내려다보고 있었다. 그 옆으로 선홍빛 눈의 남자와 만난 평지가 보였다. 내 손에는 이미 대나무 낚싯대가 들려 있었다. 다리 아래에서 찾은 것이다. 버들세공 뚜껑이 뒤로 젖혀진 채, 저 아래 평지에 버려져 있는 통발도 보였다. 우리는, 그러니까 아빠와 나는, 한참 동안 그 자리에 서서 아무 말도 하지 않았다.

'오팔! 다이아몬드! 사파이어! 옥 게리에게서 레모네이드 냄새가 난다네!' 악마가 노래했던 불쾌한 단시였다. 그는 그 시를 읊은 후 뒤로 넘어지더니 자지러지게 웃었다. 마치 가까스로 용기를 내어 생전처음 '씨팔'이나 '개나발' 같은 지저분한 욕을 내뱉은 아이 같았다. 아래쪽 평지는 이른 7월의 햇살이 닿는 어느 곳과 다를 바 없이 푸르고 무성했다……. 하지만 이방인이 누웠던 곳만은 달랐다. 그곳의 잔디는 노랗게 죽어 있었는데 정말로 사람의 형상 그대로였다.

문득 내려다보니 난 그 두껍고 낡은 가족 성경을 앞으로 내밀고 있었다. 엄지 둘을 어찌나 세게 눌렀던지 손에 하얗게 핏기가 가셔 있었다. 마마 스위트의 남편 노르빌이 수맥을 찾아다닐 때 버드나무 가지를 그런 식으로 내미는 걸 본 적이 있었다.

"여기 있거라."

아빠가 마침내 입을 열고는 둑 아래로 미끄러져 내려갔다. 그는 구두를 부드러운 흙에 깊이 박아 넣고 두 팔을 벌려 균형을 잘도 잡고 움직였다. 나는 그 자리에 그냥 서 있었다. 성경은 버드나무 가지처럼 내밀고 있었으나 가슴은 계속해서 콩닥콩닥 뛰었다. 그때 누군가가 나를 지켜보고 있었다 해도 아마도 너무 무서워서 어차피 아무것도 느낄 수 없었을 것이다. 그 개울과 숲에서 멀리 달아나고 싶다는 생각은 했을 것 같다.

아빠는 상체를 숙이고 죽은 잔디의 냄새를 맡아보았다. 그가 이내 인상을 찌푸렸는데 무슨 냄새인지는 나도 알고 있다. 타 버린 성냥 냄새. 유황 냄새. 그는 바구니를 집어 들고 서둘러 둑 위로 돌아왔다. 그 역시 돌아오는 도중에 누군가 따라오는지 확인하듯 계속해서 등 뒤를 돌아보았다. 아빠가 통발을 건넸을 때 뚜껑은 열린 채 가죽 경첩에 대롱대롱 매달려 있었다. 안에는 두어 줌의 풀뿐이었다.

"무지개 송어를 잡았다고 하지 않았니? 그것도 꿈인가 보구나."
아빠의 말에 괜히 발끈해졌다.
"아뇨, 분명히 잡았어요."
"그럼, 튀어나갔다는 게냐? 배를 가르고 내장을 제거했다면 그렇지는 못했을 텐데, 설마 그것도 하지 않고 넣지는 않았겠지, 게리? 내가 그렇게 가르치든?"
"아뇨, 하지만 그저 ……."
"네가 잡은 게 꿈도 아니고 또 물고기도 죽어 있었다면, 그럼 뭔가가 와서 먹어치우기라도 했다는 얘기냐?"
아빠는 이렇게 말하곤 다시 어깨 너머를 돌아보았다. 숲 속에서 무슨 소린가를 들은 모양이었다. 사실 아빠의 이마에 땀방울들이 커다란 보석돌처럼 매달려 있는 걸 보고서도, 별로 놀라거나 하지는 않았다.
"가자. 얼른 여기서 빠져나가야겠다."
아빠가 이렇게 말했다.
나도 바라는 바였다. 그래서 우리는 개울둑을 따라 다리 쪽으로 움직였다. 거의 달리다시피 황급한 걸음걸이였고 서로 아무 말도 하지 않았다. 다리에 다다르자 아빠는 무릎 한 쪽을 꿇고 낚싯대가 있던 장소를 조사했다. 그곳에도 죽은 잔디가 있었다. 그리고 여자 슬리퍼 한 짝도 보였는데, 불기에 완전히 오그라든 숯덩이가 되어 버려져 있었다. 아빠가 조사를 하는 동안 난 다시 한 번 텅 빈 바구니 안을 들여다보았다.

"돌아와서 나머지 고기도 먹어치운 모양이에요."

아빠가 나를 올려다보았다.

"다른 고기?"

"예, 아빠한텐 말하지 않았지만 민물송어도 하나 잡았어요. 큰 놈인데 그 자가 너무 배가 고팠나 봐요."

난 더 자세히 말하고 싶었으나 자꾸만 입술이 꼬여 결국 포기하고 말았다.

우리는 다리 위로 올라갔고 서로를 도와 난간을 넘었다. 아빠는 내 바구니를 받아 안을 들여다보더니 갑자기 다리 밑으로 던져버렸다. 나는 아빠 옆으로 다가가 아래를 내려다보았다. 바구니는 물살을 한 번 튕기고는 보트처럼 떠내려갔다. 아래쪽으로 흘러내려갈수록 세공의 틈새로 물이 쏟아져 들어왔다.

"나쁜 냄새가 나더라."

아빠가 말했다. 하지만 그 말을 할 때 나를 쳐다보지도 않았고 말투도 어째 변명조처럼 들렸다. 아빠가 그런 식으로 말한 것은 그때가 처음이었다.

"예."

"엄마에게는 찾지 못했다고 말하마. 행여 묻는다면 말이다. 묻지 않으면 굳이 얘기할 필요도 없고."

"예, 말 안 해요."

결국 엄마는 묻지 않았고 우리도 말하지 않았다. 그게 다였다.

숲 속에서의 모험이 있고 벌써 81년이 흘렀다. 그리고 그동안 대부분의 세월을 생각조차 하지 않고 살았다……. 최소한 깨어 있을 때는 아니다. 이 세상에 살고 있고 또 살았던 다른 사람들과 마찬가지로, 꿈에 대해서 말하는 건 불가능하다. 기억도 정확하지 않다. 하지만 이제 난 너무 늙은데다 이젠 깬 채로도 꿈을 꾸는 것 같다. 아이들이 버리고 간 모래성을 파도가 야금야금 갉아먹듯, 이젠 갖가지 잔병들도 끊임없이 괴롭혔다. 그에 따라서 내 기억력 또한 날카로워져, 이젠 옛날에 잊었던 싯귀까지도 (부분적으로) 기억이 난다. "그들을 내버려두세요. / 그래도 그들은 꼬리를 흔들며 / 집으로 돌아올 거예요." 지금껏 먹은 음식들도 기억나고, 학교 휴게실에서 우체국 놀이를 하다가 입 맞춘 여학생 애들도 기억난다. 단짝으로 지낸 남자애들, 처음 먹었던 술, 심지어 처음 담배를 피우던 때까지 기억이 났다(디키 해머의 돼지우리 뒤에 쌓아둔 옥수수 껍질 더미였는데 결국 난 토하고 말았다.). 하지만 모든 기억 중에서 가장 강한 건 언제나 검은 정장의 남자였다. 그 기억은 스스로의 섬뜩한 불길로 불타올랐다. 그는 실제이며 악마였다. 그날 난 처음부터 그의 목표였을 수도 있고, 아니면 우연히 걸려든 먹잇감일 수도 있었다. 때문에 생각하면 할수록, 그의 손아귀를 벗어난 것이 재수라고만 느껴졌다. 평생을 숭배하고 찬양하는 하느님의 개입 덕분이 아니라 그냥 운이 좋아서였다는 뜻에서의 행운 말이다.

지금 나는 무너진 모래성 같은 육신으로 요양원에 갇혀 지내면서 스스로에게 악마를 두려워 할 필요는 없다고 말하고 있다. 지금껏 선하고 친절한 생을 살았고 때문에 악마를 두려워 할 필요는 정말로 없다고 본다. 가끔 그런 생각도 해 본다. 그해 여름 어머니가 결국 다시 교회에 나가도록 만든 것도 아빠가 아니라 바로 나였다고 말이다. 하지만 어둠 속에 있으면 이런 상념들조차 마음의 위안이 되지 못한다. 당시 아홉 살짜리 소년도 악마를 두려워 할만한 어떤 죄도 저지르지 않았건만…… 그래도 악마는 찾아오지 않았던가. 나는 어둠 속에서 끊임없이 어떤 목소리를 듣는다. 인간의 영역을 벗어난 앙칼진 목소리. '대어다!' 놈은 침잠한 탐욕의 목소리로 말을 했고, 그러면 현실세계의 온갖 진실은 놈의 배고픔 앞에 무참히 망가져버리고 만다. '대애어어어다!'

악마가 내게 온 것은 오래 전이고, 그것도 단 한 번뿐이었다. 그가 다시 돌아올 수 있을까? 이제 너무 늙어 달아날 힘도 없는데? 지팡이 없이는 화장실에 갈 수조차 없는데다가, 그를 잠시나마 지체시킬 커다란 민물 송어도 이제는 없다. 나는 늙었고 통발도 비어 있다. 그가 다시 돌아와 나를 찾아낸다면?

이번에도 배가 고플까?

내가 제일 좋아하는 너새니얼 호손 소설은 「영 굿맨 브라운」이다. 아마도 미국인이 쓴 최고의 소설 중에서도 열손가락에 꼽힐 명작일 것이다. 「검은 정장의 악마」는 그 걸작에 대한 내 헌사다. 세세한 내용은 어느 날 친구와의 대화에 의존했다. 그는 자신의 할아버지가 20세기 초

기에 숲 속에서 악마를 보았다고 (정말로) 믿고 있다는 얘기를 들려주었다. 할아버지 말에 의하면 악마가 숲속에서 걸어 나와 진짜 사람처럼 그에게 말을 건네더라는 얘기였다. 할아버지는, 숲 속에서 나온 남자와 말하는 동안, 그의 눈이 불타고 있고 몸에서 유황냄새까지 나는 것을 알아챘다. 만일 악마가 이상한 낌새를 채면 그를 죽이고 말 것이라고 생각한 할아버지는, 마치 보통 사람과 정상적인 얘기를 하듯 대꾸를 했고 악마는 결국 다른 곳으로 가버렸다. 내 이야기는 친구의 이야기에 근거한다. 글을 쓰는 동안 그다지 재미는 없었지만 그래도 난 끝까지 포기하지 않았다. 이야기라는 것이 원래 큰소리로 전파되기를 기다리는 존재들인지라, 때로는 그들의 입을 막기 위해서라도 기록할 필요가 있다고 믿기 때문이다. 내 생각에는 결과물, 그러니까 이 이야기는 산문체의 단조로운 민간설화와 닮았다. 요컨대 내가 좋아하는 호손 이야기와는 천양지차라는 얘기다. 《뉴요커》가 이 글을 출간하겠다고 했을 때 난 깜짝 놀랐다. 1996년 오 헨리 단편 경쟁부분에서 최초의 상을 탔을 때에는 누군가의 착오일 거라고 생각했다(물론 그렇다고 상을 거부하거나 한 것은 아니었다.). 독자의 반응은 그런 대로 긍정적이었다. 결국 작가란 자기가 쓴 작품에 대해 종종 최악의 비평가가 된다는 사실을 이 이야기가 방증해 준 셈이다.

당신이 사랑하는 모든 것이
사라질 것이다

정월의 어스름 무렵. 네브래스카 링컨 서쪽의 I-80 도로, 모텔 6. 빠른 속도로 빛이 빠져나간데다 오후 늦게 내리기 시작한 눈으로, 간판의 자극적인 노란 불빛도 한층 부드러운 파스텔 톤으로 변해 있었다. 바람도 몰려들기 시작했는데, 그런 식의 증폭된 공동화 현상은 이곳 분지에서는 겨울철마다 나타나는 현상이다. 그래봐야 다소의 불편함밖에 더 있겠는가. 행여 오늘 밤에 큰 눈이 내리면(기상대에서는 아직 마음을 정하지 못한 듯 보였다.) 아침 쯤엔 주간 도로도 봉쇄되겠지만 그런 것들도 그에겐 아무 문제도 못 되었다.

앨피 지머는 붉은 조끼의 남자에게서 열쇠를 받아들고 기다란 콘크리트 빌딩의 끝을 향해 차를 몰고 내려갔다. 이곳 중서부에서만 영업을 해온 게 20년이다. 그동안 그는 하룻밤을 보내는 데 필요한 원칙 네 가지를 터득했다. 첫째, 반드시 미리 예약하라. 두 번째, 가급적 프랜차이즈 모텔에 투숙하라. 홀리데이인, 라마다인, 컴포트인, 그리고 모텔 6 등. 세 번째, 끝 방을 요구하라. 그렇게 하면 최악의 일이래 봐야 동네사람들의 소란 정도다. 마지막, 1로 시작하는 번호의 방을 구하라. 앨피는 마흔네 살이다. 트럭주차장의 창녀들을 상대하기에도 늙었고, 치킨프라이드 스테이크를 먹거나 2층까지 짐을 들어 올리는 것도 벅차다. 요즘엔 대개 1층 방은 비흡연자용으로 남겨두는 경향이 있다. 하지만 앨피는 그 방들을 구해 그곳에서 담배를 피웠다.

누군가 먼저 190호실의 주차공간을 차지해 버렸다. 빌딩 주변에도 남은 공간은 보이지 않았다. 앨피는 당황하지 않았다. 예약 때에 확인할 수도 있었지만, 늦게 도착한다면(오늘 같은 날처럼 오후 4시가 지나서 온다면.) 한참 걸을 각오는 당연한 일이다. 부지런한 주인의 차만이, 잿빛 콘크리트 빌딩의 기다랗게 늘어선 연 노랑색 문 앞에 휴식을 취할 수 있으리니. 창문엔 빌써 가비운 눈자락이 덮여 있었다.

앨피는 모퉁이를 돌아가, 이미 흰색으로 뒤덮인 농장 공터에 시보레를 박아 넣은 다음 폐허 같은 어스름 속으로 빠져나왔다. 멀리 농장의 작은 불꽃들이 어렴풋이 보였다. 그곳에는 사람들이 편안하게 엉덩이를 붙이고 쉬고 있으리라. 하지만 이곳은 차가 흔들거릴 정도로 심한 바람이 불었고 눈발도 사선으로 휘몰아쳤다. 이따금 농장의 불빛조차 보이지 않을 지경이었다.

앨피는 불그레한 얼굴의 거한이고, 골초답게 숨을 거칠게 몰아쉬는 타입이다. 탑코트를 입고 있었는데 그건 물건을 팔려면 먼저 사람들에게 보여주어야 하기 때문이었다. 재킷은 없었다. 재킷과 존 디어 모자를 쓴 사람들한테서 물건을 사는 가게주인은 없다. 방 열쇠는 녹색 플라스틱 자루의 다이아몬드 형 구멍에 매달린 채 옆자리에 놓여 있었다. 마그네틱 카드 같은 게 아니라 진짜 열쇠였다. 라디오에서 클린트 블랙이 「오직 미등만이」를 부르고 있었다. 그건 컨트리 송이다. 링컨에도 록 전문 FM방송이 있긴 하지만 록큰롤 뮤직은 앨피에게 맞지 않았다. 적어도 여기서는 아니다. AM 라디오를 틀면 분노에 찬 늙은이가 지금도 지옥의 불을 설파하고 있는 곳이 아니던가.

그는 엔진을 끄고 190호의 열쇠를 주머니에 넣은 다음, 아직 공책이 있는지 확인했다. 그에게는 오래된 친구와 다를 바 없는 소중한 보물이다.

"러시아 유태인을 구하라. 값비싼 보상이 따르리라."

그가 혼자서 중얼거렸다.

차에서 내리자마자 휘몰아치는 돌풍에 한두 걸음 뒷걸음질치고 말았다. 바지가 펄럭이며 다리를 휘감은 탓이다. 그는 흡연자 특유의 마른기침을 터뜨리며 키득거렸다.

트렁크에 견본들이 있기는 하지만 오늘 밤엔 필요가 없을 것이다. 그렇다, 오늘 밤은 아니다. 절대로. 그는 뒷좌석에서 여행가방과 서류가방을 꺼내고 문을 닫았다. 열쇠고리에 붙은 검은 버튼을 누르자 딸깍 소리를 내며 차문이 모두 잠겼다. 붉은 단추는 알람 작동용이며 강도에게 기습당할 때 사용하는 것이라고 했다. 이 지역에서 고급식료품 세일즈맨 몇이 당했다는 사실은 알고 있었다. 네브래스카, 아이오와, 오클라호마, 그리고 캔자스 등지에는 고급식품 시장이 있다. 아니, 사람들이 안 믿어서 그렇지 사실은 다코타에도 있다. 앨피는 지금껏 잘해 왔다. 특히 시장의 심각한 왜곡을 알아야 했던 지난 2년여는 완전히 활황이었다. 아무리 해도 비료 시장만큼은 아니었지만 말이다. 그리고 얼어붙은 두 뺨의 붉은 기운을 더욱 짙게 만들어버리는 이 겨울바람에서 비료냄새를 맡을 정도로 그는 그 분야에서도 베테랑이었다.

그는 한참 동안 그 자리에 서서 바람이 잦기를 기다렸다. 바람이 조금 약해지면서 불꽃들이 다시 보이기 시작했다. 농가. 그 불빛 뒤로, 농부의 아내가 직접 기른 완두콩으로 수프를 끓이고 있겠지? 아니면 양치기의 파이나 닭고기 만두를 전자레인지로 찌고 있거나? 젠장, 그러고도 남을 것이다. 남편은 양말 차림의 발을 방석 위에 올려놓고는 저녁 뉴스를 시청하며, 아들이 게임큐브로 비디오 게임을 하는 소리를 엿들을 것이다. 딸은 욕탕에 들어가 있으리라. 리본도 풀지 않은 머리를 향기로운 거품 속에 담그고, 아마도 필립 풀먼의 『황금 나침반』이나, 앨피의 딸이 좋아하는 「해리 포터 시리즈」를 읽고 있을 것이다. 그 모든 일이 저 깜빡거리는 불빛 속에서 이루어지고 있는 것이다. 그 구멍 속에서는 가족애가 그런 식으로 부드럽게 익어가고 있으나, 이곳 주차장은 그들의 집에서 적어도 들판의 반에 해당하는 1킬로미터나 떨어져 있다. 낮게 깔린 채 빠르게 탈색되어 가는 하늘. 그 하늘 아래 하얗게 덮여버린 회한의 들판이 의식을 잃은 채 얼어 죽고 있었다. 앨피는 양손에 각각 여행가방과 서류가방을 들고 도회풍의 구두 차림으로 그 들판을 걷는 상상을 잠깐 해보았다. 얼어붙은 고랑들을 헤치고 저 농가의 문을 노크하는 것이다. 그러면 문이 열리고 완두콩 수프의 은은하고 포근한 냄새를 맡을 수 있겠지? 그리고 다른 방에서, "하지만 지금 막 로키 산맥을 넘어온 저기압 시스템은 긴말한 주의가 필요합니다."라고 말하는 KETV의 기상통보관의 목소리도 들려올 것이다.

그럼 농부의 아내한테는 뭐라고 한다? 저녁식사를 하러 잠시 들렀다고? 러시아 유태인을 구하면 굉장한 선물을 받을 수 있다고 말해줄까? 어떻게 얘기를 꺼내야 하지? '부인, 최근에 입수한 정보에 따르면 부인께서 사랑하는 모든 것이 사라질 겁니다.'라고? 그것도 대화를 시작하기에는 좋은 건수일 것이다. 지금 막 남편 소유의 동쪽 들판을 가로질러 노크를 감행한 이방인에 대한 관심을 끌어낼 수는 있을 테니까. 그리고 그녀가 잠깐 들어오라고 권하면, 그는 가방에서 샘플 도서 두 권을 꺼내, 만일 촌구석표 간이요리에 맛을 들이셨다면 이제 보다 세련되고 고급스런 어머니 솜씨를 보여주실 때입니다. 그런데 캐비어는 좋아하시나요? 다들 좋아합니다만. 심지어 네브래스카에서도 그러니까요.

추워 죽겠군. 여기 서 있다가 정말로 얼고 말겠어.

그는 들판과 불빛을 등지고 모텔로 돌아가기로 했다. 물론 엉덩방아를 찧지 않기 위해 조심조심 오리걸음을 해야 했다. 그런 적은 전에도 있었다. 사실 50여 곳의 주차장을 전전하면서 늘 그런 식이었다. 그래, 그것도 문제는 문제겠다.

다행히 돌출구조물에 의지해 눈에서 빠져나올 수 있었다. 콜라 자판기도 있었다. '깨끗한 동전만 사용하세요.'라는 안내문이 붙은 자판기다. 제빙기도 있고, 침대 스프링 비슷한 장치 뒤에 캔디바와 각종 감자칩이 들어 있는 자동판매기도 있었다. 이번에는

'깨끗한 동전만 사용하세요.'라는 안내판이 없었다. 그가 자살 장소로 선택한 방 왼쪽 객실에서도 저녁뉴스가 흘러나왔다. 너무나 당연한 말이지만, 여기보다는 저쪽 농가에서 듣는 게 훨씬 좋을 거라는 생각이 들었다. 바람이 윙윙거리고 발 주변으로도 거친 눈발이 미친 듯이 날아다녔다. 앨피는 얼른 방 안으로 들어갔다. 형광등 스위치는 왼쪽이었다. 그는 불을 켜고 문을 닫았다.

그도 알고 있는 방이다. 그건 꿈속의 방이었다. 사각형 방에 흰색 벽지. 한쪽 벽에는 낚싯대를 들고 잠든 밀짚모자 아이의 그림도 붙어 있었다. 바닥에 깔려 있는 녹색 깔개는 얇고 거친 합성수지로 만든 싸구려였다. 방은 처음에는 좀 춥지만 창문 밑에 설치된 클라이머트론의 고속 난방 버튼을 누르면 금세 따뜻해질 것이다. 아니, 곧 더워지기까지 할 것이다. 한쪽 벽의 카운터 위에는 TV가 놓여 있었다. '원터치 영화!'라고 새겨진 명함 한 장이 놓여 있는 TV.

방 안에는 더블 침대가 두 개 있었다. 각각 밝은 금색 시트가 덮여 있고 그 위로 베개 두 개가 삐죽 나와 있는데, 그는 그 모습이 왠지 어린 아이들의 시체 같다는 생각을 했다. 두 침대 사이에는, 기디언 성경과 TV 채널가이드, 살색 전화기가 놓인 테이블이 있고, 두 번째 침대 너머로는 욕실 문이 보였다. 욕실 스위치를 켜면 환풍기도 돌아가게 되어 있었다. 요컨대 조명이 필요하면 환풍기까지 돌리라는 뜻이리라. 선택의 여지는 없다. 욕실의 조명은 형광등이었다. 파리들의 시체와 유령이 살고 있는 형광등. 싱크대 옆의 카운터에는 전기풍로가 있고 프록터-사일렉스 전기주전자, 그리고 인스턴트커피가 몇 봉 놓여 있을 것이다. 그리고 그 냄새.

싸구려 세척액과 샤워커튼에서 나는 곰팡내. 앨피는 그 모든 것을 알고 있었다. 녹색 깔개까지 꿈속에서 보지 않았던가? 그렇다고 놀랄 것까지는 없다. 그건 그저 꿈이 아니던가. 히터를 켤 생각도 해봤으나 그것도 분명 덜커덩거릴 것이다. 게다가, 그럴 필요가 어디 있단 말인가?

앨피는 탑코트의 단추를 풀고 서류가방을 침대 밑에 내려놓았다. 그리고 코트를 드레스 스커트처럼 침대에 걸쳐 놓고 자리에 앉아, 서류가방 안에서 다양한 팸플릿과 카탈로그, 양식들을 뒤지기 시작했다. 그가 찾아낸 것은 총이었다. 스미스앤웨슨 리볼버 38구경. 그는 총을 침대 맡 베개 위에 올려놓았다.

그는 담뱃불을 붙이고 전화를 집으려다가 문득 공책 생각을 했다. 공책은 오른쪽 코트 주머니에 있었다. 낡은 용수철 공책인데 천냥하우스 문구코너에서 1달러 45센트를 주고 산 물건이다. 그게 어디였더라? 오마하 아니면 수라는 도시였을 것이다. 아니면 캔자스의 쥬벌리이거나. 지금은 커버도 잔뜩 갈라져 있고 인쇄 그림도 거의 지워질 정도로 낡은 공책이다. 페이지 몇 장은 끄트머리가 용수철에서 뜯기기도 했는데 그렇다고 완전히 떨어져나간 페이지는 아직 없다. 앨피는 이 공책을 17년 동안이나 갖고 다녔다. 그러니까 시모넥스 사의 국제 제품 코드 리더기를 팔고 다닐 때부터이다.

전화기 아래 선반에 재떨이가 있었다. 이쪽 지역에는 객실에 재떨이가 딸려 나오는 모텔이 아직도 남아 있었다. 심지어 1층인 데도 말이다. 앨피는 재떨이를 꺼내 홈에 담배를 걸쳐 놓은 다음 공책을 펼쳐 들었다. 그는 백여 개의 서로 다른 펜과 연필 등으로 적어넣은 페이지들을 넘기며 이따금 제목 한두 개를 훑어보았다. 그 중 하나. '나는 뾰루퉁한 소년의 입으로 짐 모리슨의 물건을 빨았다. (로렌스, 캔자스)' 그곳 화장실은 동성애를 표현한 그라피티로 가득했다. 대부분 따분하고 뻔한 내용이었으나, 그래도 '뾰루퉁한 소년의 입'은 꽤 쓸 만했다. '앨버트 고어가 즐겨 찾는 창녀. (머도, 사우스다코타)'

노트의 3분의 2쯤에 해당하는 마지막 항목에는 딱 두 문장밖에 없었다. '콘돔은 빨지 말 것. 고무 맛만 나더라. (아보카, 아일랜드)' 그리고 '앙꼬 똥꼬 꼭꼭 따꼬. (빠삐용, 네브래스카).' 앨피는 그런 식의 말장난을 좋아했다. '까꼬뽀꼬'처럼 경음과 'ㅗ' 발음이 결합된 말장난. 물론 철없는 아이들의 하찮은 장난일 수도 있겠지만 굳이 그렇게 생각할 필요가 어디 있겠는가? 그래서 좋을 것도 없는데 말이다. 앨피는 글에 적힌 경음과 'ㅗ'의 결합이 의도된 것이라고 믿기로 했다. 지저분하긴 하지만 재미있다. 'ㅗ', 'ㅗ'의 향연, 기발한 각운시.

그는 코트 안쪽 주머니를 뒤졌다. 잡다한 서류들, 오래된 톨게이트 티켓, 더 이상 먹지 않는 알약 병, 그 쓰레기들 속에서 찾아낸 것은 펜이었다. 오늘의 전리품을 기록할 시간이 된 것이다. 휴게소 한 곳에서 찾아낸 멋진 낙서 두 개였다. 하나는 소변을 본 변기 위에서 찾아냈고 다른 하나는 해브-어-바이트 스낵 자동판매기 옆, 지도 케이스 위에 샤피 마커로 적혀 있었다(앨피가 보기엔, 스낵스 자판기가 훨씬 우수한 생산라인을 갖추고 있지만 어쩐 이유인지 4년 전부터 I-80의 휴게소에서 자취를 감추었다.). 요 근래 2주 내내 5000킬로미터를 달리면서도 새로운 아이템을 찾아내지 못했었다. 하다못해 옛 낙서를 상큼하게 개작한 것도 없었는데 그런데 오늘은 하루에 두 개씩이나 얻은 것이다. 마치 최후의 만찬처럼.

그의 펜에는 금색으로 '친환경 농산물'이라는 글귀가 적혀 있다. 그 바로 옆에 로고가 인쇄되어 있는데, 묘하게 구부러진 굴뚝에서 연기가 나오는 오두막집 그림이다.

앨피는 낡은 공책을 뚫어져라 바라보았다. 상체를 잔뜩 숙인 탓에 페이지에 그의 그림자가 찍혀 나왔다. 그는 '콘돔은 빨지 말 것. 고무 맛만 나더라.'와 '앙꼬 똥꼬 꼭꼭 따꼬' 아래 '러시아 유태인을 구하라. 값비싼 보상이 따르리라. (월튼, 네브래스카)'와 '당신이 사랑하는 모든 것이 사라질 것이다. (월튼, 네브래스카)'를 적어 넣었다. 그는 잠시 망설였다. 가급적 주석은 달지 않는 편이다. 온전히 전리품만을 감상하는 게 좋아서다. 보다 젊었을 때는 자유롭게 주석을 달기도 했지만 지금은 설명이 신선도를 떨어뜨린다고 믿는 편이다. 하지만 그래도 주석이 신비감을 효과적으로 드러낼 때도 있는 법이다.

그는 두 번째 항목인 '당신이 사랑하는 모든 것이 사라질 것이다. (월튼, 네브래스카)'에 별표를 친 다음, 공책 제일 밑에 5센티 정도 줄을 긋고 다음과 같이 적었다.

이 글을 읽으려면 당신은 월튼 휴게소에서 간선도로의 출구 램프도 함께 보아야 한다. 이른바 떠나는 나그네들의 출구이다.

펜을 다시 주머니에 넣으며, 그는 모든 것을 끝내는 이 시점까지 왜 이 일을 계속하고 있는지 모르겠다는 생각을 했다. 해답을 찾아낼 수야 없겠지만 숨 쉬는 일과 별반 다를 것 같지는 않았다. 어차피 누군가 총으로 쏴죽이기 전에는 멈출 수 없는 일.

밖에서는 거센 돌풍이 불었다. 앨피는 언뜻 창문을 보았으나 커튼이 쳐져 있었다. 깔개처럼 녹색이면서도 분위기는 전혀 다른 커튼. 저 커튼을 젖히면 80번 주간도로에 줄줄이 켜진 가로등을 볼 수 있겠지? 도로 위의 존재들을 낱낱이 고발하는 감시탑들. 그리고 다시 공책을 보았다. 좋아, 이제 할 때가 된 거야. 이건 다만…… 그러니까……

"숨쉬기."

그가 이렇게 내뱉고는 미소를 지었다. 그리고 재떨이에서 담배를 집어 한 모금 빨고 홈에 돌려놓은 다음 다시 공책을 훑기 시작했다. 적힌 내용들은 모두 트럭 주차장, 길가의 치킨 집, 도로 휴게소 등, 지금껏 지나쳐온 수천 곳의 자취를 떠올리게 했다. 그러니까 라디오에서 노래를 들을 때, 문득 어떤 장소, 시간, 함께 있던 사람, 마시던 음료, 하고 있던 생각 따위가 떠오르는 것과 마찬가지겠다.

'철퍼덕 주저앉아 깊은 시름 하던 차에 / 있는 힘껏 힘을 주니 나오는 방귀로세. 어즈버 똥 본 세월이 꿈이런가 하노라.' 이 얘기를 모르는 사람이야 없겠지만 이건 동시에 오클라호마 후커에 있는 DD 스테이크에서의 흥미로운 버전이기도 하다. '타코소스를 싸기 위해 변기에 주저앉다 / 힘을 주고 또 주노니 폭발할까 걱정일세.' 그리고 아이오와의 케이시, 25번 주립도로와 I-80이 교차하는 지점에서 얻은 것도 재미있다. '엄마가 나를 창녀로 만들었다.' 라는 글 위에 누군가가 전혀 다른 필체로 댓글을 달아놓은 것이다. '우리 곰탱이 여편네도 그렇게 만들어 주실래요?'

　수집을 시작한 것은 국제 제품코드 판독기를 팔 때였다. 처음엔 아무 이유도 모르면서 그저 용수철 공책에 다양한 그라피티들을 적었다. 그저 재미있고 참신해서였다. 그러다가 이틀 주간도로로부터의 메시지에 조금씩 매료되기 시작했다. 원래 도로의 대화라는 게 헤드라이트나 미등을 깜빡거리는 정도가 고작이다. 빗속을 지날 때 보내는 주의 신호거나, 아니면 수탉 꼬리 같은 매연을 잔뜩 토해내는 추월 자동차를 향해 가운뎃손가락을 먹이는 대신 조명을 깜박여 보이는 것이다. 아무튼 그는 차츰 그 속에서 무슨 일인가 일어나고 있음을 깨닫게 되었다(아니면 그러기를 바랐거나.). 예를 들어 '앙꼬 똥꼬 꼭꼭 따꼬' 같은 기발한 각운시나 '1380 애버뉴가 엄마를 죽이고 보석을 훔쳐간다.'와 같이 모호한 분노가 그렇다.

　아니면 이런 것도 있다. '똥뚜깐에 주저앉아 배때기에 힘을 주니, 커지느니 볼따귀요 나오느니 왕거니라.' 눈치 챘겠지만 씹는 맛이 느껴진다. 쌍 디귿과 기역이 반복되는 문구가 묘한 입맛을 자아내고 있지 않은가? 물론, 맨 끝의 왕거니에서 조금 맥이 풀리기는 했지만 그래도 그 정도면 탄성을 자아낼 만하다. 게다가 이미지가 역겨울 정도로 구체적이기도 하다. 언젠가 학교에 돌아가 문학공부를 하겠다는 생각도 여러 번 했었다. 음보와 운율을 완전히 터득하고 싶었다. 위태로운 직관에 매달리는 대신 작자의 의도를 정확하게 이해하고 싶어서다. 그가 학교에서 배운 것 중 기억나는 거라곤 셰익스피어의 운율뿐이었다. '사느냐, 죽느냐, 그것이 문제로다.' 실제로 그 문장을 I-70에서 본 적도 있는데, 그 밑에 누군가 이렇게 적어 놓았었다. '진짜 문제는 네 아비가 누구냐다, 이 병신아.' 이런 형식을 뭐라고 하더라? 4음보? 4음절? 알 리가 없었다. 게다가 이제 와서 안다 한들 무슨 소용이겠는가? 물론 알아낼 수는 있다. 그건 비밀이 아니라 학교에서 배우는 지식에 불과하지 않은가.

아니면 이런 버전도 있다. 그건 이 나라 어디에나 있었다. '엉덩이를 까고 앉아 엉터리를 까대노라.' 그건 늘 엉터리였다. 똥더미도 있고 빈대떡도 있겠지만 세상 어디를 가나 그건 엉터리였고 또 그래야 했다. 이유는? 당연히 운을 맞추기 위해서다. 엉터리만이 유일하게 엉덩이와 운이 맞아 떨어지는 단어 아닌가. '엉덩이를 까고 앉아 엉터리를……'

언젠가 책을 쓸 생각을 한 적이 있다. 작은 소책자인데 처음 떠오른 제목이 『눈 깔아, 신발에 오줌 튈라』였다. 하지만 그런 걸 어떻게 책이라고 부를 수 있겠는가? 그걸 팔겠다고 책방에 진열하는 사람도 없을 것이다. 제목도 너무 가볍고 천박하다. 지난 몇 년간 낙서들한테 뭔가 있고 천박하지도 않다고 생각했다. 그래서 마지막으로 결정한 제목은 이랬다. 캔자스의 포트 스코트 교외, 54번 도로 휴게소 화장실에서 찾아낸 글. '결국 전미 하이웨이 통행암호, 테디 버니를 죽이다.' 앨프레드 지머 작. 운율도 신비하고 뭔가 있을 것 같은 분위기에 언뜻 학술적으로 보이기까지 했으나, 그는 그마저 선택하지 않았다. 그리고 '엄마가 나를 창녀로 만들었다.'의 댓글 '우리 곰탱이 여편네도 그렇게 만들어 주실래요?'도 전국에 산재해 있음을 알아냈으나, 그렇다고 공유의식의 결핍을 무시

한 채 (적어도 글에서는) '그냥 해치워' 식으로 밀어붙일 수는 없었다. 아니면 '뉴저지는 돈지랄 공화국'은 어떤가? 왜 그 낙서는 뉴저지여야 재미있고 다른 주는 그렇지 못한지에 대해 누가 설명할 수 있겠는가? 그런 건 설명하려는 시도 자체가 건방진 행위다. 결국 그는 미천한 직업을 지닌 미천한 인간에 불과했다. 전국 방방곡곡 물건을 팔고 다니는 남자. 냉동식품……

그리고 여기까지 왔다. 여기까지……

앨피는 마지막으로 담배를 길게 빨고 비벼 끈 후 집에 전화를 넣었다. 제발 모라가 받지 않기를 바랐는데 다행히 그렇지는 않았다. 전화를 받은 자신의 목소리가 부재 중 연락처로 핸드폰 번호를 읊어대고 있었다. 퍽이나. 그의 핸드폰은 망가진 채로 시보레 트렁크에 들어 있다. 기계는 늘 골칫거리였다.

삐 소리가 들리고 그가 말을 했다.

"어, 나야. 여긴 링컨인데 눈이 내리고 있어. 어머니께 가져가겠다고 한 찜 냄비 잊지 말라고 전화했어. 기다리고 계실 거야. 그리고 레드 빌 쿠폰 얘기도 하시던데, 그 얘기만 나오면 자기가 어머니 욕 하는 건 알고 있지만 그냥 기분 좀 맞춰드려, 알겠지? 노친네잖아. 아참, 그리고 칼린 대디한테도 안부 전해줘." 그는 잠시 망설였다가 지난 5년간 한 번도 하지 않은 말을 덧붙였다. "사랑해."

그는 전화를 끊고 담배를 한 대 더 물까 생각했다. 폐암 걱정 따위는 이젠 필요도 없지만 그냥 그만 두기로 했다. 공책은 마지막 페이지를 펼친 채 전화 옆에 놓았다. 그는 권총을 집어 실린더를 꺼냈다. 모두 탄환이 박혀 있었다. 그리고 손목 힘으로 실린더를 원 상태로 꺾어 넣고는 짧은 총구를 입 안으로 밀어 넣었다. 기름 냄새와 금속 냄새. 문득 재미있는 낙서가 떠올랐다. '이렇게 앉아 생을 좆 내도다. 대갈통에 기름진 쪼오옹알을 먹이도다.' 그는 총구를 문 채로 씩 웃었다. 끔찍한 내용이지만 그 글을 기록하는 일은 없을 것이다.

그때 다른 생각이 떠올라 총을 베개 위에 놓고 전화기를 끌어당겼다. 또다시 집에 전화를 걸 생각이다. 그는 쓸 데 없는 전화번호 암기가 끝날 때까지 기다렸다가 입을 열었다.

"다시 나야. 모레 향군의 날에 람보하고 만나기로 한 거 잊지 말라고, 응? 밤에 개뼈다귀 몇 개 가져가면 될 거야. 그 자식 엉덩이에 딱 들어맞을 테니까. 안녕."

그리고 전화를 끊고 총을 들었다. 하지만 이번에는 총구를 입에 물기 전에 공책에 먼저 시선이 갔고 끝내 인상을 쓰다가 다시 총을 내려놓았다. 마지막 항목 4개가 적힌 페이지가 펼쳐져 있었기 때문이다. 총소리를 듣고 달려온 사람들이 제일 먼저 보게 될 것은 그의 시체일 것이다. 화장실 바로 옆 침대에 길게 뻗은 채 머리를 뒤로 젖혀 싸구려 깔개 위에 피를 흘리고 있을. 그럼 두 번째는? 마지막 페이지가 펼쳐진 용수철공책?

경찰 하나가(물론 네브래스카 소속이다. 운율이 맞지 않아 한 번도 화장실 낙서의 주인공이 되어본 적이 없는 족속들.) 그 낙서들을 읽고 어쩌면 펜 끝으로 낡은 공책들을 하나씩 넘겨볼 수도 있겠다. 만일 처음에 이 세 낙서, 그러니까 '콘돔,' '앙꼬똥꼬,' '러시아 유태인을 구하라.'를 읽는다면 미친놈의 미친 짓거리 정도로 치부할 수도 있겠으나. 마지막 낙서인 '당신이 사랑하는 모든 것이 사라질 것이다.'를 읽고 나면, 시체의 주인이 어느 정도 정신을 차려 마지막으로 의미가 통하는 유서를 작성하려다 도중에 자살한 것으로 판단할 수도 있다.

사람들이 그를 미쳤다고 생각한다는 설정이 맘에 들지 않았다. 게다가 아무리 조사해 봐야, 공책엔 '메드거 에버스(흑인 사회운동가. 1963년 사망 ― 옮긴이)는 디즈니랜드에서 잘 살고 있다.' 같은 얘기도 들어 있기 때문에 더 나아질 것도 없다. 그는 미치지 않았다. 몇 년간 이곳에 적어놓은 글들 역시 미치지 않았다. 그것만은 분명했다. 만일 그가 잘못 되었고 이 글들이 그의 광기를 판단하는 근거가 된다면, 어쨌거나 이 글들을 보다 자세히 살펴봐야 할 일이 아니던가? 예를 들어 '눈깔아.' '신발에 오줌 뛸라.' 같은 글이 유머인가? 아니면 분노의 울부짖음인가? 하는 식으로 말이다.

공책을 변소에 버릴 생각도 해봤지만 이내 고개를 젓고 말았다. 결국 셔츠 소매를 접고 무릎을 꿇는 것으로 끝나고 말 것이다. 이 빌어먹을 공책을 되찾기 위해 변기를 휘젓고 말테니까 말이다. 아마도 선풍기에 말리고 형광등에 쪼이느라 법석을 떨지도 모르지. 똥물이 스며들어 잉크가 어느 정도 번져 있더라도, 모두 망가지지 않는 한은 상관없다. 오랫동안 동고동락을 해온 친구다. 내 주머니 안에서 그렇게나 많은 평야를 건너고 텅 빈 중서부를 가로질렀다. 그런데 어찌 버릴 수 있단 말인가?

그럼 마지막 페이지는? 그냥 한 페이지라면 돌돌 말아서 삼켜버리면 그만이다. 하지만 나머지 페이지는 그대로 남아 나를 미친 놈으로 고발하고 말리라. 아마 이런 식으로들 지껄이겠지? 'AK-

47을 들고 학교에 난입해 애들 몇을 황천행 길동무로 삼지 않은 게 천행입니다.' 그리고 그런 얘기는 개꼬리에 매단 깡통소리처럼 모라의 귀에도 들릴 것이다. 경찰이 슈퍼마켓에서 장을 보는 아내를 찾아가 이렇게 말할 수도 있겠다. '남편 소식은 들으셨나요? 모텔에서 자살하셨죠. 미친 얘기로 가득한 공책 한 권이 있더군요. 까딱하면 부인도 위험할 뻔했습니다.' 에, 그 점에 대해서는 입조심하는 게 좋을 게다. 모라는 결국 어른이다. 하지만 칼린은…… 칼린은…….

시계를 보았다. 주니어 야구시합이 있는 시간이고 칼린은 지금 그곳에 있을 것이다. 그 애의 팀원들이 슈퍼마켓에 온 아줌마들의 얘기를 앵무새처럼 나발대겠지? 엄마들이 수다를 떨 때 바로 옆에서 귀를 쫑긋거리고 다 들었을 테니까. 흥미와 두려움으로 가득 찬 어린 눈과 귀들. 그게 정당한 일인가? 아니, 물론 아니다. 하지만 그에게 일어난 일 중 어디 하나라도 정당한 게 있단 말이던가. 국도를 달리다보면 이따금 인디펜던트 트럭 운전사들이 사용하는 재생타이어에서 커다란 고무가 풀려나와 있는 것을 보게 되는데, 그의 기분이 딱 그랬다. 버려진 타이어. 상황이 악화된 건 오히려 약 때문이었다. 그의 난관이 어떤 것인지 정확히 볼 수 있을 만큼만 정신을 추슬러주었던 빌어먹을 약들.

"하지만 미치지는 않았어. 그런 걸로 미칠 이유가 없잖아."

아니, 어쩌면 미치는 게 나을 수도 있겠다.

앨피는 38구경의 실린더를 닫듯 공책을 탁 하고 덮어버리고는 자리에 앉은 채로 무릎을 톡톡 두드리기 시작했다. 이건 멍청한 짓이야.

멍청하든 아니든, 괴로운 일은 분명했다. 집에 있을 때면 가스 버너가 켜져 있을지 모른다는 생각이 그를 괴롭혔다. 그러면 결국 일어나 버너가 꺼져 있음을 확인해야 했다. 이건 더 지독했다. 공책에 적힌 내용들을 사랑했기 때문이다. 그라피티를 모으고 그라피티에 대해 생각하는 건 지난 몇 년간 그의 주업이 되어 있었다. 국제 제품 코드 리더기도 아니고 고급 냉동식품도 아니었다(사실 지금 파는 것도 전자레인지로 요리가 가능한 스완슨이나 프리저 퀸스보다 특별히 고급도 아니다.). 예를 들어 '헬렌 켈러는 자신의 킬러에게 헬렐레 했다.' 같은 낙서의 풍성함을 보라. 그가 죽고 나면 이 공책은 정말로 사람들을 당혹스럽게 만들 것이다. 그건, 혼자서 빈둥거리는 새로운 방법을 실험하고, 또 속옷을 발밑까지 내리고 발목 사이에 똥을 질펀하게 싸는 새로운 방법을 찾아냈다는 이유로, 벽장에서 우발적으로 자기 목을 매는 것과도 같을 터이니 말이다. 낙서의 일부가 그의 사진과 함께 신문에 실릴 수도 있겠다. 옛날 같으면 코웃음을 칠 정도의 잡념이었겠으나, 요즘은 바이블 벨트(미국의 전통적인 보수 기독교 지역 — 옮긴이) 신문조차 대통령 성기에 난 사마귀의 고찰 따위를 일상적으로 싣는 시대가 아닌가? 그건 충분히 가능성이 있는 일이다.

차라리 태워버릴까? 안 돼, 결국 저 빌어먹을 화재감지기가 작동하고 말 거야.

벽에 걸린 그림 뒤에 넣어둘까? 낚싯대를 잡고 밀짚모자를 쓰고 있는 저 잠자는 소년의 사진 뒤에?

앨피는 그 생각에도 천천히 고개를 끄덕였다. 나쁜 생각 같지는 않았다. 용수철 공책이라면 어쩌면 몇 년 동안이고 들키지 않을 것이다. 그러다 아주 먼 훗날 공책이 어쩌다 밖으로 떨어지고 누군가가(집주인이든 하녀이든) 호기심에 집어서 펼쳐보겠지? 그 사람 반응은 어떨까? 충격? 즐거움? 아니면 당혹감? 차라리 마지막이었으면 좋겠다. 공책의 내용이 원래 황당한 것이니 말이다. '엘비스가 LBS(파운드. 여기서는 몸무게를 지칭함 — 옮긴이)를 죽였다.' 텍사스 해크베리에서 찾아낸 것이다. '광장(廣場)은 광장(狂場)이다.' 사우스다코타 래피드 시에서 나온 것인데 그 아래 누군가가 다음과 같이 주석을 달아놓기도 했다. '아니다, 떨떨아. 광장(狂場)=(va)2+b이다. 이때 조건 v=광장(廣場) a=만족, 그리고 b=성적 능력이지.'

그럼, 그림 뒤에 숨겨?

앨피는 방을 반쯤 건너다가 코트 주머니의 알약을 기억해 냈다. 약은 자동차의 글러브 박스 안에도 남아 있다. 종류만 다르고 용도는 같은 약들, 처방약이긴 하지만 솔직히 기분이…… 짱짱할 때 처방되는 그런 약은 아니다. 경찰들은 다른 약을 찾기 위해서라도 이 방을 샅샅이 뒤지려 들 것이다. 만일 그림을 들어낸다면 공책이 녹색 깔개 위로 떨어질 것이고, 공책의 내용과, 공책을 감추려 한 노력 때문에라도 상황은 더욱 악화되고 광적인 것으로 보일 수 있다.

그렇게 된다면 마지막 낙서를 자살의 근거로 읽을 수도 있겠지. 어쨌든 마지막 낙서가 아닌가? 공책을 어디에 감추든 그건 피할 수 없는 일이 된다. 그건 동부 텍사스의 어느 교차로 시인이 썼듯이, 미국의 엉덩이에 똥덩이가 붙은 것만큼이나 분명하다.

"그들이 찾아낸다면……"

그가 중얼거렸다. 그리고 그 순간 해답이 떠올랐다.

눈발이 굵어지고 바람도 훨씬 거세졌다. 들판 저편의 불빛들도 꺼져 있었다. 앨피는 펄럭거리는 코트를 부여잡고 주차장 끄트머리의 눈 덮인 차 옆에 서 있었다. 지금쯤 농장 사람들은 모두 TV를 보고 있겠지? 빌어먹을 가족 모두가? 물론 눈보라가 헛간 지붕의 위성안테나를 떼어내지 않았을 경우겠지만 말이다. 집에서도 아내와 딸이 아이의 야구시합을 마치고 돌아와 있으리라. 모라와 칼린은, 적어도 나와 달리, 주간도로의 파손된 차선 위로 날아다니는 패스트푸드 봉투들과도 무관하고, 시속 120, 130, 150킬로미터로 질주하는 세미 트럭들의 굉음과도 무관한 세상에 살고 있다. 불평하자는 게 아니라(정말로?) 그냥 그렇다는 말이다. 미조리 초크 레벨의 어느 뒷간 벽에 가보면, '이곳엔 존재조차 존재치 않는다.'라는 말이 적혀 있다. 때때로 휴게소 화장실에 피가 묻어 있을 때도 있다. 대개는 소량에 불과했지만, 언젠가 한 번은, 금이 잔뜩 간 금속거울 아래 더러운 세면기가 피로 가득한 것을 본 적도 있었다. 나 말고 그 장면을 본 사람이 있었을까? 누군가 신고하기는 했을까?

어느 휴게실에서는 머리 위에 매달린 스피커들에서 기상예보가 끊임없이 쏟아져 나왔다. 그 목소리는 앨피에게 정말로 유령의 소리처럼 들렸다. 시체의 성대를 통해 흘러나오는 유령의 목소리. 그리고 캔자스 캔디의 283번 국도에 있는 네스 카운티엔, '보라, 내가 문 앞에 서서 노크하노라.'라고 적혀 있는데 그 아래 누군가가 '똥퍼가 아니면 꺼져버려, 씹새야.'라고 적어놓기도 했다.

앨피는 아스팔트 끝에 서서 숨을 헐떡였다. 바람이 너무도 차고 눈보라도 거셌다. 그의 왼손엔 용수철 노트가 반쯤 접힌 채 들려 있었다. 결국 파괴할 필요까지도 없었다. 그냥 링컨 서부에 사는 아무개 농부의 동쪽 들판에 던져버리면 그만이다. 그 다음은 바람이 도와줄 것이다. 공책은 5~6미터쯤 날아가 들판을 이리저리 굴러다닌 다음, 마침내 어느 고랑의 눈 속에 파묻히고 말 것이다. 공책은 겨울 내내 그곳에 묻혀 있을 것이며 그의 시체가 집으로 실려 간 다음에도 쉽사리 발견되지 않으리라. 봄이 되면 농부 아무개 씨가 트랙터를 몰고 오기는 하겠지만, 운전석은 패티 러블리스, 조지 존스, 클린트 블랙들의 음악소리로 가득할 것이고, 결국은 공책을 보지도 못한 채 들판을 갈아엎고 말 것이다. 그리하여 공책은 소문만을 남기고 땅속 깊이 파묻히고 말리니, '두려워 말라. 세상은 주기적으로 청소될지니.' 미조리 카메론 부근의 I-35 도로 공중전화 벽에 적힌 글이다.

앨피는 책을 던지기 위해 손을 뒤로 젖혔다가 다시 내렸다. 놓기가 싫다는 것이 솔직한 심정이다. 정말로 얘기하고 싶은 핵심이다. 하지만 어쩔 수 없지 않은가? 그는 다시 팔을 들었으나 또 실패하고 말았다. 그러다가 절망과 자포자기의 심정이 들었고, 끝내 자신도 모르게 울음을 터뜨렸다. 바람이 사방에서 그를 흔들어댔다. 지금까지의 방식으로는 더 이상 살아갈 수가 없다. 너무도 많이 알아버렸기 때문이다. 단 하루도 살 수가 없다. 게다가 삶의 방식을 바꾸느니, 그냥 입에 총알 한 방 박아 넣는 게 훨씬 쉽지 않겠는가? 그건 아무도 읽지 않을 책을 쓰려고 발악하는 것보다도 훨씬 쉬울 것이다. 그는 다시 한번 손을 들고는, 강속구를 뿌리는 투수처럼 귀 뒤쪽으로 손을 가져갔다. 그리고 그대로 멈춰 섰다. 문득 어떤 생각이 떠올랐다. 그래, 60까지 세기로 하자. 그 사이에 언제든 농가의 불빛이 켜진다면 어떻게든 책을 써보는 거다.

그런 책을 쓰자면 먼저 녹색 거리표지판으로 거리를 재는 기분이 어떤 건지부터 얘기해야 한다. 세상이 얼마나 넓은지, 오클라호마나 노스다코타에서 내리면 바람소리가 어떻게 들리는지에 대해서도 얘기해야 하리라. 그건 거의 사람들의 말소리와 진배없다. 또 침묵도 해석해야 하고, 휴게소 화장실은 언제나 나보다 먼저 다녀간 여행자들의 오줌 냄새와 방귀냄새로 진동한다는 얘기도 해야 한다. 그리고 그 침묵 속에서 벽의 목소리들이 얘기를 시작한다는 얘기도 해야겠다. 낙서를 하고 떠난 사람들의 이야기. 가슴 아픈 얘기가 되겠지만, 그래도 행여 바람이 잦아들고 농가의 불이 켜진다면 어떻게든 해볼 생각이다.

그렇지 않으면 공책을 들판에 던진 다음 스낵스 머신 바로 왼쪽에 붙어 있는 190호실로 돌아가 계획대로 총을 쏠 것이다.

어느 쪽이든 상관없다. 어느 쪽이든.

앨피는 머릿속으로 60을 세면서 그렇게 서 있었다, 바람이 잦아들기를 기다리면서…….

나는 운전을 좋아한다. 특히, 양쪽으로는 끝없이 초원이 이어져 있고, 60~70킬로미터마다 간간히 콘크리트 휴게소가 나오는 길고 긴 주간도로를 달리다보면, 나도 모르게 그 정취에 흠뻑 빠지고 만다. 휴게소 화장실은 늘 낙서로 가득하다. 때로는 정말로 기이한 글들을 만나기도

한다. 나는 그런 낙서들을 모으기 시작했다. 주머니 공책에 베끼기도 하고 인터넷에서 따오기도 했는데(그런 낙서들을 다루는 사이트가 두세 곳 있다.), 그러다가 이렇게 그 낙서들이 들어갈 공간을 찾아내고 만 것이다. 이야기가 재미있는지는 모르겠지만, 아무튼 난 그 중심에 서 있는 고독남이 애처롭고, 그를 위해서라도 모든 일이 잘 풀리기를 바란다. 사실 초고에서는 그렇게 끝나기도 했으나 《뉴요커》의 빌 버포드가 좀 더 모호한 결말을 원했다. 어쩌면 그가 옳을 수도 있겠다. 아무리 그렇다 해도 전 세계의 앨피 지머를 위해 기도를 해줄 수는 있으리라.

잭 해밀턴의 죽음

좋다, 처음부터 솔직하게 까놓고 얘기를 시작해 보자. 이 지구 상에 내 친구 조니, 즉 존 딜린저(1930년대 가장 유명한 은행 강도 이자 갱스터―옮긴이)를 좋아하지 않는 사람은 아무도 없었다. 예외라면 FBI의 멜빈 퍼비스뿐인데 J. 에드거 후버의 오른팔인 퍼비스는 그 친구를 마치 개똥 보듯 했다. 다른 사람들? 에, 조니 는 사람들이 그를 좋아하도록 만드는 방법을 알고 있었다. 사람 들을 웃기는 방법도 알고 있었다. 하느님은 만사를 마지막에 정리 하신다고 했는데 그도 늘 그 말을 읊조려댔다. 도대체 그런 철학 을 지닌 사내를 어찌 좋아하지 않겠는가?

그가 죽었다는 사실을 믿고 싶어 하는 사람은 별로 없을 것이 다. 심지어 1934년 7월 22일, 시카고의 바이오그래프 극장 옆에서 FBI의 총 세례를 맞은 것이 조니가 아니라고 믿는 사람들이 지금

잭 해밀턴의 죽음 129

도 부지기수임을 안다면 당신도 아마 기겁할 것이다. 결국 조니를 쓰러뜨렸다는 혐의로 기소된 자는 멜빈 퍼비스였다. 물론 비열한데다 꽉 막힌 돌대가리였다. 그러니까 창문도 열지 않고 머리를 박아버리는 그런 종류의 인간인 것이다. 당연히 내게서도 좋은 얘기가 나올 리 없다. 난쟁이 똥자루 호모 새끼! 지긋지긋한 인간쓰레기. 나도, 다른 사람도 모두 그를 증오했다.

위스콘신의 리틀 보헤미아에서 총성이 있은 후 우리 퍼비스와 짭새들로부터 도망쳤다. 우리 모두! 그런데 그해의 가장 커다란 미스터리는 그 빌어먹을 호모새끼가 어떻게 쫓겨나지 않았느냐는 것이었다. 조니가 언젠가 "에드거 후버는 여자한테선 죽어도 오럴을 받지 못할 거야."라고 한 적이 있었다. 우리 모두 배꼽을 잡고 웃어 댔다! 그렇다. 결국 퍼비스는 조니를 잡았다. 하지만 바이오그래프 밖에 매복을 하고 있다가 골목으로 달아나는 그의 등을 쏜 것이다. 그는 진창과 고양이 똥 속에 처박히면서 "씨발, 콩 맛 죽이네."라고 중얼거리고는 곧바로 숨을 거두었다.

아직도 사람들은 그 사실을 믿으려 하지 않는다. 조니는 잘생겼다. 거의 영화배우 수준이다. 그런데 짭새들이 바이오그래프 밖에서 사살한 친구는, 잘 구운 소시지처럼 퉁퉁 붓고 펑퍼짐한 얼굴이었다. 조니는 겨우 서른한 살도 안 됐건만 그날 밤 경찰이 쏜 뚱보는 적어도 40은 넘어보였다. 그뿐이 아니다! (이 시점에 이르면 아무리 그들이라도 목소리를 낮춘다.) 조니 딜린저의 거시기는 루이스빌의 야구방망이만 하다고 알고 있건만, 바이오그래프 밖에서 퍼비스에게 골로 간 친구는 겨우 평범 사이즈인 18센티미터밖에 되지 않았다고 들었다. 윗입술의 상처도 문제였다. 시체 사진으로 보면 너무나도 확연하게 드러났는데(마치 꼭두각시 줄이 그 친구의 머리를 조종해 그가 심각하디 심각한 표정으로 이 세상을 향해 '이 세상에 죄 값 따위는 없다!'라고 선언하는 것 같은 사진이다.), 상처가 조니의 콧수염 옆을 둘로 잘라놓고 있었다. 하지만 존 딜린저에게 그런 상처 같은 게 없다는 사실을 모르는 사람은 없다. 그냥 다른 사진들을 보라. 증거는 얼마든지 있으니까.

심지어 조니가 죽지 않았다고 주장하는 서적도 출간된 바 있다. 그가 어느 도망자들보다도 오래 살았을 뿐 아니라, 멕시코의 어느 농장에서 숨을 거둘 때까지, 그 상상을 초월한 대물로 수많은 세뇨라(유부녀)와 세뇨리타(처녀)를 즐겁게 해줬다는 얘기다. 그 책에는 옛 친구가 죽은 것이 1963년 11월 20일이라고 적혀 있었다. 케네디가 암살당하기 일주일 전이고 나이도 60이나 된 후였다. 게다가 그를 쓰러뜨린 것도 FBI의 총알이 아니라 흔하디흔한 복상사라고 했다. 침대에서 죽었다는 뜻이다.

재미있는 얘기이긴 하지만 사실은 아니다.

마지막 사진에서 조니의 얼굴이 커 보인 것은 그가 게걸스럽게 처먹었기 때문이다. 그는 먹어서 스트레스를 푸는 스타일이다. 그리고 일리노이즈 오로라에서 잭 해밀턴이 죽은 후로 조니는 자신이 다음 차례라고 느끼고 있었다. 부연하자면 우린 그곳 자갈 구덩이에서 불쌍한 친구 잭을 보냈었다.

그의 연장 얘기를 해보자. 에, 내가 조니를 처음 만난 건, 인디애나에 있는 펜들턴 소년원이었다. 그곳에서 그가 옷을 입고 벗는 것을 본 적이 있다. 호머 반 미터가 쓸만한 거시기라고 증언해 줄 수는 있겠지만 그렇다고 그렇게까지 거대하지는 않았다. 그리고 조니의 다른 사진에서 상처가 나타나지 않은 것도, 그 상처가 아주 최근의 일이었기 때문이다. 그건 오로라에서의 일이었다. 바로 잭 (레드) 해밀턴의 임종을 지켜보고 있을 때였는데, 지금 이 이야기를 쓰는 이유도 거기에 있다. 어떻게 해서 조니 딜린저의 윗입술에 상처가 생겼는가 하는 얘기.

나와 조니와 레드 해밀턴은 뒤쪽 부엌 창문을 통해 리틀 보헤미아의 총격전을 탈출해 호숫가를 향하고 있었다. 그 동안에도 퍼비스와 얼간이들은 오두막 정면에 대고 열심히 납콩을 먹여대고 있었다. 맙소사, 독일인 집 주인 놈이 보험이라도 들었으면 좋겠군. 우리가 찾아낸 첫 번째 차는 이웃 노부부 것이었는데 아무리 해도 시동이 걸리지 않았다. 두 번째 차를 시도해 보기로 했다. 길 위쪽의 목수가 몰고 다니는 포드 쿠페였다. 조니가 목수를 운전석에 앉혀 세인트폴까지의 먼 거리를 운전하게 했다. 그 후 조니가 내리라고 하자 그는 너무 좋아하며 빠져나가고 그 다음부터는 내가 운전을 맡았다.

우리는 세인트폴에서 미시시피 강을 따라 30킬로미터 이상 내려오다가 다리를 건넜다. 지방경찰이 일명 딜린저 패거리들을 눈 까뒤집고 찾는다 해도, 잭 해밀턴이 모자를 잃어버리지 않는 한 전혀 걱정할 게 없다고 생각했다. 그는 돼지새끼처럼 땀을 흘리고 있었는데 긴장할 때면 늘 그랬다. 그는 목수의 차 뒤에서 누더기 천을 찾아내 머리에 동여맸다. 인디언 스타일. 스피럴 교의 위스콘신 쪽에 차를 세우고 기다리던 경찰의 관심을 끈 것도 바로 그 모습이었다. 그들이 좀 더 자세히 조사해 볼 양으로 우리 뒤를 쫓기 시작했다.

사실 그 자리에서 모두 쭝 났을 수도 있었으나, 조니에게는 늘 악마의 행운이 붙어 다녔고, 덕분에 우린 바이오그래프까지 달아날 수 있었다. 조니가 소 트럭으로 바리케이드를 친 덕분에 경찰도 더 이상 쫓아오지 못했다.

"호머, 그 위에 올라타! 놈을 펄쩍펄쩍 뛰게 만들라고!"

조니가 내게 외쳤다. 그는 뒷자리에 앉아 있었는데 목소리로 보아 기분이 날아갈 듯한 모양이었다.

나도 그랬다. 그리고 우리는 어둠 속에서 소 트럭을 빠져나왔다. 경찰 둘은 아무것도 모른 채 그 뒤에 처박혀 있었다. 안녕, 엄마, 일자리 생기면 편지 쓸게요, 하!

놈들을 어느 정도 떼어버렸다고 생각했는지 잭이 이렇게 말했다.

"속도 줄여, 병신아, 속도위반으로 들어갈 일 있냐?"

그래서 우리는 60킬로 정도로 속도를 낮추었다. 그리고 15분 동안은 만사가 형통이었다. 우리는 리틀 보헤미아에 대해 얘기를 나누었다. 주로 레스터(놈들이 매일 베이비 페이스라고 부르는 친구다.)가 달아났는지 여부에 대한 얘기였다. 그리고 그때 갑자기 소총과 권총이 콩을 볶아대더니 도로에 탄피 튀는 소리가 핑핑하고 날아다녔다. 다리에 있던 촌뜨기 경찰 놈들이다. 놈들이 기어이 우리를 찾아내고는 몰래 80~90센티미터까지 접근해 타이어를 향해 총을 난사하기 시작한 것이다. 하지만 그때까지도 그 안에 존 딜린저가 있는지는 확신하지 못했을 것이다.

어쨌든 오랫동안 고민할 필요도 없었다. 조니가 권총 손잡이 부분으로 포드의 뒤창을 깨고 응사를 시작했다. 나는 다시 액셀을 짓밟아 속도를 순식간에 80까지 올렸다. 당시엔 그것만 해도 엄청난 속도였다. 차량이 그다지 많지는 않았지만 행여 나타나기라도 하면 어떻게든 빠져나갔다. 왼쪽, 오른쪽, 도랑 할 것 없이. 두 번 정도 운전석 바퀴가 들리기도 했으나 다행히 뒤집어지는 꼴은 일어나지 않았다. 줄행랑칠 때라면 포드만 한 차는 세상 어디에도 없을 것이다. 조니가 헨리 포드에게 직접 편지를 쓴 적도 있었다. '포드만 타면 어떤 차들이든 확실하게 먼지를 뒤집어씌울 수 있더군요.'라고. 그리고 우린 그날 미스터 포드에게 한 약속을 확실하게 지켰다.

쓰디쓴 대가도 있었다. 여전히 핑! 핑! 하는 소리가 들리더니, 기어이 앞 유리에 금이 간 것이다(그건 분명 45구경이었다.). 계기반에 쏟아져 내린 파편이 마치 느릅나무 좀처럼 보였다.

잭 해밀턴은 조수석에 있었다. 그는 바닥에서 토미 기관총을 집어 드럼 탄창을 확인한 다음 창밖으로 내밀 태세를 취했다 그때 또다시 핑! 소리가 들리더니 잭이 비명을 질렀다.

"오, 씨발, 한 방 맞았어!"

그 총알이 어떻게 뒤창을 뚫고 들어와 조니 대신에 잭을 맞추었는지는 나도 모른다.

"야, 괜찮냐? 잭, 괜찮은 거야?"

내가 외쳤다. 나는 원숭이처럼 죽어라 운전대에 매달려 운전을 했다. 진짜 원숭이가 따로 없었다. 앞의 우유 트럭을 향해 클랙슨을 죽어라 때리며, '야, 이 미친 촌뜨기 농사꾼 놈아 당장 꺼지지 못해!'를 외쳐대는 꼴이라니. 아무튼 쿨리 낙농장 우유 트럭을 왼쪽으로 추월하는 데는 성공했다.

"괜찮아, 안 죽었어."

잭은 다시 창밖으로 거의 허리까지 내밀고 기관총을 겨누었다. 처음에는 우유 트럭이 시야를 방해했다. 작은 모자를 쓴 농부가 멍하니 우리를 쳐다보는 모습을 백미러로 볼 수 있었다. 그리고 나는 잭을 돌아보았다. 창밖으로 몸을 내밀고 있는 그의 오버코트 한가운데로 연필로 그린 듯한 깨끗하고 둥근 구멍이 나 있었다.

"잭은 신경 꺼! 그냥 열나게 밟기나 하라니까!"

조니가 외치고 난 죽어라 달렸다. 우유 트럭보다도 1킬로미터는 앞서 있었다. 경찰은 그 뒤로도 한참이나 떨어져 있었다. 한쪽에 가드레일이 있고 다른 쪽으로는 굼벵이 차들이 연이어 밀려들고 있기 때문이었다. 나는 핸들을 있는 대로 꺾어 급회전을 했다. 덕분에 한동안 낙농장 트럭과 경찰차는 보이지 않았다. 그러다가 갑자기 오른쪽으로 잡초 무성한 자갈길이 나타났다.

"저기로 가!"

잭이 헐떡이며 조수석에 풀썩 주저앉았다. 난 이미 그쪽으로 들어서 있었다.

그건 낡은 찻길이었다. 작은 굴곡을 타고 60미터쯤 운전하자 길은, 빈집처럼 보이는 농가에서 끝이 나 있었다. 난 시동을 껐고 우리는 모두 나와 차 뒤에 섰다.

"놈들이 쫓아오면 한바탕 쇼를 보여주자고. 해리 피어폰트(존 딜린저 갱단의 주요멤버 — 옮긴이)처럼 전기의자로 직행할 생각 좆도 없으니까."

잭의 말이었다.

아무도 오지 않았다. 우리는 10분 정도 기다렸다가 다시 차를 타고 주도로로 돌아갔다. 느리고도 조심스런 운전이었다. 그리고 그때 별로 달갑잖은 광경을 보고 말았다.

"잭, 네 입에서도 피 난다. 조심해. 그러다 옷이 피투성이 되겠어."

내 말에 잭은 커다란 오른손가락으로 입을 훔치더니, 잠시 바라보다가 내게 미소를 지어보였다. 난 아직도 그 미소를 꿈속에서 보곤 하는데 크고 여유롭지만 잔뜩 겁에 질린 미소였다.

"입을 깨물어서 그래. 난 괜찮아."

"정말이야? 목소리도 변했는데?"

조니가 물었다.

"숨이 차서 그럴 뿐이야. 걱정 말고 서둘러 빠져나가기나 해."

그가 커다란 손가락으로 다시 입을 닦았다. 이번엔 피가 조금밖에 묻어나오지 않았고 그래서인지 그도 다행이라는 표정을 지었다.

"스피럴 다리에서 유턴해, 호머."

난 조니가 시킨 대로 했다. 존 딜린저에 대한 이야기 전부가 사실은 아닐지 몰라도, 적어도 집으로 가는 길만은 기가 막히게 찾아냈다. 그건 우리에게 집이 없을 때도 마찬가지였는데 때문에 난 늘 그를 믿었다.

우리는 다시 얌전한 교회 목사처럼 시속 50킬로미터 속도를 유지했다. 그때 텍스코 역을 발견한 조니가 내게 오른쪽으로 꺾으라고 명했다. 우리는 이내 시골의 자갈길로 접어들었고 조니가 왼쪽, 오른쪽을 호명했다. 하지만 내겐 모든 길이 똑같아 보였다. 베어 넘어간 옥수수 밭 사이로 나 있는 두 개의 바퀴자국 같은 길. 길은 진창인데다 여기저기 녹지 않은 눈까지 쌓여 있었다. 이따금 촌 동네 아이들이 우리가 지나가는 모습을 지켜보기도 했다. 잭은 점점 더 말수가 줄어들었는데, 내가 어떠냐고 물으면 그저 "괜찮아."라고만 대꾸했다.

"그래, 여기서 빠져나가는 대로 치료받게 해주마. 그리고 코트도 고쳐주겠다. 구멍이 거기 있으니까 진짜 총 맞은 놈 같잖아."

그가 웃었고 나도 웃었다. 잭도 웃었다. 조니는 늘 우리 기분을 좋게 만드는 친구다.

"총상은 깊지 않은 모양이야. 이젠 입에서도 피가 안 나잖아. 보라고."

우리가 43번 국도를 탔을 때 잭이 조니에게 손가락을 보여주었다. 그때는 단지 밤색 흔적뿐이었다. 하지만 그가 의자에서 몸을 뒤척이자 입과 코에서 피가 쏟아져 나오기 시작했다.

"상처가 깊은 모양인데, 그래도 우리가 돌봐줄 테니 너무 걱정할 필요 없다. 아직 말을 할 수 있다면 괜찮은 거야."

조니가 말했다.

"물론, 난 괜찮아."

그의 목소리는 거의 들리지 않을 정도였다.

"괜찮긴, 니미, 쥐뿔이 괜찮겠다."

내가 투덜댔다.

"이런, 아가리하곤. 남 걱정 말고 네 거시기나 잘 챙겨, 인마."

그가 너스레를 떨어 우리는 모두 웃어주었다. 두 사람 모두 날 비웃었고 덕분에 모두 즐거워졌다.

주도로에 올라탄 지 5분쯤 지났을 때 잭이 실신했다. 그가 창문을 들이받는 바람에 입 끝에서 흘러나온 피가 유리창에 묻기도 했다. 마치 성찬을 마친 모기를 때려잡은 것 같았다. 사방에 피였다. 잭의 머리를 동여맨 누더기도 그때쯤 잔뜩 느슨해져 있었다. 조니가 헝겊을 벗겨 잭의 얼굴에서 피를 닦아냈다. 잭이 중얼거리며 조니를 밀어내려는 듯 두 손을 올렸으나 그의 팔은 너무나도 힘없이 무릎 위로 떨어지고 말았다.

"짭새 새끼들이 사방에 무전을 넣었겠지? 그럼 세인트폴로 가는 즉시 우린 끝장이야. 네 생각은 어때, 호머?"

조니가 물었다.

"마찬가지야. 그럼 어디로 가야 하지? 시카고?"

내가 물었다.

"그래, 먼저 이 차를 처박아야 해. 지금쯤 번호판을 입수했을 테니까. 안 그렇다 해도 재수 옴 붙었잖아, 씨발. 진짜 왕재수라고."

"잭은 어쩌지?"

내 물음에 그가 대답했다.

"괜찮을 거다."

나도 그 문제에 대해선 더 할 말이 없었다.

우리는 길 아래 약 1킬로미터쯤에 차를 세웠다. 잭이 후드에 기대 있는 동안 조니가 왕재수 포드의 앞 타이어를 쏘았다. 그도 너무나 창백하고 고통스러워 보였다.

차가 필요할 때 조달임무는 늘 내 몫이었다.

"우리를 보고 차를 세우는 새끼는 없지만 그래도 네 놈한테는 세워주더라. 도대체 이유가 뭐야?"

조니가 한때 이렇게 물은 적이 있다. 그의 말에 대답한 것은 해리 피어폰트였다. 그러니까 딜린저 패거리가 아니라 피어폰트 패거리였을 때의 일이다.

"이 새끼, 딱 호머처럼 생겼잖아. 호머 반 미터보다 더 선량하게 생긴 인간이 또 어디 있겠냐?"

우리는 그 말에 모두 웃었다. 이제 또 그 일을 해야 한다. 게다가 이번에는 특히나 중요했다. 죽느냐 사느냐의 문제였기 때문이다.

차 서너 대가 지나 가는 동안 난 타이어를 만지작거리는 척했다. 시골 트럭 한 대가 멈춰 서기는 했지만 너무 느리고 비틀거렸다. 게다가 뒷자리에 누군가가 타고 있었다. 운전사가 속도를 줄이며 외쳤다.

"도움이 필요한 거요?"

"아니, 괜찮습니다. 점심시간을 위해 운동 중이에요. 그냥 가셔도 됩니다."

내가 말하자 그가 내게 웃어 보이며 지나갔다. 뒷자리에 탄 그의 친구도 손을 흔들어 주었다.

다음엔 포드 단 한 대였다. 다른 차는 보이지 않았다. 나는 두 팔을 흔들어 차를 세웠다. 나는 퍼진 타이어가 잘 보일 수 있는 곳에 자리를 잡고 서서 한껏 미소까지 지었다. 그러니까 내가 도로 가의 선량한 호머라고 말해주는 커다란 미소.

먹혀 들어갔다. 포드가 섰다. 안에는 세 명이 타고 있었다. 남자와 젊은 여자, 그리고 통통한 꼬마. 가족.

"이봐요, 차가 펑크 난 모양이네요."

남자가 말했다. 정장에 탑코트 차림이었다. 깨끗하긴 했지만 그렇다고 최고급도 아니었다.

"에, 주인이 맘에 안 드는 모양입니다. 이러고 주저앉아 일어날 생각을 않는군요."

조니와 잭이 총을 겨누며 숲에서 나왔을 때 우리는 모두 웃고 있었다.

"조용히 해요. 그럼 아무도 안 다칠 테니까."

잭이 말했다. 남자는 잭을 보고 조니를 보고 다시 잭을 보았다. 그리고 눈이 조니에게 돌아가더니 드디어 입을 쩍 벌렸다. 벌써 수천 번이나 보는 광경이지만 늘 마음 한쪽이 걸렸다.

"딜린저 씨!"

그가 헉 하며 숨을 삼키더니 두 손을 총알처럼 올렸다.

"만나서 반갑소, 선생. 손은 내려도 돼요."

조니가 이렇게 말하고는 허공에서 남자의 손을 잡고 악수를 했다. 남자가 손을 내릴 때쯤 두세 대의 차가 지나갔다. 읍내로 가는 차들인데 사람들이 차 안에 막대기처럼 뻣뻣하게 앉아 있었다. 그래봐야 우리는 도로 갓길에 모여 타이어를 바꾸는 일당처럼 보일 것이다.

그 동안 잭은 포드 운전석으로 가서 스위치를 끄고 키를 뽑았다. 하늘은 비나 눈이 오려는 듯 하루 종일 찌푸리고 있었지만, 그래도 잭의 얼굴에 비할 바는 못 되었다.

"이름이 뭡니까, 부인?"

잭이 여자에게 물었다. 그녀는 회색 롱코트에 짧은 미용실 머리를 하고 있었다.

"딜라이 프랜시스예요. 이 사람은 로이, 제 남편입니다. 저희를 죽일 건가요?"

두 눈이 정말로 자두만큼이나 크고 새까맸다. 조니가 그녀를 노려보다가 말했다.

"프랜시스 부인, 우린 딜린저 패밀리입니다. 사람을 죽인 적은 한 번도 없습니다."

그건 조니의 원칙이었다. 해리 피어폰트는 왜 쓸데없는 일에 목숨을 거냐며 비웃었지만 나는 조니의 원칙이 옳다고 생각했다. 밀짚모자 호모가 잊힌 후에도 사람들이 오랫동안 조니를 기억하는 이유도 아마 그 때문일 것이다.

"맞아. 우린 단지 은행을 털지. 아직 소문의 반도 못 털었지만 말이야. 그런데 이 잘생긴 소년은 누구시더라?"

그가 꼬마의 턱 밑을 툭 건드렸다. 아이는 살이 쪄서인지 W. C. 필즈(20세기 초, 희극배우 — 옮긴이)처럼 보였다.

"버스터예요."

딜라이 프랜시스가 대답했다.

"에, 그놈 진짜 통통하게 생겼네. 나이가 몇이오? 셋 정도?"

잭이 미소 지었다. 그의 이에 피가 흠뻑 묻어 나왔다.

"이제 두 살 반밖에 안 됐답니다."

프랜시스 부인이 자랑하듯 말했다.

"그래요?"

"예, 나이에 비해 큰 셈이죠. 선생님, 그런데 괜찮으세요? 너무 창백해 보이네요. 게다가 피가……"

조니가 그때 큰 소리로 농부의 낡은 포드를 가리키며 말했다.

"잭, 너 이 차 숲 안으로 몰고 갈 수 있겠나?"

"얼마든지."

잭이 말했다.

"펑크 난 거야."

"믿어봐. 그 정도는 식은 죽…… 젠장, 더럽게 목마르네. 이봐요, 프랜시스 부인, 뭐 마실 것 좀 없습니까?"

그녀가 몸을 돌리더니 뒷좌석에서 보온병을 꺼냈다. 돼지 아들까지 안고 할만 한 일은 못 된다 싶었다.

다시 자동차 두 대가 쏜살같이 지나갔다. 차에 탄 사람들이 손을 흔들어 우리도 답해 주었다. 나도 끝까지 실실 쪼개며 '호머다운 호머'를 보여주려 애쓰고 있었다. 잭이 걱정스러웠다. 그가 두 발로 서 있는 건 물론, 어떻게 저 보온병 뚜껑을 따고 안에 든 물을 마실 것인지도 불안했다. 그녀는 아이스티라고 했지만 그는 그 말도 듣지 못한 것 같았다. 물병을 돌려줄 때에는 두 눈의 눈물이 뺨을 흘러내리기까지 했다. 그가 고맙다는 인사를 했고 여자는 다시 괜찮은지 물었다.

"이제 괜찮아요."

잭은 왕재수 포드에 올라타 숲 쪽으로 몰고 갔다. 조니가 타이어를 쏜 덕분에 차가 위아래로 덜커덕거렸다.

"이런, 씨발, 뒷바퀴를 쐈어야지, 병신아."

잭이 버럭 화를 내곤 금세 숨을 헐떡였다. 잠시 후 그가 탄 차는 숲 속으로 들어가 보이지 않았다. 그는 느릿느릿 걸어서 돌아왔다. 얼음판에 선 노인처럼 고개를 잔뜩 숙인 채였다.

"좋아, 이제 우린 모두 친구야. 그러니 지금부터 함께 드라이브를 좀 즐겨도 괜찮겠지."

사실 조니는 프랜시스의 열쇠고리에서 토끼발을 보곤 내게 신호를 보내고 있는 것이다. 프랜시스의 차를 접수하라.

조니가 운전을 했고 잭은 조수석에 앉았다. 나는 프랜시스 가족과 함께 뒷자리에 처박혀, 새끼 돼지를 어르기 시작했다.

"다음 소읍에 닿으면 내리게 해주겠소. 차는 우리가 가져가겠지만 버스비를 충분히 드릴 테니 어디든 갈 수 있을 게요. 차 걱정은 안 해도 돼요. 짭새놈들이 갈겨대지 않으면 새것처럼 돌려받을 테니까. 차가 어디 있는지는 나중에 전화로 알려 드리리다."

"우린 아직 전화가 없어요. 번호부에는 올라가 있지만 전화국 사람들이 늦장을 부리는 바람에……"

딜라이였다. 징징거리는 목소리였다. 그러니까 2주마다 한 번씩 북어처럼 두들겨 맞아야 분수를 깨닫는 그런 여자의 목소리다.

"좋아요, 그럼, 경찰한테 전화를 하지. 놈들이 찾아갈 거요. 하지만 꼰지르거나 하면, 멀쩡한 차를 돌려받을 생각은 하지 않는 게 좋을 겁니다."

조니는 전혀 당황하지 않고 여전히 사람 좋은 목소리로 대꾸했다.

프랜시스 씨는 그의 말을 믿기라도 한다는 듯 고개를 끄덕였다. 어쩌면 진짜 믿었을지도 모르겠다. 그래도 딜린저 패밀리가 아니던가!

조니는 텍사코 주유소에 멈춰 기름을 채우고 주변을 돌아다니며 소다수를 사들였다. 잭이 사막에서 갈증으로 죽어가는 사람처럼 소다수를 마셔댔기 때문이다. 여자는 돼지 새끼한테 그의 물을 마시지 못하게 했다. 적어도 입을 대고 마시는 건 곤란하다는 식이었지만 아이는 두 손을 내밀고 물을 달라고 징징거렸다.
"점심 전에 소다수는 안 돼요. 도대체 여러분들은 무슨 문제가 있는 거죠?"
그녀가 조니에게 물었다.
잭은 두 눈을 감은 채 조수석 창에 고개를 기대고 있었다, 또 기절한 줄 알았는데 대답을 한 건 오히려 그였다.
"아가리 닥치고 계셔. 아니면 내가 닫아드릴까?"
"지금 누구 차에 타고 계시는지 잊으신 모양이군요."
그녀도 지지 않았다. 목소리에서 오만이 통통 튀었다.
"이봐, 아줌마, 애새끼한테 물이나 줘."
조니가 말했다. 여전히 미소를 짓고 있었지만 그건 의미가 다른 미소였다. 그녀가 그를 보더니 두 볼이 창백해졌다. 덕분에 점심과 상관없이 새끼 돼지는 소다수를 마실 수 있게 되었다. 30킬로미터쯤 더 간 후 소읍에서 그들을 내려주고 우린 시카고를 향해 출발했다.
"저런 여자와 결혼한 남자는 행복한 거야. 곧 부자가 되고도 남을 테니까."
조니가 빈정거렸다.
"경찰에 전화할 텐데."
잭이 말했다. 눈은 여전히 감은 채였다.
"못 할 거야. 동전 아까워서."
조니가 말했다. 언제나처럼 자신 있는 목소리였는데 어쨌든 그의 말이 맞았다. 시카고에 들어가기 전에 청색 딱정벌레를 딱 두 마리밖에 보지 못했는데, 그것도 모두 반대 방향인데다 우릴 보고 속도를 줄이거나 하는 차도 없었다. 조니의 행운이리라. 잭에 대해서라면, 그의 행운이 빠른 속도로 고갈되고 있음을 쉽게 알 수 있었다. 우리가 루프에 다다를 즈음엔 잭은 환각 증세가 있어 제 엄마와 얘기까지 하기 시작했다.

"호머!"

조니가 불렀다. 잔뜩 달아오른 여자애처럼 눈을 동그랗게 떴는데 그건 내 기분을 달래줄 때 늘 짓던 표정이다.

"왜?"

나도 그에게 기분 좋은 눈빛을 되돌려주었다.

"갈 데가 없다. 여긴 세인트폴보다 지독해."

"머피네로 가. 차가운 맥주를 마시고 싶으니까. 목말라 돌아버리겠다."

잭이 눈을 뜨지도 않고 말했다.

"머피라. 그래, 그것도 나쁜 생각은 아니군."

조니의 반응이었다.

머피 주점은 남쪽에 있는 아일랜드 풍의 술집이다. 톱밥, 스팀 테이블, 바텐더 둘, 기도 셋, 바에는 싹싹한 아가씨들이 있고, 위층에는 그 아가씨들을 데려갈 수 있는 방이 하나 있다. 뒤쪽에 방이 더 있는데 그곳은 대개 사람들이 모임을 갖거나 하루 이틀 숨어 지내는 용도로 쓰였다. 세인트폴에는 이런 장소가 네 개나 되지만 시카고에는 단 둘뿐이다. 나는 프랜시스의 포드를 골목에 주차했다. 조니는 뒷자리에 앉아 헤까닥한 친구(아직까지는 골로 간 친구라고 하고 싶지 않았다.)의 머리를 어깨에 기댈 수 있도록 해주었다.

"들어가서 바에 있는 브라이언 무니를 데려와."

조니의 명령이었다.

"없으면 어쩌지?"

"그럼, 나도 몰라."

"해리! 네 새끼가 엮어준 창녀 년한테 매독이 옮았단 말이야!"

잭이 소리 질렀다. 물론 해리 피어폰트를 부르는 것이다.

"어서."

조니는 이렇게 말하면서 마치 엄마라도 되듯 잭의 머릿결을 어루만졌다.

브라이언 무니는 안에 있었다. 럭키 조니가 또 한 번 먹혀든 것이다. 우리는 하룻밤 묵을 방을 구했고 200달러를 지불했다. 전망이라곤 골목뿐이고 화장실도 복도 맨 끝에 있는 점을 감안한다면 바가지도 그런 바가지가 없었다.

"네놈들은 지금 시한폭탄이야. 미키 맥클루어라면 당장 거리로 내쫓았을 걸? 신문하고 라디오에 온통 리틀 보헤미아 얘기뿐이란 말이다."

브라이언의 주장은 이랬다.

잭은 구석의 침상에 앉아 담배를 피우고 차가운 생맥주를 마셨다. 맥주를 마시자 상당히 회복한 듯 보였다. 정말로 옛날의 잭으로 돌아온 것처럼 보일 정도였다.

"레스터가 토꼈어?"

잭이 무니에게 물었다. 그가 말하는 광경은 가히 목불인견이라 할만 했다. 럭키 담배를 한 모금 빨자, 화재라도 난 것처럼, 담배연기가 조금씩 코트 뒤쪽의 구멍으로 새어나왔다. 세상에!

"베이비 페이스 말이야?"

무니가 되물었다.

"그 친구가 앞에선 그렇게 안 부르는 게 좋을 거야."

조니가 씩 웃으며 말했다. 잭이 제 정신을 찾자 조니도 조금 표정이 풀리긴 했지만, 그건 잭의 등 뒤에서 새어나오는 연기를 보지 못해서일 뿐이었다. 씨발, 차라리 나도 보지나 말 것을.

"그 친구, 짭새들한테 총을 갈기고 튄 거야. 최소한 한둘이 골로 갔을 걸? 그것 때문에 지금 난리도 아니라고. 너희들도 오늘 밤뿐이야. 내일 오후엔 어디로든 토끼란 뜻이다."

그가 나갔다. 조니는 잠시 기다렸다가 악동처럼 혀를 불쑥 내밀었다. 나는 웃었다. 조니는 늘 나를 웃게 해주었다. 잭도 웃으려고 했지만 실패했다. 너무 고통스러운 표정이었다.

"저 코트부터 벗기고 상처가 얼마나 심한지 봐야겠다."

조니가 말했다.

옷을 벗기는 데만 5분 정도가 걸렸다. 그의 내의를 벗길 쯤엔 우리 셋 모두 땀으로 목욕을 했고, 비명소리를 막기 위해 잭의 입을 틀어막은 것도 네다섯 번은 되었다. 소매도 온통 피범벅이 되고 말았다.

오버코트 안감엔 겨우 장미만 한 자국뿐이었으나 흰색 셔츠는 반쯤 빨간색이고, 내의는 완전히 피염색이 되어 있었다. 왼쪽 옆구리, 그러니까 어깨뼈 바로 아래 고깃덩어리가 뭉쳐 있었는데, 그 가운데 화산구처럼 생긴 구멍이 보였다.

"그만! 제발, 이제 그만 해!"

잭이 울부짖었다.

"괜찮아. 이제 다 끝났으니까. 이제 누워서 쉬도록 해라. 아, 잠 좀 자둬. 휴식이 필요할 거야."

조니가 손바닥으로 다시 잭의 머리카락을 쓰다듬으며 말했다.

"잠을 잘 수가 없어. 너무 아프다고. 오, 씨발, 네 새끼들도 얼마나 아픈지 알아야 해. 목도 말라 죽겠고. 좆도, 물에다가 소금이라도 퍼부은 거야? 해리는 어디 있어? 찰리는?"

해리 피어포트와 찰리 매클리. 찰리는 해리와 잭이 애송이였을 때 경찰에 넘긴 앞잡이 놈이다.

"또 시작이다. 호머, 아무래도 의사를 데려와야겠다. 네가 어떻게든 찾아내 봐."

조니가 말했다.

"맙소사, 조니, 여긴 우리 동네가 아냐."

"상관없어. 그렇다고 내가 가면 일이 커질 거 아냐. 우선 이름하고 주소 몇 개 적어줄게."

그래봐야 주소 하나와 이름 하나였다. 하지만 그곳에 도착했을 땐 그마저 소용없게 되어버렸다. 의사(사실은 주로 낙태를 시켜주거나 황산으로 지문을 없애주는 사기꾼 돌팔이)가 두 달 전에 아편 중독으로 황천객이 되고 만 것이다.

우리는 머피네 더러운 뒷방에서 5일 동안 머물렀다. 미키 맥클루어가 나타나 우리를 넘겨버리려고 했지만 조니는 특유의 방식으로 그를 설득하고 나섰다. 그가 일단 매력을 뿜어대면 누구도 "안 돼."라고 말할 수 없게 되어버린다. 게다가 우린 돈까지 지불했다. 5일째 밤에는 방세가 400달러에 달했으나 우린 들킬까봐

바에도 나갈 수가 없었다. 덕분에 우리를 본 사람은 없었다. 그리고 내가 아는 한 짭새들 역시 4월 말의 그 5일 동안 우리가 어디에 처박혀 있었는지 알아내지 못했다. 미키 맥클루어가 얼마에 거래를 했는지 궁금했다. 1000달러 이상이었을 것이다. 그 인간이야 돈이 모자라면 은행 일을 하면 그만이다.

그동안 야매 낙태사에 도살꾼까지 의사라는 의사는 죄다 찾아다녔지만 잭을 살펴보려는 자는 하나도 없었다. 너무 위험해. 최악의 상황이야. 이유는 늘 그랬다. 난 지금도 그때 생각을 하면 치가 떨린다. 그냥, 그때 나와 조니의 기분이 거세마니 동산에서 베드로에게 세 번이나 배신당한 예수와 같았다고 말하고 끝내련다.

한동안 잭은 정신착란을 오락가락하다가 마침내는 완전히 갇혀버리고 말았다. 그는 자기 엄마 얘기를 하고 해리 피어폰트를 들먹였으며, 미시건 시 출신의 유명한 호모새끼 부비 클라크까지 꺼냈다.

"부비가 키스하려고 했어."

어느 날 밤 그 얘기를 시작하더니, 했던 얘기를 하고 또 하는 바람에 머리가 돌아버리는 줄 알았다. 조니는 전혀 개의치 않는 듯했다. 그는 잭 옆의 침상에 앉아 그의 머리를 만져주기만 했다. 총알구멍 주변의 내의를 사각형으로 잘라낸 다음 머큐로크롬을 발라 대주고 있긴 했지만 피부는 이미 녹회색으로 탈색되어 있었다. 게다가 이젠 총알구멍에서 악취까지 났다. 한 번 맡는 것만으로도 눈물이 핑 돌 정도로 시큼한 냄새.

"썩어가고 있어. 죽은 목숨이란 얘기지."

미키 맥클루어가 세를 받으러 왔다가 말했다.

"그래, 틀렸어."

조니도 동의했다. 미키가 두툼한 손을 두툼한 무릎에 대고 상체를 기울이고는 술 냄새를 맡는 경찰처럼 코를 쿵쿵거리다가 얼른 물러났다.

"의사를 빨리 찾아내는 게 좋겠어. 상처 냄새가 안 좋아. 한 번 맡아보라고."

미키는 고개를 젓더니 밖으로 나가버렸다.

"망할 새끼. 쥐뿔도 모르는 게."

조니가 잭의 머리카락을 어루만지며 말했다.

잭은 대답하지 않았다. 잠에 빠져든 것이다. 몇 시간 후, 조니와 내가 잠을 청하고 있을 때 잭은 미시건 시의 교도소장 헨리 클라우디 욕을 하기 시작했다. 우리는 그를 니미 클라우디라고 불렀는데 말할 때마다, "니미, 내가 하겠다. 니미 네 새끼가 하란 말이야."라고 했기 때문이다. 잭은 우리를 내보내지 않으면 죽여 버리겠다고 고함을 질러댔다. 그 바람에 누군가 벽을 치며 아가리 닥치라고 소리 질렀다.

조니는 잭 옆에 앉아 가만히 그를 진정시켰다.

"호머."

한참 후 잭이 나를 불렀다.

"왜, 잭."

"파리놀이 한 번 안 해 줄래?"

세상에 그걸 여태 기억하고 있다니.

"에, 그러고 싶지만 이 안엔 날아다니는 파리가 없어. 아직 파리가 있을 때도 아니잖아."

그러자 느리고 갈라진 목소리로 잭이 노래를 불렀다.

"너에겐 파리가 있을지 몰라도 내게는 파리가 없다네. 맞냐, 춤마?"

춤마가 누구인지는 몰랐지만 난 고개를 끄덕이고 그의 어깨를 두드려주었다. 그의 몸은 뜨겁고 끈적거렸다.

"그래, 잭."

그의 두 눈가에 커다란 보라색 원이 생겼다. 입술에도 갈라진 자국이 보였다. 몸무게도 현저히 줄어든데다 악취도 심했다. 살 썩어가는 냄새는 끔찍했지만 조니는 악취가 난다는 기색조차 하지 않았다.

"존, 옛날처럼 물구나무서기로 걷는 거 한 번 해봐라."

잭이 말했다. 조니는 먼저 잭에게 물 한 잔을 따라주었다.

"조금 있다가. 먼저 목부터 축여라. 그 다음에 내가 아직도 물구나무로 방을 건널 수 있다는 걸 보여줄게. 교도소에서 물구나무섰던 기억 나냐? 물구나무로 게이트까지 갔더니 개새끼들이 날 똥통에 처넣었지."

"기억 나."

잭이 대답했다. 그날 밤 조니는 물구나무를 서지 않았다. 물 잔을 입에 갖다 댈 때쯤 잭이 조니의 어깨에 기댄 채 잠들었기 때문이었다.

"죽을 거야."

내가 말했다.

"안 죽어."

조니의 대답이었다.

다음날 아침, 조니에게 어떻게 할 것인지, 뭘 할 수 있는지에 대해 물었다.

"맥클루어한테 이름 하나 얻어냈다. 조 모런. 맥클루어 말로는 브레머 납치 때 중간책을 했대. 그 새끼가 잭을 고쳐주면 1000달러라도 내겠대."

"나한테 600은 있어."

내가 말했다. 그 돈은 포기하겠지만 그건 잭 해밀턴을 위한 게 아니었다. 잭은 명의가 아니라 명의 할아비가 와도 늦었다. 잭한테 필요한 건 오히려 목사였다. 내가 돈 얘기를 한 것은 조니 딜린저를 위해서다.

"고맙다, 호머. 한 시간 내에 돌아올게. 그동안 애기나 잘 봐."

그가 말했다. 그의 표정은 황량하기 그지없었다. 모런이 도와주지 않으면, 결국 마을을 빠져나가야 한다는 사실을 알고 있었던 것이다. 그건 잭을 세인트폴로 데려가 치료를 한다는 얘긴데 훔친 포드로 돌아가는 게 어떤 뜻인지 정도는 알고 있었다. 그건 1934년의 봄의 일이었고 우리 셋은(나, 잭, 특히 조니는) 이른바 J. 에드거 후버의 '공공의 적' 리스트(1934년 6월 30일부터, 당시 FBI 국장 에드거 후버가 만든 갱 리스트 — 옮긴이)에 올라 있었다.

"그래, 행운을 빈다. 살아서만 돌아와."

그가 나갔고 난 방 안을 어슬렁거렸다. 이미 그 방은 신물이 날 대로 난 터였다. 그건 미시건 시에 있을 때보다 더 지독했다. 그곳에선 물의를 일으키면 기껏해야 죽어라 두들겨 맞으면 그걸로 그만이었다. 이곳 머피의 골방에선, 상황이 점점 더 악화되기만 했다.

잭이 뭔가 중얼거리다가 다시 혼절했다.

침상 밑에 의자가 있었다. 쿠션이 놓여 있는. 나는 쿠션을 가져다가 잭 옆에 앉았다. 오래 걸리지는 않을 거야. 난 아무 생각 않기로 했다. 조니가 돌아오면, 불쌍한 조니가 크게 숨을 삼키더니 그만 생을 놓고 말았다고 말하면 되는 거다. 쿠션은 의자에 돌려놓으면 그만이고. 그래, 이건 조니를 돕는 거야. 잭도 그렇고.

"춤마, 내가 보고 있어."

잭이 갑자기 입을 여는 바람에 심장이 달아나는 줄만 알았다.

"잭, 괜찮아?"

나는 쿠션에 두 팔꿈치를 기대며 물었다.

그의 두 눈이 뒤집어지다가 닫혔다.

"파리…… 놀이 해줘."

그가 그렇게 중얼거리다가 다시 잠에 빠졌다. 하지만 내가 일을 하려는 할 때마다 다시 깨어나곤 했는데, 만일 그렇지만 않았던들 조니는 그가 침상 위에 죽어 있는 모습을 보게 되었을 것이다.

조니는 거의 문을 박차다시피 들어왔다. 내 총을 꺼내들자 그가 보더니 웃음을 터뜨렸다.

"딱총은 집어 치우고 쓰레기들이나 가방에 쑤셔 넣어."

"무슨 일인데?"

"여기를 뜰 거다. 어차피 그럴 때도 되었잖아, 안 그래?"

그는 다섯 살은 더 젊어보였다.

"그래."

"내가 없는 동안 아무 일 없었냐?"

"응."

의자의 쿠션에는 '시카고에서 만나요.'라는 글이 수놓아져 있었다.

"아무 변화도 없었어?"

"없었어. 어디로 갈 건데?"

"오로라. 위쪽에 있는 작은 마을이야. 볼느이 데이비스하고, 그 친구 여친하고 같이 움직이기로 했어."

그가 침상 위로 몸을 숙였다. 그렇잖아도 숱이 적은 잭의 붉은 머리칼이 뽑혀 나오기 시작했다. 베개를 베고 있었기에 눈처럼 하얀 정수리가 훤히 드러나 보였다.

"내 말 들려, 잭? 지금은 힘들겠지만 금방 끝날 거야, 알겠지?"

그가 소리쳤다.

"조니 딜린저, 물구나무서기 좀 해봐."

잭이 눈을 감은 채로 말했다. 조니는 그저 미소만 짓다가 내게 윙크를 해보였다.

"듣고 있어. 그냥 깨어 있는 게 아니라고. 무슨 말인지 알지?"

그가 물었다.

"물론, 알지."

내 대답이었다.

오로라로 향하는 도중, 차가 웅덩이를 밟을 때마다 창에 기대앉은 잭의 머리가 튀어 올랐다 쿵하고 들이박기를 반복했다. 그 와중에도 그는 보이지 않는 사람들과 길고도 모호한 대화를 이어가고 있었다. 우리는 마을을 벗어나자마자 창문을 모두 내려버렸다. 악취 때문이었다. 잭은 안쪽에서부터 썩어가고 있으면서도 죽을 생각은 없는 것 같았다. 사람 생명이란 게 매가리도 없고 톡 치면 부러진다는 식의 얘기도 무수히 들었건만, 죄다 사기다. 차라리 죽기라도 했으면 좋으련만.

"모런 박사란 놈도 징징대더라고. 씨발, 징징대는 놈한테 친구를 맡길 생각은 없지만 그렇다고 빈손으로 나올 수도 없잖아."

조니는 38구경을 벨트에 차고 다녔는데, 그가 총을 꺼내 내게 보여주었다. 모런 박사에게도 그렇게 했다는 뜻이다.

"내가 말했지. '빈손으론 못 나가. 당신 목숨이라도 가져가야겠다.' 놈은 내가 거래를 원한다는 걸 눈치 채더군. 그래서 이 친구한테 전화를 걸어준 거야. 볼느이 데이비스."

나는 그 이름이 무슨 뜻이라도 있다는 듯 고개를 끄덕여주었다. 나중에 안 사실이지만 볼느이 역시 여전사 바커의 똘마니였다. 아주 쌈박한 친구였는데 그건 바커의 아들 도크 바커도 마찬가지였다. 볼느이의 여친은 두더지라는 별명으로 불렀는데, 그 이유는 여러 번이나 땅굴을 파고 감옥에서 탈출했기 때문이었다. 그녀는 천운의 소유자였다. 최소한 행운의 두더지 여신이 곤경에 빠진 잭을 도우려하고 있었다. 아무도, 그러니까 돌팔이도, 야매 낙태사도, 사육사도, 도살자도, 그리고 징징이 조셉 모런 박사도 하지 않으려는 일을 말이다.

바커 일당은 납치 실패로 인해 도피 중이라고 했다. 도크의 엄마도 벌써 플로리다로 달아났는데 그건 순전히 오로라의 은신처가 신통치 않았기 때문이다. 머피의 주점보다는 형편이 나았지만 전기도 들어오지 않는 방 네 개와 옥외 변소 하나가 고작이라는 얘기다. 어쨌든 말한 대로 볼느이의 여자 친구가 뭔가를 하려고 애를 쓰기는 했다. 그곳에서 이틀 째 되던 날 밤이었다.

그녀는 침대 주위에 등유램프를 잔뜩 늘어놓고, 과일칼을 뜨거운 물로 소독했다.

"이봐요, 오바이트하고 싶어도 끝날 때까진 참으라고요."

"우린 그런 거 안 해, 안 그래, 호머?"

조니의 물음에 고개를 끄덕였지만 솔직히 시작도 하기 전부터 속이 느글거렸다. 잭은 배를 깔고 고개는 옆으로 돌린 채 뭔가를 중얼거리고 있었다. 죽은 후에도 저 수다는 멈추지 않을 것만 같았다. 더욱이 어디에 갖다 놓든 자기 혼자만 볼 수 있는 사람들을 용케도 잘 불러냈다.

"그거 잘 됐군. 아무튼 일단 시작하면 되돌릴 방법은 없으니 그렇게 알아요."

그녀가 고개를 들었다. 도크와 볼느이 데이비스가 문가에 서 있었다. 그녀가 도크에게 지시했다.

"가봐, 마빡, 돌아올 때 대빵 씨도 데려오는 거 잊지 마."

볼느이 데이비스는 인디언과 거리가 멀었다. 하지만 사람들은 그가 체로키에 태어났다는 이유만으로 그를 인디언이라고 놀리고 괴롭혔다. 어떤 미친 판사 놈이 신발 한 켤레 훔친 죄목으로 그에게 3년을 먹였는데 그가 범죄세계에 발을 들인 것도 그 때문이었다.

볼느이와 도크가 나갔다. 그들이 나가자 두더지 여왕은 잭을 뒤집고는 X자로 깊이 살을 파기 시작했는데 도저히 보고 있기가 힘들었다. 나는 잭의 발을 잡고 조니는 잭의 옆에 앉아 그를 달랬다. 물론 그가 말을 들을 리가 없었다. 잭이 비명을 지르기 시작했다. 조니가 먼저 행주로 자기 머리를 동여매는 두더지에게 고개를 끄덕여 계속하라고 주문했다. 그리고 잭의 머리를 두드려주면서 걱정하지 말라고, 모든 게 잘될 거라고 말해주었다.

두더지라. 사람들은 두더지를 약한 짐승이로 알고 있지만 그녀에겐 약한 면이 손톱만큼도 없었다. 심지어 손끝 하나 떨지 않았다. 그녀가 살을 잘라가자, 부분적으로 까맣게 엉겨 붙은 피가 쏟아져 나왔다. 그녀가 더 깊이 들어가자 이번엔 고름이 터져 나왔다. 드문드문 흰색도 섞였으나 대개는 녹색 덩어리처럼 보이는 게 마치 코딱지 뭉친 것 같았다. 지독했다. 하지만 폐에 다다를 땐 악취가 천배는 더 심해졌다. 가스탄 폭격을 받은 프랑스도 이보다 심하지는 않았을 것이다.

잭은 숨을 헉헉 몰아쉬고 있었다. 그 소리는 목구멍 깊은 곳에서부터 들렸지만 동시에 등의 구멍에서도 들렸다.

"서두르는 게 좋겠군. 기도가 새고 있어."

조니가 말했다.

"어련하시겠어? 총알이 허파에 박혔는데? 얌전히 붙잡고나 계시죠, 미남 씨."

사실 잭이 몸부림을 치거나 한 건 아니었다. 그는 너무 약했다. 색색거리는 소리도 점점 더 약해지기만 했다. 침대 주변에 그놈의 등불을 잔뜩 늘어놓은 탓에 방 안이 지옥처럼 더운데다, 기름 타는 냄새도 썩은 살갗만큼이나 지독했다. 시작하기 전에 창문이라도 열어놓을 걸 하는 후회도 했으나 때는 이미 늦은 터였다.

두더지 여왕은 아무리 해도 집게가 구멍 속에 들어가지 않는 모양이었다.

"제길!"

그녀는 욕설을 퍼부으며 집게를 내던지고는, 핏구덩이 속으로 손가락 몇 개를 쑤셔 넣더니 기어이 그 안에서 탄알을 찾아 빼내고 말았다. 그녀는 총알을 바닥에 내던졌다. 조니가 총알을 확인하기 위해 상체를 굽히자 그녀가 곧바로 면박을 주었다.

"선물은 나중에 챙기시지, 미남 씨. 지금은 이 사람이나 붙잡고 계셔."

그녀는 자기가 만든 상처에 거즈를 쑤셔 넣기 시작했다.

조니는 행주를 붙든 채로 계속 아래쪽을 힐끔거렸다.

"시간이 없어. 레드 해밀턴의 얼굴이 새파랗게 질렸어."

밖에서 차가 멈춰서는 소리가 들렸다. 물론 경찰일 수도 있었으나 그렇다고 해도 어쩔 도리가 없었다.

"여기 꼭 잡고 있어요. 재봉질 솜씨는 없지만 여섯 바늘 정도면 될 것도 같네요."

그녀가 내게 말하며 거즈를 채운 구멍을 가리켰다.

구멍 근처에 손을 대는 것조차 끔찍했지만 그렇다고 싫다고 할 수도 없는 노릇이었다. 상처를 잡아 봉하자 고름이 조금 더 비집고 나왔다. 명치끝이 딱딱해지면서 결국 난 끅-끅 하는 소리를 내고 말았다. 도저히 참을 수가 없었다.

"이런, 젠장. 꼴에 사내라고 방아쇠 당길 용기는 있을 거 아네요? 그럼 그깟 구멍 갖고 그러면 안 되지."

그러더니 여자는 듬성듬성 잭의 상처를 꿰매기 시작했다. 말 그대로 바늘을 박아 넣는 것인데 두 번째 이후로는 도저히 보고 있을 수가 없었다.

"고맙소. 이 원수는 언제고 기어이 갚겠수다."

수술이 끝나자 조니가 그녀에게 인사를 건넸다.

"큰 기대 안 하는 게 좋을걸요. 어차피 살아날 확률도 장담할 수 없는 판인데."

그녀가 대답했다.

"이번엔 이겨낼 거요."

조니가 말했다.

그때 도크와 볼느이가 안으로 뛰어 들어왔다. 두 사람 뒤로 다른 갱단원이 하나 더 있었다. 버스터 대그스인지 드래그스인지는 기억이 안 나지만, 아무튼 그는 마을의 스티스 서비스 주유소에 내려가 놈들의 통화를 엿들었다고 했다. 시카고 짭새들이 열에 받쳐서 브레머 납치와 관련 있다고 짐작 가는 인물들을 닥치는 대로 잡아들인다는 얘기다. 그건 바커 패거리의 마지막 사업이었다. 놈들한테 낚인 친구 중 하나는 존 J. 맥래플린, 폴리티컬 머신(유권자 수를 이용해 정치를 좌지우지 하던 정치 집단—옮긴이)의 거물이다. 그리고 또 한 명은 징징이라는 별명의 조셉 모런 박사였다.

"모런이 이곳을 불 거야. 그건 씨발, 칼로 쑤시면 피나오는 것만큼이나 뻔한 얘기라고."

볼느이가 투덜댔다.

"사실이 아닐 수도 있잖아. 그냥 헛소문일 수도."

이번엔 조니였다. 잭은 지금 의식을 잃은 상태였다. 베개 위에 놓인 머리카락이 엉켜버린 철사줄 같았다.

"믿는 게 좋을 거야. 티미 오셔한테 들은 얘기니까."

버스터였다.

"티미 오셔가 누군데? 교황 똥걸레라도 되나?"

조니가 빈정거렸다.

"모런의 조카야."

도크의 말로 토론은 일단락되었다.

"무슨 생각하는 건진 알겠어, 미남 씨. 지금은 어쩔 수 없을지도 모르지. 하지만 말이야, 이 친구를 차에 싣고 세인트폴까지 뒷골목을 휘젓다보면, 아침이 오기 전에 황천길이 되는 거야."

"친구는 여기다 놔둬도 돼. 경찰이 나타나면 알아서 챙겨줄 테니까."

볼느이의 말이었다.

조니의 얼굴에서 땀이 비 오듯 쏟아져 내렸다. 피곤해 보였지만 그래도 미소를 잃지는 않았다. 조니는 어떻게든 미소를 회복할 수 있는 그런 친구였다.

"좋아, 짭새들이 돌봐주기는 하겠지. 하지만 그렇다고 해도 병원으로 데려가진 않을 거야. 십중팔구 얼굴에 베개를 덮고 깔고 앉아 버리겠지."

나는 그 말에 펄쩍 뛰었다. 그게 무슨 말인지는 너무나 뻔했다.

"에, 어쨌든 결정하라고. 새벽이면 이 은신처는 짭새로 뒤덮일 테니까. 난 어떻게든 빠져나가겠어."

버스터였다.

"당신들은 떠나. 그리고 호머, 너도. 난 여기 잭하고 남겠다."

"이런, 빌어먹을, 그럼 나도 있을래."

도크였다.

"못할 이유도 없지."

이번엔 볼느이 데이비스도 끼어들었다.

버스터 대그스인지 드래그스인지는 그들을 미친놈 보듯 했지만, 솔직히 말하면 나도 전혀 놀라지 않았다. 그게 바로 조니가 사람들에게 미치는 힘인 것이다.

"나도 남을래."

내가 말했다.

"좋아, 난 나가겠다."

버스터가 말했다.

"좋아, 두더지 여왕도 데려가."

도크가 말했다.

"개소리. 나도 갑자기 요리하고 싶어졌어."

"개소린 네 년이 하고 있잖아. 지금 새벽 1시인데다 넌 팔뚝까지 온통 피투성이라고."

"몇 시든 상관없어. 피는 씻으면 되고. 지금부터 당신들 남정네들이 먹어본 최고의 아침을 만들 테니까. 계란, 베이컨, 비스킷, 고깃국, 감자튀김."

"오 사랑합니다, 두더지 아가씨. 부디 나와 결혼해 주시길."

조니의 말에 우린 모두 웃었다.

"이런, 미친 년놈들. 아침을 먹을 수 있다면 내 손에 장을 지지겠다."

버스터가 투덜댔다.

결국 그렇게 해서 우리는 모두 오로라의 농가에 짱 박혀 있기로 했다. 조니가 인정하든 않든, 죽을 게 분명한 남자를 위해 죽을 각오를 한 것이다. 우리는 소파와 의자 몇 개로 정문에 바리

케이드를 치고 뒷문은 가스스토브로 막았다. 어쨌든 작동하지도 않는 기계였다. 장작 난로는 작동했다. 나와 조니는 포드에서 토미 기관총들을 꺼내왔고 도크가 다락에서 몇 정 더 꺼내왔다. 수류탄, 박격포, 박격포탄 상자도 있었다. 아마 그 지역 어느 군대도 우리처럼 무기가 많지는 못했을 것이다. 하— 하!

"좋아, 놈들이 얼마나 되든 상관 안 해. 멜빈 퍼비스 그 잡놈만 잡으면 된다고."

도크가 선언했다. 두더지 여왕이 테이블에 식사를 차려놓을 때쯤엔 정말로 농부들의 식사 시간이었다. 우린 교대로 식사를 했고 둘은 언제나 기다란 진입로를 지키도록 했다. 버스터가 한때 경보를 울려 우리 모두 자기 위치로 달려갔으나 그건 주도로를 지나는 우유 트럭이었다. 짭새들은 결국 오지 않았다. 물론 그걸 잘못된 정보라고 할 수도 있겠지만 난 오히려 존 딜린저의 행운이라고 믿고 싶다.

그동안 잭은 오락가락하며 나쁜 상태에서 최악의 상태로 달갑지 않은 행로를 이어가고 있었다. 다음날 오후쯤엔 조니조차 그가 얼마 못 갈 것이라는 사실을 인정했다. 내가 안타깝게 생각한 건 오히려 여자 쪽이었다. 두더지 여왕은 자기가 엉성하게 꿰맨 봉합에서 다시 고름이 새어나오는 것을 보더니 울기까지 했다. 그녀는 울고 또 울었다. 마치 평생 동안 잭을 알고 지내기라도 한 것처럼 말이다.

"괜찮소. 기죽을 필요 없어요. 아무튼 당신은 최선을 다했고 또 이러다가 다시 살아날 수도 있으니까."

조니가 말했다.

"총알을 손가락으로 꺼내서 그래요. 그렇게 하지 말았어야 했는데 내가 멍청한 년이지."

그녀의 말이었다.

"개소리. 감염 때문일 거요. 곪아서가 아니라. 이제 괴저의 흔적도 없잖소."

물론 고름이야말로 분명한 괴저의 흔적이었지만 그렇다고 토를 다는 사람은 없었다.

조니는 아직 나를 보고 있었다.

"펜들턴에 있을 때 해리가 널 뭐라고 불렀는지 기억하나?"

나는 고개를 끄덕였다. 해리 피어폰트와 조니는 언제나 최고의 친구들이었다. 하지만 해리가 나를 좋아한 적은 없었다. 조니만 아니라면 갱에 넣어주지도 않았을 것이다. 해리는 내가 바보라고 생각했지만, 조니는 그 말을 인정한 적도 입 밖에 낸 적도 없었다. 모두가 친구이기를 원했던 것이다.

"나가서 큰 놈 몇 개 엮어 와라. 펜들턴 매트에서 했던 것처럼 말이야. 진짜 큰 놈들로 잡아와."

그가 이런 부탁을 한 건 결국 잭이 가망 없음을 인정했다는 뜻이겠다.

똥파리 곡예사. 펜들턴 소년원에 있을 때 해리 피어폰트가 지어준 별명이다. 당시 우리는 모두 어린아이였다. 나도 이따금 교도관 새끼들이 듣지 못하도록 베개를 뒤집어쓰고는 울다가 잠들곤 했었다. 아무튼 해리는 오하이오 주에 가서 날뛰다가 골로 가버렸다. 결국 나 혼자만 바보는 아니었던 셈이다.

두더지 여왕은 부엌에 있었다. 점심을 위해 야채를 다듬는 중이었는데 스토브에서도 뭔가가 끓고 있었다. 난 실이 있는지 물었다. 그녀는 친구를 꿰맬 때 옆에서 다 봤으면서 실이 있는지 없는지도 모르냐고 핀잔을 주었다. 나는 알긴 하지만 필요한 실은 검은 색이 아니라 흰색이라고 대꾸해 주었다. 여섯 줄 정도이고 길이는 요 정도이면 돼요. 난 검지 두 개를 내밀었다. 대충 20센티미터 정도. 그녀는 어디에 쓰려는지 물었고, 난 궁금하면 싱크대 위 창문을 내다보면 된다고 말해주었다.

"저긴 뒷간뿐인데? 이봐요, 반 미터 씨, 당신 개인 용무를 엿볼 생각 따위는 손톱만큼도 없어요."

그녀가 쏘아붙였다. 그녀는 찬장 문에 가방을 하나 걸어놓고 있었는데 그 속에서 하얀 실패를 꺼내 여섯 조각을 끊어주었다. 난 고맙다고 하고는 다시 밴드에이드가 있는지 물었다. 그러자 그녀가 싱크대 옆의 서랍에서 몇 개를 꺼내 주었다. 늘 손가락을 벤다는 것 얘기다. 나는 그 중 하나를 받아 문 쪽으로 갔다.

나는 뉴욕 중앙선에서 지갑 소매치기를 하다가 펜들턴에 들어갔다. 그게 바로 그 찰리 매클레이가 있는 곳이었으니 참 좁은 세상이 아닌가? 하! 어쨌든 악동들을 뺑뺑이 돌리는 방법이라면 인디애나의 펜들턴 소년원은 그야말로 무궁무진했다. 세탁소, 목공소, 그리고 초짜들이 인디애나 형무소의 간수들을 위해 셔츠와 바지를 만드는 양복점도 있다. 교도소를 셔츠가게라고 부르는 이유가 바로 그것이다. 물론 똥간이라고 부르기도 하지만 말이다. 그곳이 내가 있던 곳이고 조니와 해리 피어폰트를 만난 곳이다. 조니와 해리는 '하루의 일과를 쫑 내는데' 아무 문제가 없는 애들이었지만, 난 셔츠 열 개나 바지 다섯 개를 채우지 못해 툭하면 매트에 서 있어야 했다. 까마귀(교도관을 나타내는 은어 — 옮긴이)들은 내가 빈둥거려서 그렇다고 생각했고 그 점에서는 해리도 마찬가지였지만, 사실은 원래부터 동작이 굼뜨고 서툴렀다. 그 점을 이해한 건 조니뿐이었다. 내가 그의 주변을 알짱거린 것도 그 때문이다.

만일 일과를 맞추지 못하면 그 다음날은 영창에 처박혀야 했다. 그곳엔 가로세로 60센티미터 정도의 골풀 매트가 있었는데 양말만 신은 채로 하루 종일 그 위에 서 있는 것이 벌이었다. 매트에서 한 번 빠져나오면 신나게 깨지고, 두 번 빠져나오면 까마귀들한테 완전히 돌림빵을 당한다. 그리고 세 번째면 일주일간 독방신세를 져야 한다. 물이야 원하는 대로 갖다 주었지만 그거야말로 진짜 속임수였다. 하루 종일 소변보는 기회가 단 한 번만 허용되었기 때문이다. 게다가 그 자리에 선 채로 오줌을 흘리다가 들키는 날에는 매질과 지하 감옥행이었다.

따분했다. 펜들턴도 따분했고 미시건 시도 따분했고 다 자란 아이들을 위한 '니미' 빵간도 따분했다. 그 안에서 아이들은 이야기를 지어내거나 노래를 불렀다. 밖으로 나가자마자 따먹을 여자들 목록을 작성하는 애들도 있었다.

난, 파리에게 로프를 던지는 기술을 연마했다.

파리 로데오엔 옥외변소보다 좋은 곳이 없다. 나는 문밖에 기지를 정하고 두더지 여왕이 준 실에 고리를 묶기 시작했다. 그 다음에 할 일은 꼼짝 않고 서 있는 것인데 그건 매트위에서 무수히 해본 기술이었다. 죽어도 잊을 수 없는 기술.

오래 걸리지는 않았다. 5월 초면 파리들이 밖으로 나오지만 아직은 맥아리가 없다. 쇠등에한테 올가미를 씌우는 게 불가능하다고 생각하는 사람이 있다면…… 에, 그냥 이렇게 말해주고 싶다. 그래도 해보고 싶다면 모기하고 놀라고.

세 번의 시도 끝에 첫 번째 파리를 잡았다. 그건 좋은 징조였다. 매트 위에 서 있을 때에는 오전 내내 한 마리도 못 잡은 적도 있었다. 내가 놈을 잡자 곧바로 두더지 여왕의 반응이 나왔다.

"도대체 그게 뭐예요? 마술해요?"

멀리서 보면 정말로 마술처럼 보였을 것이다. 20미터밖에 있는 그녀에게 어떻게 보였을지 상상해 보라. 한 남자가 뒷간에 서서 작은 실조각을 던진다. 물론 허공에 던지는 것으로 보일 것이다. 그런데 실이 낙하하기는커녕 허공에 떠 있는 것이 아닌가! 실은 상당한 크기의 쇠등에한테 걸려 있지만 조니라면 몰라도 두더지 여왕이 조니의 눈을 가지고 있을 리는 없었다.

나는 실 끝을 잡아 밴드에이드를 이용해 화장실 문고리에 붙인 후, 다음 사냥, 다음 사냥에 나섰다. 두더지 여왕이 밖으로 나와 구경하겠다고 하기에 조용히만 있다면 상관없다고 말해주었다. 하지만 그녀는 조용히 하는 데는 소질이 젬병이었다. 난 그녀 때문에 파리들이 오지 않는다며 안으로 쫓아버렸다.

나는 한 시간 반 정도를 변소에서 놀았다. 더 이상 악취도 느껴지지 않을 정도의 시간이었다. 마침내 추워지기도 했고 잡은 파리들도 기운이 떨어지기 시작했다. 내가 잡은 사냥감은 모두 다섯 마리였다. 뺑기통 옆에 있을 때보다는 못하지만, 그래도 펜들턴의 기준으로 보면 대단한 수확이라 할 수 있었다. 어쨌든 놈들이 추워서 엉금엉금 기어 다니기 전에 안으로 들어가야 했다.

천천히 부엌을 통과하는데 도크, 볼느이, 두더지 여왕이 모두 웃으며 박수를 쳐주었다. 잭의 침실은 집 반대쪽이었는데 그곳은 어둡고 침침했다. 검은 실이 아니라 흰 실을 달라고 했던 것도 그 때문이었다. 아마 사람들에게는 보이지 않는 풍선을 들고 다니는 마술사처럼 보였을 것이다. 파리가 웅웅거리는 소리만 빼면 말이다. 영문도 모른 채 붙잡힌 놈들이라 소란스럽기도 그지없었다.

"기가 막혀 말이 안 나오는군, 호머. 정말이야, 정말로 기가 막혀. 그런 건 도대체 어디서 배운 거야?"

도크 버스터였다.

"펜들턴 소년원."

내가 대답했다.

"누구한테 배운 거지?"

"그냥 혼자서 해본 거야."

"그런데 왜 자기들끼리 엉키지 않는 거야?"

볼느이가 물었다. 포도송이처럼 커다란 눈이 왠지 닭살이 돋았다.

"몰라. 이놈들은 자기 자리만 날아다니고 남의 자리로는 넘어가지 않아. 미스터리지."

"호머! 잡았으면 들어오지 않고 뭐 해!"

조니가 다른 방에서 소리쳤다.

내가 부엌을 지나가려는데 두더지 여왕이 내 팔을 건드렸다.

"조심해요. 친구가 죽어가는 탓에 꼭지가 돈 상태니까. 나중엔 괜찮아지겠지만 지금은…… 위험하다고요."

그건 그녀보다 내가 더 잘았다. 조니는 마음속에 품은 게 있으면 어떻게든 손에 넣는 타입이다. 그런데 지금 그게 틀어지고 있지 않는가.

잭은 머리를 구석에 댄 채 베개에 기대 앉아 있었다. 얼굴은 여전히 백짓장처럼 창백했지만 정신은 어느 정도 돌아온 듯했다. 이른바 사람들이 말하는 회광반조(回光返照)에 든 것이리라.

"호머! 이야, 정말 미시건 시에 돌아온 기분이다. 옛날 생각나는군."

그는 더할 나위 없이 밝은 표정이었다. 실을 보고는 웃기까지 했다. 칼날처럼 갈라진 웃음, 정상적인 웃음은 아니었다. 아니나 다를까, 다시 기침을 시작했을 때 웃음이 섞이는 통에 두 배는 더 고통스러워 보였다. 피가 입에서 터져 나와 내가 들고 있는 줄에까지 묻었다.

그가 자기 다리를 때리자 더 많은 피가 흘렀다. 피는 턱 밑으로 떨어져 내의까지 적셨다. 잭이 다시 기침을 시작했다.

조니의 얼굴도 끔찍하기만 했다. 잭이 저러다가 터져 버리기 전에 내가 침실에서 나갔으면 하는 생각도 있겠지만, 마찬가지로 젠장 아무려면 어때 식의 생각도 있는 게 분명했다. 죽기 전에 로프에 매달린 똥파리 몇 마리를 보는 게 그의 소원이라면, 그렇게 해주면 그만 아니겠는가.

"잭, 아무 말도 하지 마라."

내가 말했다.

"아냐, 이젠 괜찮아. 놈들을 가져와 봐. 볼 수 있게."

그가 씩 웃으며 김새는 목소리로 말했으나 채 말을 끝내기도 전에 다시 기침이 터졌다. 이번엔 두 무릎을 끌어안고 몸을 비틀어댈 정도로 심한 기침이었다. 그가 한바탕 피를 뱉어낸 시트는 말 그대로 물동이를 받쳐놓은 것 같았다.

조니를 보니, 그가 고개를 끄덕였다. 조니도 정신이 하나도 없어보였다. 가까이 오라는 그의 손짓에 난 파리를 손에 들고 천천히 다가갔다. 어둠 속에 떠 있는 하얀 실들. 그리고 잭은 너무나 흡족해 자신이 생애 마지막 기침을 하고 있다는 사실도 깨닫지 못했다.

"이제 놔줘. 옛날 생각이……"

축축하고 허스키한 목소리는 거의 알아듣기도 힘들었다.

나는 그의 말대로 줄을 놓아주었다. 놈들은 잠시 내 손바닥의 땀에 갇혀 버둥거리다가 천천히 허공으로 떠올랐다. 줄은 이제 축 늘어진 채 허공을 날아다니고 있었다. 문득 메이슨 시의 은행 일을 마치고, 잭이 거리에 서 있던 모습이 떠올랐다. 그는 토니 기관총을 쏴대며, 인질 몇을 끌고 도피차량 쪽으로 달아나는 나와 조니와 레스터를 엄호했다. 총알이 그의 주변을 날아다녔다. 비록 총상을 입긴 했지만 그래도 그때는 영원히 살 놈처럼 보였다. 그런데 그런 놈이 지금은, 막 피 우물에 담갔다 꺼낸 듯한 시트 위에서 무릎을 끌어안고 죽어가고 있는 것이다.

"세상에, 저것들 좀 봐."

흰줄이 하늘로 올라가는 것을 보며 그가 중얼거렸다.

"그뿐만이 아니야. 이걸 보라고."

조니가 이렇게 말하더니 문 쪽으로 한 걸음 다가갔다. 그는 몸을 돌려 꾸벅 절을 하고는 씩 웃어 보였다. 내 평생 가장 슬픈 웃음이었다. 그때 우리가 할 수 있는 건 그런 것들뿐이었다. 그렇다고 그럴 듯한 최후의 성찬을 차려줄 수도 없지 않은가?

"셔츠 공장에서 내가 어떻게 물구나무로 서서 걸었는지 기억하나?"

"물론! 그 장관은 절대 못 잊지!"

잭이 말했다.

"신사 숙녀 여러분. 여러분의 기쁨과 유흥을 위해 이제 특별한 사람을 모시고자 합니다. 존 허버트 딜린저!"

그는 일부러 마지막 '저' 발음을 꼬아서 내뱉었다. 그건 그의 아버지가 했던 방식이고, 유명해지기 전에 그가 했던 말투였다. 그는 박수를 한 번 치고 나서 앞으로 다이빙해 물구나무를 섰다. 아무리 버스터 크라브(수영선수이자 《타잔》의 단골 주인공—옮긴이)라 해두 저렇게는 못할 것이다. 바짓가랑이가 무릎까지 흘러내려가 양말 끄트머리와 정강이를 드러냈고, 잔돈이 주머니에서 흘러내려 여기저기로 굴러다녔다. 그리고 그가 그 자세로 바닥을 걸어 다니기 시작했다. 언제나처럼 유연한데다 높은 목소리로 「트라-라-라-붐-데이!」(작자 미상의 19세기 보드빌 춤곡—옮긴이)까지 불렀다. 훔친 포드의 열쇠꾸러미도 주머니에서 떨어졌다. 잭이 목이 쉰 망아지처럼 웃어젖혔다. 문가에 모여 있던 도크 바커와 두더지 여왕과 볼느이도 웃었다. 발작과 광기의 억지웃음들. 두더지 여왕은 박수를 치며 "브라보! 앙코르!"를 연호하기까지 했다. 내 머리 위로 하얀 실들이 여전히 둥둥 떠서 한 번에 조금씩 움직이고 있었다. 나도 나머지 사람들과 함께 웃었다. 그때 문득 이상한 낌새에 뚝 웃음을 그쳤다.

"조니! 네 총 조심해! 그 총 말이야!"

내가 외쳤다.

그가 바지 위에 끼워놓았던 그 빌어먹을 38구경, 그 총이 벨트에서 빠져나오고 있었다.

"응?"

그가 되물었다. 그리고 총이 바닥의 열쇠꾸러미 위에 떨어졌고 그대로 발사되었다. 38구경이 세상에서 제일 시끄러운 총은 아니지만 그 골방에서 듣기엔 엄청난 소리였다. 게다가 섬광도 대단했다. 도크가 질겁하고 두더지 여왕이 비명을 질렀다. 조니는 말 한마디 못한 채 공중제비를 돌아 얼굴부터 떨어졌다. 두 발은 쩍 하는 소리를 내며 잭 해밀턴이 죽어가고 있는 침대 끝을 찍었다. 그는 꼼짝도 하지 못했다. 난 흰 실을 걷어내며 그에게 달려갔다.

처음엔 정말로 그가 죽은 줄 알았다. 몸을 돌렸을 때 입과 뺨 한쪽이 온통 피투성이였기 때문이다. 이윽고 그가 일어나 앉더니 얼굴을 훔쳤다. 그는 피를 바라보고 다시 나를 보았다.

"빌어먹을, 호머, 내가 지금 나를 쏜 거냐?"

조니가 물었다.

"그런 것 같아."

"심각해?"

모르겠다고 대답하기 전에 두더지 여왕이 나를 한쪽으로 밀치더니 앞치마로 그의 피를 닦아냈다. 그러고는 잠시 심각하게 노려보다가 입을 열었다.

"당신은 괜찮아. 그냥 스친 거니까."

사실 스친 곳이 하나가 아니라 둘이라는 걸 안 건 그 후, 그러니까 두더지 여왕이 이오딘을 찍어 발라 줄 때였다. 총알은 입술 오른쪽 바로 위를 찢고 다시 5센티미터쯤 허공을 비행하다가 눈 바로 옆의 턱뼈까지 찢어놓은 다음, 천정을 뚫고 사라지기 전엔 파리 한 마리를 황천길로 보내기까지 했다. 솔직히 믿기 어렵겠지만 사실이다. 맹세할 수도 있다. 엉클어진 실 자락에 매달린 채 바닥에 떨어진 파리한테 남은 거라곤 다리 두 개뿐이었다.
"조니? 당신한테 알려줄 말이 있어."
도크가 말했다. 그게 뭔지는 사실 알려줄 필요도 없었다. 잭은 여전히 앉은 자세였으나 머리는 축 늘어져 머리카락이 무릎 사이의 시트에까지 닿아 있었다. 조니의 상처를 살피는 동안 잭이 죽은 것이다.

길 따라 3킬로미터쯤 내려가면 오로라 마을경계가 나오고 바로 뒤쪽에 자갈 구덩이가 하나 나온다. 도크는 시신을 그리로 데려가는 게 좋겠다고 했고 우리도 동의했다. 두더지 여왕이 싱크대 아래에서 잿물 병을 꺼내 우리에게 건넸다.
"이거 쓰는 방법들은 아시겠지?"
"물론."
조니의 대답이었다. 그는 윗입술에 그녀의 밴드에이드를 붙이고 있었는데 그 위로는 후에도 콧수염이 전혀 자라지 못했다. 사실 그의 대답은 자신도 없었다. 그녀의 눈을 바라보지도 못했다.
"그 사람한테 하라고 해요, 호머. 놈들이 찾아내 누군지 알아내는 날엔 당신들도 무사하진 못할 테니까. 물론 우리까지 그럴 수도 있고."

그녀가 이렇게 말하고는 엄지를 들어 침실을 가리켰다. 그곳엔 잭이 피범벅의 시트로 둘둘 말려 있었다.

"여러분들은 우리를 받아주었다. 누구도 못하는 일이지. 이 일을 절대로 후회하지 않게 해주겠어."

조니가 말했다.

그녀가 그에게 미소를 전했다. 여자들은 늘 조니에게 끌렸다. 지금껏 냉랭하게 대했기 때문에 그녀만은 예외라고 생각했는데 지금 보니 그것도 아니었다. 자신의 미모에 확신이 없었기 때문에 억지로 냉정한 척했던 것뿐이었다. 게다가 우리같이 총을 든 사내들이 한 무리 모여 있을 때, 정상적인 여자라면 그런 일로 문제를 일으키지 않을 것이다.

"두 사람이 돌아오면 그때 우리도 떠나지. 대장이 늘 플로리다 얘기를 했어. 위어 호수에 찜해 둔 곳이……"

"아가리 닥쳐, 볼느이."

도크가 볼느이의 어깨를 힘껏 때렸다.

"어쨌든, 우리도 여길 뜰 생각이야. 그러니 당신들도 침 챙겨 나가라고. 도중에 절대 멈추지 말고. 상황이 급박하게 돌아갈 수 있으니까."

볼느이가 아픈 곳을 문지르며 말했다.

"오케이."

조니가 대답했다.

"최소한 행복하게 죽은 거야. 웃으며 죽었으니까."

볼느이였다.

나는 아무 말도 하지 않았다. 레드 해밀턴, 죽마고우가 정말로 죽었다는 생각이 들지 갑자기 엄청나게 슬퍼진 것이다. 나는 다른 생각을 하려 해보았다. 총알이 조니를 실컷 노려만 보다가 대신 파리 한 마리를 죽이고 말았다. 즐거운 생각임에도 불구하고 별 무소용이었다. 아니, 그 바람에 기분만 더 불쾌해졌다.

도크가 나와 악수를 하고 조니와도 했다. 그도 핼쑥하고 우울해 보였다.

"솔직히 말해서 앞으로 어떻게 될지는 아무도 몰라. 내가 어렸을 때 하고 싶었던 일은 기차 기관사였는데 말이야."

그가 말했다.

"그래, 내가 한 마디 하지. 아직 걱정할 거 하나도 없다. 하느님은 만사를 마지막에 정리하시잖아?"

우리는 잭의 마지막 여행준비를 했다. 그래봐야 피 염색 시트에 둘둘 말아, 훔친 포드 뒷자리에 처박는 데 불과했지만 말이다. 조니가 구덩이까지 운전을 했다. 가는 길이 온통 구불구불에 울퉁불퉁이었다(이건 나중 얘기지만 거친 길이라면 사실 포드보다는 테라플레인이 한 수 위다.). 조니가 엔진을 끄고 윗입술에 붙은 벤드에이드를 만졌다.

"호머, 난 오늘 마지막 행운을 써버렸다. 이제 놈들한테 잡히고 말 거야."

조니가 말했다.

"그런 말 하지 마."

"못할 것도 없어. 사실이니까."

하늘은 비구름으로 온통 먹먹했다. 오로라와 시카고 중간쯤에서 엄청난 비를 맞게 될 것 같았다(FBI가 세인트폴에서 기다릴 거라며 조니는 시카고로 돌아가자고 했다.). 어딘가에서 까마귀 우는 소리가 들렸고 엔진이 식으면서 탁탁 하는 소음도 들렸다. 나는 거울을 통해 뒷자리의 피투성이 미라를 힐끔힐끔 쳐다보았다. 팔꿈치와 무릎의 굴곡이 보였다. 마지막에 허리를 굽히고 발작웃음을 터뜨리던 곳엔 아직도 핏방울이 여기저기 튀어 있었다.

"호머, 이것 좀 봐라."

조니가 가리킨 건 38구경이었다. 지금은 다시 벨트에 끼워 있었다. 그는 손가락 끝으로 프랜시스의 열쇠고리를 빙글빙글 돌리고 있었는데(그 고생에도 불구하고 손가락엔 이미 지문이 다시 자라고 있었다.). 고리에는 포드 열쇠 말고도 네다섯 개가 더 있었고 행운의 토끼발도 있었다.

"총이 떨어지면서 밑동이 이걸 때렸어. 내 행운의 마스코트를 말이야. 따라서 행운은 끝난 거라고. 자, 얘부터 내리자."

우리는 잭을 들고 비탈 쪽으로 갔다. 그때 조니는 잿물 병을 들고 있었다. 라벨에 커다란 갈색 해골과 뼈 두 개가 교차된 그림이 그려진 병이다.

조니는 무릎을 꿇고 시트를 벗겼다.

"반지 다 빼."

나는 반지 두 개를 벗겼고 조니가 자기 주머니에 챙겼다. 조니는 작은 반지에 박힌 것이 진짜 다이아몬드라고 우겼지만 나중에 캘러멧 시에서 처분하고 받은 돈은 고작 45달러였다.

"이제 두 손을 잡아."

나는 시키는 대로 했다. 조니는 손가락 양 끝에 잿물 한 뚜껑씩 부었다. 그 정도면 절대로 지문을 찾을 수 없을 것이다. 그리고 그는 고개를 숙여 잭의 이마에 입을 맞추었다.

"이러고 싶진 않다, 레드. 하지만 처지가 바뀌었다 해도 너 역시 이럴 수밖에 없었을 게다."

그는 드디어 잭의 두 뺨과 입, 그리고 이마에 잿물을 부었다. 잠시 후 "쉬"소리가 나고, 잭의 얼굴에 기포가 생기며 하얗게 탈색되어 갔다. 나는 약물이 그의 감은 두 눈을 먹어 들어갈 때쯤 고개를 돌렸다. 나중에 안 일이지만, 그 일은 하나도 도움이 되지 못했다. 그의 시신은 자갈을 실어가던 농부에게 발견되었다. 이미 개새끼들이 몰려와 우리가 덮어놓은 자갈들을 파헤치고 그의 두 손과 얼굴을 파먹고 난 후였다. 덕분에 남은 부분은 별로 없었으나 경찰은 약간의 상처만으로 그가 잭 해밀턴임을 알아내고 말았다.

그렇다. 그것으로 조니의 행운은 끝이 났다. 그 후 퍼비스와 그의 얼간이들이 바이오그래프에서 그를 덮칠 때까지, 조니의 모든 행로는 불운의 연속이었다. 그날 밤 두 손을 들고 항복할 수는 없었던 걸까? 그건 아무래도 아닐 것이다. 퍼비스는 어떤 식으로든 그를 죽이고 싶어 했고, 바로 그 때문에 조니가 마을 안에 있다는 사실을 아무도 시카고 경찰에게 알리지 않은 것이다.

실에 묶인 파리들을 데리고 들어갔을 때 잭이 웃던 모습을 잊지 못하리라. 그는 좋은 친구였다. 다들 좋은 친구였다. 그러니까 인생의 줄을 잘못 선 착한 친구들인 것이다. 조니는 그 중에서도 최고였다. 누구도 그보다 좋은 친구를 만날 수는 없다. 우리는 함께 은행 하나를 더 털었다. 인디애나 사우스 밴드에 있는 상업은행. 그 계획엔 레스터 넬슨도 합류했는데, 마을을 빠져나오다 보니 정말로 인디애나 촌놈들이 하나도 빠짐없이 우리를 쫓는 것 같았다. 아무튼 우린 빠져나왔다. 그래서? 우린 10만 달러 이상을 벌어들였다. 멕시코로 달아나 왕처럼 살고도 남을 만한 돈이다. 하지만 우린 고작 2만 달러 정도를, 그것도 동전과 더러운 1달러짜리로 흥청흥청 뿌리는 것으로 쫑을 내야 했다.

하느님은 만사를 마지막에 정리하신다. 우리가 헤어지기 전에 조니가 도크에게 한 말이다. 비록 삼천포로 빠지긴 했지만 난 원래 기독교 집안에서 자랐고, 때문에 당연히 조니의 말을 믿는다. 우리는 저마다 자기 몫에 집착하지만, 뭐, 상관없다. 하지만 하느님의 눈으로 보면, 우린 기껏 줄에 매달린 파리에 지나지 않을 것이다. 중요한 것은 살아가면서 얼마나 많은 빛을 세상에 뿌려줄 수 있냐는 것뿐이다. 내가 조니 딜린저를 마지막으로 본 것은 시카고에서였다. 그때 그는 지금 내가 한 말을 비웃었다. 뭐, 그래도 상관없지만 말이다.

어린 시절 대공황시대의 범죄자들 얘기에 푹 빠져 있었다. 그리고 그 관심은 아더 펜의 멋진 소설 『보니와 클라이드』를 읽으며 절정에 달했던 것 같다. 2000년 봄, 그 시대에 대한 존 톨랜드의 역사책 『딜린저 시대』를 다시 읽었다. 하지만 주로 내가 관심을 가진 부분은, 그의 오른팔 호머 반 미터가 펜들턴 소년원에서 가는 실로 파리를 낚는 법을 터득한 얘기였다. 잭 '레드' 해밀턴이 죽기 전에 정신이 오락가락했던 것은 사실이다. 하지만 도크 바커의 안가에서 일어난 얘기는 순전히 내 상상력에서 나온 일이다. 아니, 신화라는 단어가 더 맘에 든다면 그 단어를 써도 좋겠다. 적어도 난 맘에 든다.

죽음의 방

그곳은 죽음의 방이었다. 문을 여는 순간 플레처는 방의 정체를 알 수 있었다. 산업용 타일 바닥에 하얗게 탈색된 돌벽, 여기저기 가무잡잡한 자국이 아무래도 핏자국 같았다. 그렇다. 분명히 이 방에서 터진 피가 분명했다. 머리 위에 걸린 조명은 모두 갓을 뒤집어쓰고 있었다. 방 한가운데쯤에 기다란 나무탁자가 놓여 있었는데 반대편에 벌써 세 사람이 앉아 있다. 앞쪽에도 빈 의자가 하나 보였다. 플레처 몫이었다. 의자 옆에는 작은 수레가 있고 그 위의 물건들은 모두 천 조각으로 감싸 놓았다. 마치 조각가가 하루 일정을 마치고 덮어놓은 미완성 작품 같았다.

플레처는 반쯤은 걷고 반쯤은 떠밀려서 자기 몫의 의자로 향했다. 그는 간수의 팔을 뿌리치고 혼자서 비틀비틀 걸어갔다. 필요 이상으로 당혹해하거나 충격을 받은 티를 낼 필요도, 바보같이 굴 필요도 없겠지만 그 정도는 상관없을 것이다. 어차피 이 지하 은신처에서 빠져나갈 확률이 15~30퍼센트 정도 될 거라고 생각했고, 또 그 정도면 낙관적이었다. 저 자들이 누구이든 간에 쓸데없이 열 받게 만들 생각은 없었다. 그 점에서는 차라리 시퍼렇게 멍든 눈, 퉁퉁 불어터진 코, 찢어진 아랫입술이 도움이 될 터였다. 아, 입 주변에 검은 염소수염처럼 말라붙은 핏자국도 있다. 지금 상황에서 플레처가 확신할 수 있는 건 한 가지뿐이었다. 여기서 빠져나가게 된다면 저들은 모두 죽은 목숨이라는 것. 간수뿐 아니라, 테이블 맞은편에 법관처럼 앉아 있는 세 사람 모두. 그저 신문기자에 불과한데도, 지금껏 말벌보다 큰 생명체를 죽여본 적도 없지만, 이 방을 빠져나가기 위해서라면 얼마든지 죽일 것이다. 그는 누나 생각을 했다. 요양원에 갇힌 누나. 스페인식 이름으로 강에서 수영 중이던 누나. 너무 밝아 눈이 멀 것만 같은 정오의 햇살…… 그들은 테이블 앞의 의자에 다다랐다. 간수가 그를 주저앉혔는데 어찌나 거칠던지 하마터면 바닥에 엉덩방아를 찧을 뻔했다.

"살살 해라. 그러다 사고 나면 어쩌려고 그래?"

테이블 저쪽의 남자가 말했다. 에스코바. 그는 간수에게 스페인어로 지시를 내렸다. 에스코바 왼쪽에도 남자가 앉아 있었고 오른쪽에는 60세가량의 여자였다. 여자와 남자는 마른 체형임에 반해 에스코바는 살도 찐데다 싸구려 양초처럼 개기름이 잔뜩 흘렀다. 인상은 영화에 나오는 악당 멕시코인 그대로였다. 그러니까 '꺼져, 이 잡년들아! 코뼈를 문대버리기 전에!'라고 지껄일 것 같은 그런 남자 말이다. 하지만 이 자는 정보국 국장이다. 이따금 시영 텔레비전 방송국에 나와 영어로 일기예보를 하기도 하는데, 기상통보관으로서의 그는 팬레터까지 받을 만큼 인기도 있었다. 정장을 입혀놓으면 어딘가 꽃돼지처럼 보였기 때문이다. 플레처는 이 모든 것을 알고 있었다. 에스코바에 대한 기사를 서너 번 실어본 적도 있었다. 다채로운 인물이었다. 게다가 소문에 따르면 열정적인 고문 기술자이기도 했다. '중앙아메리카 출신의 힘러(유대인 학살의 책임자로 악명이 높다 ― 옮긴이).' 플레처는 이런 생각을 하면서 사람의 (기본적인) 유머감각이 이런 은밀한 공포분위기에서도 작동할 수 있다는 사실이 신기하기만 했다.

"수갑은 어떻게 하죠?"

간수가 역시 스페인어로 묻고는 플라스틱 수갑을 들어보였다. 플레처는 되도록 영문을 모르겠다는 식의 당혹스런 표정을 유지하려 했다. 만일 수갑을 채운다면 그걸로 끝장이다. 확률은 15퍼센트가 아니라 1.5퍼센트에도 못 미치게 될 터이다.

에스코바가 오른쪽 여자를 돌아보았다. 그녀의 얼굴은 무척이나 가무잡잡했으나 검은 머리카락의 새치는 또 지나칠 정도로 흰색이었다. 머리칼은 돌풍에 날린 듯 이마에서부터 뒤쪽으로 흘러내렸는데, 정말로 『프랑켄슈타인의 신부』 엘사 랜체스터를 다시 만난 듯했다. 그는 이 사실 또한 패닉에 가까운 두려움으로 받아들였다. 강물에 비친 밝은 햇살이나, 친구들과 물 쪽으로 걸어가며 깔깔 웃던 누이를 떠올릴 때의 두려움. 그는 관념이 아니라 이미지를 원했다. 지금은 이미지가 보물이다. 이런 곳에서 관념은 하등의 가치도 없다. 이런 곳이라면 백발백중 잘못된 관념일 수밖에 없다.

여자가 에스코바에게 짧게 고개를 끄덕였다. 건물 주변에서 본 적이 있는 여자다. 언제나 오늘처럼 특징 없는 드레스 차림이었는데 종종 에스코바와 함께 있던 탓에 플레처는 그녀가 비서쯤 될 거라고 생각했었다. 개인비서나 아니면 전기 작가 같은 것 말이다. 에스코바 같은 자들은 자아가 강해 그 정도의 액세서리쯤은 당연한 것으로 여길 것이다. 하지만 지금 플레처는 완전히 헛짚은 게 아닌가 하는 의심을 하기 시작했다. 그녀가 상사라는 얘기인가?

어느 경우이든, 그 고갯짓은 맘에 들었다. 그는 다시 플레처를 향해 미소 짓고 영어로 말을 해주었다.

"어리석은 소리. 그런 건 필요 없다. 플레처 씨가 오신 이유는 몇 가지 우릴 도와주시기 위해서야. 물론 곧 고국으로 돌아가실 게다."

에스코바는 일이 이렇게 된 것이 너무나 안타깝다는 듯 깊은 한숨부터 내쉬었다.

"그 동안은 소중한 손님으로 모셔야지."

'이보라고, 그 망할 놈의 수갑 필요없다잖아.' 플레처가 마음속으로 중얼거렸다.

프랑켄슈타인 신부가 에스코바에게 상체를 숙이고는 손으로 입을 가린 채 뭔가 중얼거렸다. 에스코바가 미소 띤 얼굴로 고개를 끄덕였다.

"좋아, 라몬. 만일 손님이 예의에 어긋나거나 공격적인 행동을 한다면 얼마든지 쏴버리게."

그가 웃음을 터뜨렸다. 통보관 꽃돼지의 웃음. 그리고 그는 그 말을 다시 스페인어로 옮겨 라몬이 플레처만큼이나 잘 이해할 수 있도록 해주었다. 라몬은 심각한 표정으로 고개를 끄덕인 다음 수갑을 허리춤에 차고 플레처를 감시할 수 있는 위치로 물러났다.

에스코바는 다시 플레처에게 관심을 보였다. 그는 앵무새와 나뭇잎을 박아 넣은 구아이아베라(쿠바 남성이 즐겨 입는 셔츠─옮긴이) 주머니에서 빨간색과 흰색이 얽힌 담뱃갑을 하나 꺼냈다. 말보로. 제3세계 민족들이 제일 즐긴다는 담배.

"담배, 핍니까? 플레처 씨?"

플레처는 에스코바가 테이블 가장자리에 놔둔 담배로 손을 내밀다가 얼른 거둬들였다. 담배를 끊은 지가 3년이다. 행여 다시 시작한다면 또 언제 끊게 될지 모를 일이 되고 말 것이다. 알코올 중독처럼 말이다. 게다가 어차피 담배에 대해 유혹이나 필요 따위를 느낀 것도 아니었다. 그가 원한 건, 그들에게 그의 손이 떨리는 걸 보여주는 것, 단지 그뿐이었다.

"나중에요. 지금은 담배가 어쩌면……"

나중이라니? 어쨌든 에스코바도 상관은 없었다. 그는 이해한다는 듯 고개를 끄덕였지만 말보로 담뱃갑은 테이블 가장자리에 그대로 놔두었다. 플레처는 문득 43번가의 가판대에 들러 말보로 담뱃갑을 사는 모습을 떠올려보았다. 뉴욕 거리에서 행복의 독극물을 구입하는 자유 시민. 그는 여기서 빠져나가면 기어이 그렇게 해보겠다는 생각을 했다. 암을 치유하거나 시력을 되찾은 사람들이 로마나 예루살렘으로 순례 여행을 떠나는 것과 같은 이치다.

에스코바가 조금 지저분한 손을 흔들며 플레처의 얼굴을 가리켰다.

"당신을 그렇게 만든 사람은 징계를 당했소. 뭐, 심한 건 아니지만. 아무튼 나도 심심한 사의를 전하리다. 하지만 그 애들도 다 애국자라오. 우리도 그렇고. 플레처 씨, 당연히 당신도 그렇겠죠?"

"물론이죠, 예."

지금은 어떻게든 겁에 질린 표정으로 저들의 비유를 맞출 때다. 여기서 나가기 위해서라면 무슨 말이든 지껄여야 한다. 어차피 협박은 에스코바의 몫이었다. 의자에 앉아 있는 남자에게, 그깟 멍든 눈과, 찢어진 입술과 흔들리는 이 몇 개 정도는 아무것도 아님을 믿게 해주어야 했고, 모두 오해에서 비롯된 일이니, 그것만 제대로 해소되면 언제라도 이곳에서 나갈 수 있다고 믿게 해야 했다. 결국 두 사람 모두 열심히 상대방을 속이고 있는 셈이다. 여기 죽음의 방에서조차 말이다.

에스코바가 간수 라몬을 돌아보더니 빠른 스페인어로 지껄였다. 보잘 것 없는 스페인어 실력 탓에 얘기를 전부 알아들을 수는 없었지만, 이 개똥 같은 도시에서 5년간 죽치면서 이런 저런 어휘들까지 모른 체 할 수는 없었다. 더욱이 에스코바와 그의 여친 프랑켄슈타인의 신부도 알겠지만, 스페인어가 세상에서 제일 어려운 언어도 아니지 않은가?

에스코바가 라몬에게 질문을 시작했다. 매그니피슨트 호텔에서 체크아웃 했나? 짐은 다 챙겼던가? 시(네.). 정보국 밖에 차가 대기하고 있나? 신문이 끝나면 공항으로 갈 차 말이야? 시. 메이 50번가 모퉁이.

에스코바가 이번엔 플레처를 돌아보며 물었다.

"내가 이 사람한테 무슨 질문했는지 이해하시오?"

에스코바는 '질문'을 '지문'이라고 발음했다. 플레처는 다시 에스코바의 TV 출연을 떠올렸다. '저지압? 저지압이 뭐다? 우딘 비러먹을 저지압 따위는 피요 어쩌.'

"내가 질문한 건, 호텔에서 체크아웃 했냐는 것이었소. 아, 지금은 호텔이라기보다는 집 같겠군, 그래. 그리고 이 대화가 끝난 후 공항에 데려갈 차는 대기시켜 놓았는지도 물었지."

그가 대화라는 단어를 사용한 적은 이번이 처음이었다.

"예?"

플레처는 일부러 지금의 행운을 믿을 수 없다는 목소리를 냈다. 최소한 저 쪽에 그런 마음이라도 전해졌기를…….

"당신은 델타 첫 비행기로 마이애미로 돌아가게 될 겁니다."

프랑켄슈타인의 신부가 마침내 입을 열었다. 그녀의 말투엔 전혀 스페인 악센트가 없었다.

"미국 땅에 착륙하는 대로 여권도 돌려받게 되실 거예요. 플레처 씨가 이곳에서 해코지를 당하거나 억류되는 일은 없어야죠. 당연히 저희의 조사에 협조하실 테니까. 지금은 추방 절차가 진행 중이긴 합니다만. 글쎄요, 미국에선 뭐라고 하죠? 내쫓긴다? 내몰린다?"

그녀는 에스코바보다는 훨씬 부드러웠다. 그녀를 에스코바의 비서로 봤다는 사실이 우습기만 했다. 그리고도 명색이 기자라고? 물론, 그가 단순한 기자라면, 그러니까 중앙아메리카의 《타임스》 특파원이라면 그럴 수도 있다. 이곳 정보국 지하실에 끌려 올 이유도 없었다. 벽마다 피 얼룩이 가득한 이곳에 말이다. 그는 16개월쯤 전에 기자 일을 포기했다. 처음 누네즈를 만났을 때다.

"이해합니다."

에스코바가 담배를 집더니 황금색 지포로 불을 붙였다. 지포 한 면에 가짜 루비가 박혀 있었다.

"우리 질문에 협조하실 거요, 플레처 씨?"

"저한테 선택의 여지가 있습니까?"

"기회야 늘 있지. 하지만 이미 이 나라에서 담요를 벗어버리지 않았던가? 당신이 그렇게 말한 거 아뇨? 담요를 벗었다고?"

"그런 것 같군요."

플레처가 말했다. 네가 경계해야 할 것은 그들을 믿으려는 마음이야. 믿고 싶어 하는 거야 자연스런 심리지. 솔직하게 털어놓는 것도 그렇고. 게다가 단골 카페에서 끌려나와 볶은 땅콩 냄새 나는 남자한테 흠씬 얻어터진 상태가 아니던가? 그렇다고 놈들이 원하는 걸 주면 안 돼. 그건 이 방에 존재하는 유일한 진리이고 그걸 놓치는 순간 넌 끝장이니까. 놈들의 말은 아무 의미가 없다. 중요한 건 이 수레에 있는 도구들이야. 천에 싸여 있는 물건들. 그리고 아직 아무 말도 않은 저 작자이고, 벽에 묻은 얼룩들이란 말이야.

에스코바가 심각한 표정을 짓더니 상체를 앞으로 숙였다.

"지난 14개월 동안 토마스 헤레라라는 남자에게 정보를 제공한 사실을 부인하지는 않겠지? 그리고 그 친구는 페드로 누네즈라는 공산당 폭도에게 넘겼고, 안 그래?"

"예, 부인하지 않겠습니다. 단 기간은 좀 더 깁니다. 그러니까 거의 1년 반은 되었죠."

그의 걸음을 따라잡을 필요가 있다. 요컨대, 대화와 신문의 간극이 빚어낸 거리를 좁히기 위해서라도, 지금은 정당화하고 변명

해야 할 때인 것이다. 그런데 세계 역사 어디에서든 이런 방에서 정치적 논쟁으로 승리를 따낸 사람이 있기는 한 걸까? 물론 없었을 것이다.

"담배 한 대 피시게, 플레처 씨."

에스코바가 서랍을 열어 얇은 폴더 하나를 꺼냈다.

"아직은요. 아무튼 감사합니다."

"좋으실 대로."

물론 그의 발음은 '조질 대로'였다. 그가 일기예보를 했을 때 방송실 아이들도 가끔, 기상도 위의 비키니 여자 사진을 일부러 강조하곤 했다. 에스코바 자신도 그 장면을 보고는 양 손을 내저으며 가슴을 치곤했다. 사람들은 싫어하지 않았다. 웃기니까. '조질 대로'만큼 웃겼고 '저지압' 만큼 웃겼다.

에스코바는 입 한가운데에 담배를 물고 있었는데, 연기를 피하기 위해 눈을 잔뜩 찌푸렸다. 그건 벙거지와 슬리퍼에 펑퍼짐한 바지 차림의 이 지방 노인들이 거리모퉁이에 쪼그리고 앉아 담배를 피우는 스타일이었다. 에스코바는 미소를 짓고 있었다. 말보로가 테이블 위에 떨어지지 않도록 하기 위해 입술을 단단히 채우고 있긴 했지만, 여하튼 그것도 미소는 미소였다. 그가 폴더에서 광택 인화지에 찍힌 흑백사진 한 장을 꺼내 플레처에게 넘겼다.

"당신 친구, 토마스요. 별로 좋은 그림은 아니지."

그건 얼굴을 전면으로 잡은 경조사진인데 왠지 40~50대의 2류 사진기자들이 찍은 사진을 생각나게 했다. 그러니까 자칭 위지(아서 펠리그의 별명. 다큐멘터리 사진으로 유명하다 — 옮긴이)의 사진 같은 것 말이다. 사진은 죽은 사람이었다. 눈은 뜨고 있었는데 섬광전구가 터지는 바람에 정말로 살아 있는 사람의 눈처럼 보였다. 피도 보이지 않았고, 상처라고 해봐야 작은 점 같은 게 전부였지만, 누가 봐도 죽은 사람의 사진이었다. 아직 빗자국이 보일 정도로 잘 정돈된 머리에, 눈에도 빛이 남아 있었지만 그건 조명이 반사된 때문일 것이다. 아무튼 죽은 시체인 것만은 확실했다.

상처는 왼쪽 관자놀이에 있었다. 화약에 탄 자리가 혜성 모양으로 보였으나, 총알구멍이나 핏자국은 없었고 두개골이 일그러진 것도 아니었다. 2.2 정도의 소구경 권총을 아무리 가까이에서 발사한다 해도 화약자국을 남기고 두개골을 박살냈을 터이건만……

에스코바는 사진을 다시 폴더에 넣고 닫아버리고는, 봤지? 이게 어떤 상황인지? 라고 묻기라도 하듯 어깨를 으쓱해 보였다. 그의 어깻짓에 담뱃재가 기어어 테이블 위로 굴러 떨어지고 말았다. 그는 두툼한 손을 이용해 회색 비닐장판 위로 재를 쓸어내렸다.

"쓸데없이 괴롭힐 생각은 없소. 그럴 이유도 없고. 여긴 작은 나라고, 우린 작은 나라의 작은 국민이라오.《뉴욕 타임스》는 큰 나라의 큰 신문이고. 우리도 자부심은 있소만 동시에 또…… (그가 손가락으로 제 관자놀이를 두드린다) 아무튼, 무슨 말인지 알 거요."

플레처가 고개를 끄덕였다. 토머스에게서 눈을 떼지 못했다. 사진이 폴더로 되돌아갔음에도 불구하고 그의 눈에는 토머스만 보였다. 검은 머리카락을 가로지른 빗자국들, 그는 토머스의 아내가 요리한 음식을 먹었고 토머스의 어린 아들과 마루에 앉아 만화영화도 보았다. 다섯 살쯤 된 여자아이였다. 톰과 제리. 스페인어로 된 버전이었다.

"괴롭힐 생각은 없소만 우리도 오랫동안 지켜보고 있었소. 당신이야 우릴 못 봤겠지. 당신은 거인이고 우린 소인국 사람이니까. 하지만 우린 당신을 볼 수 있었소. 때문에 토머스가 알고 있는 내용을 당신도 알고 있다는 사실도 알고 있지. 그래서 우린 그자에게 간 거요. 당신을 괴롭히지 않기 위해서. 그자를 붙잡고 말을 시켜봤는데 도통 말을 않더군. 결국 우린 여기 하인츠를 시켜서 그자의 입을 열게 해야 했소. 하인츠, 플레처 씨께 자네가 어떤 식으로 토머스의 입을 열었는지 보여주게나. 아, 토머스는 바로 당신이 있는 그 자리에 앉아 있었소."

"얼마든지요."

하인츠가 대답했다. 그는 뉴욕 특유의 코맹맹이 악센트로 영어를 했다. 대머리. 양쪽 귓가에만 뗏장만 한 머리털이 남아 있었다. 에스코바가 영화에 나오는 멕시코 악당처럼 생겼고 여자가 「프랑켄슈타인의 신부」 엘사 랜체스터를 닮았다면, 하인츠는 TV 광고에 나오는 배우를 닮았다. 그러니까 엑세드린(편두통약—옮긴이)이 왜 두통에 좋은지를 설명하는 남자 말이다. 그는 테이블을 돌아 나와 수레로 향했다. 그리고 플레처에게 음흉하고 비릿한 미소를 보이더니, 수레를 덮은 천을 휙 하고 벗겨냈다.

그건 기계였다. 다이얼도 있고, 꺼져 있긴 했지만 조명들도 있었다. 플레처는 처음에 거짓말탐지기라고 생각했는데(사실 어느 정도 비슷하기는 했다.), 검은색의 두터운 코드로 기계와 연결된 기본 제어판 옆에 고무 손잡이가 달려 있었다. 마치 스타일러스 펜이나 만년필처럼 생겼지만, 그 끝은 펜촉 대신, 뾰족한 강철 포인트로 되어 있었다.

　기계 아래쪽에 선반이 있고 그 위에 델코 사의 자동차 배터리가 보였다. 터미널 위에는 고무 컵 같은 것이 몇 개 달려 있었다. 그리고 고무 컵에서 나온 전선들이 기계 뒤쪽으로 이어져 있었다. 아니, 거짓말 탐지기는 아니다. 하지만 이 사람들에겐 그 기계가 말 그대로 거짓말 탐지기일 수도 있을 것이다.
　하인츠는 활기찬 목소리였다. 자기 일을 설명하는 게 맘에 든다는 목소리.
　"사실, 아주 간단합니다. 이 기계는 신경의사들이 우울증 환자들에게 먹이는 전기쇼크기를 약간 개조한 겁니다. 이쪽이 훨씬 짜릿하기는 하죠. 하지만 쓰다보니까 그 고통은 아무것도 아니더군요. 대개의 사람들은 고통 따위는 기억조차 못했어요. 사람들이 입을 여는 이유는, 그 절차 자체를 무서워해서죠. 이른바 비이성적 공포 같은 겁니다. 언젠간 그와 관련된 논문도 쓸 생각입니다."
　하인츠는 스타일러스의 절연 고무부분을 잡고 그의 눈앞에 갖다 댔다.
　"이건 양 말단에 대는 겁니다……. 그러니까…… 상체와 성기죠……. 이런 말씀 드려서 죄송하지만, 본질적으로는 영원히 태양이 들지 않는 어디에나 삽입도 가능합니다. 그곳에 자극을 받아보면 죽어도 못 잊게 될 겁니다, 플레처 씨."
　"토머스에게도 그렇게 한 겁니까?"
　"아뇨. 그저 손에 전력을 반 정도만 넣었을 뿐입니다. 어떤 잘못을 했는지만 알려줄 생각이었죠. 그런데 죽어도 엘 콘도르에 대해……"

"됐다, 그만 해라."

프랑켄슈타인의 신부였다.

"죄송합니다. 어쨌든 그 친구는 우리가 원하는 얘기를 풀어낼 생각이 없더군요. 그래서 지팡이를 그의 관자놀이에 대고 전기를 조금 먹인 겁니다. 아주 조금. 반 정도? 그 이상은 절대 아니었습니다. 그랬더니 부르르 발작을 일으키다가 죽어버리더군요. 아마 간질이 있었던 모양입니다. 그 친구한테 간질이 있었단 얘기를 들은 적 있습니까, 플레처 씨?"

플레처가 고개를 저었다.

"하지만 간질이 있었던 게 틀림없을 거요. 부검의도 심장엔 아무 문제가 없다고 했으니까."

하인츠는 길고 긴 손가락을 하나씩 접으며 에스코바를 건너다보았다.

에스코바는 입 가운데로 물고 있던 담배를 빼내 잠시 바라보더니, 잿빛 타일 바닥에 던지고 발로 짓밟았다. 그가 플레처를 보며 미소를 지었다.

"너무나 슬픈 얘기요. 이제 우린 당신한테 몇 가지 질문을 할 생각이오, 플레처 씨. 솔직하게 말씀드리자면 대개가 토머스 헤레라에게 거부당한 질문이라오. 이번엔 거부당하지 않길 바라오만. 플레처 씨, 난 당신을 좋아한다오. 거기 얌전히 앉아 있는 당신을 말이오. 부디 울거나 사정을 하거나 바지에 오줌을 지리지 않아도 되길 빌겠소. 당신을 좋아하니까. 당신은 신념에 따라 행동하는 사람이오. 그게 애국이지. 그래서 말인데, 내 질문에 빠르고 정확한 대답을 해주기 바라오. 설마 하인츠가 저 기계를 사용하길 바라시진 않겠지?"

"돕겠다고 했잖습니까?"

플레처가 말했다. 죽음은 머리 위에 매달린 갓조명보다도 가깝게 느껴졌다. 불행하게도 고통은 더 가까웠다. 그런데 누네즈, 엘 콘도르는 도대체 어디 있는 거지? 그는 이 셋이 생각하는 것보다 가까운 곳에 있지만 내가 돕기엔 아직 멀기만 했다. 만일 에스코바와 프랑켄슈타인의 신부가 이틀만 더 기다렸던들, 아니 사흘만 기다렸던들…… 하지만 그들은 그러지 않았다. 그리고 이제 그가 잡혀왔고, 그 역시 인간의 피와 살과 뼈로 이루어진, 나약한 존재임을 뼈저리게 확인하게 되리라.

"그 말이 진심이기를 바라겠어요. 지금 별로 말장난하고 싶지 않으니까."

여자가 단도직입적으로 선언했다.

"그런 것 같군요."

플레처가 떨리는 목소리로 조그맣게 말했다.

"이제 담배 생각이 날 것도 같은데?"

에스코바가 말했다. 그리고 플레처가 고개를 젓자, 에스코바는 다시 담배 하나를 빼 물고는 잠시 생각하는 듯한 표정을 지었다. 마침내 그가 고개를 들었을 때, 담배는 전처럼 입 가운데에 물려 있었다.

"누네즈도 곧 오나? 영화 속의 조로처럼?"

그가 물었다. 플레처가 고개를 끄덕였다.

"언제?"

"그건 모릅니다."

하인츠가 팔짱을 낀 채 저 빌어먹을 기계 옆에 서 있는 게 영 신경 쓰였다. 언제든 허락만 떨어진다면 진통제에 대해 기꺼이 얘기를 나누겠다는 표정이다. 게다가 오른쪽 사각지대로 물러나 있는 라몬도 껄끄럽기는 마찬가지였다. 보이지는 않았지만 라몬의 손이 권총 손잡이에 가 있는 걸 느낄 수 있었다.

"오는 길에 엘 칸디도 언덕의 수비대냐, 세인트 테레스의 수비대를 치겠소, 아니면 곧바로 시내로 들어올 것 같소?"

"세인트 테레스의 수비대 쪽입니다."

플레처가 말했다.

'시내로 들어갈 거예요. 곧바로 심장부를 치는 거죠. 뱀파이어를 사냥할 때처럼, 군더더기 없이 곧바로 말입니다.' 토머스가 한 말이다. 그때 아내와 딸은 마룻바닥에 나란히 앉아, 파란 줄무늬 테두리 그릇에 담긴 팝콘을 먹으며 만화영화를 보고 있었다.

"TV 방송국은 건드리지 않겠다고 하던가? 아니면 국립 라디오 방송국이라도?"

에스코바가 물었다.

'제1타깃이 시빌 힐의 라디오 방송국입니다.' 토머스가 한 말이다. TV에서는 「로드 러너」가 방송 중이었다. 애크미(만화영화사—옮긴이) 로드 러너가 코요테의 장치들을 따라잡기 위해 삑삑 소리를 내며 사라졌다.

"아뇨, 엘 콘도르 말로는 '그 작자들 꼴리는 대로 떠들게 두라.' 더군요."

플레처가 말했다.

"로켓포도 있소? 공대지? 콥터 킬러?"

"예."

그건 사실이다.

"많이?"

"많지는 않습니다."

이건 거짓말이다. 누네즈에게만 60기 이상이 있었다. 그 나라의 얼간이 공군 전체의 헬리콥터는 기껏 12기에 지나지 않았다. 그것도 장거리 비행이 불가능한 낡은 러시아제.

프랑켄슈타인의 신부가 에스코바의 어깨를 두드리자 그가 그녀 쪽으로 상체를 기울였다. 그녀는 입을 막지도 않고 말했는데 사실 입술이 거의 움직이지 않았기 때문에 그럴 필요도 없었다. 그건 감옥에서나 배울 수 있는 기술이었다. 아, 감옥에 갔었다는 말은 아니다. 영화는 열심히 봤지만. 에스코바도 속삭였다. 그는 입을 덮기 위해 두툼한 손을 들어 올렸다.

플레처는 그들을 지켜보며 기다렸다. 여자가 에스코바에게 거짓말이라고 고자질을 하는 게 분명했다. 이제 곧 하인츠가 논문을 위한 데이터를 하나 더 마련하게 될 것이다. 「개떡 같은 신문 피의자들에 대한 전기고문 시행과 그 결과에 대한 예비고찰」 플레처의 두려움은 그의 의식 내부에 인격 둘을 더 만들어냈다. 아니, 최소한 둘이었다. 이 일이 어떻게 진행될지를 정확하게 알고 있는 잠재의식의 플레처들. 하나는 서글픈 희망에 젖어 있고 다른 한 사람은 그저 슬프기만 했다. 서글픈 희망의 이름은 '미스터 어쩌면'이다. 어쩌면 저 자들이 날 내보내 줄지도 몰라. 어쩌면 메이 5번가 모퉁이에 정말로 차가 주차되어 있을지 몰라. 어쩌면 내일 아침엔 마이애미에 착륙할 수 있을지도 몰라. 악몽처럼 보이기 시작한 이 상황 때문에 겁이야 먹었겠지만 그래도 몸은 성한 채로 말이다.

다른 자는? 그러니까 그냥 슬프기만 한 친구는 '미스터 어차피'라고 해두자. 플레처가 어떤 식으로든 이 자들을 놀라게 만들 수는 있을 것이다. 어차피 두들겨 맞은 몸이고 그들은 화가 나 있다. 요는 어차피 복불복이라 이거다.

'어차피 라몬은 나를 쏘고 말겠지?'

만일 라몬한테 달려든다면? 그의 총을 뺏을 수 있을까? 어렵지만 불가능한 일은 아니다. 남자는 에스코바보다 15킬로미터 정도는 더 나갈 정도로 둔해 보였다. 숨을 쉴 때도 새근거리지 않던가.

'그렇다 해도 내가 총을 쏘기도 전에 에스코바와 하인츠가 나를 덮칠 거야.'

어쩌면 여자도. 그녀는 입술을 움직이지 않고 말을 했다. 유도나 가라데, 태권도 같은 것을 알고 있을 수도 있다. 게다가 그들 모두를 쏘고 이 방을 빠져나간들 무슨 소용이겠는가?

'어차피 사방에 경비원들이 있을 거야. 총소리를 듣자마자 뛰어들 거라고.'

어쩌면 이런 식의 방은 방음장치가 되어 있을 수도 있다. 하지만 그가 계단 문을 열고 거리로 나간다 해도 그건 끝이 아니라 시작에 불과하다. 더욱이 도주생활이 얼마나 오래 갈지는 몰라도 내내 '미스터 어차피'와 동행해야 하는 처지가 아닌가?

솔직히 말하자면 이렇다. '미스터 어쩌면'이나 '미스터 어차피'가 그를 도울 수 있다 해도, 그들은 모두 일탈된 자아이자, 그의 광기가 보여주고 싶어 하는 거짓말에 불과했다. 이런 처지에서 말

솜씨로 빠져나갈 수는 없다. 때문에 차라리 세 번째 잠재적 플레처인, '미스터 그래도'를 만들어 거기에 매달리는 편이 더 나을 것 같다는 생각도 들었다. 어차피 잃을 것은 없다. 그러니 그가 알고 있다는 사실을 저들에게 들키지만 않아도 기회는 있을 수 있다.

에스코바와 프랑켄슈타인의 신부가 멀어졌다. 에스코바는 다시 담배를 물며 플레처를 향해 슬픈 미소를 보냈다.

"이런 이런, 그런 거짓말을 하시다니."

"아니요. 내가 왜 거짓말을 합니까? 전 여기서 나가고 싶은 생각밖에 없는 걸요."

"왜 거짓말을 하는지는 우리도 모르지. 애초에 누네즈를 돕기로 한 이유도 모르는걸. 미국적 순수성이라고 말하는 사람도 있던데, 뭐. 사실 그런 일면도 없진 않겠지만, 그래도 그것만이 다일 수는 없잖아? 아아, 어쨌거나 이제 상관은 없어. 하인츠가 시연을 준비하는 모양이니까."

하인츠가 미소를 지으며 기계의 스위치를 올렸다. 웅 하는 소리. 구식 무전기가 켜질 때 내는 소리와 거의 같았다. 그리고 조명 세 개에 불이 들어왔다.

"안 돼!"

플레처가 외치며 자리에서 일어나려 했다. 공포에 질린 연기로는 일품이겠다. 왜 아니겠는가? 정말로 공포에 질렸는데 말이다. 하인츠가 저 스테인리스강 막대로 그의 몸을 건드리는 생각만으로도 끔찍했다. 하지만 그에겐 다른 차원의 존재가 있었다. 냉혹하고 계산적인 자아. 그 자아는 최소한 그가 한 번의 충격은 감내해야 함을 알고 있었다. 그렇다고 계획이라고까지 할 바는 못 되지만 적어도 한 번은 이겨내야 할 것이다. '미스터 그래도'가 주장하는 내용이다.

에스코바가 라몬에게 고개를 끄덕여보였다.

"이럴 수는 없소. 난 미국 시민이고 또 《뉴욕 타임스》 기자란 말입니다. 사람들은 내가 누군지 알고 있어요."

육중한 손 하나가 왼쪽 어깨를 눌러 의자에 주저앉히더니, 동시에 권총 총구가 오른쪽 귀 깊숙이 박혔다. 고통이 어찌나 지독하던지 밝은 섬광들이 눈앞에서 미친 듯 춤을 추기 시작했다. 그가 비명을 질렀다. 총구에 한 쪽 귀가 막힌 탓에 소리가 먹먹하게 들렸다.

"손을 내미시오, 플레처 씨."

에스코바가 비릿한 비소를 날리며 다시 담배를 물었다.

"오른손."

하인츠가 덧붙였다. 그는 스타일러스의 검은 고무 손잡이를 연필처럼 쥐고 있었다. 기계에서 계속 웅 소리가 들렸다.

플레처는 오른손으로 의자 팔걸이를 움켜잡았으나, 지금 자신이 어떤 행동을 하고 있는지조차 판단이 서지 않았다. 이성과 공포의 경계선이 무너지고 만 것이다.

"시키는 대로 해요, 어서! 안 그러면 결과를 책임질 수 없으니까."

여자가 말했다. 그녀는 팔짱낀 두 팔을 테이블에 올려놓고 있었는데 조명을 받은 검은 두 눈이 마치 두 개의 못대가리처럼 보였다.

팔걸이를 잡은 손힘이 빠지기 시작했다. 순간 그가 손을 들어

올리기도 전에 하인츠가 달려들어 뭉툭한 스타일러스 끝을 플레처의 왼손 등에 찔러 넣었다. 내내 그곳을 노린 모양이었다. 어쨌든 그쪽에 서 있었으니 말이다.

뭔가 딸깍 하는 소리가 들렸다. 나뭇가지처럼 아주 가느다란 물체가 꺾이는 소리. 플레처의 손이 순식간에 말리며 손톱이 손바닥을 파고들었다. 그리고 고통의 파고가 팔뚝에서, 푸드덕거리는 팔꿈치를 지나, 어깨와 목과 입 안을 휩쓸고 지나갔다. 이와 잇몸을 통해 엄청난 고통이 전해졌고 입에서도 끙 하는 신음소리가 절로 새어나갔다. 그는 혀를 깨물고 의자 왼쪽으로 무너져 내렸다. 라몬이 귀에 박았던 총을 빼내고는 그의 몸을 잡아 주었다. 그렇지 않았다면 플레처는 잿빛 타일 바닥에 넘어졌을 것이다.

스타일러스가 물러났다. 왼손의 중지의 둘째와 셋째 관절 사이, 스타일러스가 닿은 곳에 작은 화상 자국이 생겼다. 아직 팔이 따끔거리고 근육이 벌떡벌떡 뛰긴 했지만 사실 진짜 고통은 그게 전부였다. 하지만 그럼에도 불구하고 끔찍했다. 세상에, 그런 식의 쇼크라니! 만일 그 작은 펜촉을 피할 수만 있다면 자기 엄마라도 쏴죽일 수 있을 것 같았다. 비이성적 공포. 하인츠는 그렇게 불렀었다. 언젠가 논문을 쓸 생각이라면서.

하인츠의 얼굴이 불쑥 나타났다. 그는 입술을 바짝 당긴 채 이를 드러내며 웃었다. 멍청한 웃음. 그의 두 눈이 반짝거렸다.

"기분이 어때? 아직 생생할 때 얘기해 보지 그래?"

그가 외쳤다.

"죽고 싶소."

플레처가 대답했다. 목소리가 다른 사람 같았다.

하인츠가 황홀한 표정을 지었다.

"그래, 바로 그거야! 그리고 보셨죠? 이 자가 오줌을 지렸습니다. 많지만 않지만, 정말이에요……. 이 양반은……"

"옆으로 물러서라. 멍청한 놈, 지금은 공무 중이야."

프랑켄슈타인의 신부였다.

"게다가 그건 총력의 4분의 1밖에 안 됐습니다."

하인츠가 확신에 찬 목소리로 한 마디 덧붙이고는 옆으로 물러나 다시 팔짱을 꼈다.

"플레처 씨. 섭섭하군."

에스코바가 비난조로 말했다. 그는 입에서 담배꽁초를 빼내 살펴보다가 다시 바닥에 내던졌다.

'담배, 그래, 담배가 필요해.' 플레처는 머릿속으로 생각했다. 쇼크가 팔을 망가뜨렸는지 여전히 근육이 뒤틀렸고, 움켜 쥔 손바닥엔 피까지 고였다. 그 대가로 뇌를 부활시키고 재생시키기는 했다. 쇼크 요법이 가끔 필요한 것도 그 때문이 아니겠는가.

"아뇨…… 난 도와주고 싶…… "

하지만 에스코바는 고개를 젓고 있었다.

"누네즈가 시내로 들어올 것이라는 것쯤은 우리도 알고 있소. 오는 길에 가능하다면 라디오 방송국을 칠 거라는 것도 알고……. 오, 물론 가능하겠지."

"아직은 가능하겠지. 하지만 오래 가지는 않아."

프랑켄슈타인 신부가 덧붙였다. 에스코바도 고개를 끄덕였다.

"그렇지. 당분간일 뿐이야. 며칠? 아니면 몇 시간? 아무튼 그건 우리 관심이 아니야. 중요한 건 당신한테 로프를 던져주면 당신이 올가미를 만들 수 있는지 보는 것이었지……. 그런데 정말 만들더군."

플레처는 다시 자세를 잡았다. 라몬은 한두 걸음 물러나 있었다. 왼쪽 손등에 작은 얼룩 같은 것이 생겼는데 그건 토머스의 죽은 얼굴에서 본 것과 똑같은 것이었다. 친구를 죽인 하인츠가 그곳에 있었다. 기계 옆에 서서 팔짱을 낀 고양이. 미소를 짓는 모양이 아무래도 논문에 대해 생각하는 모양이다. 단어들과 그래프, 그리고 그림 1, 그림 2 식의 설명이 붙은 작은 사진들. 그래, 내 친구들 모두를 붙이려면 그림 994까지 가겠군.

"미스터 플레처?"

플레처는 왼손의 손가락들을 세워보았다. 왼쪽 근육이 여전히 씰룩거렸지만 강도는 점점 약해지고 있었다. 시간이 조금 지나면 팔을 사용하는 데에는 문제가 없을 것 같았다. 만일 라몬이 쏜다면? 하인츠가 시신에 시세로 죽은 사람을 살린 수도 있는지 시험해보겠다고 달려들겠지?

"얘기 듣고 있소, 플레처 씨?"

플레처가 고개를 끄덕였다.

"도대체 누네즈라는 남자를 보호하려는 이유가 뭐요? 이 고생을 하면서까지 지킬 이유가 뭐냔 말이요? 그자는 코카인을 장악하고 있잖소. 그자가 혁명에서 이기는 날엔 스스로 제왕으로 군림한 후 당신 나라에 코카인을 팔 텐데 말이야. 그 인간은 일요일에 성당에 가고 나머지 6일 동안은 코카인 중독자 년들과 개지랄을 떨면서 지낼 놈이라고. 결국 누가 이길까? 공산주의자들이거나 바나나공화국(중남미 국가들에게 무소불휘의 권력을 휘두르는 미국 바나나 수입 카르텔 — 옮긴이)이겠지. 절대로 민중은 아니요, 플레처 씨, 우리를 도와주시오. 강제로 돕게 하지 말고 자발적으로 도우란 말이요. 우리를 나쁜 사람들로 만들지 맙시다. 아직 마이애미 비행기는 유효하다오. 가는 길에 한 잔 하고 싶지 않소, 예?"

에스코바는 낮은 목소리로 설득하려 들었다. 짙은 눈썹 아래로 내다보는 눈빛도 더 없이 부드러웠다.

"예, 돕겠습니다."

플레처가 말했다.

"아, 잘 생각했소."

에스코바가 미소 지으며 여자를 돌아보았다.

"그 사람한테 로켓이 있나요?"

그녀가 물었다.

"네."

"얼마나요?"

"최소 60기는 됩니다."

"러시아제?"

"일부는요. 다른 것들은 이스라엘이라고 적힌 상자에 들어 있습니다. 하지만 미사일에 적힌 글씨는 일본어 같았습니다."

그녀가 끄덕였다. 만족스러운 표정이었다. 에스코바도 얼굴이 활짝 퍼졌다.

"모두 어디 있죠?"

"어디에나요. 기습으로 따낼 수는 없을 겁니다. 오르티츠에도 10여 기가 있는 것으로 알고 있습니다."

플레처는 그렇지 않다는 걸 알고 있었다.

"그리고 누네즈는? 엘 콘도르도 오르티츠에 있나요?"

멍청한 년.

"그는 정글에 들어가 있습니다. 마지막으로 듣기로는 벨렌 지구에 있다고 했죠."

거짓말이었다. 마지막으로 만났을 때 누네즈는 수도의 교외지역인 크리스토벌에 있었고 지금도 그곳에 있을 것이다. 하지만 에스코바와 여자가 그 사실을 알고 있다면 이런 질문을 할 리가 없지 않겠는가? 게다가 누네즈가 자기 행방을 알려줄 만큼 플레처를 신뢰하고 있다고 저 자들이 생각할 이유도 없다. 더욱이 이런 나라에서, 그러니까 에스코바와 하인츠와 프랑켄슈타인의 신부가 유일한 3인의 적이 되는 이런 나라에서, 양키 기자에게 주소를 알려줄 필요가 어디 있는가 말이다. 미쳤으니까! 도대체 양키 기자 놈을 이런 일에 끌어들인 것부터가 말이 되지 않았다. 하지만 이들은 그 사실에 대해 더 이상 의심하지 않기로 한 모양이었다. 적어도 당분간은.

"시내에서 만나는 사람이 누구죠? 섹스하는 여자 말고 대화하는 인간 말이에요."

여자가 물었다. 생각이 있다면 지금이 바로 움직여야 할 때이다. 진실은 위험하고 거짓말은 들통 나고 말 것이다.

"그 사람은……"

그는 말을 하려다가 입을 닫았다.

"지금 담배 한 대 피워도 되겠소?"

"그렇소. 물론이오."

에스코바는 완전히 노심초사한 파티 주최자였다. 플레처는 그 모습이 연극은 아닐 거라고 확신했다. 그가 적백의 담뱃갑을 흔들어 한 개비를 빼주었다. 43번가 같은 곳이라면 남녀를 불문하고 누구나 구할 수 있는 싸구려 담배였다. 플레처는 담배를 건네받으며 어쩌면 이 담배가 다 타기 전에 죽게 될지도 모른다는 생각을 했다. 지구여, 이 세상이여, 굿바이. 별 다른 느낌은 없었다. 왼쪽 팔의 근육이 아직까지 가볍게 떨리고 있다는 것과 왼쪽 잇몸에 묘한 재 맛이 난다는 것 정도였다.

그는 입술 사이로 담배를 끼워 넣었다. 에스코바는 상체를 더 굽혀 금장 라이터 커버를 벗기고 불을 켰다. 라이터에서 불꽃이 일었다. 하인츠의 지옥기계는 여전히 웅 하는 낡은 무전기 소리를 내뱉고 있었다. 진공관이 달린 고물 무전기. 그는 여자에 대해 생각해 보았다. 프랑켄슈타인의 신부만큼이나 유머감각이 결여된 여자. 만화 속 코요테가 로드러너를 노려보듯 시선이 뜨거운 여자. 심장이 콩닥거리며 뛰기 시작했다. 극작가들이 '한 개비 쾌락 막대'라고 부른다는 담배의 온기가 입 안을 휘감았다. 심장박동은 너무나도 느렸다. 지난 달 클럽 인터내셔널에서 오찬연설을 요청받았다. 그곳에선 외국기자들 모두가 술에 취했고 심장박동도 더 빨랐는데…….

이제 때가 왔다. 하지만 어떻게? 장님도 길은 찾는다. 누이도 강변을 여유롭게 걷지 않았던가?

플레처도 상체를 굽혀 불을 붙였다. 말보로 끝에 불이 붙더니 빨갛게 타오르기 시작했다. 플레처는 깊이 한 모금을 빨고 금세 기침을 시작했다. 담배를 끊은 지 3년이다. 기침을 하지 않는다면 더 이상한 일이리라. 그는 의자 뒤로 기댄 채 헛구역질까지 토해냈다. 아니, 아예 온몸을 부들부들 떨고, 두 팔을 마구 젓고, 고개를 왼쪽으로 꺾은 채 발을 구르기까지 했다. 정말로 기가 막힌 건, 어릴 적의 재능을 총동원해 눈을 까뒤집어 흰자로 만들었다는 사실이다. 그는 이 난장판을 벌이면서도 결코 담배를 놓치지는 않았다.

플레처는 한 번도 간질환자를 본 적이 없었다. 고작 「미러클 워커」에서 패티 듀크가 연기를 한 게 전부였다. 요컨대 간질이 뭘 하는 건지도 몰랐지만, 토머스 헤레라의 급사(急死)가, 그의 행동을 의심하지 못하도록 만들어 주기를 빌 따름이었다.

"이런! 또야!"

하인츠가 비명에 가까운 소리로 외쳤다. 영화에서라면 무척이나 우스웠을 어투였다.

"그 자를 붙잡아, 라몬!"

에스코바도 스페인어로 외쳤다. 그가 일어서려다가 살찐 허벅지를 테이블에 세게 부딪치는 바람에 테이블이 위로 올라갔다가 내려오며 그의 다리를 강타했다. 여자는 움직이지 않았다. '의심하는 거야. 잘은 모르겠지만 저 여잔 분명 에스코바보다 여우야. 그것도 훨씬. 그래서 지켜보는 거라고.'

정말일까? 눈을 거의 감은 탓에 그녀의 윤곽밖에 볼 수가 없었다. 정말인지 아닌지 알 도리는 없었지만…… 그래도 그는 확신했다. 아니, 이젠 그것도 상관은 없겠다. 일은 이미 시작되었고 그들 역시 움직여야 할 것이다. 그것도 아주 빨리.

"라몬! 그 새끼 넘어지지 않게 하란 말이야, 병신아! 혀가 안으로 감기면 끝장……"

에스코바가 외쳤다.

라몬이 달려와 플레처의 경련하는 두 어깨를 잡았다. 아마도 그의 고개를 뒤로 젖힐 생각이었으리라. 혀를 삼키지 못하도록 말이다(혀가 잘리지 않는 한 삼킬 방법은 없다. 라몬이 「ER」을 보기만 했어도 그 정도는 알았을 텐데.). 아무튼 그 알량한 지식도 소용이 없게 되어버렸다. 그의 얼굴이 사정거리 안에 들어오자마자 플레처가 불타는 말보로 끄트머리를 한쪽 눈에 쑤셔 박았기 때문이다.

라몬이 비명을 지르며 뒤로 펄쩍 뛰었다. 그는 오른손을 얼굴로 가져갔으나 눈에는 여전히 불붙은 담배가 비스듬히 매달려 있었다. 그래도 그는 플레처의 한쪽 어깨를 붙들고 있었다. 아니, 지금은 손힘이 꺾쇠처럼 단단해져 그가 뒷걸음칠 때에는 아예 플레처의 의자까지 딸려갔다. 플레처는 그자의 손을 뿌리치고 한 바퀴 구른 다음 두 발로 일어섰다.

하인츠가 무슨 말인가를 외쳤다. 물론 목적이야 있었겠지만 플레처의 귀에는 그저 10대 여자애들이 핸슨 패밀리 같은 인기가수를 향해 질러대는 비명소리로 들릴 뿐이었다. 에스코바는 아무 말도 하지 않았는데 그건 좋지 않은 징조다.

플레처는 돌아보지 않았다. 돌아보지 않아도 에스코바가 달려드는 것 정도는 알 수 있었다. 그는 대신 두 손을 내밀어 라몬의 리볼버 손잡이를 지갑에서 잡아챘다. 놈은 총을 빼앗겼다는 사실조차 모를 것이다. 지금은 욕을 스페인어로 토해내고 얼굴을 긁어 내느라 정신이 없기 때문이다. 그가 손으로 쳐내기는 했지만, 담배는 떨어지는 대신 끊어지는 쪽을 택했고, 덕분에 뜨거운 끄트머리는 여전히 눈에 박힌 채로 대롱거렸다.

"저 양키 놈을 잡아!"

여자가 내뱉었다.

플레처는 쓰러져 있는 의자를 에스코바 쪽으로 걷어찼다. 에스코바가 발을 헛디뎠다. 플레처는 그가 넘어지는 모습을 보며 머리 꼭대기에 한 방을 박아 넣었다. 에스코바의 머리카락이 펄쩍 뛰더니, 코와 입은 물론 총알이 빠져나온 턱 아래쪽에서도 피분수가 뿜어져 나왔다. 에스코바는 피투성이 얼굴이 된 채 두 발로 바닥을 굴렀다. 그의 죽어가는 몸에서 똥냄새가 번졌다.

여자는 의자에 앉아 있지도, 플레처 쪽으로 달려들지도 않았다. 그녀가 선택한 목표는 문이었다. 마치 검은 그림자 옷을 입고 달아나는 사슴 같았다. 그 와중에 울부짖던 라몬이 플레처를 향해 두 손을 내밀었다. 목을 졸라버릴 심산인 것이다.

플레처는 그에게도 두 발을 쏘았다. 한 발은 가슴, 한 발은 얼굴. 두 번째 총알은 코뿐만 아니라, 오른쪽 뺨을 거의 다 뜯어내버렸다. 그런데도 눈에 담배를 박은 갈색 유니폼 차림의 거한은 포기하지 않고 그를 향해 달려들었다. 커다란 소시지 같은 손가락들이 꼼지락거렸다. 손가락에 은반지 하나.

라몬은 에스코바의 몸 위로 무너져 내렸다. 그 모습이 마치 줄줄이 물고 물린 물고기들 그림 같았다. 자기보다 작은 물고기를 물고 더 큰 물고기한테 물린 물고기들이 잔뜩 그려진 그림인데, 그 아래「먹이사슬」이라는 제목이 붙어 있었다.

라몬은 총알을 두 방이나 맞고도 포기하지 않고 플레처의 발목을 잡았다. 플레처가 황급히 뿌리치기는 했지만 그 바람에 중심을 잃고 천정에 네 번째 총을 발사하고 말았다. 먼지가 가라앉기 시작하면서 방 안은 진한 화약 냄새로 가득했다. 플레처는 문을 바라보았다. 여자는 아직 그곳에 있었다. 한 손으로는 문고리를, 다른 손으로는 열심히 자물쇠를 비틀었지만, 문을 열 수가 없었던 모양이다. 가능했다면 지금쯤 복도를 뛰어가며 '살인이야!'를 외치고 있어야 했다.
"이봐, 그만 두고 여길 보라고."
플레처가 말했다. 목요일 밤 볼링시합에 나가 퍼펙트를 이룬, 슈퍼맨이라도 된 기분이었다.
그녀는 돌아서기는 했지만 두 손바닥은 오히려 문에 갖다 붙였다. 마치 죽어도 떨어지지 않겠다는 선전포고 같았다. 그녀의 두 눈에 여전히 못대가리 같은 빛이 반짝였다. 이윽고 그녀가 제발 살려달라고 사정하기 시작했다. 그녀는 먼저 스페인 말로 주절거리다가 잠시 머뭇거리더니 다시 영어로 똑같은 내용을 읊조렸다.
"미스터 플레처, 제발 살려주세요. 이곳에서 안전하게 빠져나가려면 내가 필요할 겁니다. 맹세할게요. 반드시 나갈 수 있도록 해드리죠. 제발 죽이지만 말아주세요."
뒤쪽에서는 하인츠가 사랑에(또는 공포에) 빠진 아이처럼 칭얼거리고 있었다. 가까이 다가서자(여자는 아직도 죽음의 방 철제문에 손바닥 두 개를 바짝 붙인 채 서 있었다.) 여자에게서 달곰쏩쓸한 향수냄새가 났다. 두 눈은 아몬드 같았고 머리카락은 부드럽게 뒤로 넘긴 채였다. '지금 장난할 시간 없어요.' 그녀는 그렇게 말했었다. 그리고 플레처도 그 생각을 했다. '나도 그럴 생각 없어.'

여자는 그의 눈에서 자신의 죽음을 보았는지 말이 더욱 빨라졌다. 말을 하는 동안에도 엉덩이와 등과 손바닥은 점점 더 철제 문 속에 깊이 파묻히고 있었다. 그렇게 밀기라도 하면 결국엔 문 속으로 녹아들어가 다른 쪽에서 원래의 몸으로 빠져나올 수 있다고 믿기라도 하는 것 같았다. 그녀는 서류를 돌려주겠다고 했다. 그의 이름으로 분류된 파일 얘기겠다. 돈과 금도 얼마든지 주겠다고 했다. 그녀의 집에만 가면 컴퓨터로 스위스 은행계좌에 로그인할 수 있다는 말도 했다. 결국 사기꾼과 애국자를 구분하는 방법은 단 하나뿐이다. 눈앞에서 자신의 죽음에 직면할 경우 애국자들은 연설을 한다. 반대로 사기꾼들은 스위스 은행계좌의 통장번호와 비밀번호를 읊어댄다.

"닥쳐."

플레처가 외쳤다. 이 방의 방음이 완벽하지 않다면 지금쯤 위층에서 한 다스의 병사들이 달려오고 있을 것이다. 그들을 물리칠 방법도 없지만 어차피 빠져나갈 생각도 없었다.

그녀는 더 이상 입을 열지 않았다. 손바닥은 문에 바짝 붙인 채였고 눈에는 못대가리만 한 빛이 반짝였다. 나이가 얼마나 되었을까? 65? 이 방에서 얼마나 많은 사람이 죽은 거지? 아니, 이곳에 다른 방도 있는 걸까? 도대체 얼마나 많은 사람에게 사형선고를 내렸을까?

"내 말 듣고 있나?"

플레처가 물었다.

아마도 그녀가 듣고 싶어 하는 소리는 구조대원들이 달려오는 소리일 것이다. '꿈 깨!' 플레처가 머릿속으로 외쳤다.

"기상통보관은 엘 콘도르가 코카인 브로커인데다, 공산주의 졸개에 바나나 카르텔 앞잡이라고 했다. 많이도 주워들었더군. 그래, 정말로 그런 사람인지도 모르지. 아닐 수도 있고. 하지만 난 그런 거 알지도 못하고 관심도 없어. 내가 알고 신경 쓰는 건, 1994년 여름에 그가 카야 강을 순찰하거나 감독한 적이 없다는 사실뿐이다. 그때 누네즈는 뉴욕에 있었어. 뉴욕대학에. 그러니까 카야에서 달아나는 수녀들을 추적했을 리가 없겠지. 놈들은 강가에 수녀 셋의 머리를 장대에 꽂아놓았더군. 그 가운데가 내 누나였고."

플레처는 그녀를 두 번 쏘았다. 이제 라몬의 총에서 딸깍 소리만 들렸다. 두 방이면 충분했다. 여자는 문에서 미끄러지면서도 끝끝내 플레처의 눈을 노려보았다. '죽어야 할 놈은 바로 너였는데. 어떻게 이럴 수가. 네놈이 죽기로 되어 있었는데……' 그녀의 두 눈은 그렇게 말하고 있었다. 그녀는 한 손으로 자기 목을 한 번, 두 번 긁더니 조용해졌다. 두 눈은 한동안, 고래의 이야기를 들려줄 노수부의 광기어린 빛을 발했지만, 이윽고 그마저 꺾여버렸다.

플레처는 뒤로 돌아 하인츠를 향해 걷기 시작했다. 라몬의 총은 여전히 손에 들고 있었다. 그때 그는 오른쪽 구두가 어디론가 사라졌다는 사실을 깨달았다. 라몬은 쿨럭거리며 쏟아지는 핏구덩이에 얼굴을 파묻고 있었는데, 구두는 놈의 손에 들려 있었다. 그 모습이 마치 죽는 순간까지도 손에 잡은 병아리를 놓치지 않으려는 족제비처럼 보였다. 플레처는 천천히 신발을 신었다.

하인츠는 달아나기라도 할 것처럼 뒤로 돌아섰다. 플레처가 그에게 총을 흔들어보였다. 물론 총은 비어 있었으나 하인츠는 그 사실을 몰랐을 것이다. 게다가 달아날 곳도 없었다. 도대체 이 죽음의 방 어디로 가겠는가? 하인츠는 가만히 서서 다가오는 총과 남자를 바라보기만 했다. 그는 울고 있었다.

"한 걸음 더 뒤로 가."

플레처가 명령했다. 하인츠는 여전히 울면서 뒷걸음질 쳤다.

플레처는 하인츠의 기계 앞에 멈춰 섰다. 뭐라고 했더라? 비이성적 공포? 그 이름이었던가?

기계는 하인츠의 빈약한 지성에 비해서도 너무나 단순하게 보였다. 다이얼 셋, 'ON'과 'OFF'라고 적힌 스위치 하나(지금은 OFF 위치에 가 있다.), 그리고 하얀 선이 11시 방향을 가리키고 있는 가감 저항기. 다이얼의 바늘은 모두 0의 위치에 누워 있었다.

플레처는 스타일러스를 집어 하인츠에게 내밀었다. 하인츠가 울음 섞인 비명소리를 토해내더니, 고개를 저으며 한 걸음 더 물러섰다. 표정이 비탄에 젖은 조소 비슷하게 일그러졌다가 다시 원래의 모습으로 돌아왔다. 이마는 땀으로, 두 볼은 눈물로 범벅이었다. 한 걸음 더 물러서는 바람에 그는 갓 전등 아래 서게 되었는데 그 바람에 그림자가 자신의 발을 덮었다.

"이걸 잡지 않으면 내가 죽이겠다. 한 번만 더 뒷걸음쳐도 넌 죽는다."

플레처가 말했다. 이럴 시간도 없고 괜한 짓이라는 생각도 들었지만 멈출 수가 없었다. 그의 눈에 토머스의 얼굴이 보였다. 부릅뜬 눈. 작은 화상 자국.

하인츠는 훌쩍거리면서 뭉툭한 만년필 모양의 물건을 잡았다.

고무로 덮인 부분에서 벗어나지 않으려 낑낑 매는 모습이다.
"입에 물어. 그러니까 막대사탕처럼 빨아 먹으란 말이다."
플레처가 명령했다.
"안 돼! 그건 죽어도 못 해요!"
하인츠가 고개를 저으며 우는 소리를 냈다. 얼굴 위로 눈물이 흘러내리더니 표정이 다시 응축과 이완을 번갈아가며 일그러졌다. 한쪽 콧구멍엔 녹색의 콧물 방울이 맺혀 있었다. 하인츠가 숨을 몰아쉬면서 콧물도 팽창과 응축을 반복했는데 신기하게도 터지지는 않았다. 그런 장관은 플레처도 처음이었다.
하인츠는 어쩔 수 없는 상황임을 잘 알고 있었다. 프랑켄슈타인의 신부는 플레처의 악랄함을 믿지 못했을 테고, 에스코바는 깨달을 시간조차 없었겠지만, 하인츠는 처지가 달랐다. 그는 더 이상 거부해 봐야 소용없음을 알고 있었다. 이제 자신이 토머스 헤레라와 플레처의 처지가 되고 만 것이다. 어떤 점에서는 복수일 수도 있으나 한편으로는 그것과도 상관이 없었다. 안다는 건 하나의 관념이다. 그리고 이곳에서 관념은 아무런 소용이 없다. 이곳은 백문이 불여일견의 세계이다.
"빨리 물어. 안 그러면 이마에 콩알을 박아줄 테니까."
플레처가 말하고는 빈총을 하인츠의 얼굴에 들이댔다. 저항불가의 공포에 그의 몸이 잔뜩 움츠려들었다. 플레처가 목소리를 낮추고는 좀 더 은밀하고 진지한 얘기를 이어나갔다. 마치 에스코바의 목소리를 듣는 기분. '저지압이 다가오고 있습니다. 이제 곧 소나기가 다칠 거집니다.'
"시킨 대로만 하면 전기 충격은 주지 않겠다. 그래도 그게 어떤 기분인지는 너도 알아야 해."

하인츠는 플레처를 보았다. 푸른 눈동자를 둘러싼 붉은 핏줄이 눈물에 잠겨 있었다. 물론 플레처의 말을 믿을 수는 없었다. 도무지 말이 안 되는 이야기이니까 말이다. 하지만 그럼에도 불구하고 어떻게든 믿고 싶었다. 말이 되든 안 되든. 결국 플레처가 목숨 줄을 쥐고 있고, 이제 어떤 식으로든 한 걸음 내디딜 때가 된 것이다.

플레처가 미소를 지었다.

"논문을 위해서도 필요하잖아?"

하인츠는 믿었다. 100퍼센트는 아니지만, 그래도 플레처가 '미스터 그래도'라는 사실을 받아들일 정도는 믿었다. 그는 동그랗게 뜬 눈으로 플레처를 바라보며 금속막대기를 천천히 입 안에 집어넣었다. 입 밖으로 삐죽 삐져나온 스타일러스 바로 위에서(사실 그건 막대사탕이라기보다는 구식 체온계처럼 보였다.) 콧물 방울이 커졌다 작아졌다를 반복하고 있었다. 플레처는 하인츠에게 총을 겨눈 채, 제어판의 스위치를 OFF에서 ON으로 올린 다음 다이얼을 있는 힘껏 비틀었다. 다이얼의 하얀 눈금이 오전 11에서 오후 5시로 올라갔다.

하인츠에게도 스타일러스를 뱉어낼 시간은 있었다. 하지만 전기 충격에 입술이 오그라드는 바람에 그건 처음부터 불가능했다. 이번에는 딸깍 하는 소리가, 잔가지가 아니라 손가락 굵기의 나무줄기가 부러지는 소리처럼 들렸다. 하인츠의 입술이 단단히 잠기고 콧구멍의 방울도 터져버렸다. 그의 한쪽 눈도 터졌다. 온몸이 옷과 함께 진동하기 시작하더니, 팔목이 꺾이고 긴 손가락이 흉물스럽게 벌어졌다. 두 뺨은 흰색에서 밝은 잿빛에서 다시 진보라 빛으로 바뀌었다. 이윽고 코에서 연기가 피어오르기 시작했고, 다른 눈도 퍽 하고 터져 뺨 위로 굴러 떨어졌다. 빠져나온 두 눈 위에서 텅 빈 눈구멍만 놀란 표정으로 플레처를 바라보고 있었다. 한쪽 뺨이 뜯어지거나 녹아내리기 시작하더니 그 균열을 통해 연기와 고기 굽는 냄새가 모락모락 새어나왔다. 아니, 아예 작은 불꽃까지 보였다. 오렌지와 파란색의 불꽃. 하인츠의 입이 불타기 시작했다. 혀도 넝마처럼 타들어갔다.

플레처는 온도조절 다이얼을 붙잡고 있던 손을 왼쪽으로 비틀어 스위치를 OFF로 돌려놓았다. +50까지 올라갔던 다이얼의 바늘이 순식간에 0으로 곤두박질치며, 하인츠는 잿빛 타일 바닥에 무너져 내렸다. 그의 입에서는 아직도 연기가 새어나왔다. 스타일러스도 빠져 나왔는데, 그 끝에 입술이 조금 달라붙어 있는 게 보였다. 입에서 시큼한 위액이 넘어오려고 하는 바람에 플레처는 얼른 입을 닫았다. 하인츠에게 저지른 만행으로 구토 따위를 하고 있을 여유는 없었다. 그건 나중에 생각해 보기로 하자. 그는 잠시 그 자리에 서서 하인츠의 연기 나는 입과 대롱대롱 매달린 눈동자를 내려다보았다.

"기분이 어때? 아직 느낌이 생생할 때 얘기해 보라고. 왜, 말도 하기 귀찮은 거야?"

그가 시체에게 말했다.

플레처는 돌아서서 빠른 걸음으로 방을 가로질렀다. 도중에 라몬을 돌아보았는데 여전히 살아서 신음을 흘리고 있었다. 마치 악몽을 꾼 사람 같았다.

문이 잠겼다는 건 그도 알고 있었다. 라몬이 잠그는 걸 보았다. 열쇠꾸러미는 라몬의 벨트에 매달려 있었다. 플레처는 그에게 다가가 무릎을 꿇은 다음 벨트에서 꾸러미를 빼냈다. 그때 라몬이 꿈틀거리며 다시 플레처의 발목을 붙들었다. 플레처의 손에는 아직 총이 들려 있었다. 그는 라몬의 정수리를 향해 손잡이를 내리쳤다. 잠시 발목을 잡은 손의 힘이 강해졌다가 이내 풀어져버렸다.

플레처는 자리에서 일어서려다가 문득 총알 생각을 했다. '총알이 더 있어야 해. 총이 비었잖아.' 하지만 그 다음 순간, 빌어먹을 총을 어디에 쓰겠냐는 생각도 들었다. 라몬의 총은 할 수 있는 역할을 완수했다. 이 방을 나가 총을 쏴봐야 병사들이 개떼처럼 몰려들기밖에 더 하겠는가.

그런 생각을 하면서도 플레처는 라몬의 벨트를 더듬어보았다. 작은 가죽 지갑이 스냅단추를 열자 스피드 장착기 하나가 나왔다. 그는 그것으로 탄창을 채웠다. 병사들을 정말로 쏘게 될지는 알 수 없다. 그들은 기껏해야 토머스 같은 범인들이고 먹일 식솔이 있는 가장에 지나지 않았다. 그래도 장교들 정도는 쏴야 할 수도 있고 또 자신을 위해서도 하나 정도는 남겨두고 싶었다. 이 건물에서 벗어날 수 있을 것 같지는 않았다. 그건 볼링 시합에서 퍼펙트게임을 두 번 연속 할 정도의 확률도 못 된다. 그렇다고 다시 이 방에 끌려 들어와 하인츠 기계에 앉는 것 역시 못할 노릇이다.

그는 문 앞에 쓰러져 있는 프랑켄슈타인 신부를 발로 밀어냈다. 그녀의 멍한 두 눈이 천장을 바라보았다. 살아남은 것은 자신이고 다른 사람들은 그렇지 못했다는 사실이 조금씩 실감나기 시작했다. 그들은 차갑게 식어가고 있다. 그들의 피부에 살던, 무수한 박테리아들도 이미 죽기 시작했으리라. 정보국 지하실에서 조만간 행불자(어쩌면 당분간일 수도 있겠지만 영원히 사라질 가능성이 조금 더 컸다.)가 될 남자가 하기에는 적절치 못한 생각들이지만 그렇다고 그로부터 벗어날 수도 없었다.

문을 연 것은 세 번째 열쇠였다. 플레처는 복도에 머리를 디밀어 보았다. 시멘트벽. 아래쪽 반은 녹색이고, 나머지 반은 구식학교 복도처럼 더러운 미색이었다. 바닥엔 색 바랜 적색 비닐장판이 깔려 있었다. 복도에는 아무도 없었다. 왼쪽으로 10미터쯤 아래에 조그만 갈색 강아지가 벽에 기댄 채 잠들어 있었다. 놈의 두 발이 씰룩거렸다. 그 개가 쫓는 꿈을 꾸는지 쫓기는 꿈을 꾸는지는 모르겠지만, 만일에 총소리가(그리고 하인츠의 비명소리가) 들렸다면 저런 식으로 잠들어 있지 못할 거라는 생각은 들었다. 내가 살아서 돌아간다면 방음장치야말로 독재정권의 위대한 승리라고 써서 세상에 알리고 말리라. 물론 돌아갈 수야 없겠지만. 오른쪽 계단은 어쩌면 43번가와 곧바로 이어질 수도 있다. 하지만 그렇게 간단하게······

아니다. 아직 '미스터 어쩌면'이 남아 있다.

플레처는 복도로 나가 죽음의 방문을 닫았다. 작은 개가 고개를 들고 플레처를 쳐다보았다. 놈은 입술을 내밀어 아주 작은 소리로 "웝"하는 소리를 내뱉더니 다시 머리를 숙여 잠 잘 자세를 취했다.

플레처는 무릎을 꿇고 두 손으로(한 손에는 아직 라몬의 총이 있었다.) 바닥을 짚은 다음 고개를 숙여 장판에 입을 맞추었다.

누이 생각이 났다. 강에서 죽기 8년 전에 대학으로 떠나는 모습이다. 대학으로 가는 그날 누이는 격자무늬 모직치마를 입고 있었는데, 치마의 붉은 무늬가 색 바랜 장판과 그런 대로 비슷해 보였다. 놈들 말마따나, 정부의 관점으로 보면 초록은 동색인 셈이다.

플레처는 자리에서 일어나 계단 아래쪽 복도를 보았다. 지상층 입구, 거리, 도시, 4번 간선도로, 교통경찰들, 도로 방책시설, 경계, 검문소, 강. 속담에 천릿길도 한 걸음부터라는 말이 있다.

얼마나 갈 수 있는지 보자. 어쩌면 놀랄 만한 일이 일어날 수도 있지 않겠는가? 플레처는 계단 아래 다다르면서 그런 생각을 했지만, 사실 살아있다는 사실 자체가 기적이었다. 그는 라몬의 총을 내민 채 슬며시 미소를 짓고는 계단을 오르기 시작했다.

한 달 후, 한 남자가 43번가 카를로 아르쿠치의 신문 가판대 쪽으로 다가왔다. 카를로는 그 남자가 총을 들이대고 강도짓을 할 거라는 생각에 기분이 더러워졌다. 이제 겨우 8시였다. 아직 주변도 밝았고 주변엔 사람도 많았다. 하지만 미친놈이 달려드는 데 상황이 무슨 소용이겠는가? 게다가 저 작자는 미쳐도 보통 미친 놈 같지가 않았다. 흰색 셔츠와 회색 바지가 만국기처럼 펄럭일 정도로 빼빼 마른데다, 두 눈은 커다란 안와의 맨 밑바닥에 가라앉은 것처럼 보였다. (어떤 큰 잘못을 저질렀는지는 몰라도) 포로수용소나 정신병원에서 이제 막 풀려난 놈이 분명했다. 마침내 놈의 손이 바지주머니로 들어갔다. 카를로 아르쿠치는 '드디어 총이 나오는군.' 하고 생각했다.

하지만 밖으로 나온 건 총이 아니라 낡은 로드 벅스턴 지갑이며 10달러짜리 지폐였다. 게다가 사내는 너무도 정상적인 목소리로 말보로 한 갑을 청했다. 카를로는 담뱃갑 위에 성냥까지 보태 카운터 너머로 밀고는 남자가 말보로 갑을 뜯는 동안 거스름돈을 준비했다.

"아니요."

남자가 거스름돈을 보며 이렇게 말했다. 담배 한 개비를 입에 문 채였다.

"아니라뇨? 그게 무슨 뜻입니까?"

"거스름돈은 필요 없어요. 담배 피우십니까? 괜찮다면 한 대 태우시죠?"

그는 카를로에게 담배를 내밀며 물었다.

카를로는 흰색 셔츠와 회색 바지의 남자를 의심스런 눈으로 바라보았다.

"담배는 안 합니다. 나쁜 습관이거든요."

"아주 나쁘죠."

남자도 그 말을 인정했지만, 그래도 자신의 담배에 불을 붙이더니 만족스런 표정까지 지으며 한 모금 빨아들였다. 그는 담배를 피우면서 길 맞은편의 사람들을 지켜보았다. 남자들은 짧은 치마의 여자들한테 시선을 준다. 그건 인간의 본성이다. 카를로는 더 이상 이 손님이 미쳤다는 생각을 하지 않았다. 비록 10달러의 거스름돈을 그대로 부스 카운터에 남겨두기는 했지만 말이다.

비쩍 마른 남자는 담배를 끝까지 다 피운 다음 카를로에게 돌아섰다. 그가 순간 비틀거렸는데 아마도 담배가 익숙하지 않은 모양이었다.

"멋진 밤이군요."

남자가 말했다.

카를로가 고개를 끄덕였다. 그랬다. 정말로 죽이는 밤이었다.

"살아있다는 게 늘 고맙죠."

남자도 고개를 끄덕였다.

"누구든, 언제든."

그는 모퉁이로 걸어갔다. 그곳에 휴지통이 하나 있었는데 남자는 그 안에 담뱃갑을 떨어뜨렸다. 하나밖에 쓰지 않은 새 갑이건만.

"우리 모두 살아있어야죠."

그는 이런 말을 던지고 멀리 가버렸다. 카를로는 그가 떠나는 모습을 지켜보다가 결국 정말로 미친놈일지도 모르겠다는 생각을 했다. 물론 아닐 수도 있다. 어차피 광기라는 게 애매한 법이니까.

이 이야기는 남미의 지옥이라고 불리는 취조실을, 어느 정도 카프카 식으로 풀어쓴 것이다. 그런 식의 이야기들을 보면, 취조 중인 친구들은 거의 모두 있는 대로 자백을 하고, 끝내 살해당하거나 미치는 것으로 되어 있다. 조금 비현실적이다 하더라도 난 좀 더 행복한 결말에 대해 쓰고 싶었다. 이 단편은 그 결실이다.

엘루리아의 어린 수녀들

내 인생에 걸작이 있다면, 그건 아마도 암흑의 탑을 찾는 길르앗의 롤랜
드 데스체인에 대한 7권짜리 미완결 시리즈(현재는 완결되었다—옮긴이)
가 될 것이다. 이 이야기는 그 시리즈를 위한 외전인 셈이다. 1996년이
나 1997년쯤 랠프 비시난자(이전의 에이전트이며 외국 저작권을 다룬 바 있
다.)가, 로버트 실버버그가 편집 중인 판타지 선집을 위해 롤랜드의 젊
은 시절에 대한 얘기를 쓸 생각이 없는지 물었다. 나는 잠정적으로 동의
했다. 하지만 아무것도 나오지 않았다. 아무것도. 그리고 막 포기하려고
할 즈음, 어느 날 아침 문득 『부적』에 대한 생각이 떠올랐다. 거대한 천
막장면인데, 그때 잭 소여가 언뜻 테리토리의 여왕(『부적』에 나오는 '미지
의 세계 테리토리의 여왕 로라'를 말한다—옮긴이)을 보게 된다. 샤워를 하
면서(샤워하는 동안에 최고의 그림들이 나온다. 이른바 내게는 자궁과도 같은
공간인 셈이다.) 그 폐허가 된 천막에 대한 그림을 그리기 시작했지만 이
번에는 그곳을 속삭이는 여자들로 채워나갔다. 유령, 뱀파이어 같은 존

재들이다. 어린 간호사. 하지만 삶이 아니라 죽음을 관장하는 간호사들이다. 그런 이미지로부터 이야기를 창조해 내는 것은 엄청나게 힘든 작업이었다. 내게 주어진 자유는 너무도 많았지만(실버버그는 짧은 이야기가 아니라 단편소설을 원했다.), 그럼에도 어렵기는 마찬가지였다. 요즘 롤랜드와 그의 친구들에 대한 이야기는 긴 정도가 아니라 아예 대하드라마가 되어버렸다. 하지만 그렇다고 이 이야기를 즐기기 위해 『다크 타워』를 반드시 읽어야 할 필요는 없다. 마지막으로 시리즈 얘기를 하자면, 『다크 타워』 5권이 이제 완성되었다. 모두 900페이지나 되는데 『칼라의 늑대들』이 부제이다.

〔저자 노트: 「다크 타워 시리즈」는 길르앗의 롤랜드, 즉 고갈된 가상세계에서 검은 옷을 입은 남자를 추적하는 최후의 총잡이에 대한 이야기로부터 시작된다. 롤랜드는 아주 오랫동안 월터를 쫓아다니고 있었다. 시리즈의 첫 권에서 결국 그를 따라잡기는 하나, 이 단편은 롤랜드가 아직 월터의 흔적을 쫓아다닐 때의 이야기다. —스티븐 킹〕

I. 풀 어스. 텅 빈 마을. 종소리. 죽은 소년. 뒤집어진 마차. 녹색인간.

풀 어스. 기온이 어찌나 뜨거운지 몸이 사용하기도 전에 가슴에서 먼저 산소가 모두 타버릴 것만 같은 어느 날이다. 길르앗의 롤랜드는 데자토야 산맥에 있는 어느 마을 입구에 도착했다. 그는 그때까지 혼자서 여행 중이었는데 이젠 아예 맨발로 돌아다녀야 할 판이었다. 일주일 내내 말을 치료해 줄 수의사를 찾지 못했기 때문이다. 그리고 행여 이 마을에서 찾는다 해도 아무런 소용이 없게 되었다. 애마인 2년생 워리말(얼룩말의 『다크 타워』 세계에서의 표현 — 옮긴이)은 이미 가망이 없어보였다.

마을 게이트는 그를 환영이라도 하듯 활짝 열려 있는데다 축제용 꽃들로 장식까지 되어 있었으나, 그 너머의 침묵은 너무나도 깊기만 했다. 뭔가가 이상했다. 총잡이의 귀에 또각거리는 말발굽 소리도, 우르릉거리는 마차 바퀴소리도, 시장에서 흘러나옴직한 상인들의 흥정소리도 들리지 않다니. 유일하게 들리는 소리라고는 작은 귀뚜라미 소리와(어쨌든 벌레 종류일 것이다. 귀뚜라미보다는 좀 더 감미로운 소리였다.), 나무가 무너지는 듯한 묘한 소리, 그리고 꿈결처럼 아련한 작은 종소리들이었다.

장식으로 덮인 게이트의 주조철판에 엮어놓은 꽃들 역시 오래 전에 죽은 것들이다.

애마 톱시가 크게 재채기를 하고는(췻! 케췻!) 옆으로 비틀거렸다. 롤랜드는 말에서 내렸다. 말이 불쌍하기도 했지만 자기 자신을 위해서도 도리가 없었다. 애마 톱시가 모든 것을 포기하고 통로 끝의 공지로 무너져 내렸을 때, 그 아래에 깔려 다리가 부러지는 신세가 되고 싶지는 않았다.

총잡이는 더러운 구두와 색 바랜 청바지 차림으로 이글거리는 햇볕 아래 서서 워리말의 잔뜩 엉킨 목덜미를 매만져 주었다. 그는 이따금 손가락을 집어넣어 얽힌 갈기를 뜯어주기도 하고, 눈 한쪽에서 어른거리는 파리들을 쫓아내기도 했다. 톱시가 죽은 다음에야 그곳에 알을 낳아 구더기를 까든 말든 상관 않겠지만 아직은 아니다.

롤랜드는 최선을 다해 말을 쓰다듬으며 주변의 소음에 귀를 기울였다. 멀리서 아련한 종소리가 들렸고 나무들을 찍어 내리는 듯한 묘한 소리도 들려왔다. 잠시 후 그는 마음을 가다듬고 게이트를 노려보았다. 문은 열려 있었다.

중앙 위쪽의 십자가가 다소 특이해 보이기는 했지만 그것만 빼다면 게이트는 어디에서나 볼 수 있는 그런 종류였다. 실용적이라기보다는 전통적인 서부 스타일인데, 지난 10개월 동안 그가 지나 온 작은 마을들은 모두 입구와 출구에 그런 식의 게이트를 달아놓았다. 물론 입구 쪽은 크고 출구 쪽은 보다 작았다. 그리고 그 어느 것도 방문객들을 배척하거나 하지는 않았는데 그건 이번에도 마찬가지였다. 문은 두 개의 핑크색 어도비 벽 사이에 서 있었다. 벽은 길 양쪽으로 7미터쯤 자갈길 위로 뻗어나갔다가 갑자기 끊겼다. 게이트를 닫으면 수많은 잠금장치가 작동하겠지만 그래봐야 양쪽 어도비 벽을 돌아 들어가면 그만이라는 얘기다.

게이트 너머에는 어느 모로 보나 정상적인 변화가 같은 곳도 보였다. 여인숙, 술집 둘(그 중 하나는 '술 취한 돼지'였고 다른 하나는 색이 바래져 읽을 수가 없었다.), 가게 하나, 대장간 하나, 공회당. 그리고 꼭대기에 그럴 듯한 종루가 달린, 작지만 멋지게 꾸민 목재건물도 하나 보였다. 바닥은 단단한 자연석으로 기초를 깔고 이중문에는 금장으로 된 십자가가 새겨져 있었다. 십자가는 게이트에 새겨진 것과 마찬가지로, 이곳이 예수라는 남자에게 매달리는 예배당 같은 곳임을 알려주고 있었다. 중간 세계에서 일반적인 종교는 아니지만 그렇다고 특별히 새로울 것도 없었다. 요즘 종교라는 게 다 그런 식이다. 바알, 아스모데우스 등 100여 개의 종파 중 지배적인 건 하나도 없다. 이 시대에는 다른 것과 마찬가지로 종교 역시 변화해야 한다. 롤랜드가 아는 한, 십자가 신은 사랑과 살인이 복잡하게 얽혀 있는 개념이며 궁극적으로 늘 피를 마시는 존재라고 가르치는 또 하나의 종교에 지나지 않았다.

그러는 동안에도 벌레(귀뚜라미와 흡사한)들의 울음소리, 몽롱한 종소리, 나무를 패거나 문을 두드리는 소리들은 끊임없이 들렸다. 아니, 관을 두드리는 소리 같기도 하다.

'이곳은 뭔가가 크게 잘못 되어 있어. 조심하라고, 롤랜드, 피 냄새가 나니까.' 총잡이가 속으로 중얼거렸다.

그는 톱시를 끌고 죽은 꽃으로 장식된 게이트를 지나 변화가를 향해 내려갔다. 노인들이 모여 앉아, 추수와 정치와 젊은 애들의 버르장머리에 대해 잡담을 나눠야 어울림직한 가게 앞에는 텅 빈 흔들의자만이 버려진 채 나란히 모여 있었다. 누군가의 흔들의자 밑에 오래전에 실수로 떨어뜨린 듯 시커멓게 타버린 옥수수 곰방대가 떨어져 있었다. '술 취한 돼지' 앞의 말을 매는 말뚝도 텅 비어 있었고 술집 역시 깜깜하기만 했다. 박쥐 날개 모양의 문 한 짝은 뜯겨진 채 술집 벽에 세워져 있었고 나머지 한 짝도 흉물스럽기는 마찬가지였다. 색 바랜 녹색 슬레이트 판엔 여기저기 밤색 물질이 드러나 있었지만 아무도 색칠할 생각을 하지 않은 모양이었다.

말 대여소의 앞부분은 어쩌다 좋은 화장품을 손에 넣은 늙은 창녀의 얼굴처럼 멀쩡했으나 그 뒤쪽의 대형 헛간은 완전히 숯덩이가 된 기둥들만 남아 있었다. 아무래도 화재가 나던 날, 비가 온 모양이었다. 마을사람들에게 마을 전체가 불꽃에 휩싸이는 기가 막힌 장관을 선사해 주었을 텐데 말이다.

교회는 오른쪽 마을 광장으로 이어진 오르막길 중간쯤에 있었다. 교회 양쪽에 잡초 무성한 울타리가 있었는데, 한쪽은 교회와 마을 공회당을 나누고 다른 쪽은 성직자와 가족들을 위해 지은 작은 목사관 같은 건물이 있었다(무당들에게 아내와 가족의 구성을 허락하는 예수교 종파라면 그럴 수 있다. 하지만 광신도들은 최소한 외적인 금욕을 주문하기도 했다.). 울타리엔 꽃들도 섞여 있었다. 말라보이긴 해도 그래도 대부분은 살아 있었다. 요컨대 마을을 휩쓸어버린 사건이 오래 전 일은 아니라는 뜻이겠다. 1주일? 더위를 감안한다 해도 2주일은 넘지 않았을 것이다.

톱시가 다시 재채기를 하더니(크츄!) 힘없이 고개를 숙였다.

그리고 총잡이는 종소리의 정체를 알아냈다. 교회 문 십자가 위에 줄 하나가 완만한 호를 그리며 매달려 있었는데 그곳에 10여 개의 작은 은종이 매달려 있었다. 바람이 거의 없는 편이었으나 그래도 이 작은 종들을 꼼지락거릴 정도는 되는 모양이다……. 행여 진짜 바람이 불어 저 종들이 일제히 딸랑거린다면 오히려 역겨운 소리가 되었을지도 모르겠다. 그러니까 마을 사람들이 일제히 수다를 떨기 시작하는 그런 소음 말이다.

"여보시오! 누구 없소?"

롤랜드가 소리치고는 거리 맞은편의 커다란 간판을 보았다. 금침 호텔.

대답 대신, 종소리와 간지러운 벌레 소리, 나무 두드리는 소리가 들려왔다. 대답도 움직임도 없었다……. 하지만 분명 이곳엔 사람이 있다. 사람이든 괴물이든, 누군가 그를 지켜보고 있었다. 목덜미의 솜털이 빳빳하게 일어섰다.

롤랜드는 톱시를 마을 중앙으로 끌어냈다. 톱시가 걸을 때마다 상가의 먼지들이 안개처럼 일어났다. 40걸음쯤 걸어가다가 멈춘 곳은 '법'이라는 단 한 글자만 새겨진 단층 건물 앞이었다. 보안관 사무실은(중심에서 이렇게나 멀리 왔는데 아직도 보안관이라니!) 교회와 매우 비슷해 보였다. 주춧돌 위로 암울한 갈색을 드리운 목재 건물.

등 뒤에서 종소리가 부드럽게 속삭였다.

그는 워리말을 길 가운데에 세워두고 보안관 사무실 계단을 올랐다. 종소리도 신경 쓰였고, 목덜미를 때리는 햇볕과 두 뺨을 흘러내리는 땀방울도 여간 괴로운 게 아니었다. 문은 닫혀 있었으나 잠기지는 않았다. 하지만 문을 여는 순간, 그는 손으로 얼굴을 막고 몸을 움츠리고 말았다. 안에 갇혀 있던 열기가 돌풍처럼 쏟아져 나왔던 것이다. 만일 폐쇄된 건물들이 모두 이런 식이라면, 다른 건물들도 머지않아 말 보관소처럼 불타버린 폐선 신세가 되고 말 것이다. 거기에 비까지 내리지 않는다면(물론 이곳에 자립 소방서 따위가 있을 리 없을 것이다.) 마을 대신 흙밖에 남지 않게 될 날도 멀지 않았으리라.

그는 되도록 호흡을 잘게 끊으며 안으로 들어갔다. 파리들이 윙윙거리는 소리가 들려왔다.

안에는 유치장이 하나 있었다. 넓은 유치장은 비어 있었고 빗장문도 활짝 열린 채였다. 더러운 가죽구두 한 짝이 뜯긴 채 침대 밑에 누워 있었다. 침대는 '술 취한 돼지'처럼, 말라붙은 밤색 물질로 범벅이었고 파리는 그곳에 몰려 있었다. 얼룩에 달라붙어 빨아 먹고 있는 것이다.

책상 위에 입출감 기록부가 보였다. 롤랜드는 원장을 자기 쪽으로 돌린 다음 붉은 커버 위에 도드라진 글씨들을 읽었다.

엘루리아
우리 주 강림기
비행(卑行)과 배상의 기록부

적어도 마을 이름은 알았다. 엘루리아. 예쁘지만 왠지 불길한 이름이다. 하기야 이런 상황에 어떤 이름인들 불길하지 않겠는가? 그는 떠나기 위해 돌아서려다 이상한 문을 보았다. 나무 빗장이 걸려 있는 문이었다.

롤랜드는 그곳으로 다가가 잠시 멈춰 서서 뒤춤에서 커다란 리볼버 하나를 꺼냈다. 그러고도 그는 한참을 서서 이리저리 머리를 굴려보았다(그의 옛친구 커스버트의 말에 따르면 롤랜드의 머릿속 톱니바퀴는 늦지만 기가 막히게 돌아간다고 했다.). 이윽고 빗장을 풀고 문을 열고는 얼른 뒤로 물러나 총을 들었다. 왠지 목이 잘리고 눈이 튀어나온 시체 하나가(아마도 엘루리아의 보안관이) 방 안으로 굴러 떨어질 것만 같아서다. '비행과 배상.'

아무것도 없었다.

장기수들이 입었음직한 얼룩진 점퍼 여섯 개가 있었고, 석궁 둘, 화살 한 통, 낡고 더러운 모터, 그리고 자루걸레……. 하지만 총잡이에게 그런 건 아무런 의미가 없다. 기껏해야 버려진 창고일 뿐.

그는 데스크로 돌아가 입출감 기록부를 펼쳐보았다. 종이조차 화형을 당한 듯 뜨거웠다. 아니, 어쩌면 사실일 수도 있겠다. 만일 이곳 중심가의 구조가 달랐다면, 그는 이곳에서 수많은 종교적 박해가 기록되었을 거라는 생각을 했다. 물론 아니라고 해서 달라질 것도 없다. 예수 성직자가 술집과의 타협을 허락했다면 신도들도 매우 합리적으로 살 수 있었을 터이니 말이다.

롤랜드가 찾아낸 것은 대부분 사소한 경범죄들이지만 그렇지 않은 것들도 몇 개 눈에 띄었다. 살인, 말 도둑, 성추행(아마도 강간을 뜻하는 것이리라.). 살인자는 교수형을 위해 렉싱워스라는 곳으로 호송되었다. 그리고 뒤쪽에 '금후 녹색인간 이송'이라고 적혀 있었으나 롤랜드로서는 무슨 말인지 이해할 수가 없었다. 가장 최근의 기록은 다음과 같았다.

12/Fe/99. 채스. 프리본. 소 절도로 재판

롤랜드는 12/Fe/99라는 표기법에 익숙하지 않았지만, 2월이 지난 지 오래 전이라 Fe가 풀어스(Full Earth)의 이니셜일지도 모른다는 생각을 했다. 어쨌든 잉크는 유치장 침대의 피만큼이나 새 것으로 보였다. 때문에 총잡이는 소도둑 채스. 프리본이 인생의 마지막을 공터에서 마감했을 것이라는 생각을 했다.

그는 다시 뜨거운 거리로 빠져나갔다. 여전히 늘쩍지근한 벨소리가 들렸다. 톱시가 멍한 눈으로 롤랜드를 쳐다보다가 다시 고개를 숙였다. 거리의 먼지 속에 아직 먹을 게 남아 있고 그래서 다시 그 먹잇감을 수확하려는 놈처럼 보였다.

총잡이는 고삐를 모으고, 거의 흰색이 되다시피 한 청바지의 먼지를 떨어낸 다음 다시 길을 따라 올라가기 시작했다. 길을 걷는 동안 나무 두드리는 소리도 점점 더 가까워졌다(보안관 사무실을 나설 때에도 총을 들고 있지 않았지만 이젠 더 이상 그럴 생각도 없었다.). 그는 마을 광장 쪽으로 향했다. 평시라면 엘루리아 시장이 섰을 그런 곳이다. 그리고 롤랜드는 처음으로 움직이는 물체를 보았다.

광장 반대쪽에 경목(이곳에서는 '세쿼이아'라는 이름으로 불린다.)으로 깎아 만든 기다란 모양의 집수통이 보였다. 과거에는 사람들이 물을 받기 위해 몰려와 즐거이 수다를 떨었을 곳이나, 지금은 물통의 남쪽 끝으로 녹슨 철 파이프만이 흉물스럽게 삐져나와 있었다. 당연히 물은 흘러내리지 않았다. 이 소위 시립 오아시스의 중간쯤 색 바랜 잿빛 바지의 다리 하나가 걸쳐 있었다. 카우보이 부츠 위로 씹히고 짓이겨진 다리였다.

덩치 큰 저 개의 짓이 분명했다. 코르덴바지보다 두 배는 더 짙은 잿빛 개. 상황이 달랐다면 벌써 부츠를 벗겨냈을 것이나, 부츠 안에 든 종아리가 퉁퉁 부은 게 문제였다. 결국 개도 장애물을 물어뜯는 데 시간을 허비하고 만 모양이다. 부츠를 이리저리 물고 흔드는 와중에 구두 뒤축이 물통 옆면을 때렸고, 조금 전의 공허한 나무 소리는 그 때문일 것이다. 관을 떠올린 것이 그다지 빗나간 생각은 아닌 셈이다.

'몇 걸음 물러났다가 물통 안으로 뛰어오를 수도 있었을 텐데…… 그러면 그냥 저 인간을 뜯어먹을 수도 있었잖아? 파이프에서 물도 나오지 않으니 질식사할 염려도 없고. 병신 같은 놈!'

톱시가 다시 맥없이 코투레를 치자 개가 움찔거렸다. 롤랜드는 개가 왜 힘들게 일을 처리하려 했는지 알 수 있었다. 앞다리가 부러져 묘한 각도로 비틀려 있었던 것이다. 걷는 것도 여간 고통스럽지 않았을 텐데, 점프가 어디 가당키나 하겠는가. 개의 가슴에 더럽혀진 흰색털이 조금 보였는데, 그 주변으로 검은 털이 대충 십자가의 형태를 그리고 있었다. 예수-개로군. 그렇다면 오후 예배를 위한 장소를 찾는 중이겠다.

하지만 배 속에서 울려나오는 으르렁 소리나, 눈곱 가득한 눈을 굴리는 모습은 전혀 종교적으로 보이지 않았다. 놈은 윗입술을 까뒤집어 날카로운 이를 드러낸 채 떨리는 목소리로 으르렁댔다.

"꺼져라, 똥개 놈."

롤랜드도 지지 않았다.

개는 뒷걸음치다가 씹고 있던 부츠에 엉덩이를 대고 멈춰 섰다. 새로운 남자를 죽일 듯 노려보았지만 자기 위치를 벗어날 생각은 없어 보였다. 롤랜드의 손에 든 리볼버도 위협이 되지 못했다. 당연한 일일 게다. 총을 본 적이 없을 터이니, 위협용 나뭇조각과 하등 다를 게 없으리라.

"꺼지지 못해!"

롤랜드가 다시 윽박질렀으나 개는 꼼짝도 않았다.

당연히 쐈어야 했다. 살아봐야 얼마 못 가겠거니와 또 사람의 살맛을 본 개다. 다른 사람들에게도 좋지 않다는 뜻이다. 하지만 왠지 죽이고 싶지가 않았다. 이 마을에 살아 있는 유일한 생명체(노래하는 벌레를 제외한다면)를 죽이는 게 불운을 가져올 것만 같았다.

그는 개의 성한 발 옆에 한 방을 쏘았다. 총소리가 폭염의 날을 찢어발기고 순간 벌레들도 할 말을 잃었다. 살아난 건 오직 수

북한 먼지뿐. 개는 달아났다……. 다친 걸음걸이라 롤랜드의 눈이 아리고 가슴이 메어지기는 했다. 아주 조금. 놈은 광장 건너편, 뒤집어진 화물마차 옆에 멈춰 서더니(화물차의 옆에도 더 많은 피가 튀어 있는 것이 보였다.) 그를 돌아보았다. 그리고 놈이 하울링을 터뜨렸는데 그 소리가 어찌나 고독하고 공허하던지 목덜미 털이 일제히 곤두서고 말았다. 이윽고 놈이 몸을 돌려, 넘어진 화차 뒤쪽 헛간들 사이로 난 오솔길을 절뚝거리며 내려가기 시작했다. 롤랜드는 그 길이 엘루리아의 출구로 가는 방향이라고 생각했다.

 롤랜드는 죽어가는 말을 끌고 광장을 건너 가 경목 물통 안을 들여다보았다.

 개에게 씹힌 구두의 주인은 막 어른 크기로 자라기 시작한 소년이었다. 원래도 건장한 체구였을 터이나, 25센티미터의 물속에 잠겨 여름 햇볕에 오랜 동안 끓은 터라 지금은 거인족처럼 퉁퉁 불어 있었다.

 우윳빛으로 표백된 소년의 두 눈이 멍하니 총잡이를 올려다보았다(동상을 보는 것 같군 그래.). 머리카락은 노인처럼 새하얬는데, 물 때문이기도 하겠지만 원래도 담황색이었을 것이다. 나이는 겨우 열넷, 열여섯 정도로 보였다. 그래도 옷은 카우보이복장이었다. 완전히 인간 고깃국으로 변해버린 물속에서 절어버린 소년의 목에서 커다란 금메달이 흐린 빛을 뿜었다.

 그는 물속에 손을 넣었다. 끔찍하기는 했지만 막연한 의무감을 느꼈기 때문이다. 메달을 잡아당기자. 체인이 끊어지며 목걸이가 대기 속으로 빠져나왔다. 물이 뚝뚝 흘러내렸다.

 그가 기대한 건 예수쟁이들의 시굴(소위 십자가나 십자상을 말한다.)이었으나 체인에 딸려온 건 작은 4각형이었다. 물건은 순금처럼 보였다. 그리고 그 위에 다음과 같은 글이 적혀 있었다.

제임스
가족과 하느님의 사랑을 흠뻑 받기를

오염된 물에 손을 집어넣는 일이야 언짢기 짝이 없었지만(젊었을 때라면 절대 그렇게 하지 못했을 것이다.) 지금은 오히려 잘 했다는 생각이 들었다. 물론 이 아이를 사랑했던 사람들과 만날 가능성은 없겠으나 그렇다고 불가능하다는 뜻도 아니지 않는가? 게다가 그동안 총잡이가 목격한 기적도 무수히 많았다. 어쨌든 옳은 일을 한 것이다. 그리고 아이를 적당한 곳에 매장해 주는 것도 옳은 일이 될 것이다…… 문제는, 과연 아이의 몸이 분해 되지 않도록 물통 밖으로 끌어낼 수 있느냐였다.

롤랜드는 그 문제를 곰곰이 생각해 보았다. 그래봐야 이 상황에서 도덕적 의무라는 명분과, 이 마을에서 빨리 빠져나가야겠다는 현실적인 바람을 저울질해 보는 것에 불과했지만 말이다. 그리고 그때 톱시가 죽었다.

워리말은 바닥에 쓰러지면서, 마구 깨지는 소리가 들렸고, 그와 동시에 최후의 코투레 같은 신음소리도 새어나왔다. 하지만 롤랜드가 고개를 돌렸을 때 그의 눈에 들어온 장면은 말이 아니라 여덟 명의 사람이었다. 새떼들이나 작은 먹잇감을 노리는 몰이꾼처럼 일렬횡대로 다가오는 사람들. 투명한 녹색 인간들. 그런 피부라면 어둠 속에서 유령처럼 빛날 것 같았다. 그들의 성을 구분하는 것도 쉽지 않았다. 아니, 그들이 어떤 존재이든, 이제 성은 아무 의미가 없었다. 그들은 느림보 돌연변이들이었다. 흑마술에 의해 다시 일어난 시체들의 어정쩡하고 구부정한 걸음걸이.

카펫 같은 먼지가 그들의 발을 휘감아 돌았다. 개가 사라진 이상 그들이 사정권 안으로 들어오지 못할 이유는 없었다. 게다가 고맙게도 톱시까지 적절한 순간에 죽어주지 않았는가. 롤랜드가 보기에 총은 없는 것 같았으나 대신 모두 몽둥이로 무장하고 있었다. 대부분 의자 다리와 테이블 다리를 뜯어낸 것이었다. 아니 그 중 하나는 단순히 뽑아낸 것이 아니라 의도적으로 제작된 것처럼 보이기도 했다. 녹슨 못들이 잔뜩 박혀 있는 몽둥이였다. 아마도 술집, 그러니까 '술 취한 돼지'를 지키던 기도 놈의 무기였으리라.

롤랜드는 권총을 들고 한가운데 놈을 겨누었다. 이제 발자국 끌리는 소리도 들리고 축축한 숨소리도 들렸다. 모두 천식에라도 걸린 놈들 같았다.

'탄광에서 나온 모양이야. 이 부근 어딘가에 라듐 광산이 있을 거야. 피부는 그 때문이겠지. 아무튼 태양조차 놈들을 쓰러뜨리지 못하다니 신기하군.'

그런 생각을 하고 있을 때 맨 끝에 있는 자가(얼굴이 양초처럼 녹아내린 괴물이) 정말로 죽었다. 아무튼 쓰러지기는 했다. 놈은 (롤랜드는 그자가 남자라고 확신했다.) 뭔가 삼키는 듯한 소리를 내뱉으며 무릎을 꿇고는, 바로 옆 동료 좀비(울퉁불퉁한 대머리에 빨갛게 짓무른 목덜미를 가진)의 손을 잡으려 했다. 하지만 쓰러진 동지를 배려하는 자는 하나도 없었다. 그들은 멍청한 눈을 롤랜드에게 고정한 채 남은 동료들과 함께 절뚝절뚝 걸어오는 데에만 열중했다.

"그 자리에 서라! 살아서 오늘의 끝을 보고 싶다면 시킨 대로 해! 거기 서란 말이야!"

롤랜드가 외쳤다.

그는 주로 가운데 놈에게 말을 걸었다. 누더기 셔츠에 붉은색 멜빵을 메고 있는 놈이다. 성한 눈이 하나뿐이었는데 소름끼칠 정도의 굶주림과 탐욕을 드러낸 눈빛이었다. 중산모 옆에 있는 자가(조끼 속으로 유방 쪼가리가 너덜거리는 것으로 보아 여자가 분명했다) 들고 있던 의자 다리를 던졌다. 정확한 방향이었으나 몽둥이는 7~8미터쯤 앞에 떨어졌다.

롤랜드는 리볼버의 방아쇠를 당겨 한 발을 발사했다. 이번에는 산탄에 흩날린 먼지가 볼링모자를 쓴 놈의 누더기 신발 위로 뛰어올랐다.

녹색인간들은 개처럼 달아나지는 않았으나, 그 자리에 멈춰 서서 멍한 탐욕의 눈빛으로 그를 지켜보았다. 엘루리아의 사라진 주민들이 이 괴물들의 뱃속에서 생을 마감한 것일까? 도저히 믿을 수가 없었다……. 물론 이런 좀비들이 식인에 대해 전혀 거리낌이 없다는 것쯤은 누구보다도 잘 알고 있기는 했다. (그렇다고 이들을 식인종이라고 부를 수는 없다. 과거야 어떻든, 이런 괴물들을 어찌 인간의 범주에 넣을 수 있겠는가?) 놈들은 너무 느리고 너무 멍청했다. 보안관에게 쫓겨난 후 다시 마을에 돌아오려고 했더라도, 그 전에 모두 불타거나 굳어서 죽었을 것이다.

그는 별다른 생각 없이(허깨비들을 살려둘 이유가 없다면 다른 손으로 두 번째 총을 빼내야겠다는 생각은 했다.) 죽은 소년에게 거둔 메달과 체인을 청바지 주머니에 구겨 넣었다.

그들은 여전히 꼼짝 않고 그를 노려보기만 했다. 그 뒤로 묘하게 일그러진 그림자들이 길게 누워 있었다. 이젠 어쩌지? 어서 집으로 돌아가라고 타일러볼까? 시키는 대로 하지도 않겠지만, 아무튼 현재 상태로는 지켜볼 수 있는 쪽이 최선의 상황이라는 생각이 들었다. 덕분에 제임스라는 아이를 매장하는 문제로 고민할 필요는 없어졌다. 꽤 골치 아픈 문제였는데.

"꼼짝 말고 서 있어! 누구든 움직이면……"

그가 낮은 목소리로 으르렁거렸다. 하지만 말을 마치기도 전에 그 중 하나가 앞으로 뛰쳐나왔다. 두꺼비처럼 뾰족한 입에 목 양쪽 살이 아가미처럼 뜯어진 난장이였다. 놈은 낚싯줄처럼 가늘고 날카로운 비명을 지르며(아니, 웃음소리 같기도 했다.) 피아노 다리 같은 걸 휘둘러댔다.

롤랜드는 방아쇠를 당겼다. 두꺼비 씨의 가슴에 볼링공만 한 구멍이 뚫렸다. 놈은 피아노 다리를 들지 않은 손으로 가슴을 움켜 쥐고는 몇 걸음 뒷걸음질 치다가, 결국 빨간색 슬리퍼에 두 발이 엉키는 바람에 넘어지고 말았다. 놈은 적막한 신음소리를 뱉어내며 한쪽으로 굴렀다가, 몽둥이까지 포기하고 다시 일어나려 했다. 그러다가 다시 먼지 속에 처박혀 버렸다. 야만적인 햇살이 그의 동그랗게 뜬 눈을 비추었다. 이윽고 하얀 연기 자락이 피어오르더니 빠른 속도로 녹색이 표백되기 시작했다. 그의 몸에서 뜨거운 난로에 침을 뱉었을 때처럼 치익 하고 끓는 소리가 들렸다.

'경고할 필요도 없게 되었군.' 롤랜드는 이런 생각을 하며 나머지 종족을 훑어보았다.

"좋아, 그자가 선발대다. 또 저렇게 되고 싶은 놈 있나?"

아무도 없었다. 적어도 나서는 놈은 없었다. 놈들은 다가오지도 않고 물러나지도 않은 채 그 자리에서 그를 노려보기만 했다. 예수-개에게 한 것처럼, 저 놈들도 저렇게 서 있을 때 죽일까 하는 생각을 해보았다. 다른 총을 꺼내 쏠어버리면 그만이다. 몇 초면 끝날 일이다. 행여 몇 명이 달아난다 해도 그의 실력을 벗어날 수는 없었다. 그런데…… 그럴 수가 없었다. 그런 식의 냉혹하고 무자비한 살인마가 될 수는 없다. 적어도 아직은.

그는 천천히, 아주 천천히 뒷걸음치기 시작했다. 우선은 물통을 돌아가 물통을 사이에 두고 그들과 대치할 참이었다. 볼링모자가 한 걸음 앞으로 나왔을 때, 롤랜드는 바로 놈의 발밑에 경고용 흙먼지를 일으켜주고, 다시 저음의 목소리로 경고를 던졌다. 놈들이 알아들을지 자신은 없었지만 상관없다. 적어도 이런 식의 말투가 어떤 뜻인지 느끼기는 할 것이다.

"마지막 경고다. 다음 총알로는 네 놈들의 심장을 씹어주마. 난 떠나고 너희들은 그 자리에 남는다. 너희들의 마지막 기회다. 따라 오면 죽는다. 너희 놈들하고 놀기엔 너무 더워. 난 더 이상 인내심도……"

"부우!"

그 순간 등 뒤에서 거칠고 위태로운 소리가 들렸다. 분명 좋아 죽겠다는 투의 목소리였다. 롤랜드가 전복된 화물마차에 거의 다다를 즈음이었다. 마차의 그림자 위로 또 하나의 그림자가 생겼는데 그건 녹색인간 하나가 그 뒤에 숨어 있었다는 뜻이었다.

롤랜드가 얼른 돌아섰지만 몽둥이가 먼저 한쪽 어깨를 찍었다. 오른팔이 팔목까지 완전히 마비되었다. 그는 용케 총을 놓치지 않고 한 발을 발사했으나 총알은 화차 바퀴의 나무 디딤대를 박살내버렸다. 바퀴가 귀에 거슬리는 마찰음을 터뜨리며 돌기 시작했다. 거리의 녹색인간들이 떠들고 외치는 소리도 들렸다. 놈들이 전진하고 있었다.

화차 뒤에 숨어 있던 자는 목에 두 개의 머리가 달린 괴물이었다. 흔적만 남은 머리는 문드러진 시체의 얼굴이었지만 녹색의 다른 머리는 보다 생생했다. 놈이 몽둥이를 들어 다시 내려치며 입가에 징그러운 웃음을 흘렸다.

롤랜드는 아직 신경이 살아 있는 왼손을 들어 암습괴물의 얼굴에 간신히 총알 하나를 박아 넣었다. 놈은 피와 이빨을 날리며 뒤쪽으로 날아갔다. 곤봉이 손에서 떨어져 나가는 것이 보였다. 그 순간 다른 자들이 디딤대에서 몽둥이를 휘두르기 시작했다.

처음 두 번 정도는 피할 수 있었다. 뒤집힌 화차 뒤로 돌아가 총을 쏴야겠다는 생각도 했다. 당연히 그래야 했다. 암흑의 탑도 찾지 못한 채 이렇게 끝날 수는 없었다. 엘루리아라는 이름의 조그마한 서쪽 오지마을의 뜨거운 거리에서 녹색피부의 느림보 돌연변이 여섯의 손에 죽고 말다니! 그건 너무나도 잔혹한 운명이다. 이렇게 뜨거운 백주대낮에! 경험에 의하면 느림보 돌연변이들은 어둠을 좋아하는, 독버섯 같은 존재들이다. 그런데 이런 종족은 한 번도 본 적이 없었다. 이들은……

붉은 조끼는 여자였다. 더러운 적색 조끼 속으로 흔들리는 유방 두 개가 그가 마지막으로 기억하는 광경이었다. 놈들이 위아래 할 것 없이 들이닥쳐 몽둥이를 휘둘러댔다. 곤봉에 못을 무수히 박은 놈은 롤랜드의 오른쪽 허벅지 깊이 녹슨 독침을 박아 넣었다. 대형 리볼버를 들어 올리려고 했으나(그때쯤 의식이 희미해졌지만 그래도 총을 쏘는 데에는 지장이 없었을 것이다. 총 다루는 데에는 귀신의 경지에 다다른 그였다. 언젠가 제이미 드커리가, 롤랜드는 손가락에 눈이 달려 있는 자라 눈을 감고도 과녁을 맞힐 수 있다고 하지 않았던가?) 누군가가 손을 걷어차 총은 먼지 속으로 날아가고 말았다. 롤랜드는 남은 총의 백단향 손잡이를 만지면서도 머릿속으로는 이미 총을 빼앗겼다고 생각하고 있었다.

그들의 냄새도 맡았다. 썩어가는 고기 냄새. 아니, 그의 두 손에서 나는 냄새던가? 머리를 감쌀 양으로 맥없이 들어올린 두 손이 벌써 썩어가고 있는 건가? 죽은 소년의 살덩어리가 둥둥 떠다니던 오수에 담갔던 두 손이?

몽둥이들이 쏟아지고 있었다. 닥치는 대로 그의 온몸을 두들기고 있었다. 어쩐지 때려죽이기 위해서가 아니라 그의 고기를 연하게 하기 위해 무두질을 한다는 기분이 들었다. 그는 죽음이라는 이름의 어둠 속으로 빨려 들어가며 벌레들의 울음소리를 들었다. 고독하기 짝이 없던 개의 울부짖음 소리도 들었고 교회 문에 매달려 흔들리는 종소리도 들었다. 그 소리들이 한데 섞여 아름다운 음악이 되었다가 그마저 사라져버렸다. 어둠이 모든 것을 삼켜버렸다.

Ⅱ. 공중부양. 순백의 아름다움. 두 개의 존재. 메달

총잡이의 귀환은 (과거 여러 번 경험한 바 있는) 의식 회복이나 잠에서 깨어나는 것과는 사뭇 달랐다. 그건 마치 공중부양 같았다.

'난 죽었어.' 세상으로의 복귀가 진행되는 동안 그는 그런 생각을 했다……. 그러니까 생각하는 힘이 조금이나마 돌아왔을 때였다. '이제 죽어서 사후 세계로 떠오르고 있는 거야. 분명해. 지금 들리는 노랫소리는 죽은 영혼들의 노래겠지.'

철벽 같은 어둠이 검은 먹구름으로, 그리고 다시 가벼운 잿빛 안개로 변해가고 있었다. 마치 해가 떠오르기 전의 안개 자욱한 날처럼 사방이 모호한 빛으로 가득했다. 그리고 그 속에서, 부드럽지만 강력한 상승기류에 올라탄 듯, 그의 몸이 떠오르는 기분이 들었다.

어쩌면 아직 살아있는 건지도 모르겠다는 생각이 든 것은, 공중부양의 느낌이 줄어들고 눈꺼풀 안쪽이 조금씩 밝아지기 시작하면서였다. 그리고 그 확신을 심어준 것은 노랫소리였다. 그건 죽은 영혼의 노래도, 종종 예수-인간 성직자들이 말하는 천사들의 합창도 아니었고, 단지 벌레들 울음소리에 지나지 않았다. 귀뚜라미처럼 작지만 좀 더 부드러운 목소리의 벌레. 엘루리아에서 들었던 그 소리.

생각이 여기에 이르자 그는 번쩍 두 눈을 떴다.

아직 살아있다는 생각은 다시 한번 뒤집어져야 했다. 몸이 순백의 세계 한가운데 둥둥 떠 있었기 때문이었다. 첫 번째 생각은 그가 하늘나라의 하얀 양떼구름 중간에 떠 있다는 것이었다. 사

방에서 벌레들의 감미로운 노랫소리가 들렸다. 이제는 종소리도 들리기 시작했다.

그가 고개를 돌리려 하자, 마치 안장에 탄 채 흔들리는 느낌이 들었다. 밑에서 삐걱거리는 소리도 들렸다. 길르앗의 집으로 돌아가던 저녁 무렵, 잔디밭의 귀뚜라미들처럼 쉬지 않고 울어대던 부드러운 벌레 소리도 잠시 머뭇거리다 리듬이 깨어지고 말았다. 그 순간 쏜살 같은 통증이 롤랜드의 등을 헤집고 지나갔다. 어떤 꼬챙이로 찍었는지는 모르겠지만 통증은 척추에서부터 시작되었다. 그보다 훨씬 끔찍한 고통이 한쪽 다리를 비틀었으나, 여전히 당혹감에 빠진 터라 어느 다리인지조차 알 수가 없었다. '못 박힌 몽둥이로 찍힌 곳이군.' 그 다음이 머리였다. 두개골이 달걀처럼 깨져나갔다. 그가 비명을 질렀다. 그러자 그의 목에서 나는 목쉰 까마귀 소리. 그는 그 목소리에 다시 한번 화들짝 놀라고 말았다. '이게 내 목소리란 말인가?' 머릿속에서 예수-개가 짖는 소리가 들렸지만 그건 분명 환청이리라.

'죽어가는 건가? 죽기 전에 잠깐 정신이 돌아온 것일까?'

누군가 그의 이마를 짚었으나 손은 보이지 않고 다만 감촉만 느껴졌다. 손가락이 여기저기 살갗을 스쳐지나가다가 이따금 뭉친 곳이나 찢어진 곳을 찾아 마사지해 주었다. 감미롭군. 마치 더운 날 시원한 물을 마시는 느낌이었다. 그는 두 눈을 감으려다가 문득 끔찍한 생각을 떠올렸다. 저 손이 녹색인간의 것이라면? 대롱거리는 젖통 위로 빨간색 누더기 조끼를 걸친 여자라면?

'그러면 어쩌지? 도대체 내가 뭘 할 수 있는 거지?'

"쉿, 진정해요."

젊은 여자의 목소리였다. 소녀 목소리에 가까운…… 롤랜드의 머리에 떠오른 첫 번째 대상은 메지스 출신의 수전이었다. 롤랜드를 '그대'라고 부르던 아이.
"여기가…… 어디……."
"쉿, 움직이지 말아요. 아직은 너무 일러요."
등의 고통은 조금씩 가라앉고 있었지만 쇠꼬챙이로 찍는 듯한 가녀린 통증은 그대로였다. 게다가 그의 몸은 여전히 산들바람에 흩날리는 나뭇잎들처럼 흔들리고 있었다. 도대체 어떻게 된 거지?
그는 질문을 포기하기로 했다. 모든 의문을 미뤄두기로 했다. 우선은 그의 이마를 두드려주는 작고 차가운 손길에만 신경을 집중할 때다.
"쉿, 미남 아저씨. 하느님의 사랑이 그대에게 임하셨어요. 하지만 아직은 조금 아플 거예요. 마음을 진정하고 그대의 치유에 전념하시길."
개 짖는 소리가 잦아들었다(개가 정말로 이곳에 있기는 한 걸까?). 다시 삐걱거리는 소리가 들렸다. 말 매는 밧줄이 쏠리는 소리.
(아니면 교수대의 밧줄)
그 생각은 하고 싶지도 않다. 이제 허벅지와 엉덩이와 그리고…… 그래……, 어깨 아래로도 감촉이 느껴지기 시작했다.
'어쨌든 침대에 누운 것이 아니라 침대 위에 떠 있는 거야. 어떻게 그럴 수 있지?'
그네침대에 누워 있는 건지도 모르겠다. 어릴 적 거대한 중앙 홀 뒤쪽의 수의사 진료실에서 그런 식으로 떠 있는 사람을 본 적이 있었다. 등유에 심한 화상을 입은 마부가 침대 위에 매달려 있었는데, 결국 죽기는 했지만 고생은 고생대로 하고 난 후였다. 그의 비명소리가 광장의 부드러운 여름공기를 가득 채웠었다.

'그럼 나도 화상을 입은 걸까? 다리가 잿더미가 된 채 그네침대에 매달려 있는 건가?'

이마를 매만지던 손이 그곳에 모인 주름살을 문질러주었다. 손과 함께 움직이던 목소리가 그의 생각을 읽고는, 지혜와 위로의 손끝으로 어루만지기라도 하는 듯했다.

"하느님의 의지가 계시다면 그대는 무사하실 겁니다. 그러나 시간은 그대가 아니라 하느님께 속해 있죠."

손 달린 목소리가 말했다.

'아냐, 시간은 탑에 속해 있어.' 할 수만 있었다면 그는 그렇게 말했을 것이다.

그리고 잠 속으로 미끄러지기 시작했다. 떠오를 때만큼이나 부드러운 추락. 그는 그렇게 감미로운 손과 벌레소리, 종소리로부터 멀어져 갔다. 잠깐 잠에 빠지거나 정신이 혼미해지는 거야 어쩔 수 없겠지만 그렇다고 완전히 의식을 놓고 싶지는 않았다.

문득 소녀의 목소리를 들은 것도 같았다. 확신은 할 수 없지만 분명 그건 두려움이나, 공포로 상기된 목소리였다.

"안 돼! 그걸 빼앗을 수는 없어요. 당신도 잘 알잖아요! 당신 할 일이나 하고 그 얘기는 그만 해요! 어서!"

그가 두 번째 의식세계로 떠올랐을 때는 체력은 더 약했으나 의식은 좀 더 또렷했다. 두 눈을 떴을 때 본 것도 구름 속은 아니었다. 순백의 미. 문득 그 개념부터 떠올랐다. 어떤 점에서 그건 롤랜드가 평생 겪어본 가장 아름다운 곳이었다. 물론 살아 있다는 사실 때문이기도 하겠지만, 아무튼 그곳은 아늑하고 평화롭기가 이를 데 없었다.

커다란 방이었다. 길기도 했고 천장도 높았다. 롤랜드는 (신중에 신중을 기해) 고개를 돌려 방의 규모를 확인해 보았다. 이쪽 끝에서 저쪽 끝까지 대충 200미터는 되어 보였다. 방은 좁은 편이었으나 위쪽이 높은 덕분에 전체적으로 탁 트인 느낌이 들었다.

예상했던 것과 달리 일반적인 벽과 천장은 없었다. 그냥 커다란 천막 안에 있는 기분이랄까? 위에서는 작열하는 태양이 흰색의 물결치는 비단천 위에 빛을 뿌려대고 있었다. 처음 의식을 회복했을 때 아마도 그 때문에 구름 속에 있다는 착각을 일으킨 모양이었다. 비단 덮개 안의 공간은 새벽처럼 모호한 잿빛이었다. 역시 비단으로 되어 있는 벽도 잔바람에 돛처럼 펄럭거렸다. 벽마다 노끈이 완만한 호를 그리며 수평으로 늘어져 있었는데 바로 그 줄에 긴은 종들이 매달려 있었다. 송이 전에 닿아 있었기 때문에 벽이 물결칠 때마다 풍경처럼 낮고 매력적인 화음을 만들어냈다.

긴 방 가운데의 통로 양쪽으로 수십 개의 침대가 보였다. 모두 깨끗한 시트로 깔끔하게 정돈되어 있고 바삭거리는 하얀 베개가 그 위에 놓여 있었다. 통로 저쪽으로 있는 침대만 해도 모두 40개 정도, 모두 빈 채였다. 그건 롤랜드가 있는 쪽도 마찬가지였으나 이곳엔 그래도 환자가 둘은 더 있었다. 바로 오른쪽에 하나. 이 친구는……

'그 아이야. 물통에 빠져 있던 애.'

롤랜드의 팔에 소름이 끼쳤다. 역겹고도 믿기 어려운 사실. 그는 잠든 소년을 좀 더 자세히 들여다보았다.

'말도 안 돼. 이건 환각이야. 잠시 환각에 빠진 거라고. 맞아, 그뿐이야.'

하지만 자세히 봐도 결과는 마찬가지였다. 분명히 물통에 있던 아이처럼 보였다. 아파 보이기는 해도(아프지 않으면 이런 곳에 왜 들어와 있겠는가?) 죽은 것과는 한참 거리가 먼 소년. 소년의 가슴이 천천히 오르내렸다. 침대 양 끝에 늘어져 있는 손가락들도 간헐적으로 움찔거렸다.

'그래, 뭐든 단정할 만큼 아이를 자세히 본 것도 아니잖아. 게다가 그 물통에 며칠만 담겨 있으면 아무리 제 어미라도 알아보기 힘들 거라고, 안 그래?'

하지만 롤랜드에게도 어머니는 있었고 자신의 말이 거짓이라는 것쯤은 알고 있었다. 그때 소년의 목에 걸린 금메달이 보였다. 녹색인간들이 몰려들기 전엔 아이의 목에서 끊어내 자기 주머니에 집어넣은 메달이다. 지금은 누군가가(당연히 이곳의 주인들이리라. 제임스라는 이름의 아이를 마술처럼 되살려낸 사람들.) 롤랜드에게 목걸이를 빼앗아 다시 소년의 목에 걸어준 모양이다.

그 차가운 손의 여자가 그렇게 한 것일까? 롤랜드가 죽은 자의 물건을 빼앗은 '구울'이라고 결론을 내린 걸까? 그렇게 생각하고 싶지는 않았다. 하지만 어린 카우보이의 퉁퉁 불어터진 시체가 기적처럼 살아나 움직이고 있다는 사실보다도, 자기가 도둑이 되고 말았다는 사실이 더 거북살스러운 건 어쩔 도리가 없었다.

소년과 롤랜드 데스체인이 누워 있는 쪽 열에서 침대 열두 개쯤 떨어진 곳에 야전병원의 세 번째 손님이 있었다. 아이보다 4배, 총잡이보다 2배는 나이가 많아 보이는 사람이었다. 짙은 회색의 턱수염이 두 갈래로 나뉘어 가슴 위에 아무렇게나 늘어져 있었다. 얼굴은 햇볕에 그을린데다 주름살도 많았고 눈 밑 살도 크게 처져보였다. 왼쪽 뺨에서 콧마루까지 이어진 검고 두꺼운 자국은 흉터가 분명했다. 수염 사나이는 잠들어 있거나 의식을 잃은 터였고(롤랜드는 그가 코고는 소리를 들을 수 있었다.) 침대에서 약 1미터가량 허공에 떠 있었다. 그의 몸을 떠받들고 있는 것은 무척이나 다양하고 복잡한 벨트들이었다. 벨트들은 모두 흐릿한 조명 속에서 반짝거렸는데, 줄이 묘하게 교차되면서 남자의 전신을 8자 비슷한 일련의 기호로 떠받들고 있었다. 그건 말 그대로 거미줄에 걸린 벌레의 모습이었다. 사내 역시 얇은 병원복 차림이었다. 벨트 하나가 엉덩이 아래쪽에 끼이는 바람에, 몽롱한 잿빛 허공 속으로 잔뜩 성난 성기를 들이미는 것처럼 보였다. 그 아래로 다리 형태의 어두운 그림자가 보였지만 오래 전에 죽은 고사목 뿌리처럼 잔뜩 비틀려 있었다. 저런 식으로 비틀려버린 다리는 롤랜드도 기억하기도 싫을 만큼 보았었다. 하지만 저 다리는 움직이는 것처럼 보이지 않는가? 어떻게 그럴 수 있지? 저 턱수염 사나이는 잠들어 있는데……? 아마도 빛과 그림자의 장난일 것이다……. 아니면 남자의 얇은 내의가 산들바람에 흩날리거나…… 그도 저도 아니면…….

  롤랜드는 고개를 들어 천막 꼭대기의 넘실거리는 비단천을 보았다. 그 순간 심장박동이 빨라지기 시작했다. 그가 본 장면은 바람도 그림자도 뭐도 아니었다. 남자의 다리는 저절로 움직이고 있었다……. 롤랜드의 등이 움직이지 않고 움직이는 것처럼 말이다. 그런 현상이 어떻게 가능한지 이해할 수는 없었지만 알고 싶지도 않았다. 적어도 아직은 아니다.

"아직 준비가 안 됐어."

그가 속삭였다. 입술이 바짝바짝 말랐다. 그는 다시 두 눈을 감았다. 잠을 자고 싶었다. 턱수염 사나이의 비틀린 다리가 어떤 의미인지 생각하고 싶지 않았다. 하지만……

〈하지만 각오를 하는 게 좋을 걸?〉

그건 그가 긴장을 풀거나, 게으름을 피우거나 장애를 피하려고 할 때마다 늘 태클을 걸던 그 목소리였다. 요컨대 옛 스승, 코트의 목소리인 것이다. 어릴 적 모두가 무서워했던 회초리의 목소리. 하지만 그들은 회초리보다 그의 입을 더 무서워했다. 그들이 나약해질 때마다 퍼붓던 그의 조소와, 그들의 처지에 대해 불평하고 징징거릴 때면 어김없이 터져나왔던 비아냥거림.

〈롤랜드, 네가 총잡이냐? 그게 정말이라면 각오하는 게 좋을 게다.〉

롤랜드는 다시 눈을 뜨고 고개를 왼쪽으로 돌렸다. 무언가 가슴을 훑는 게 느껴졌다.

그는 아주 천천히 오른손을 들어올렸다. 등의 통증이 자근자근 그를 물어뜯기 시작했다. 그는 통증이 악화되는 것을 막기 위해 잠시 움직임을 멈추었다가 다시 가슴 위에까지 손을 끌어올렸다. 손에 닿은 것은 잘 짜인 천이었다. 고급 면. 턱을 가슴 쪽으로 내려 보니, 그 역시 턱수염 사나이의 몸을 감싸고 있는 것과 같은 병원복을 입고 있었다.

롤랜드는 가운의 목 밑으로 손을 넣어보았다. 고급 체인이 만져졌다. 그리고 조금 더 밑으로 내려가니 손가락에 사각형의 금속이 닿았다. 그게 무엇인지는 알고 있으나 분명히 해둘 필요가 있었다. 그는 등 근육에 부담을 주지 않도록 최대한 조심스럽게 움직여 금속을 꺼내 보았다. 금메달. 그는 고통을 무릅쓰고 메달을 들어 그 위에 새겨진 글이 보이도록 했다.

제임스
가족과 하느님의 사랑을 흠뻑 받기를

그는 메달을 다시 병원복 안으로 밀어 넣고 옆 침대에서 잠들어 있는 소년을 돌아보았다(아이는 떠 있는 것이 아니라 침대 위에 누워 있었다.). 시트가 갈빗대까지만 덮고 있는 덕분에 순백의 가슴 부위에 놓인 메달이 훤히 드러나 보였다. 롤랜드가 메고 있는 것과 똑같은 메달. 다른 게 있다면…….
롤랜드는 이해했다고 생각했다. 이해하고 나자 마음이 놓였다.
그는 턱수염 사나이를 보았다. 그때 너무나 기이한 장면이 눈에 띄었다. 남자의 뺨과 코에 나 있던 검은 상처가 사라진 것이다. 대신 그곳에는 상처가 치유된 진분홍빛 자국만이 남아 있었다……. 날카로운 칼자국처럼 얇은 자국.
'이건 환각이야!'
〈아니다, 총잡이, 자네 같은 자들에게 환각 따위는 없어. 잘 알잖나.〉
코트의 목소리였다.
그 작은 동작만으로도 너무나도 피곤했다…… 아니 그를 지치게 만든 것은 생각 때문인지도 모르겠다. 노래하는 벌레들과 땡

그랑거리는 종소리들이 어울려 도저히 견디기 어려운 자장가처럼 들려왔다. 롤랜드는 마침내 눈을 감고 잠에 빠져들었다.

Ⅲ. 다섯 자매. 제나. 엘루리아의 의사들. 메달. 침묵의 약속

롤랜드가 다시 깨어났을 때 아직 잠을 자고 있으며 지금은 꿈속이라고 생각했다. 끔찍한 악몽.

언젠가 수전 델가도와 사랑에 빠졌을 때 리아라는 이름의 마녀를 알고 있었다. 중간 세계에서 만난 최초의 진짜 마녀였다. 롤랜드도 어느 정도 역할을 하기는 했겠지만 수전의 죽음을 초래한 것도 그 여자였다. 그런데 눈을 뜨고 보니 리아가 하나도 아니고 다섯이나 보이는 것이 아닌가! '옛날 꿈을 꾸는 게야. 수전에 대한 안타까움이 대신 리아를 불러낸 거라고. 리아와 그의 수녀들.'

다섯 모두 벽과 천장만큼이나 새하얀 순백의 의상을 입고 있었다. 그들의 늙은 얼굴도 새하얀 두건으로 쌌는데, 순백의 의복과 대조적으로 얼굴피부는 가뭄이 든 논밭만큼이나 거칠고 수없이 금이 가 있었다. 머리를 묶은 비단 밴드에는(머리카락이 남아 있기는 한 걸까?) 작은 종들이 성구함처럼 매달려, 움직일 때마다 노래를 불렀다. 그리고 가슴 부분에 수놓은 피처럼 붉은 장미…… 그건 암흑의 탑의 상징이었다. 그것을 보면서 롤랜드는 '이건 꿈이 아니야. 이 쭈그렁 할망구들은 진짜야.' 라는 생각을 했다.

"깨어나고 있어."

그 중 하나가 소름 끼치도록 간살맞은 목소리로 외쳤다.
"우우!"
"우우우!"
"아!"
새들처럼 재잘대는 노파들. 가운데 노파가 앞으로 나섰는데 얼굴이 병동의 비단 벽처럼 부글부글 끓는 것 같았다. 저들은 늙은 게 아냐. 중년의 나이일지는 몰라도 늙지는 않았어.
'아냐. 늙었어. 변했어.'
책임자로 보이는 노파는 넓고 다소 도드라진 이마를 지녔으며 다른 여자들보다 키도 더 컸다. 그녀가 롤랜드를 향해 상체를 기울이자 이마를 수놓은 종들이 딸랑거렸다. 그 소리에 왠지 속이 거북해지고 힘이 빠지는 기분이었다. 그녀의 담색 눈은 호기심으로 가득했다. 아니, 호기심이 아니라 탐욕이리라. 그녀가 뺨을 만지자 그 부눈이 손 뒤기에 마비되는 듯했다. 그녀의 얼굴에 수심이 허깨비 꽃처럼 그득 담겨 있었다. 이윽고 그녀가 손을 거두어 들였다.
"깨어났군요! 미남 씨. 그래요, 정신을 차렸어요. 기쁘게도."
"당신들은 누구죠? 여긴 어딥니까?"
"우린 엘루리아의 어린 수녀들이랍니다. 나는 메어리 수녀, 여기는 루이스 수녀, 그리고 미셀라 수녀, 코퀴나 수녀……."
"그리고 타므라 수녀예요. 스물한 살의 사랑스런 처녀죠."
마지막 여자가 말하고는 킬킬거리고 웃었다. 그녀의 얼굴도 부글부글 끓었는데 정말로 우주만큼이나 늙어 보이는 얼굴이다. 매부리 코, 잿빛 얼굴. 롤랜드는 다시 리아를 떠올렸다.

그들이 좀 더 가까이 다가오더니 그를 떠받들고 있는 복잡한 벨트 시스템을 에워쌌다. 그때 통증이 등과 부상당한 다리를 치고 올라와, 롤랜드가 움찔하며 신음소리를 흘렸다. 그를 매단 벨트들도 삐걱거렸다.

"우-우-우!"

"아프겠다!"

"저런, 아프겠네!"

"진짜 아플 거야!"

그들은 그의 고통에 매료된 듯 더 가까이 다가왔다. 노파들에게서 냄새가 났다. 마른 흙냄새. 미셸라라는 노파가 손을 내밀었다.

"손 치워요! 그를 내버려 두라는 말 못 들었나요?" 그 목소리에 그들이 얼른 뒤로 물러났다. 메어리 수녀가 제일 화가 난 표정을 지었지만 그래도 물러나기는 했다. 그때 롤랜드는 그녀가 그의 가슴 위에 놓인 메달을 탐욕스럽게 훔쳐보았음을 눈치챘다. 분명했다. 아까 깨어 있었을 때 환자복 아래로 집어넣었던 메달이 어느새 다시 밖으로 나와 있었다.

여섯 번째 수녀가 메어리와 타므라 사이를 거칠게 헤집고 나타났다. 그녀는 정말로 스물한 살처럼 보였다. 상기된 뺨, 부드러운 피부, 검은 두 눈. 그녀의 순백 의상이 꿈결처럼 펄럭였다. 그녀의 가슴 위에도 붉은 장미가 저주처럼 도드라져 있었다.

"가요! 어서 나가란 말이에요!"

"우-우, 이런! 드디어 제나가 왔군. 그래, 제나, 남자와 사랑에 빠진 거구나, 응?"

루이스가 웃는 동시에 화난 목소리로 말했다.

"맞아! 아이의 심장은 늘 보물을 탐하지."

타므라도 웃음을 터뜨렸다.

"오, 맞는 말이야!"

코퀴나 수녀가 맞장구를 쳤다. 메어리도 새 여자를 돌아보았으나 입은 굳게 다문 채였다.

"여기 볼 일 없잖아? 건방진 꼬마 계집."

"내가 있다고 하면 있는 거죠. 그러니 어서 나가요. 이 분은 여러분 농담이나 조롱거리가 아닙니다."

제나 수녀가 말했다. 이제 그녀도 다소 진정된 듯 보였다. 검은 머리칼 한 올이 두건에서 빠져나와 이마에 쉼표를 그려놓았다.

"우리에게 명령하지 마. 그리고 우린 농담 같은 거 안 해. 제나 수녀, 그건 너도 잘 알잖아?"

메어리 수녀였다.

그 소리에 소녀는 다소 주눅 든 표정을 지었다. 그녀도 저들을 두려워하고 있는 게 분명했다. 그 바람에 롤랜드도 더럭 겁이 났다. 자신뿐 아니라 그녀의 처지까지 안쓰러워서였다.

"어서 나가요. 더 기다려요. 아직 돌볼 환자들도 있잖나요?"

그녀가 다시 말했다.

메어리 수녀는 생각에 잠긴 듯 보였고 다른 노파들은 그녀를 주시했다. 마침내 그녀가 고개를 끄덕이고는 롤랜드에게 미소를 지어보였다. 그녀의 얼굴이 다시 부글부글 끓기 시작했는데 마치 여름 아지랑이를 통해 보는 얼굴을 보는 것 같았다. 그 속에서 본 것만으로도(또는 봤다고 생각한 것만으로도) 그는 형언할 수없이 두렵고 고통스러웠다.

"잘 있어요, 미남 씨. 달아나진 말고. 곧 데리러 올 테니까."
그녀가 롤랜드에게 말했다.
'아니면 내가 뭘 할 수 있지?' 롤랜드가 속으로 중얼거렸다.
다른 넷이 웃었다. 새들이 지저귀는 소리가 리본처럼 어둠 속에 피어올랐다. 미셸라는 정말 키스를 날려 보내기까지 했다.
"아가씨들, 가자. 제나의 엄마를 봐서 오늘은 그냥 가야겠다. 우린 그 애를 사랑했잖니?"
메어리 수녀가 외쳤다. 그녀는 그 말을 마지막으로 다른 노파들을 데리고 떠났다. 중앙통로에서 이륙하는 다섯 마리 하얀 새들. 그들의 치마가 이리저리 흔들렸다.
"고맙습니다."
롤랜드가 제나를 올려다보며 말했다. 그를 매만져준 바로 그 여자였다.
그녀가 이를 증명하기라도 하듯 그의 손을 잡고 어루만졌다.
"그대에게 해를 끼칠 사람들은 아니에요."
그녀가 말했다. 하지만 롤랜드는 그녀도 그 말을 믿지 않는다는 것을 알았다. 물론 그도 믿지 않았다. 곤경에 빠진 것이다. 그것도 끔찍한 곤경에.
"여기는 어딥니까?"
"우리 집이에요. 엘루리아의 어린 수녀들의 집. 원하신다면 수녀원이라도 해도 좋아요."
"수녀원이 아니라, 병원이나 진료소 같군요."
그가 그녀 뒤쪽의 텅 빈 침대들을 바라보며 말했다.
"병원이라고 해두죠. 우린 의사들을 도와주고…… 의사들도 우릴 도와주니까요."

그녀는 여전히 그의 손을 어루만졌다. 그는 그녀의 크림색 이마에 걸린 검은 머리카락에 매료되었다. 손을 들 힘만 있었다면 그도 그 한 올의 머리칼을 만지작거렸을 것이다. 그 촉감을 느끼고 싶었다. 그 머리칼이 아름다운 것은 이 순백의 세계에서 유일하게 검은 물체이기 때문이다. 이제 흰색은 끔찍했다.

"우린 병원 사람들이에요……. 적어도 세계가 변하기 전에는 그랬죠."

"예수 쪽입니까?"

그녀는 놀란 표정을 지었다. 아니 거의 충격을 받은 표정이었지만 이내 밝게 웃기 시작했다.

"아니, 절대 아니에요."

"당신들이 병원 사람들…… 간호원이라면, 의사들은 어디 있죠?"

그녀가 그를 바라보며 아랫입술을 깨물었다. 뭔가를 결심하는 사람의 표정이었다. 롤랜드는 그녀가 더할 나위 없이 매혹적임을 인정해야 했다. 정상이든 아니든, 수전 델가도가 죽은 이후, 그는 처음으로 여자다운 여자를 보고 있었다. 더욱이 수전 델가도는 너무나도 오래 전 일이다. 그 후로 세상은 완전히 바뀌었고, 또 나빠졌다.

"꼭 아셔야겠나요?"

"예, 물론입니다."

그가 말했다. 조금 놀랍기도 했고 불안하기도 했다. 지금껏 그녀의 얼굴도 다른 노파들처럼 들끓기를 기다렸지만 그녀는 그러지 않았다. 게다가 죽은 땅의 역겨운 냄새도 나지 않았다.
'기다려. 아직 아무것도 믿으면 안 돼. 감각에 의존해서도 안 되고. 아직은.'
"그럴 거라고 생각은 했어요."
그녀가 한숨을 쉬며 말했는데 덕분에 이마의 종이 딸랑거렸다. 그녀의 종은 노파들보다 더 짙은 색이며, 머리카락보다 숯에 가까운 색이었다. 캠프파이어의 연기에 매달아놓기라도 한 것 같은…… 하지만 소리만큼은 더 할 나위없이 화려한 은방울 소리였다.
"비명을 지르지 않겠다고 약속해 주세요. 저쪽 침대의 아기를 깨우고 싶지는 않거든요."
"아기?"
"소년. 그대는 약속하시나요?"
"그러리다. 어쨌든 비명을 지른 지도 오래 전이오. 예쁜 아가씨."
그는 자기도 모르게 오래전에 잊었던 과거세계의 속어를 사용했다.
그녀는 그 말에 조금 더 얼굴이 빨개졌다. 가슴에 새겨진 것보다 더 자연스럽고 생생한 장미가 그녀의 두 볼에 피었다.
"그대는 제대로 보지 않고 예쁘다고 하면 안 됩니다."
그녀가 말했다.
"그럼, 두건을 젖혀봐요."
물론 그녀의 얼굴은 너무도 잘 보였다. 그가 보고 싶은 건 그녀의 머리카락이었다. 그 바람은 갈증에 가까울 정도였다. 이 꿈 같은 순백의 세계에서 넘실거리는 칠흑의 물결. 그녀의 머리가 짧을 수도 있다. 그녀의 종파 사람들이 그런 머리를 강요했을 수도 있으니까 말이다. 하지만 왠지 그렇게 생각하고 싶지 않았다.

"안 됩니다. 그건 금지되어 있어요."

"누가요?"

"수석 수녀님."

"메어리라는 여자 말인가요?"

"예, 그분 맞아요."

그녀가 조금 놀란 표정을 짓고는 잠시 망설이다가 어깨 너머를 돌아보았다. 그녀 또래의 소녀라면, 게다가 이렇게 아리따운 아가씨라면, 그렇게 돌아보는 것만으로도 도발일 수 있을 터이나 그녀는 너무나 진지하기만 했다.

"아까 하신 약속은 지키셔야 해요."

"그래요. 비명은 지르지 않겠소."

그녀는 치마를 흔들며 턱수염 사나이에게로 갔다. 그녀가 대형 천막의 여명 속을 지나가자 텅 빈 침대마다 여린 그림자가 던져졌다. 남자의 침대에 다다른(남자는 자는 게 아니라 의식을 잃은 게 분명했다.) 그녀가 다시 한번 롤랜드를 돌아보았다. 그가 고개를 끄덕였다.

제나 수녀는 허공에 떠 있는 남자의 침대 반대쪽으로 돌아갔다. 덕분에 롤랜드는 얽히고설킨 하얀 비단 사이로 그녀를 볼 수 있었다. 그녀가 두 손을 남자의 왼쪽 가슴에 올려놓고 상체를 숙이더니…… 고개를 좌우로 가볍게 흔들었다. 마치 가벼운 반대의사를 드러내는 사람처럼. 그리고 이마에 두른 종소리가 거친 울음소리를 토해냈다. 롤랜드의 등에서 다시 한번 기이한 움직임이 일더니, 조용하고 아련한 고통이 휩쓸고 지나갔다. 그건 경련 없는 경련이자, 꿈속에서의 전율 같은 느낌이었다.

그 다음 광경은 비명을 자아내기에 충분하고도 남았다. 그는 입술을 깨물고 가까스로 참았다. 의식을 잃은 남자의 두 다리가 저절로 움직이더니(실제로 움직인 것은 다리 위에 있는 물체였다.) 남자의 털북숭이 정강이, 복숭아 뼈, 그리고 두 발이 침대 시트 밑으로 드러났다. 그의 발을 덮었던 검은 벌레들이 파도를 치며 발끝으로 이동하기 시작했다. 그들은 행군하는 군인들처럼 씩씩하게 노래를 불렀다.

롤랜드는 남자의 뺨과 코에 있던 검은 상처를 떠올렸다. 어느새 사라져버린 상처. 그건 그 이상의 의미였다. 벌레들은 그에게도 있다. 그가 떨지 않고도 떨 수 있었던 것도 그 때문이었다. 벌레들이 그의 등을 뒤덮고 집중포화를 퍼붓고 있는 것이다.

안 돼. 비명을 참는 것은 생각만큼 그렇게 쉬운 일이 아니었다.

벌레들은 매달린 남자의 발가락 끝으로 가더니, 강둑에서 물속으로 뛰어드는 개구쟁이들처럼 파도를 이루며 차례로 뛰어내렸다. 그들은 순백의 시트 위에서 노련한 군인들처럼 재빨리 열을 맞추더니 다시 한번 넓은 보폭으로 마룻바닥을 향해 나아가기 시작했다. 거리도 너무 멀고 조명이 어두워, 그 광경을 정확히 볼 수는 없었다. 하지만 그는 벌레들의 크기가 개미의 두 배가 되고 고향의 화단에 몰려들던 살찐 꿀벌들보다는 조금 작다고 생각했다.

그들은 행군하면서 군가를 불렀다.

턱수염 사나이는 노래를 부르지 않았다. 비틀린 두 다리를 뒤덮고 있던 벌레 떼가 줄어들자 그는 부르르 떨면서 신음을 내뱉었다. 소녀가 그의 이마를 만지며 달래주었는데 그 끔찍한 광경에도 불구하고 롤랜드는 묘한 질투를 느꼈다.

그 광경이 정말로 그렇게 소름 끼쳤던 걸까? 길르앗에서도 뇌와 겨드랑이, 그리고 특히 사타구니의 붓기를 치료하기 위해 종종 거머리가 쓰이곤 했다. 뇌에 관해서라면, 그 대안으로 쓰이는 천공보다 훨씬 참아줄 만하지 않은가?

하지만 이 벌레들은 왠지 징그러운 데가 있었다. 아마도 잘 볼 수가 없어서일 것이다. 더욱이 그가 무기력하게 허공에 매달려 있는 동안 벌레들이 등을 온통 뒤덮고 있다고 생각하니 소름이 끼쳤다. 하지만 그의 벌레들은 노래를 부르지 않았다. 왜지? 먹고 있기 때문에? 잠자고 있어서? 아니면 먹으면서 잠을 자기 때문에?

턱수염 사나이의 신음소리가 잦아들었다. 벌레들은 부드럽게 물결치는 비단 벽을 향해 전진하더니 이윽고 그림자 속으로 사라져버렸다.

제나가 불안한 표정으로 그에게 돌아왔다.

"잘하셨어요. 하지만 기분은 이해해요. 그대의 얼굴에 씌어 있으니까요."

"의사들이로군요."

"예. 저들의 힘은 굉장해요. 하지만…… (목소리를 낮추며) 저 가축 상인은 그들의 도움도 소용없을 것 같군요. 다리도 진전이 있고 얼굴 상처도 모두 치료했는데, 의사들이 다다를 수 없는 부분까지 다쳤어요."

그녀가 손으로 명치끝을 훑어 상처 부위를 알려주었으나 어떤 부상인지는 말하지 않았다.

"나는 어떤가요?"

롤랜드가 물었다.

"그대는 녹색 종족들이 데리고 있었어요. 곧바로 죽이지 않은 걸 보면, 그들을 크게 화나게 한 모양이더군요. 그들은 그대를 묶어서 끌고 다녔죠. 타므라, 미셀라, 루이스가 약초를 캐러 갔다가, 녹색 종족이 그대를 희롱하는 장면을 목격하고 그들에게 멈추라고 했대요. 하지만……"

"돌연변이들이 늘 당신들 말에 복종합니까, 제나 수녀님?"

그녀가 미소 지었다. 그가 이름을 불러준 것이 기쁜 모양이다.

"항상은 아니지만 대개는요. 이번에는 복종했어요. 아니면 그대는 숲 속 공터에 버려져 있었을 겁니다."

"그렇겠죠."

"등의 살갗이 거의 다 벗겨져 있었어요. 목에서 허리까지 온통 빨간 피투성이였죠. 평생 흉터를 짊어지고 살아야겠지만 그래도 의사들이 거의 고쳐놓은 모양이에요. 그들의 노랫소리가 밝지 않던가요?"

"예. 여러분께 진심으로 감사드립니다."

롤랜드는 그렇게 대답했지만 그 검은 벌레들이 그의 등을 뒤덮고 맨살을 희롱한다는 생각은 여전히 역겹기만 했다.

"내가 해줄 수 있는 일이라도 있으면……"

"그럼, 이름을 말해주세요. 그러면 돼요."

"난 길르앗의 롤랜드입니다. 총잡이죠. 리볼버 두 자루가 있었는데 혹시 보셨습니까, 제나 수녀?"

"총 같은 건 없었어요."

그녀는 이렇게 말했지만 시선을 피했다. 다시 그녀의 뺨에 장미가 피어났다. 그녀는 훌륭한 간호원이고 또 미인이다. 하지만 거짓말쟁이는 되지 못했다. 그는 기뻤다. 거짓말쟁이는 흔해빠졌지만 그 반대로 정직한 이는 매우 드물었던 것이다.

'거짓은 일단 눈감아 주자. 그녀도 두려워하고 있으니까.'

"제나! 어서 나오지 못하겠니? 넌 이미 스무 명의 남자를 홀릴 만큼의 말을 했어! 그 사람 안 재우냐?"

그 소리는 진료실 맨 끝 어둠 속에서 새어나왔는데(오늘따라 병동은 왜 그리도 길어 보이는지.) 그 소리에 제나 수녀가 죄지은 사람처럼 펄쩍 뛰었다.

"네! (그리고는 롤랜드에게) 의사들을 보여줬다는 건 아무한테도 얘기하지 마세요."

"약속하겠소, 제나."

그녀가 잠시 멈추고는 다시 입술을 깨물었다. 그리고 갑자기 두건을 뒤로 젖혔다. 두건이 목덜미 뒤로 떨어지며 부드러운 종소리를 흘렸다. 이윽고 구속을 벗어난 머리카락이 그림자처럼 그녀의 두 뺨 위로 흘러내렸다.

"제가 예쁜가요? 정말로요? 솔직하게 말해주세요, 길르앗의 롤랜드. 입바른 소리는 싫어요. 아첨은 고작 촛불 하나 탈 때까지만 효력이 있으니까요."

"여름밤만큼이나 예뻐요."

그의 말보다도 표정이 그녀를 더 기쁘게 했을 것이다. 그녀가 환하게 웃더니 두건을 다시 썼다. 그리고 신속한 손놀림으로 머리를 두건 속으로 밀어 넣었다.

"어때요? 괜찮나요?"

"아름답고 정숙하오."

그는 그렇게 말한 다음 조심스럽게 손을 들어 그녀의 이마를 가리켰다.

"머리카락 한 올…… 바로 거기."

"아, 늘 요 하나가 날 괴롭혀요."

그녀는 우스꽝스런 미소를 지어보이곤 그 머리카락마저 안으로 밀어 넣었다. 롤랜드는 그녀의 붉은 뺨에 입을 맞추고 싶어 미칠 것만 같았다……. 그녀의 장밋빛 입술에도…….

"다 됐어요."

그가 말했다.

"제나! 명상시간이다!"

고함소리는 아까보다도 더 신경질적이었다.

"지금 가요!"

그녀가 외치고는 펑퍼짐한 치마를 들고 떠날 차비를 했다. 그리고 다시 한번 그를 돌아보았는데 그 표정이 너무나도 진지하고 심각했다. 그녀가 얼른 사방을 훑어보고는 거의 속삭이는 듯한 목소리로 말했다.

"그 목걸이…… 당신이 걸고 있는 이유는 당신이 주인이기 때문이에요. 아시겠어요……, 제임스?"

"그래요. 이애는 내 동생입니다."

그가 슬쩍 고개를 돌려 아이를 보았다.

"저들이 물었을 때 다른 대답을 하면 제나는 큰 위험에 처하게 될 거예요."

얼마나 큰 위험인지는 물어볼 필요도 없었다. 이윽고 그녀도 떠나갔다. 한 손으로 치마를 움켜쥐고 빈 침대 사이의 통로를 따라 물처럼 흘러갔다. 얼굴의 홍조도 사라져 마지막엔 뺨과 이마가 창백하게만 보였다. 그는 노파들의 탐욕스런 표정들을 떠올려 보았다. 당장이라도 잡아먹을 듯 주변을 에워싸던 그들. 부글부글 끓는 얼굴들.

여섯 여인. 노파 다섯에 소녀 하나.

종소리에 맞춰 노래를 부르며 방바닥을 행군하는 의사들.

그리고 100여 개의 침대에, 비단 벽과 비단 천장이 있는 기이한 병동…….

……텅 빈 침대들.

롤랜드는 제나가 왜 바지에서 죽은 소년의 메달을 꺼내 목에다 걸어주었는지는 알지 못했다. 하지만 그렇게 했다는 사실을 들킬 경우 엘루리아의 어린 수녀들이 그녀를 죽일지도 모른다는 생각은 들었다.

롤랜드는 눈을 감았다. 그러자 의사-벌레의 부드러운 노랫소리가 다시 그를 들어 올려 잠 속으로 집어 던졌다.

Ⅳ. 수프 그릇. 옆 침대의 소년. 야간근무 간호사들.

롤랜드는 커다란 벌레가(아마도 의사벌레일 것이다.) 날아다니며 계속해서 그의 머리에 코를 박아대는 꿈을 꾸었다. 고통스럽다기보다는 짜증스러운 충돌이다. 그는 반복적으로 벌레를 쳐내야 했는데, 평소 같으면 섬뜩할 정도로 빠른 그 손이 연신 헛손질만 해댔다. 그리고 그때마다 벌레가 키득거리며 웃었다.

'내가 아프기 때문에 동작이 굼뜬 거야.' 그가 생각했다.

아니, 매복을 당했어. 느림보 돌연변이들에게 질질 끌려갔다가 엘루리아의 어린 수녀들에게 구조를 받았지.

롤랜드는 전복된 화물마차 뒤에서 한 남자의 그림자를 보았고 "부우!" 하는 거친 환호성을 들었다.

그가 깜짝 놀라 잠에서 깼다. 어찌나 놀랐던지 벨트 시스템이 이리저리 요동을 쳤다. 그 바람에 머리맡에 서서 나무 숟가락으로 그의 코를 두드리며 키득거리던 여자가 놀라 뒷걸음질치다가 다른 손에 든 그릇을 놓치고 말았다.

롤랜드의 두 손이 번개처럼 쏟아져나갔다. 언제나처럼 재빠른 솜씨였다. 벌레를 잡지 못한 것은 그저 꿈에 불과했다. 그는 수프가 몇 방울 떨어지기도 전에 허공에서 그릇을 잡아냈다. 여자가, 그러니까 코쿼나 수녀가 놀란 눈으로 그를 바라보았다.

갑작스런 몸놀림으로 등 위아래가 모조리 쑤셨지만, 잠들기 전에 비하면 그야말로 천양지차가 아닐 수 없었다. 게다가 등에서 꿈틀거리던 느낌도 완전히 사라졌다. 의사들이 잠든 것일 수도 있겠지만, 그는 그들이 모두 철수했다고 확신했다.

총잡이는 코쿼나가 그를 희롱하는 데 사용한 스푼을 향해 손을 내밀었다. 그녀가 스푼을 건넸다. 그녀의 눈은 여전히 왕사탕만 했다. 노파들이 그런 식으로 병자들이나 잠든 사람들을 놀렸다고 해서 그가 놀랄 이유는 하나도 없었다. 그게 제나였다면 놀랐겠지만 말이다.

"진짜 빠르군! 마술을 보는 것 같았다오. 더군다나 막 잠에서 깬 사람이."

그녀가 탄성을 질렀다.

"잊지 않는 게 좋을 거요. 탕구."

그가 짧게 말하고는 수프 맛을 보았다. 잘게 찢은 닭살이 여기 저기 떠 있었다. 다른 때였다면 다소 싱거웠을 요리가 지금은 천하일미가 따로 없었다. 그는 허겁지겁 수프를 먹기 시작했다.

"탕구가 무슨 뜻이지?"

그녀가 물었다. 빛은 무척이나 어두웠다. 비단 벽을 가로지르는 오렌지색 기운으로 보아 석양 무렵인 듯했다. 그 빛으로 보니 코퀴나조차 젊고 예뻐 보였다……. 하지만 그건 마법에 불과했다. 마법으로 이루어진 화장술.

"아무 뜻도 없소."

롤랜드는 스푼을 내려놓고 그릇 째로 들이키기로 했다. 그러자 수프는 불과 네 모금 만에 바닥이 나고 말았다.

"지금까지 내게 친절하게 대해……"

"그래, 그랬어!"

그녀는 마치 화난 사람처럼 외쳤다.

"……물론 그 친절에 숨은 의도가 없길 빌겠소. 만일 그렇다면, 수녀, 내 빠른 손놀림을 기억해야 할 거요. 나로 말하자면 별로 친절한 남자는 못 되니까."

그녀는 아무 대답 않고 롤랜드가 건네준 수프 그릇을 건네받았다. 매우 조심스런 동작이었는데 아무래도 그의 손에 닿고 싶지 않은 모양이었다. 그녀의 시선이 메달 근처를 머뭇거렸지만 메달은 이미 환자복 안으로 숨은 터였다. 그는 더 이상 아무 말도 하지 않았다. 지금 막 협박을 한 남자가, 발가벗은데다가 무장도 없이 허공에 매달려 있는, 무기력한 환자라는 사실을 상기시킴으로써 효과를 반감시키고 싶은 생각도 없었다.

"제나 수녀는 어디 있소?"

그가 물었다. 질문에 그녀가 이마를 치켜떴다.

"우우우. 우리도 그녀를 좋아하지. 아주. 그런데 그 앤 우리 가슴을······."

그녀가 가슴에 박힌 장미에 한 손을 댄 채 빠른 속도로 주절거렸다.

"아니, 됐소. 아무튼 제나는 친절한 소녀요. 그녀라면 누구처럼 스푼으로 환자를 희롱하지는 않겠지."

롤랜드가 말했다. 코퀴나 수녀의 미소가 꺼져버렸다. 그녀는 화난 표정과 초조한 표정을 동시에 지어보였다.

"나중에 메어리한테 그런 말 하면 안 돼. 그랬다간 난 큰일 난단 말이야."

"난 상관없소."

"나를 곤란하게 만들면 제나를 괴롭히겠어. 어쨌든 그 앤 지금 수석 수녀의 블랙리스트에 올라 있으니까. 메어리 수녀가 제나의 말버릇을 그냥 넘어가 줄 것 같아? 제나가 암흑의 종을 매달고 돌아온 것도 가뜩이나 못마땅해 하는데."

이건 자신도 모르게 나온 말이었다. 그녀는 하지 않아야 할 말을 했음을 강조하기라도 하듯 주책없는 주둥이를 얼른 손으로 막

아버렸다.

롤랜드도 그녀의 말에 혹하기는 했으나, 아직은 내색할 때가 아니라는 판단에 화제를 바꾸기로 했다.

"당신 얘기는 하지 않겠소. 대신 메어리 수녀에게 제나 얘기도 꺼내지 마시오."

코퀴나가 다행이라는 표정을 지었다.

"에, 좋아, 거래하지. (그리고 고자질이라도 하듯 상체를 숙이며) 그녀는 명상의 집에 있어. 언덕 옆에 있는 작은 동굴인데, 수석 수녀가 우리 잘못을 바로 잡아야겠다고 결심하면 우린 거기 가서 명상을 해야 해. 그 애도 메어리가 내보내 줄 때까지 거기서 버르장머리를 참회해야 하는 거라고. (갑자기 어투를 바꾸며) 그대 옆에 있는 자는 누구지? 아는 사람인가?"

롤랜드는 고개를 돌렸다. 소년은 깨어나 두 사람의 얘기를 듣고 있었는데 제나 만큼이나 새까만 눈이었다.

"아냐고? 어떻게 친 동생을 모를 수 있겠소?"

그는 일부러 기가 막힌다는 억양을 넣어 되물었다.

"그래? 그런데 왜 이 아이는 어린데 당신은 그렇게 늙은 거지?"

그때 어둠 속에서 또 한 명의 수녀가 솟아나듯 나타났다. 타므라 수녀. 스스로 스물한 살이라고 했던 여자이다. 그녀의 얼굴은 다시는 80으로, 아니 90으로도 돌아가지 못할 만큼 쭈그렁바가지였으나, 다가오는 동안 얼굴이 다시 꿈틀거리기 시작하더니 롤랜드의 침대에 다다르기도 전에 이미 30세 정도의 포동포동하고 건강한 여인의 모습으로 변해 있었다. 하지만 눈은 예외였다. 두 눈은 여전히 노란 각막에, 눈자위도 점액으로 덮여 있었다. 게다가 잔뜩 경계하는 눈빛이었다.

"막내니까. 난 장남이고. 우리 사이에만도 일곱이나 있소. 모두 부모님이 계셨던 20년 동안 일어난 일이지."

"능력도 좋으셔라! 그래, 그대의 동생이라면 적어도 이름은 알겠군 그래, 응? 물론 아주 잘 알겠지."

총잡이가 버벅거리기도 전에 소년이 나섰다.

"저 할망구들은 형이 존 노먼 같은 간단한 꼬리표도 잊은 줄 아는 모양이에요. 멍청한 늙은이들 같으니. 안 그래, 지미 형?"

코퀴나와 타므라가 옆 침대의 해쓱한 소년을 돌아보았다. 화가 나지만 어쩔 수 없이 그의 말을 인정한다는 표정이다. 적어도 당분간은.

"쓰레기죽 다 먹었잖아. 그러니 꺼지는 게 어때? 오랜만에 형하고 회포나 풀게."

소년이 말했다. 그의 메달에는 분명히 가족과 하느님의 사랑을 흠뻑 받는 존이라고 새겨 있으리라.

"좋아! 난 이런 감사의 분위기가 맘에 들어. 정말로 좋다고."

코퀴나 수녀가 외쳤다.

"내가 고마워하는 건 뭔가를 받았을 때뿐이야. 빼앗겼을 때가 아니라고."

노먼이 그녀를 뚫어져라 노려보았다.

타므라가 콧방귀를 뀌고는 휙 하고 돌아섰다. 그녀는 치맛자락을 휘저어 롤랜드의 얼굴에 돌풍을 날린 후에야 자리를 떠났다. 코퀴나는 좀 더 머물렀다.

"조심하라고. 아침이면 당신이 나보다 더 좋아하는 이가 곤경에 처할 수도 있어. 그래, 일주일씩 기다릴 필요도 없겠군."

코레나는 대답도 기다리지 않고 돌아서서 타므라 수녀의 뒤를 쫓았다.

롤랜드와 존 노먼은 두 마녀가 사라질 때까지 기다렸다. 그리고 노먼이 롤랜드를 돌아보며 목소리를 낮추어 말을 걸었다.

"형은 죽은 거죠?"

롤랜드가 고개를 끄덕였다.

"행여나 가족을 만날까 싶어 메달을 떼어왔다. 메달은 돌려주겠다만 형에 대해서는 안됐구나."

"감사합니다. 저 할망구들은 자세히 얘기해 주지 않았지만 녹색인간들이 그렇게 한 건 나도 알고 있어요. 놈들이 사람들을 많이 죽였어요. 부상당한 사람들도 많고."

존 노먼이 아랫입술을 파르르 떨더니 다시 이를 악물었다.

"어쩌면 저 수녀들도 잘 모를 수도 있어."

"알고 있어요. 그건 분명해요. 말을 안 해서 그렇지 거의 다 알고 있다고요. 제나는 다르지만요. 저 늙은이들이 '당신 친구'라고 한 게 그녀 맞죠, 예?"

롤랜드가 고개를 끄덕였다.

"그리고 암흑의 종 얘기도 했어. 가능하다면 그 얘기도 듣고 싶구나."

"그녀는 특별한 존재예요. 제나 말이에요. 늙은 수녀들 동료라기보다는 오히려 공주처럼 보이거든요. 혈족의 의무로 인해 어쩔 수 없이 이곳에 묶여 있는 공주······. 아무튼 난 여기 누워 잠든 척하고 있지만(그게 더 안전할 것 같아서죠.) 그들 얘기는 다 듣고 있었어요. 제나는 최근에 이곳에 왔는데 암흑의 종들은 특별한 물건인가 봐요. 하지만 아직 세력을 장악하고 있는 건 메어리예요. 아무래도 암흑의 종은 의식과 관련된 모양이더군요. 그러니까 옛날 귀족들이 대대로 물려주는 가보 비슷한 거죠. 지미의 메달을 걸어준 게 그녀인가요?"

"그래."

"절대로 벗으면 안 돼요. 금 때문인지 신 때문인지는 몰라도 노파들이 접촉을 꺼리는 것 같더라고요. 내가 아직 살아있는 것도 그 덕분일 거예요." 갑자기 소년의 얼굴이 심각하게 변하더니 목소리의 힘까지 빠졌다. "저들은 인간이 아니에요."

"에, 네 말대로 괴팍하고 주술적이긴 하다만 그렇다고……"

"아니에요! 그냥 허브 채집하는 노파나 마녀 정도로 생각하는 모양인데, 결코 그렇지 않아요. 사람이 아니라니까요."

소년은 아예 팔꿈치로 버티고 일어나 롤랜드를 노려보기까지 했다.

"그럼, 뭐지?"

"몰라요."

"존, 넌 어떻게 여기 온 거니?"

존 노먼은 다시 목소리를 낮추고는, 그의 상황을 아는 대로 들려주었다. 요약하자면, 그와 형을 비롯해, 손이 빠르고 좋은 말을 가진 네 명의 젊은이가 척후병으로 선발되었다. 씨앗, 식량, 우편물, 그리고 네 명의 신부를 실은 일곱 척의 마차와 상인들을 엘루리아 서쪽 320킬로미터에 있는 테주아스라는 독립 마을로 이끌고 가는, 기사단 비슷한 역할이었다. 척후병들은 말을 타고 교대로 행렬의 앞뒤를 살피며 다녔다. 노면의 말에 의하면 두 형제가 각각 한 팀을 맡았다고 했다. 이유는 둘이 함께 있으면 늘 형제처럼…… 에……

"형제처럼 싸우기 때문이겠지."

롤랜드가 어깻짓을 했다.

"예."

존 노면이 쓸쓸한 미소를 지으며 대답했다.

존이 속한 3인조가 뒤를 맡을 때였다. 화물 마차에서 약 3킬로미터 처진 지점이었는데, 엘루리아에 숨어 있던 녹색 돌연변이들이 행렬을 덮쳤다.

"거기 갔을 때 마차를 몇 척이나 보았죠?"

그가 롤랜드에게 물었다.

"하나뿐이었다. 뒤집어져 있더군."

"시체는요?"

"네 형뿐이었어."

존 노면이 슬픈 표정으로 고개를 끄덕였다.

"아마도 메달 때문에 그냥 두었을 거예요."

"돌연변이들이?"

"수녀들이죠. 돌연변이들은 금도 신도 몰라요. 하지만 이 미친 년들은……"

그는 칠흑처럼 어두운 실내를 들여다보았다. 롤랜드는 왠지 전신이 마비되는 기분이 들었다. 하지만 죽에 독이 들어 있다는 사실을 안 것은 더 나중이었다.

"다른 마차들은? 전복되지 않은 마차들은 어떻게 되었지?"

롤랜드가 물었다.

"돌연변이들이 끌고 갔을 겁니다. 화물도요. 놈들은 금이나 신에 관심이 없지만, 노파들은 화물에 관심이 없거든요. 스스로 식량을 마련할 재간이 없는 놈들 같았어요. 생각하기도 끔찍하지만, 아무튼 그 더러운…… 벌레들처럼 말이에요."

그와 팀원들이 엘루리아로 달려갔을 땐 이미 싸움이 끝난 후였다. 사람들이 여기저기 누워 있었는데 죽은 사람도 있었지만 그때만 해도 살아 있는 사람이 더 많았다. 최소한 다른 마을에서 사온 새 신부 둘은 살아 있었다. 걸을 수 있는 생존자들은 녹색 인간들이 몰고 가는 중이었다. 존 노먼도 볼링모자를 쓴 돌연변이와 붉은색 넝마조끼 여자를 기억하고 있었다.

노먼 팀도 싸우려 했다. 하지만 노먼이 마지막으로 본 건 동료 하나가 화살에 배를 뚫리는 장면이었다. 누군가 뒤에서 뒤통수를 갈기는 바람에 그도 그대로 정신을 잃었기 때문이다.

롤랜드는 기습하기 전 놈이 "부-우!"라고 외쳤는지 궁금했지만 묻지는 않았다.

"정신을 차려보니 여기였어요. 그리고 그때 다른 사람들에게 그 벌레들이 붙어 있는 걸 봤죠. 거의 모두가요."

노먼이 말했다.

"다른 사람들? 이곳에 온 사람들이 몇이나 있었지?"

롤랜드는 그렇게 물으며 텅 빈 침대들을 둘러보았다. 어둠 속에서 보니 침대들이 마치 검은 바다에 떠 있는 무인도처럼 보였다.

"최소 스물. 그들은 (벌레들의) 치료를 받았고 그러고는 한 명씩 사라졌어요. 잠을 자고 일어나면 빈 침대가 하나씩 늘어났죠.

그런 식으로 하나씩 사라지더니 이제 나하고, 저 아래 사람만 남은 거예요."

그는 침울한 표정으로 롤랜드를 보았다.

"그리고 당신이 온 거죠."

롤랜드는 현기증을 느꼈다.

"노먼, 난……"

"뭐가 문제인지 알아요."

노먼이 말했다. 그의 목소리가 너무도 아련하게 들렸다. 마치 지구 끝에서라도 들리는 목소리 같은…….

"수프예요. 아무튼 먹긴 해야죠. 남자건 여자건. 어쨌든 진짜 여자라면요. 하지만 저들은 진짜가 아니에요. 제나 수녀조차 진짜는 아니니까. 착하다고 모두 진짜는 아니죠. (그의 목소리가 더욱 더 멀어지고 있었다.) 결국 그녀도 그들처럼 될 거예요. 내 말 잊지 마세요."

"움직일 수가 없어."

심지어 말하는 것조차 너무나도 힘들었다. 천근을 들어 올리는 고통.

그때 노먼이 갑자기 웃기 시작했다. 정말로 끔찍한 소리였는데 그 소리가 롤랜드의 머리를 채운 어둠 속에서 메아리쳤다.

"당연하죠. 수프에 넣은 건 단순한 수면제가 아니거든요. 그건 마비제이기도 해요. 나한테는 별로 문제가 없지만요……. 도대체 내가 아직까지 여기 남아 있는 이유가 뭐겠어요?"

노먼은 이제 지구 끝이 아니라 달나라에서 얘기를 하고 있었다.

"아무래도 우리 둘 다 이 평지에서 떠오르는 태양을 다시는 못

볼 것 같은데요?"

'그건 네 생각이야.' 롤랜드는 그의 말에 반박하고 싶었으나 아무 말도 나오지 않았다. 달나라의 공허 속에 언어를 잃어버린 채 어두운 달 표면을 부영하는 우주인이라도 된 기분이었다.

하지만 그렇다고 자의식을 완전히 잃은 것도 아니었다. 아마도 코퀴나 수녀의 수프가 잘못 제조된 모양이었다. 아니면, 그들은 총잡이에게 해코지를 할 생각이 처음부터 없었고 그래서 지금 그가 이런 처지에 놓인 것조차 모르고 있을지도 모를 일이다.

제나 수녀는 다르다. 그녀는 알고 있다.

한밤중. 속닥거리고 키득거리는 목소리와 가벼운 종소리에 그가 어둠 속에서 돌아왔다. 여전히 비몽사몽간이었다. 주변에서 다시 '의사들'의 노랫소리가 들렸으나, 어찌나 규칙적이든지 그는 거의 의식조차 하지 못했다.

롤랜드는 두 눈을 떴다. 검은 하늘에 창백하고 흐릿한 불이 춤을 추고 있었다. 웃음소리와 잡담 소리가 좀 더 가까워졌다. 고개를 돌리려 했으나 잘 되지 않았다. 그는 잠시 쉰 다음 각오를 단단히 다지고 다시 시도했다. 이번에는 돌아갔다. 비록 조금이지만 그 정도면 충분했다.

다섯 명의 어린 수녀들. 메어리, 루이스, 타므라, 코퀴나, 미셸라. 그들이 못된 장난을 꾸미려는 악동들처럼 키득거리면서 어둡고 기다란 병동 통로를 따라 올라오고 있었다. 은제 받침대엔 양초들이 꽂혀 있고, 두건 밴드에 줄줄이 매달린 종은 은방울 소리를 은은하게 뱉어냈다. 그들은 턱수염 사나이의 침대에 모였다. 그들이 만든 둥근 대형 안에서 촛불이 춤을 추며 피어올랐지만 불꽃은 비단천장의 반도 오르기 전에 빛을 잃었다.

메어리 수녀가 짧은 연설을 했다. 그녀의 목소리인 줄은 알겠으나 내용은 들을 수가 없었다. 높거나 낮아서가 아니라 언어 자체가 생소했기 때문이었다. 그러니까 '칸 드 라흐, 미 힘 엥 토우' 비슷했는데 한 마디도 알아들을 수가 없었다.

그리고 지금은 오직 종소리만 들렸다. 의사들의 노랫소리가 그친 탓이오.

"라스 미! 온! 온!"

메어리 수녀가 거칠고 커다란 목소리로 외쳤다. 촛불이 모두 꺼졌다. 그들이 턱수염 사나이의 침대 주변으로 모였을 때 두건 사이로 빠져나왔던 불빛도 사라지고 세상은 다시 한번 암흑에 휩싸였다.

롤랜드는 다음 상황을 기다렸다. 온몸에 소름이 돋았다. 손가락과 발가락도 꼼짝하지 않았다. 고개를 15도 정도 돌리는 데에는 성공했지만, 나머지는 꽁꽁 묶인 터라 거미줄에 매달린 파리새끼 만큼이나 옴짝달싹할 수가 없었다.

어둠 속의 종소리……. 그리고 뭔가 빨아들이는 소리. 그 소리를 듣자마자 롤랜드는 그들이 올 줄 알았다는 사실을 깨달았다. 아니, 처음부터 엘루리아의 어린 수녀들 정체를 알고 있었는지도 모를 일이다.

두 손을 들어 올릴 수만 있다면 귀를 막아서라도 저 소리에서 달아나고 싶었다. 하지만 그는 꼼짝없이 그 소리를 들으며 그들이 끝날 때까지 기다릴 수밖에 없었다.

소리는 그러고도 한참 동안이나 지속되었다. 적어도 그에게는 그랬다. 여자들은 여물통에 코를 박은 돼지새끼들처럼 훌쩍거리고 후루룩거리며 먹어대고 빨아댔다. 한 번은 역겨운 트림소리까지 메아리쳤다. 그러자 조그맣게 낄낄거리는 웃음소리도 들렸다(그 소리는 메어리 수녀의 "하이스!"라는 단발마로 그쳤다.). 그때 낮은 신음소리가 들렸다. 턱수염 사나이였다. 분명했다. 그렇다면 그건 그의 마지막 순간일 것이다.

한참 후 먹는 소리가 잦아들기 시작했다. 이윽고 벌레들이 다시 노래 부르기 시작했다. 처음엔 주저하듯 들리던 속삭임과 키득거림이 되살아나고 촛불도 켜졌다. 롤랜드도 그때쯤 고개를 다른 쪽으로 돌리고 있었다. 그가 보고 있었다는 사실을 들키고 싶지는 않았다. 아니 꼭 그래서만은 아니었다. 도저히 더 보고 있을 수가 없었다. 그 정도면 충분히 보고 또 충분히 들었다.

그런데 그들의 잡담소리가 다가오는 것이 아닌가! 롤랜드는 두 눈을 감고 가슴에 매달린 메달에 신경을 집중했다. '금 때문인지 신 때문인지는 몰라도 노파들이 꺼리는 것 같더라고요.' 존 노먼은 그렇게 말했다. 노파들이 특유의 이상한 언어로 지껄이고 키득거리며 다가오는 동안 그런 생각이라도 할 수 있다는 게 조금은 위로가 되었으나, 과연 어둠 속에서도 메달의 효능이 있기는 한 걸까?

멀리서 희미하게 예수-개가 짖는 소리가 들렸다.

그를 에워싼 수녀들에게선 여전히 악취가 났다. 상한 고기 냄새. 그런 존재들에게서 그런 냄새 말고 또 뭘 기대하겠는가.

"정말로 잘생긴 남자야."

메어리였다. 생각에 잠긴 듯 잔잔한 목소리였다.

"하지만 추악한 '시굴'을 매달고 있어!" 타므라 수녀였다.

"벗겨버리고 말 거야!" 루이스 수녀.

"그럼 우리가 키스라도 해주지." 코쿠나.

"모두에게 키스를!" 미셸라 수녀가 탄성을 질렀다. 그리고 그 열정에 모두들 웃음을 터뜨렸다.

롤랜드는 전신이 마비된 것이 아니었다. 그의 일부는 노파들의 목소리에 완전히 깨어 있었다. 누군가의 손이 환자복 안으로 기어들어오더니 뻣뻣한 남근을 붙잡고 문질러댔다. 그는 공포에 휩싸인 채 잠든 척해야 했다. 아무 말도 할 수가 없었다. 이윽고 그의 몸에서 따뜻한 액이 분출되었다. 노파의 손은 한동안 그대로 있었으나 엄지만은 쉬지 않고 시들고 있는 기둥을 위아래로 오르내렸다. 마침내 손이 떨어져 나가고 대신 아랫배 쪽에서 축축한 느낌이 전해졌다.

바람처럼 부드러운 키득거림.

종소리.

롤랜드는 실눈을 뜨고는 촛불 빛 속에서 그를 내려다보며 노파들의 웃는 얼굴을 훔쳐보았다. 이글거리는 눈동자, 누런 뺨, 아랫입술 위로 불쑥 솟아 있는 이빨. 미셸라와 루이스 수녀에게서는 검은 염소수염까지 달려 있었는데, 진짜 수염이 아니라 턱수염 사나이의 피였다.

메어리가 손을 컵처럼 말아 이 여자 저 여자에게 건네자, 여자들은 차례로 그녀의 손바닥을 핥아대기 시작했다.

롤랜드는 두 눈을 꼭 감고 그들이 떠나기만을 기다렸다. 마침내 그들이 떠났다.

'다시는 잠들지 않겠어.' 그가 이렇게 중얼거렸다. 하지만 5분 후 다시 잠의 세계에 빠져들고 말았다.

V. 메어리 수녀. 메시지. 랠프에서 온 손님. 노먼의 운명. 다시 메어리 수녀.

롤랜드가 다시 깨었을 땐 벌건 대낮이었다. 순백으로 변한 비단 지붕이 산들바람에 물결치고 있었다. 의사벌레들의 편안한 노랫소리도 들리고 옆 침대의 노먼도 뺨이 어깨에 닿을 정도로 고개를 숙인 채 깊은 잠에 빠져 있었다.

이제 롤랜드와 존 노먼뿐이었다. 턱수염 사나이가 있었던 맞은편 저 아래쪽 침대는 비어 있었다. 시트는 활짝 펼쳐진 채 깔끔하게 정돈되어 있고 바삭거리는 천으로 감싼 베개도 예쁘게 놓여 있었다. 물론 사나이의 몸을 떠받들고 있던 벨트 시스템도 제거된 후였다.

롤랜드는 촛불을 떠올렸다. 불꽃이 한데 얽혀 하나의 불기둥을 이루고는 턱수염 사나이를 에워싼 수녀들을 비춰주었다……. 그리고 키득거리는 웃음소리. 재수 없는 종소리.

그의 생각에 반응이라도 하듯 메어리 수녀가 빠른 걸음으로 다가오고 있었다. 루이스 수녀도 쟁반을 들고 그 뒤를 쫓았는데 왠지 초조해 보였다. 메어리도 인상을 쓴 것이 기분이 좋은 모양은 아니었다.

'이런, 포식까지 하고선 왜들 그러시나, 수녀님들?'

그녀는 총잡이의 침대에 다가와 그를 내려다보았다.

"지금은 별로 감사할 일이 없는 것 같군."

그녀가 단도직입적으로 말을 꺼냈다.

"나도 감사하라고 한 적 없소만?"

그도 오래 된 종이처럼 푸석거리는 목소리로 대꾸했다.

그녀는 그의 말을 못들은 척 했다.

"당신은 제나를 배신자로 만들어 놓았어. 그래, 지금까지도 주제를 모르고 까불기는 했지만 그게 다였지. 그애 어미도 그랬지. 제나를 제 자리에 돌려놓고 금방 죽였지만 말이야. 손 들어봐, 배은망덕한 남자."

"안 돼. 움직일 수가 없소."

"오, 맙소사! 나를 속이느니 차라리 귀신을 속이지 그래? 그대가 할 수 있는지 없는지는 내가 더 잘 알아. 어서 손들어!"

롤랜드는 오른손을 들었다. 물론 실제보다 잔뜩 엄살을 부리긴 했다. 어쩌면 오늘 아침쯤 이 그네에서 탈출할 정도의 힘을 회복할거라고 생각했다……. 하지만 그 다음엔? 실제로 걷기까지는 몇 시간은 기다려야 할 것이고 그것도 '약'이 없다면 공염불에 지나지 않을 수도 있다……. 게다가 메어리 수녀의 뒤에서 루이스 수녀가 수프 그릇의 커버를 벗기고 있지 않은가! 롤랜드는 그걸 보자마자 속에서 헛구역질이 나왔다.

수석 수녀가 그 소리를 듣더니 슬쩍 미소를 흘렸다.

"건장한 사내라면 침대에만 누워 있어도 식욕이 동하는 법이지. 식사 때라는 게 그래서 생긴 것 아니겠어, 제이슨? 존 노먼의 형님?"

"잘 아시겠지만 내 이름은 제임스요, 수녀."

"그래? 오, 세상에! 그래도 그대 애인 년 땀구멍에서 피가 배어 나오도록 두들겨 팬다면 새 이름을 얻어낼 수도 있지 않겠어? 아니면 그년이 못미더워 아직 통성명도 안 한 건가?"

그녀가 발광하듯 웃어 댔다.

"그녀를 건드리기만 해. 죽여 버릴 테니까."

그녀가 다시 웃었다. 얼굴이 들끓기 시작하더니 단단한 입술이 해파리처럼 흐물거렸다.

"우리한테 죽인다는 얘기를 하다니. 이봐, 그건 우리가 그대한테 먼저 해야 할 얘기 아니겠어?"

"당신들과 제나는 서로 못 잡아먹어 안달이면서 왜 그녀를 서약에서 풀어주지 않는 거지? 뜻대로 하도록 놔줄 수도 있잖아?"

"우리 같은 존재들은 결코 서약에서 자유로울 수 없어. 그렇게 해줄 수도 없고. 그년 어미도 발악을 했지만, 결국 만신창이가 되고 애도 병에 걸려 돌아오고 말았지. 어미 년이 먼지가 되어 마지막 세계로 날아간 후, 제나의 건강을 되찾아준 건 바로 우리였어. 그런데 제깟 년이 은혜도 모르고! 더군다나 암흑의 종까지 매달고 있잖아! 그건 우리 수녀의 '시굴'이고, '카-테트'의 시굴이란 말이야! 그러니 어서 먹어! 왜, 배고프지 않아?"

루이스 수녀가 그릇을 내밀었지만 시선은 메달로 불룩해진 병원복 가슴 부위에서 떠날 줄을 몰랐다. '이게 갖고 싶어, 응?' 롤랜드는 이런 생각을 하다가, 문득 화물업자의 피를 묻히고 있던 그녀의 턱과, 메어리 자매의 손에 든 정액을 핥기 위해 덤벼들던 그녀의 탐욕스런 두 눈을 떠올렸다.

그는 고개를 돌려버렸다.

"먹지 않겠소."

"하지만 배고플 텐데? 제임스, 그대가 먹지 않으면 어떻게 힘을 회복할 수 있지?"

루이스가 고집을 부렸다.

"제나를 보내시오. 그녀가 주면 먹을 테니까."

메어리가 다시 인상을 썼다.

"더 이상 그 애를 볼 생각은 하지도 마. 그 앤 명상의 시간을 배가하겠다는 경건한 서약을 하고 나서야 명상실에서 풀려났으니까……. 아, 병동에는 나타나지 않겠다는 약속도 했지. 그러니 먹어, 제임스. 제임스이든 누구든. 수프 안에 든 걸 처넣으란 말이야. 아니면 그대를 칼로 저민 다음에 사포로 문질러줄 테니까. 어느 쪽이든 우린 상관없다. 안 그래, 루이스?"

"그렇지."

루이스가 대답했다. 그녀는 여전히 그릇을 들고 있었다. 수프에서는 김이 모락모락 일어났다. 구수한 닭고기 냄새.

"하지만 그대에게 차이가 있겠지. 이곳에서 출혈은 상당히 위험하거든. 의사들이 좋아하지 않아. 피만 보면 흥분하니까 말이다."

피를 보면 흥분하는 게 벌레들만은 아니라는 사실은 롤랜드도 잘 알고 있었다. 그리고 수프에 관한 한 선택의 여지가 없다는 사실도 알았다. 그는 루이스의 손에서 그릇을 받아 천천히 먹기 시작했다. 그는 메어리 수녀의 얼굴에 드러나는 만족의 미소를 지우기 위해서라도 아주 느리게 먹을 작정이었다.

"좋아."

그릇을 돌려주자 메어리는 먼저 그릇이 완전히 비었는지부터 확인했다. 그의 손이 그네 위로 무너져 내렸다. 그릇을 들고 있기가 너무나 힘들었다. 이윽고 세계가 멀리 물러나고 있는 듯한 기분이 몰려들었다.

메어리 수녀가 그의 어깨 피부에 옷자락이 닿을 만큼 바짝 얼굴을 들이댔다. 그녀에게서 냄새가 났다. 건조하고 부패한 냄새. 기운이 남아 있다면 구역질이라도 하고 싶었다.

"이번엔 그대의 기운이 돌아올 때면 그 더러운 금 쪼가리를 침대 밑 변기 안에 던져버려. 원래 그곳이 제자리니까. 이 정도만 가까이 있어도 머리가 아프고 목이 따끔거려 죽겠단 말이다."

롤랜드가 있는 힘을 다해 말을 했다.

"원하면 가져가지 그래. 어차피 난 힘도 없잖아, 이 할망구야."

다시 한번 그녀의 얼굴을 적란운이 뒤덮고 지나갔다. 메달에 가까이 다가올 용기만 있었다면 그를 후려쳤겠지만 그에게 허용된 그녀의 접촉 한계는 허리 아래에서 끝이 났다.

"이 문제를 곰곰이 생각해 보는 게 좋을 거야. 제니는 언제든 두들겨 팰 수 있으니까. 그년한테 암흑의 종이 있긴 하지만 난 수석 수녀란 말이다. 그러니 잘 생각해 둬."

그녀가 떠났다. 루이스 수녀는 뒤를 쫓아 가다가 어깨 너머를 힐끗 돌아보았다. 두려움과 갈망이 얽힌 복잡한 시선.

'여기서 나가야 해. 어떻게든.'

그리고 다시 비몽사몽이라는 이름의 어둠 속으로 빨려 들어갔다. 어쩌면 잠시나마 잠을 잤는지도 모르겠다. 꿈을 꾸었을 수도 있다. 누군가의 손이 그의 손을 어루만지고 귀에 키스를 했다. 속삭이는 소리도 들렸다.

"베개 밑을 봐요, 롤랜드……. 내가 왔다는 사실은 누구한테도 말하면 안 돼요."

그 후 어느 시점에선가 롤랜드가 눈을 떴다. 제나 수녀의 젊고 아름다운 얼굴과, 두건에서 삐져나온 쉼표 모양의 머리카락을 보고 싶었지만 주위엔 아무도 없었다. 머리 위의 비단 조각들은 순백의 절정에 이른 듯했다. 이 안에서 정확한 시간을 측정하는 것은 불가능했지만 롤랜드는 대충 정오쯤이라고 생각했다. 수녀의 수프를 먹은 후 3시간 정도가 지난 셈이다.

존 노먼은 아직 잠들어 있었다. 숨소리가 코고는 소리에 섞여 흘러나왔다.

롤랜드는 손을 들어 베개 밑으로 집어넣으려 해보았다. 손은 꿈쩍도 하지 않았다. 손가락을 까딱거리는 게 고작이었다. 그는 최대한 정신을 가다듬었다. 인내심을 발휘할 때지만 그게 말처럼 쉬운 일은 아니었다. 노먼의 말이 계속 신경을 건드렸다. 매복에서 살아남은 사람이 스무 명은 되었다고 했는데……. 적어도 처음에는. '한 명씩 사라졌어요. 하나씩 사라지더니 이제 나하고, 저 아래 사람만 남은 거예요. 그리고 당신이 왔죠.'

〈제나는 오지 않았어. 감시자들 때문에라도 모험이 쉽지는 않았을 거야. 너는 꿈을 꾼 거야.〉 마음의 목소리였다. 오래 전에 죽은 옛 친구, 알레인 특유의 부드러운 참회의 목소리.

하지만 롤랜드는 단지 꿈만은 아닐 거라고 믿고 있었다.

시간이 한참 지난 후(머리 위의 밝은 기운이 움직이는 속도로 보아 한 시간쯤 지난 듯했다), 롤랜드는 다시 시도해 보았다. 이번에는 베개 밑에 손을 넣는데 성공했다. 펑퍼짐하고 부드러운 베개는 넓은 그네에 아늑하게 자리를 잡고 그의 목을 지지해 주고 있었다. 처음에는 아무것도 찾아내지 못했다. 하지만 천천히 베개 깊숙이 밀어 넣자 가는 빨대 묶음 같은 것이 손끝에 닿았다.

그는 잠시 쉬며 조금 더 힘을 비축했다가(한 동작 한 동작이 시멘트 속에서 헤엄치는 듯했다.) 더 깊숙이 파고들었다. 빨대(죽은 꽃다발?)를 묶은 리본 같은 것도 만져졌다.

롤랜드는 먼저 주변에 아무도 없는지, 그리고 노먼이 아직 잠들어 있는지부터 살핀 다음 베개 밑에 있는 물건을 빼냈다. 그건 여섯 개의 바짝 말라버린 갈대 줄기였다. 빵 냄새 비슷한 향 때문인지, 어릴 적 먹을 것을 훔치기 위해 커스버트와 함께 숨어 들어갔던 중앙 궁전이 생각났다. 갈색 갈대는 넓고 하얀 비단 리본으로 묶여 있었고 리본에는 접힌 천이 하나 끼워 있었다. 이 저주받은 곳의 다른 물건과 마찬가지로 그것 역시 비단 천으로 보였다.

롤랜드는 숨을 가쁘게 내쉬었다. 이마엔 땀방울이 송송 맺혔다. 다행히 아무도 없군. 그는 천 조각을 꺼내 펼쳐보았다. 그 위에 흐린 숯 글씨로 다음과 같은 글이 적혀 있었다.

머리를 조금씩 갉아 먹을 것. 매시간.
과다복용은 발작 또는 사망을 초래함.
내일 밤. 더 빨리는 불가.
조심!

아무 설명도 없었지만 사실 필요도, 선택의 여지도 없었다. 여기 있으면 죽는다. 메달만 뺏기면 그만인 것이다. 메어리 수녀 정도면 조만간 해결책을 찾아내고 말 것이다.

그는 마른 갈댓잎을 한 번 갉아 먹었다. 어릴 적 부엌에서 훔쳐 낸 토스트 맛이었다. 목이 따끔거리고 배가 뜨거워졌다. 그리고 1분쯤 후 심장박동이 두 배로 뛰었다. 근육이 펄떡거리고 악몽에서 갑자기 깬 것처럼 불쾌해지더니, 이윽고 온몸이 옹이처럼 단단히 뭉쳐버렸다. 하지만 그런 느낌들은 순식간에 지나갔고 심장도 이내 정상으로 돌아왔다. 그리고 한 시간쯤 후 노먼이 부스스 깨어났다. 그는 제나가 한 번에 소량만 먹으라고 경고한 이유를 충분히 이해했다. 이건 정말로 지독한 약이었다.

그는 갈대 다발을 베개 밑에 밀어 넣고 시트에 떨어진 부스러기들을 조심스럽게 쓸어냈다. 엄지에 침을 발라 비단 조각에 적힌 숯 글자들도 문대버렸다. 그가 일을 마쳤을 때에는 천 위에 남은 건 아무 의미도 없는 얼룩뿐이었다.

노먼이 깨었을 때 총잡이는 소년의 고향 들레인에 대한 얘기를 잠깐 나누었다. 때때로 농담처럼, 드래곤 레어나 거짓말 천국으로 불리기도 하는 곳이다. 터무니없는 얘기들은 모두 고향 들레인에서 비롯되기 때문이었다. 소년은 롤랜드에게, 그와 형의 메달을 고향의 부모님께 가져가 두 아들 제임스와 존에게 어떤 일이 일어났는지 얘기해 줄 것을 요청했다.

"네가 직접 하게 될 거다."

롤랜드가 말했다.

"아뇨."

노먼이 손을 들어보았다. 코가 간지러운 모양이지만 그에겐 그럴 힘조차 남아 있지 않았다. 손은 15센티미터쯤 올라왔다가 힘없이 시트 위로 무너져 내렸다.

"아시잖아요, 불가능하다는 거. 어쨌든 이런 식으로 만나게 되어 슬프네요. 아저씨가 좋아졌는데."

"나도 네가 맘에 든다, 존 노먼. 다른 곳에서 만났으면 좋았을 텐데……"

"예. 저렇게 끔찍한 숙녀들이 없었다면 더 좋았을 테고요."

그는 곧 잠에 빠져들었다. 롤랜드와 노먼의 대화는 그것으로 끝이었다……. 소년의 목소리를 듣기는 했다. 그렇다. 롤랜드가 침대 위에서 거짓 잠을 자고 있을 때 존 노먼은 최후의 비명을 지르고 있었다.

미셸라 수녀가 저녁 수프를 갖고 나타났을 땐, 롤랜드가 두 번째 갈색 갈대로 인한 근육경련과 심장광란을 막 끝냈을 때였다. 미셸라는 그의 상기된 얼굴을 미심쩍은 눈으로 쳐다보았지만 열 때문에 그렇다는 롤랜드의 설명을 받아들여야 했다. 메달의 방해가 있기 때문에 직접 만져보고 열을 체크할 게재도 못 되었다.

수프와 함께 밀가루 빵도 있었는데 껍데기도 질긴데다가 내용물도 나무껍질처럼 빡빡했다. 하지만 롤랜드는 그마저 게걸스럽게 해치웠다. 미셸라는 팔짱을 낀 채 만족한 미소를 지으며 이따금 고개까지 끄덕였다. 그가 수프를 끝내자 그녀가 조심스럽게 그릇을 받아냈다. 이번에도 그의 손에 닿지 않기 위해 애쓰는 모습이었다.

"회복되고 있으니 금방 퇴원할 수 있을 게야. 그럼 우리에겐 그대와의 추억만이 남겠지, 지미?"

"그래?"

그가 조용히 되물었다.

그녀는 그를 바라보며 윗입술을 한 번 핥은 다음에야 키득거리며 자리를 떴다. 롤랜드는 두 눈을 감고 베개에 등을 기댔다. 마비 기운이 천천히 그를 덮치기 시작했다. 그녀의 의뭉스런 눈동자…… 슬쩍 삐져나온 혀. 언젠가 여자들이 치킨과 양고기 뒷다리를 지켜보는 장면을 본 적이 있었다. 요리가 언제나 끝나는지 궁금해 미치겠다는 그런 표정…….

몸은 잠을 간절히 원했지만 롤랜드는 한 시간 정도 더 깨어 있다가 베개 밑에서 갈대 하나를 꺼냈다. 이미 그들의 '마비용 수프'가 체내에 들어간 터라 그 일은 너무나도 큰 시련이었다. 리본에서 갈대 한 줄기를 분리해 두지 않았던들 성공하지도 못했을 것이다 '내일 밤……' 제이는 그렇게 말했다. 만일 그 말이 탈출을 뜻하는 것이라면 지금의 그에겐 너무나 비현실적인 얘기였다. 지금 마음 같아서는, 이렇게 침대에 누워 세기말까지 흘러갈 것만 같았다.

그는 갈대를 조금 갉아 먹었다. 몸 안으로 밀려들어간 기운이 근육을 뭉치고 심장을 채찍질했다. 하지만 폭주하던 생명력은 들어가자마자 기운을 잃고 수녀들의 더 강력한 약 밑에 묻히고 말았다. 소망은 소망일 뿐…… 그는 잠에 빠져들었다.

그가 깨었을 때는 한밤중이었다. 그런데 그물 침대에 갇혀 있던 수족이 너무도 자연스럽게 움직이는 것이 아닌가! 그는 베개 밑에서 갈대 하나를 꺼내 조심스럽게 깨물었다. 그녀가 준 것은 여섯 개인데 이제 두 개가 거의 다 소비되었다.

총잡이는 줄기를 베개 밑에 밀어놓고 폭우를 맞은 개처럼 떨기 시작했다. '너무 많이 먹었어. 이러다가 경련이라도 일어나는 날엔……'

그의 심장이 폭주기관차처럼 질주했다. 그리고 설상가상으로, 통로 끝에서 촛불이 보이기 시작했다! 곧이어 옷이 스치는 소리와 슬리퍼 끌리는 소리도 들렸다.

'맙소사, 하필 지금! 내가 떠는 걸 보면 저것들은……'

그는 두 눈을 질끈 감고 죽을 힘을 다해 발광하는 수족을 진정시키려 했다. 이 빌어먹을 그네가 아니라 침대에 있었더라도 나으련만. 그네침대가 마치 직접 학질에라도 걸린 듯 쉴 새 없이 떨었다.

어린 수녀들이 점점 더 가까워졌다. 꼭 닫은 눈썹을 통해 촛불빛이 어른거렸다. 오늘밤 마녀들은 왠지 키득거리지도 않고 저희들끼리 속닥이지도 않았다. 이방인이 무리에 섞여 있는 걸 깨달은 건, 놈이 그의 얼굴 위로 고개를 숙였을 때였다. 코를 씩씩거리며 숨을 쉬고 콧물까지 훌쩍이는 지저분한 존재…….

총잡이는 눈을 뜨지 않았다. 팔과 다리의 경련과 발작은 통제되었지만 근육들은 여전히 뭉치고 엉킨 채 살 밑에서 파르르 떨었다. 누구든 자세히 본다면 무언가 잘못 되었음을 눈치 챌 수 있으리라. 심장이 채찍에 맞은 말처럼 펄쩍펄쩍 뛰었다. 그들에게 들키는 날에는……

하지만 그들은 아직 그를 보고 있지 않았다. 적어도 아직은 아니다.

"버껴뻐려. 그리고 딴 시끼 꺼도. 어서, 랠프!"

엘루리아의 어린 수녀들 289

메어리였다. 그녀가 어찌나 저급한 사투리를 써대는지 롤랜드도 알아듣기가 힘들 정도였다.

"윗끼 주꺼? 배끼도 주꺼?"

코흘리개의 대답이었다. 그의 사투리는 메어리보다 훨씬 더 심했다.

"그래, 그래, 위스키도 많이 주고, 담배도 줄게. 하지만 먼저 저 망할 물건부터 떼어내야 해."

초조한 목소리였다. 동시에 두려워하는 목소리기도 했다.

롤랜드는 조심스럽게 왼쪽으로 고개를 돌린 다음 살짝 샛눈을 떴다.

어린 수녀 여섯 중 다섯이, 잠들어 있는 존 노먼의 침대 반대쪽에 모여 있었다. 그들의 촛불이 그의 몸에 빛을 뿌리고 있었다. 촛불은 또 그들의 얼굴을 비추기도 했다. 아무리 담이 센 남자라도 악몽에 시달릴 정도로 끔찍한 얼굴들. 어둠의 마법을 거두어들인 그들의 모습은 말 그대로 펑퍼짐한 옷을 입힌 고대의 시체와 다를 바가 없었다.

메어리 수녀의 손에는 롤랜드의 총 한 자루가 들려 있었다. 그 모습에 증오가 불꽃처럼 피어올랐다. 반드시 그녀의 만행을 복수하고 말리라!

침대 끝에 서 있는 괴물도 끔찍하기는 마찬가지였으나, 수녀들에 비하면 거의 정상인처럼 보였다. 롤랜드는 곧바로 랠프를 알아보았다. 오랫동안 볼링모자를 잊고 있었던 것이다.

이제 랠프가 천천히 노먼의 침대를 돌아오고 있었다. 롤랜드와 노먼이 누워 있는 쪽이었다. 순간적으로 수녀들의 모습을 가리기는 했으나 돌연변이는 곧바로 노먼의 머리 쪽으로 움직여 롤랜드는 샛눈으로 노파들을 볼 수 있었다.
 노먼의 메달이 밖으로 나와 있었다. 아이는 분명 정신을 차리고 있을 것이다. 그래서 좀 더 보호 받기를 바라는 심정으로 메달을 환자복 밖으로 꺼내 놓았을 것이다. 랠프는 양초처럼 문드러진 손으로 메달을 집었다. 수녀들은 녹색인간이 메달을 목걸이 끝으로 잡아당기는 모습을 숨 죽인 채 지켜보았다……. 그리고 랠프가 다시 메달을 내려놓았다. 수녀들의 얼굴이 실망감으로 일그러졌다.
 "그런 거 안 좋아 한다. 윗끼 줘! 배끼 줘!"
 랠프가 덩어리진 목소리로 지껄였다.
 "준다고 했잖아. 너하고 네 더러운 종족 모두가 쓸 만큼 주마. 하지만 먼저 저 더러운 물건부터 벗겨야 해. 두 놈 다 벗기란 말이야! 알겠지? 더 이상 우릴 갖고 놀 생각 말고!"
 랠프가 웃음을 터뜨렸다. 그건 목과 폐에 치명적인 병에 걸려 죽어가는 남자의 웃음처럼, 그저 꺽꺽 소리와 그르릉 소리가 뒤섞인 잡음에 지나지 않았다.
 "그 다음엔? 그러고 나면, 메어리 수녀, 내 몸의 피를 빨아 먹을 거다. 그래서? 이 자리에서 죽어 암흑 속에서 타버리라는 건가?"
 메어리가 총잡이의 리볼버로 랠프를 겨눴다.
 "어서 빼내. 안 그러면 당장 죽여줄 테니까."
 "원하는 걸 바친 다음에 죽으나 지금 죽으나."
 메어리 수녀는 그 말에 아무 대답도 못했다. 다른 수녀들도 검은 눈으로 그를 노려보기만 했다.

랠프는 고개를 숙이고 생각에 잠긴 것처럼 보였다. 도대체 저 볼링모자가 생각이라는 걸 한다는 게 신기했다. 메어리 수녀와 동료들도 믿는 것 같지 않지만 막상 랠프 자신은 어떻게든 살아남기 위해 안간힘을 쓰는 중이었다. 하지만 고개를 들었을 땐 이미 롤랜드의 총 따위는 안중에도 없었다.

"스매서가 총을 준 건 잘못이다. 그걸 주고도 말 안 했다. 그 자한테도 윗끼 줬나? 배끼도 주고?"

"네가 상관할 일 아니다. 당장 저 꼬마 목에 걸린 금딱지나 떼어내! 안 그러면 이 총으로 네 손톱만 한 뇌마저 날려버릴 테니까."

"좋아. 시킨 대로 한다, 망구."

그가 문드러진 손을 다시 내밀어 메달을 움켜쥐었다. 그 동작까지 시간이 걸려 그렇지 그 다음부터는 거칠 것이 없었다. 그는 메달 체인을 잡아채 끊어버리고는 어둠 속으로 던져 버렸다. 그리고 존 노먼의 목에 톱니처럼 갈라진 긴 손톱을 처박더니 사정없이 찢어버렸다.

무기력한 소년의 목에서 피가 솟구치기 시작했다. 아직 심장이 뛰는 탓에 피는 쿨럭거리며 용솟음쳤다. 촛불 때문에 피는 붉은색이 아니라 검은색으로 보였다. 소년이 부글부글 끓는 신음을 내뱉었다. 여자들이 비명을 질렀다. 물론 무서워서가 아니라 기뻐서였다. 환희에 빠진 노파들의 비명소리. 그녀들은 이미 녹색인간도 잊고 롤랜드도 잊었다. 존 노먼의 목에서 쏟아져 나오는 생피를 빼고는 그들의 뇌리엔 아무것도 남아 있지 않았다.

노파들은 촛불도 떨어뜨렸다. 메어리도 롤랜드의 리볼버를 내버렸다. 아무래도 상관없다는 투였다. 랠프가 어둠 속으로 달아나고 있을 때(위스키와 담배는 다음 기회로 미룬 모양이다. 교활한 놈. 우선은 살고보자고 판단한 게 분명했다.), 총잡이는 노면에게 거머리처럼 달라붙은 수녀들을 지켜보았다. 다들 피가 마르기 전에 한 방울이라도 더 마시기 위해 발악하고 있었다.

롤랜드는 떨리는 근육과 콩닥거리는 가슴을 애써 누르며, 흡혈마녀들이 옆 침대에 누워 있던 아이를 뜯어먹는 소리에 귀를 기울였다. 소리는 영원히 그치지 않을 듯 이어졌으나, 마침내 일을 마친 수녀들이 촛불에 다시 불을 켜고는 중얼거리며 사라졌.

수프의 약이 다시 갈대의 약을 이기고 있었다. 롤랜드는 차라리 고맙다고 생각했다……. 그는 이곳에 온 후 가장 끔찍한 악몽을 꾸었다.

꿈속에서 그는 마을 물통의 부패한 시체를 내려다보며 서 있었다. 머릿속으로 문득 '비행과 배상의 기록부'라고 적힌 책 속의 한 줄이 떠올랐다. 금후 녹색인간 이송. 어쩌면 녹색인간들이 데려갔다는 뜻이리라. 그런데 더 최악의 종족이 등장했다. 그들은 스스로를 엘루리아의 어린 수녀들이라고 불렀다. 아마도 1년쯤 후면 그들은 테주아스나 캠버로, 또는 서쪽의 다른 오지마을의 어린 수녀들로 행세할 것이다. 종소리와 벌레들을 데리고 들어온 족속들……. 도대체 어디에서 온 거지? 그걸 누가 알겠나? 그런데 그게 중요한 걸까? 썩은 물통 위로 그림자 하나가 나타났다. 롤랜드는 돌아보려고 했으나 움직일 수가 없었다. 그 자리에 꼼짝없이 얼어붙은 것이다. 그때 녹색 손 하나가 그의 어깨를 잡더니 휙 돌려 세웠다. 랠프였다. 그는 볼링모자를 거꾸로 돌려쓰고 있었다. 피투성이가 된 존 노먼의 메달도 그의 목에 걸려 있었다.
"부우!"
랠프가 외쳤다. 이죽거리는 입엔 이가 하나도 없었다. 그가 낡은 백단향 손잡이의 리볼버를 들어 올리더니 공이를 젖혔다⋯⋯
⋯⋯그리고 롤랜드는 깜짝 놀라 잠에서 깨었다. 온몸이 부들부들 떨렸다. 피부는 젖은데다 얼음처럼 차가웠다. 왼쪽의 침대를 보았다. 비어 있었다. 시트도 깔끔하게 정돈되어 있고 순백의 베갯잇을 덧씌운 베개도 차분히 놓여 있었다. 존 노먼은 이제 흔적조차 없었다. 마치 몇 년 동안 비워놓은 침대처럼.
이제 롤랜드는 혼자다. 신들의 은총이 함께 하기를. 그는 친절하고 끈기 있는 의료진 엘루리아 어린 자매의 마지막 환자이자, 이 끔찍한 병동에 살아 있는 마지막 인간이며, 혈관 속에 따뜻한 피기 흐르는 최후의 존재였다.
롤랜드는 공중에 매달린 채 텅 빈 침대들의 행렬을 둘러보았다. 그의 손에는 금메달이 쥐어 있었다. 그리고 잠시 후 베개 밑에서 갈대 하나를 꺼내 조금 씹어 먹었다.
15분쯤 후 메어리가 돌아왔을 때 힘없이 그녀의 그릇을 받아먹었으나 사실 힘은 남아돌 정도였다. 그녀가 가져온 음식은 수프가 아니라 죽이었다. 하지만 어차피 들어가야 할 내용물은 다 들어 있겠지?
"오늘 아침엔 무척 좋아 보이는군. 그래, 금방 일어설 수 있을 거야. 약속하지."
수석 수녀의 말이었다. 그녀야말로 신수가 훤해 보였다. 뱀파이어 본성을 드러내 주는 얼굴의 들끓음도 지금은 없었다. 충분한 영양보충에 기운이 상승한 것이 분명했다. 그 생각에 롤랜드의 속이 거북해졌다.

"개소리. 내가 일어서자마자 곧바로 잡아먹으려 들 건가? 아무래도 음식에 뭔가를 집어넣은 것 같단 말이야, 안 그래?"

롤랜드가 곧바로 이를 드러내며 으르렁거렸다. 그 말에 그녀가 신나게 웃었다.

"이런, 사내들이라니! 자신의 약점을 언제나 여인의 흉계로 돌린다니까! 우리가 무섭긴 한가 보지? 얼마나 무서운데? 그 콩알만 한 심장으로 버텨낼 순 있겠나?"

"내 동생은 어디 있지? 어젯밤 꿈속에 주변이 어수선하더니 아침에 보니까 침대가 비었더군."

그녀의 미소가 가늘어지고 두 눈이 반짝거렸다.

"열이 높아지고 발작을 일으키기에 명상의 방으로 데려갔다. 가끔 그곳을 전염병동으로 사용한 적도 한두 번 있거든."

무덤으로 보냈다는 얘기겠지. 명상의 방이 바로 무덤이리라. 물론 살아서 그 사실을 확인할 수는 없겠지만 말이다.

"그대가 형이 아니라는 정도는 우리도 알고 있다. '시굴'이 있든 없든, 그대가 그 애의 형이 아니야. 왜 거짓말 하는 거지? 하느님이 금하신 죄를?"

메어리가 그의 식사를 지켜보며 물었다. 죽 속의 이물질에 벌써부터 기운이 급격히 쇠약해지고 있었다.

"왜 그렇게 생각하는 건가, 탕구?"

롤랜드가 물었다. 그녀가 총에 대해 언급하는지 확인하고 싶었다.

"수석 수녀가 모르는 건 없어. 지미, 고백하는 게 어때? 고해가 영혼을 정화시켜 준다는 얘긴 잘 알지?"

"제나와 얘기하게 해 줘. 그럼 원하는 대로 얘기해 주지."

롤랜드가 말했다.

메어리 수녀의 얼굴에 그려졌던 실낱같은 미소가 백사장 발자국이 파도에 쓸리듯 사라져버렸다.

"도대체 왜 그런 년하고 얘기하려는 거야?"

"그녀는 정직하니까. 당신들하고는 달라."

롤랜드가 대답했다. 그녀의 입술이 말려 올라가며 커다란 이를 드러냈다.

"그년은 이제 잊어, 미남 씨. 그대가 그 애를 망친 거야. 그런데 나보고 또 그 짓을 하라고?"

그녀가 돌아서기 위해 몸을 돌렸다. 롤랜드는 여전히 허약한 시늉을 하며(하지만 너무 티를 내서도 곤란하다.) 빈 죽 그릇을 내밀었다.

"이 그릇은 안 가져가도 되는 건가?"

"그대 머리 위에 놔둬. 아니면 잠잘 때 모자로 쓰든지 엉덩이에 끼워 둬! 그 일이 끝나기도 전에 실토하게 될 테니까. 아가리 닥치라고 할 때까지 말하고, 그러고도 더 말하게 해달라고 사정하게 만들어주겠어!"

그녀는 이 경고를 끝으로 치마를 바닥에서 들어 올린 다음 씩씩하게 걸어 나갔다. 저런 종족은 낮에 돌아다닐 수 없다고 들었건만 순전히 개소리였다. 맞는 소문도 있기는 했다. 무정형의 그림자들이 오른쪽 빈 침대를 따라 길게 늘어졌지만, 정작 그녀에게는 그림자 같은 게 없었다.

Ⅵ. 제나. 코퀴나 수녀. 타므라. 미셀라. 루이스. 예수-개. 세이지의 사건.

롤랜드에게는 생애 최고로 지루한 날이었다. 졸고 있었지만 그렇다고 깊이 잠든 건 아니었다. 갈대가 효능을 발휘한 덕분이었다. 어쩌면 제나의 도움으로 이곳을 빠져나갈 수도 있으리라. 문제는 총인데, 그 역시 그녀가 도와줄지도 모를 일이다.

그는 옛날을 회상하면서 시간을 때웠다. 길르앗의 옛 친구들. 와이드어스 시장에서 아깝게 승리를 놓친 승마시합. 결국 다른 놈이 거위를 타 갔지만 그에게도 기회는 있었다. 어머니와 아버지 생각도 했고, 절룩거리는 발로 여보란 듯 버젓하게 살았던 에이블 버네이 생각도 했다. 그리고 엘드레드 조나스가 있었다. 절룩거리는 발로 온갖 악행을 저질렀던 자……. 결국 어느 맑은 날 사막에서 롤랜드는 말을 타고 가던 그를 날려버렸다.

그리고 언제나 수전 생각이 났다.

'날 사랑하고 싶으면 해도 돼.' 그녀가 말했다……. 그래서 그렇게 했다.

그렇게.

이런 식으로 시간을 보내며, 대충 한 시간마다 침대 밑에서 갈대를 꺼내 조금씩 갉아먹었다. 이제 갈대가 들어가도 근육이 그렇게까지 떨리거나 하지는 않았다. 수녀들의 약에도 전처럼 심하게 거부 반응을 일으키지 않았다. 갈대가 이기고 있는 것이다.

어지러운 햇살이 병동의 비단 천장을 따라 움직이더니 마침내 침대 위로 또다시 어스름이 돌기 시작했다. 병동의 기다란 서쪽 벽에 석양의 오렌지색 장미가 활짝 꽃을 피우고 있었다.

그날 밤 저녁식사를 가져온 것은 타므라 수녀였다. 수프와 마른 빵. 그녀가 그의 손에 사막의 백합을 올려놓았다. 그녀가 미소를 지었는데 두 볼이 밝은 홍조를 띠었다. 오늘은 그들 모두가 생생하고 밝았다. 배가 터질 때까지 포식한 거머리들처럼……

"그대의 연인이 보낸 거야, 지미. 참 살갑기도 하지! 백합의 꽃말은 '내 약속을 잊지 마세요.' 아닌가? 그 애하고 어떤 약속을 한 거지, 지미?"

그녀가 물었다.

"꼭 다시 만나겠다는 약속."

디프라가 배꼽을 잡고 웃는 바람에 이마에 늘어선 종들도 큰 소리로 따라 웃었다. 그녀는 아예 손뼉까지 쳐가며 즐거워했다.

"이런, 애처롭기도 해라! 오, 맙소사. 안됐지만 그건 이루어질 수 없는 약속이라네. 미남 씨, 그 애는 영원히 만나지 못할 거야. 수석 수녀의 명령이거든. 아무튼 그놈의 '시굴' 좀 벗어버리면 좀 좋아?"

그녀가 죽 그릇을 집어 들며 덧붙였다.

"꿈 깨셔."

"하지만 네 동생은 벗었어. 저걸 봐."

그녀가 손가락으로 가리킨 곳은 복도 맨 아래쪽이었다. 메달은 랠프가 던져버린 그 자리에 그대로 놓여 있었다.

타므라가 여전히 미소 짓는 얼굴로 그를 보았다.

"동생은 그것 때문에 자기가 아프다고 생각해서 던져버린 거야. 그대도 머리가 있으니 그렇게 하는 게 좋을 거야."

"꿈 깨."

롤랜드가 다시 말했다.

"아무튼."

그녀는 알았다는 듯 내뱉고는 그를 떠났다. 이제 두터운 그림자로 뒤덮인 병동에 그 혼자만 남았다.

졸음이 밀려들기는 했지만 롤랜드는 기어이 버텨냈다. 병동의 서쪽 벽을 물들이던 뜨거운 핏물도 이미 시원한 잿빛으로 변해 있었다. 그는 갈대를 조금 뜯어 먹고 기운을 회복했다. 그리고 버려진 메달이 마지막 석양빛에 반짝이는 모습을 바라보며 존 노먼에게 무언의 약속을 했다. '기적이 일어나 여행 중에 네 가족을 만날 수 있다면 메달 두 개를 모두 전해주마. 기필코.'

그는 그날 처음으로 마음이 편안해져 그대로 잠에 빠져들었다. 깨어났을 때에는 한밤중이었다. 의사-벌레들이 평소보다 날카로운 소리로 노래하고 있었다. 그가 베개 밑에서 갈대 하나를 꺼내 씹으려는데 어디선가 냉랭한 목소리가 들렸다.

"그래, 언니 말이 옳았어. 숨겨둔 비밀이 있었던 거야."

롤랜드는 심장이 멎는 줄 알았다. 돌아보니 코쿼나 수녀가 두 발로 일어서고 있었다. 잠든 동안 몰래 기어 들어와 오른쪽 침대 밑에 숨어 있었던 것이다.

"도대체 어디서 난 거지? 언니가 이 사실을……"

"내가 줬어요."

코퀴나가 휙 하고 몸을 돌렸다. 제나가 복도를 따라 다가오고 있었다. 수녀 복장은 아니었다. 종들을 매단 두건은 쓰고 있었지만 그 아래로는 체크무늬 셔츠에 청바지, 그리고 낡디 낡은 사막용 부츠를 신었다. 그녀의 두 손에 뭔가가 들려 있었다. 어두워서 정확히 보이지는 않았지만 그건 분명……

"너! 이 사실을 큰 언니한테 말하면……"

코퀴나는 어이가 없는지 말이 막혔다.

"말 하긴 뭘 말 해?"

롤랜드가 외쳤다.

행여 그를 얽어매고 있는 그늘침대에서 탈출할 계획이라도 짜고 있었다면 일은 더 꼬이고 말았을 것이다. 롤랜드의 경우는 생각하지 않고 덤빌 때 결과가 더 좋았다. 그의 두 팔이 순식간에 자유가 되고 왼쪽 다리도 풀려나왔다. 그런데 오른발목이 걸리는 바람에 그는 어깨를 침대에 댄 채 거꾸로 매달린 꼴이 되고 말았다.

코퀴나가 돌아보고는 살쾡이처럼 으르렁거렸다. 그녀는 입술을 말아 올려 바늘처럼 날카로운 이를 드러내더니, 손을 갈퀴처럼 세워 그에게 덤벼들었다. 손가락 끝에 달린 손톱이 톱니처럼 날카로워보였다.

롤랜드는 메달을 그녀에게 들이댔다. 그녀가 씩씩거리며 물러서더니 이번에는 흰 치마를 펄럭이며 제나 수녀에게 돌아섰다.

"네 년을 죽여주마. 이 간살맞은 년 같으니!"

그녀가 사포처럼 거친 목소리로 으르렁거렸다.

롤랜드가 발을 빼내려 했으나 소용이 없었다. 빌어먹을 그물침대가 발목을 올가미처럼 옥죄고 있기 때문이었다.

제나가 두 손을 들어 올렸다. 그의 짐작대로였다. 그녀가 가져온 건 리볼버 두 자루였다. 최후의 화재 이후 길르앗을 빠져나올 때 낡은 권총벨트 안에 장착해 둔 그대로였다.

"쏴요, 제나! 어서."

하지만 제나는 권총벨트를 든 채로 고개만 흔들어댔다. 머리카락을 보고 싶으니 두건을 벗어보라고 말했을 때와 같은 동작이었다. 날카로운 종소리가 마치 대못처럼 총잡이의 머리를 뚫고 들어왔다.

암흑의 종. 카-테트의 시굴. 도대체⋯⋯

의사-벌레들이 제나의 종소리처럼 기이하고 날카로운 비명을 질러댔다. 사방이 어수선했다. 코퀴나 수녀가 멈칫 멈칫 제나의 목을 향해 두 손을 뻗었으나, 제나는 놀라기는커녕 눈 하나 깜짝하지 않았다.

"안 돼! 그건 절대 안 돼!"

코퀴나가 속삭였다.

"안 될 것 없어요."

제나가 말했다. 그리고 롤랜드는 벌레들을 보았다. 턱수염 사나이의 다리에서 뛰어내리던 벌레들도 많았지만 지금 어둠 속을 빠져나오는 벌레들은 마을 하나를 뒤덮고도 남을 판이었다. 만일 그들이 벌레가 아니라 사람이라면, 중간 세계의 길고도 끔찍한 역사 속에서 지금껏 무기를 들었던 사람들의 수를 합친 것보다도 많을 것이다.

그들이 통로바닥을 기어오는 모습만은 정말로 소름끼쳤다. 모르긴 몰라도 1~2년 동안은 꿈자리가 뒤숭숭할 것이다. 무엇보다도 끔찍한 건 빈 침대들을 뒤덮는 광경이었다. 마치 가로수가 짝지어 꺼지기 시작하듯, 통로 양쪽의 침대들이 두 개씩 차례로 검게 물들고 있었던 것이다.

코퀴나가 비명을 지르며 머리를 흔들기 시작했다. 그녀의 벨소리도 울기 시작했지만, 날카로운 암흑의 종소리에 비하면 힘도 없고 의미도 없는 그저 그런 소리에 불과했다.

벌레들은 여전히 통로를 덮고 침대들을 채색하며 진격해 들어왔다.

제나가 얼른 코퀴나 수녀를 지나쳐 롤랜드의 총을 옆에 떨어뜨리고는 그물침대를 힘껏 흔들어 롤랜드의 발을 털어냈다.

"어서요! 저들을 움직이게는 했지만 멈추게 하는 건 내 능력 밖이에요."

그녀가 외쳤다. 다시 코퀴나 수녀의 비명소리가 들렸는데 이번엔 공포가 아니라 고통의 소리였다. 벌레들에게 잡힌 것이다. 제나는 롤랜드를 부축해 주었다. 평생 벌레들이 그렇게 고맙게 느껴질 일은 없을 것이다.

"보지 말아요. 서둘러야 해요. 저 여자가 다른 동료들을 깨웠어요. 통로에 당신 부츠와 옷가지를 놔뒀어요. 가능한 한 많이 가져오기는 했는데, 지금은 어때요? 기운은 되찾은 건가요?"

"고마워요."

얼마나 오래 버틸 수 있는지는 롤랜드도 자신이 없었다……. 하지만 지금 중요한 건 그게 아니었다. 제나가 갈대 두 개를 집어 들었다. 그가 그늘침대를 빠져나오려 버둥대는 바람에 침대 머리

맡에 어질러져 있었던 것이다. 그들은 벌레를 피해 서둘러 통로 위쪽을 향해 달려갔다. 코퀴나는 이제 울음소리조차 제대로 내지 못했다.

롤랜드는 계속 움직이면서 권총벨트를 허리에 맸다.

침대 세 개를 지나니 텐트 입구였다. 그건 거대한 천막이 아니라 평범한 텐트에 불과했다. 비단 벽과 천장은 낡아빠진 캔버스 천이었고 4분의 3 크기의 키싱문(반달과 보름달 중간 크기의 달—옮긴이) 빛조차 투영할 만큼 얇았다. 침대는 기껏 더러운 침상들이 두 줄로 늘어져 있는 데 불과했다

코퀴나 수녀가 있던 자리엔 이제 쭈글쭈글한 옷가지만 둥글게 뭉쳐 있었다. 그 장면을 보자 롤랜드는 골치 아픈 기억 하나를 떠올렸다.

"존 노먼의 메달을 두고 왔소!"

비탄에 가까운 절망감이 바람처럼 그를 휩쌌다. 제나가 청바지 주머니 안에서 메달을 꺼냈다. 메달이 달빛에 반짝였다.

"마룻바닥에서 주어왔어요."

그를 더 기쁘게 한 것이 어느 쪽인지 판단이 서지 않았다. 메달을 보아서인지, 아니면 그녀가 메달을 들고 있어서인지 말이다. 그건 그녀가 노파들과 다른 종족임을 뜻했다.

하지만 그녀는 그가 좋아하는 꼴을 못 봐주겠다는 듯이 이렇게 덧붙였다.

"받아요, 롤랜드. 더 이상 갖고 있을 수가 없어요."

메달을 받아들 때 보니 그녀의 손가락마다 까맣게 탄 자국이 있었다.

그는 그녀의 손을 잡고 화상 하나하나마다 입을 맞추었다.
 "고마워요. 정말 고마워요. 그런 식으로 키스를 받으니 너무 기뻐요. 다칠 만하네요. 이제……"
 그때 그녀의 두 눈빛이 흔들렸다. 롤랜드가 고개를 돌려보니 불빛 몇 개가 울퉁불퉁한 통로를 내려오고 있었다. 그 너머로 어린 수녀들이 살고 있는 건물이 보였다. 수녀원이 아니라 천 년은 묵었음직한 낡은 광산이었다. 촛불은 모두 세 개였다. 그건 수녀가 셋뿐이라는 뜻이고 그 중에 메어리가 없다는 뜻이기도 했다.
 그가 총 둘을 모두 꺼냈다.
 "우우, 총잡이야!" 루이스.
 "그 끔찍한 사내!" 미셸라.
 "그런데 총도 찾았고 정부도 만났나 봐!" 타므라.
 "창녀 같은 년!" 루이스.
 그리고 허탈한 웃음소리. '저 마녀들은 두려워하지 않고 있어……. 적어도 총을 두려워하는 건 아니야.'
 "총은 치워요."
 제나가 말했다. 하지만 그녀가 돌아보았을 때 이미 총은 벨트에 돌아가 있었다. 노파들이 더 가까이 다가왔다.
 "우, 저 봐. 저년이 울고 있어!" 타므라.
 "수녀복도 벗었잖아, 미쳤어! 그런데 맹약을 깼다고 우는 거야?" 미셸라.
 "귀여운 것, 도대체 왜 우는 거니?" 루이스.
 "그가 상처 난 손가락에 키스해 줬어요. 전에 한 번도 키스를 받아본 적이 없었는데, 그래서 눈물이 나오나 봐요."

제나가 대답했다.
"우우우우!"
"감동적이야!"
"다음엔 양물을 집어넣지 그래? 아예 자지러지게."
제나는 아무런 표정 변화 없이 그들의 조롱을 받아들였다. 그녀는 그들이 말을 끝낸 다음에야 입을 열었다.
"이분하고 함께 가겠어요. 길 비켜요."
노파들이 그녀를 보며 입을 쩍 하고 벌렸다. 가식적인 웃음도 충격 속에 묻혀버리고 말았다.
"안 돼! 너 미쳤어? 어떤 일이 일어나는지 몰라서 그래?"
"몰라요. 할머니들도 모르잖아요. 게다가, 상관도 없어요."
제나가 말했다. 그녀는 상체를 반쯤 틀어 낡은 병원 텐트의 입구를 가리켰다. 달빛으로 보니 지저분한 올리브색 지붕에 낡은 적십자 무늬가 새겨져 있었다. 수녀들이 도대체 이 텐트를 들고 얼마나 많은 마을을 돌아다녔는지 궁금했다. 밖에서 보기엔 너무나 작고 평범하지만 안에서는 거대하고 진중한 분위기였다. 도대체 얼마나 오랫동안 얼마나 많은 마을을 쓸어버린 걸까?
이제 의사-벌레들이 하나의 검게 빛나는 혀처럼 텐트의 입구를 가득 메우고 있었다. 노래는 멎어 있었지만 오히려 놈들의 침묵이 더 끔찍했다.
"비켜요. 아니면 저들에게 공격당하게 될 거예요."
제나가 말했다.
"아니, 넌 그렇게 못 해!"
미셀라가 두려움에 젖은 작은 목소리로 중얼거렸다.

"아뇨 이미 코퀴나 수녀가 당했는걸요. 그녀도 결국 그들의 약이 되고 말았죠."

마녀들이 놀라는 소리가 마치 죽은 나무를 스치는 바람소리 같았다. 늙은 얼굴가죽조차 그들의 당혹감을 제대로 담아낼 수는 없었던 모양이다. 제나의 행동이 그들의 예상을 넘어도 한참 넘은 것이다.

"그럼 넌 저주 받은 거야."

타므라 자매가 말했다.

"그 입에서 저주라는 말이 나와요? 어서 비켜요!"

그들은 시키는 대로 했다. 롤랜드가 지나가자 그들이 뒷걸음질 쳤다……. 하지만 그들이 더 무서워하는 것은 제나였다.

"저주? 그게 무슨 뜻이요, 저주라니?"

폐광 너머의 오솔길에 다다랐을 때 롤랜드가 물었다. 키싱문이 돌무더기 저편에서 가물거렸다. 돌무덤 아래쪽에 작고 검은 입구가 보였는데 아마도 수녀들이 명상실이라고 부르던 곳이리라.

"신경 쓰지 마세요. 우리가 걱정해야 할 건 메어리 자매뿐이니까. 마주치지 않았으면 좋겠는데."

그녀는 걸음을 재촉하려 했으나 그가 그녀의 팔을 잡고 돌려 세웠다. 아직도 벌레들의 노랫소리가 들리긴 했지만 희미했다. 두 사람은 지금 수녀들의 아지트를 벗어나고 있었다. 머릿속의 컴퍼스가 제대로 작동 중이라면 엘루리아는 다른 방향에 있을 것이다. 아니, 이제 엘루리아가 아니라 엘루리아 마을 터라고 해야겠군.

"무슨 뜻인지 말해요."

"아무것도 아니에요. 제발 묻지 말아요, 롤랜드. 그래봐야 무슨 소용이죠? 이미 끝난 일인데? 다리는 끊어졌고 난 이제 돌아갈 수 없어요. 아니 할 수 있어도 안 할 거예요."

그녀는 입술을 깨물며 시선을 떨어뜨렸다. 그녀가 다시 고개를 들었을 때 두 볼엔 다시 눈물이 흐르고 있었다.

"나도 함께 피를 마셨어요. 어쩔 수 없었던 때가 있었죠. 뭐가 들어 있는지 알면서도 당신도 어쩔 수 없이 그들의 수프를 먹어야 했잖아요."

롤랜드는 누구나 먹어야 산다던 존 노먼의 말을 떠올리곤 고개를 끄덕였다.

"저 길 아래로는 가지 않을 거예요. 그리고 저주가 있다면 그건 내가 선택한 것이어야지 저들이 준 것으로 하긴 싫어요. 엄마는 잘 되기를 바라는 마음으로 나를 데리고 돌아왔겠지만 그건 오판이었죠."

그녀는 두려운 표정으로 머뭇머뭇 그를 바라보았지만 그래도 시선을 피하지는 않았다.

"할 수 있는 데까지는 옆에서 그대의 길을 따라가겠어요. 길르앗의 롤랜드. 그대가 나를 버리지 않는다면요."

"얼마든지 동반자가 되겠소. 더욱이 그대의 동반만으로 난……"

'축복을 받은 거라오.' 라고 말하려고 했다. 하지만 그가 말을 끝내기도 전에 앞쪽 달그림자 안에서 목소리가 들렸다. 어린 수녀들이 더러운 마술을 시행하던 바위투성이의 황폐한 계곡과 오솔길을 막 벗어나던 참이었다.

"이렇게나 감미로운 밀월여행을 방해해서 안됐지만 나도 어쩔 수가 없다."

메어리 수녀가 어둠 속에서 튀어나왔다. 붉은 장미가 수놓인 순백의 의상도 본래의 모습으로 돌아와 있었다. 수의. 주름투성이의 더러운 두건 속으로 더욱 쭈글쭈글한 얼굴이 드러났는데 그 속에서 두 개의 눈동자가 노려보고 있었다. 썩은 대추야자처럼 생긴 눈. 그 아래 징그러운 미소와 함께 네 개의 거대한 앞니가 달빛을 반사했다.

메어리 수녀의 이마에서 종이 딸랑거렸으나…… 암흑의 종은 침묵을 지켰다. 그게 저주라는 건가?

"꺼져요. 아니면 '칸 탐'을 부르겠어요."

"아니, 그렇겐 안 될 거야. 그들은 흩어져선 살지 못해. 아무리 추가 떨어질 때까지 머리를 흔들어봐야 여기까진 못 온다."

제나는 그녀의 말대로 고개를 좌우로 미친 듯이 흔들어댔다. 암흑의 종이 대기를 찢을 듯 울어댔으나 대못처럼 롤랜드의 머리를 치고 들어왔던 심리적 날카로움은 빠져 있었다. 제나가 '칸 탐'이라고 부르는 벌레들도 나타나지 않았다.

시체 여인이 더 크게 웃으며(메어리 역시 실험이 끝날 때까지 그들이 나타나지 않으리라는 확신은 없었던 게 분명했다.) 그들에게 한 걸음 다가왔다. 그녀는 공중에 떠 있는 것처럼 보였다. 그녀가 그를 바라보았다.

"그것도 치워버리지 그래?"

그녀가 말했다. 롤랜드가 내려다보니 어느새 총 하나가 손에 들려 있었다. 언제 꺼냈는지 기억도 나지 않는데…….

"그 총이 축복을 받거나, 아니면 어느 교파의 성액(피든 물이든 정액이든)에 적시지 않는 한 나 같은 존재를 해할 수는 없다, 총잡이. 난 실재라기보다는 그림자에 가깝기 때문이지……. 그렇다 해도 그대 같은 존재에 뒤처지진 않아."

어쨌든 그녀는 그가 쏘기는 할 거라는 생각을 했고 그건 그녀의 표정에 써 있었다. '네놈한테 있는 게 그 총 두 자루뿐이지? 그것마저 없었다면 우리 마법 텐트로 돌아가야 했겠지. 그늘침대에 누워 우리의 즐거움을 충족시켜 주는 거야.' 그녀의 눈은 그렇게 말하고 있었다.

그는 총을 쏘는 대신 총집에 집어넣고 곧바로 그녀에게 달려들었다. 메어리 수녀가 깜짝 놀라 비명을 질렀지만 그리 길지는 못했다. 비명이 터져 나오기도 전에 롤랜드의 두 손이 그녀의 목을 졸랐기 때문이다.

그녀의 살갗에 닿는 느낌은 차라리 저주였다. 세상에, 그 더럽고 징그러운 감촉이라니! 무언가 꿈틀거리며 손아귀를 벗어나려 했다. 액체가 흐르는 것 같기도 했지만 그렇다고 딱 뭐라고 표현할 수 없는 끔찍한 감촉이었다. 하지만 그는 그녀를 더욱 단단히 짓눌렀다. 정말로 목 졸라 죽일 셈이었다.

그때 붉은 섬광이 터졌다. 나중에 깨달았지만 그건 대기가 아니라 그의 머리 내부에서 터져 나왔다. 그녀가 낙뢰만큼이나 짧으면서도 강력한 뇌파를 쏘아낸 것이다. 두 손이 그녀의 목에서 튕겨져 나왔다. 그리고 그 순간 그녀의 회색 피부에 생긴 검은 구멍을 볼 수 있었다. 그의 손 모양을 한 구멍. 그는 뒤로 날아가 돌무더기에 등을 부딪치고는, 그대로 미끄러져 돌출된 바위에 머리를 박고 말았다. 조금 약하기는 해도 그의 눈에서 다시 섬광이 일었음은 말할 필요도 없을 것이다.

"이런, 미남 씨. 나 같은 존재를 목 졸라 죽이겠다고? 좋아, 그대의 배은망덕에 대해서는 천천히 보상을 해주지. 수백 개의 상처를 만든 다음 그것으로 내 갈증을 풀겠어! 하지만 먼저, 이 버르장머리 없는 년부터……. 이번엔 기어이 이년의 종을 떼어내 버리고 말겠어."

"할 수 있으면 해 봐!"

제나가 떨리는 목소리로 외치며 고개를 좌우로 흔들었다. 암흑의 종이 도발적으로 울어댔다. 메어리의 소름끼치는 미소가 사라졌다. 쩍 벌린 입에서 송곳니가 붉은 베개를 꿰매는 뼈바늘처럼 번뜩였다.

"물론 하고말고. 이번엔 기어이……"

그때 머리 위에서 으르렁거리는 소리가 들렸다. 달빛의 괴물. 괴물이 자리에서 일어나더니 이를 드러내며 짓기 시작하였디 메어리가 왼쪽으로 돌아서는 순간 괴물은 곧바로 바위 위에서 뛰어내렸다. 수석 수녀의 얼굴에 쓰인 당혹감이 너무나도 선명하게 보였다.

별빛을 배경으로 검은 형체의 괴물이 마치 두 팔을 활짝 펼친 기형의 박쥐처럼 보였다. 그리고 놈이 노파의 가슴을 때리고 그녀의 목에 이빨을 박아 넣을 때쯤에야 롤랜드는 놈의 정체를 알 수 있었다.

괴물이 이번에는 메어리의 등을 물었다. 째질 듯한 비명소리가 암흑의 종처럼 롤랜드의 머릿속을 파고들었다. 그녀가 버둥거리며 일어나려 했으나, 그림자는 뒷발로 그녀의 가슴에(장미가 새겨진 바로 그 곳이다.) 단단히 뿌리 막고는 앞발 머리 양쪽을 찢어버렸다.

롤랜드가 제나를 붙잡았다. 그녀는 넋이 나간 채 넘어진 수녀를 내려다보고만 있었다.

"어서! 놈이 당신까지 물기 전에 달아나야 해요!"

그가 외쳤다. 롤랜드가 제나를 끌고 지나갈 때에도 개는 메어리 수녀의 머리를 뜯어내는 데 열중했다.

그녀의 살갗이 변하는 것처럼 보였다. 뭔가 분해 되는 것 같았는데 그게 무엇이든 별로 보고 싶지는 않았다. 그리고 제나가 보는 것도 원치 않았다.

그들은 반쯤은 걷고 반쯤은 뛰면서 산등성이까지 올라갔다. 두 사람은 그곳에 오른 다음에야 고개를 숙이고 두 손을 무릎에 대고 숨을 골랐다. 둘 모두 호흡이 터질듯이 가빴다.

아래쪽에서 으르렁거리던 소리도 잦아들었다. 제나 수녀가 고개를 들어 그에게 따져 물었다. 그녀의 목소리 너머로 개 짖는 소리도 희미하게 들려왔다.

"도대체 그게 뭐죠? 그대는 알고 있죠? 얼굴에 쓰여 있던데. 어떻게 그녀를 공격할 수 있죠? 우리 모두 동물들에 대한 지배력을 지녔지만 그 중에서도 그녀가 제일 강력했어요."

"저 놈은 아니에요."

롤랜드는 옆 침대에 누워 있던 불행한 소년을 생각했다. 노먼은 왜 메달이 수녀들의 접근을 막았는지 모르고 있었다. 이유가 금인지 신인지 몰랐던 것이다. 하지만 이제 롤랜드는 그 이유를 알았다.

"저 놈은 개요. 그냥 마을 개. 녹색인간들이 날 습격해 수녀들에게 데려오기 전에 마을에서 본 적이 있어요. 다른 동물들은 모두 달아났는데도 저 놈만은 예외였지. 놈은 엘루리아의 어린 자매들을 두려워 할 필요가 없었는데, 이유는 몰라도 놈도 그 사실을 알고 있었던 것 같더군. 놈의 가슴에 예수-인간의 상징이 그려져 있었어요. 흰 바탕에 검은 털로 그려진 십자가인데. 아마 태어날 때 우연히 생겼을 거요. 그녀에겐 불행한 일이었지. 놈이 이 근처에서 어슬렁거리는 걸 알고 있었소. 두세 번쯤 놈이 짖는 소리를 들었으니까."

"왜죠? 왜 개가 이곳에 온 거죠? 왜 하필 여기에 있었을까요? 도대체 그녀를 공격한 이유가 뭐죠?"

그녀가 속삭이듯 물었다. 길르앗의 롤랜드는 그런 식의 무의미하고 불가해한 질문을 받을 때마다 늘 해왔던 대로 답을 해주었다.

"기적. 자, 이리 와요. 쉴 자리를 찾을 때까지 가능한 한 멀리 떠납시다."

15킬로미터쯤 가면 어쩌면 어느 바위 아래에서 감미로운 세이지 향기를 맡으며 쉴 수 있을 것이다. 운만 좋으면 10킬로미터만 가도 될 것이다. 하지만 속도가 느려진 것은 롤랜드 자신 때문이었다. 수프의 독이 잔존해 있기 때문이었다. 결국 도움 없이 더 이상의 행군이 불가능하다고 판단한 그는 그녀에게 갈대 하나를 청했다. 그녀는 거절했다. 과도한 운동 후 섭취하게 되면 심장에 큰 무리가 올 수도 있다는 얘기였다.

"쫓아오지는 못할 거예요. 남아 있는 셋도(미셸라, 루이스, 타므라) 이동하려고 짐을 꾸리고 있을 테니까. 떠날 때가 되었다는 사실쯤은 그들도 알고 있어요. 지금까지 버텨온 것도 바로 그 덕분이었죠. 우리는 어떤 점에서는 강하지만 대개의 경우 약점이 많답니다. 메어리 수녀는 그 점을 잊고 있었어요. 예수-개가 있는 곳까지 쫓아온 건 결국 그녀의 오만 때문이었던 거죠."

그녀는 그의 부츠와 의복뿐 아니라 작은 가방까지 산등성이 너머까지 들어다 주었다. 그런데도 그녀는 침낭과 커다란 가방을 갖고 오지 못한 데 대해 사과하려 했고(그녀에게는 너무나 무거웠다고 했다.) 롤랜드는 손가락을 그녀의 입술에 갖다댔다. 지금까지 해온 것만도 기적이었다. 게다가(이 이야기는 하진 않았지만 그녀도 알고 있을 것이다.) 사실 중요한 건 총뿐이었다. 그건 아버지의 총이고, 아버지의 아버지의 총이며, 꿈과 드래곤이 지구를 걸어 다녔을 시대의 선조인 아더 엘드의 총이기도 했다.

"괜찮아요?"

자리에 앉으며 그가 물었다. 달도 저물었으나 아직 새벽까지 세 시간은 족히 남았을 것이다. 사방에서 세이지의 달콤한 향이 밀려들었다. 보랏빛 향기……. 그는 그때도 그 후에도 그런 생각을 했었다. 향기가 대지 위에 마법의 양탄자를 깔아주었다. 이제 곧 그 양탄자에 몸을 싣고 꿈나라로 여행을 하게 될 것이다. 너무나도 피곤했다.

"글쎄요, 아직은 잘 모르겠어요."

하지만 그때 그녀는 알고 있었을 것이다. 그녀의 어머니가 한 번은 데려왔으나 이제 다시 데려다줄 엄마는 존재하지 않는다. 그녀는 다른 존재들과 함께 식혈을 한데다 수녀의 맹약을 맺기도 했다. 운명은 일종의 바퀴이다. 그리고 아무도 빠져나갈 수 없는 그물이기도 했다.

하지만 그는 너무나 피곤해 그런 일들을 곰곰이 챙길 여유가 없었다……. 어쨌든 생각한다고 해서 별 수가 있는 것도 아니지 않는가? 그녀의 말마따나 다리는 끊겼다. 계곡으로 되돌아간다 해도 그곳엔 수녀들이 명상실이라고 부른 토굴밖에 남아 있지 않을 것이다. 살아남은 수녀들은 악몽의 텐트를 거두어 다른 곳으로 떠났을 것이고 종소리와 노래하는 벌레들도 한밤중의 산들바람을 따라 다른 곳으로 떠나고 있으리라.

그가 손을 들어(너무나 무거웠다.) 그녀의 이마를 가로질러 흘러내린 곱슬머리카락을 매만졌다.

제나가 멋쩍은 듯 웃었다.

"늘 그게 말썽이에요. 노파들처럼 제멋대로라니까요."

그녀가 머리칼을 다시 밀어 넣으려 했지만 롤랜드가 그녀의 손을 잡아 주었다.

"그게 더 예뻐요. 밤처럼 까맣고 영원처럼 아름다워요."

그가 일어나 앉았다. 물론 엄청나게 힘들었다. 피로의 부드러운 손이 그의 온몸을 주물러댔다. 그가 그녀의 곱슬머리에 입을 맞추었다. 그녀는 두 눈을 감고 한숨을 내쉬었다. 그녀가 그의 입술 밑에서 파르르 떨었다. 이마가 얼음처럼 차가웠다. 그리고 비단처럼 제멋대로인 곱슬머리의 검은 곡선.

"두건을 벗어 봐요."

그가 말했다. 그녀는 아무 말도 않고 시키는 대로 했다. 한동안 그는 그녀를 바라보기만 했다. 제나도 심각한 표정으로 그의 시선을 받았는데 죽어도 그에게서 눈을 떼지 않을 것만 같았다. 그는 그녀의 부드러운 머리카락을 애무하고(비 같아. 폭우처럼 쏟아지는 비.) 다시 그녀의 두 어깨를 잡고 두 뺨에 키스했다. 그리고 잠시 뒤로 물러섰다.

"남자가 여자에게 하는 것처럼 키스해 주지 않겠어요, 롤랜드? 입에요."

"기꺼이."

그리고 비단 병동에 갇혔을 때 원했던 그대로 그녀의 입술에 키스했다. 그녀의 반응은 부드러웠지만 한 번도 키스해 보지 못한 여자처럼 서툴렀다. 롤랜드는 그녀와 사랑을 나눌 생각이었다. 섹스를 해본 지도 까마득했거니와 그녀는 너무나도 아름다웠다. 하지만 그는 그녀에게 키스를 한 채로 잠이 들어버렸다.

그는 예수-개의 꿈을 꾸었다. 개는 컹컹 짖으며 장엄하게 펼쳐진 광야를 가로지르고 있었다. 그는 뒤를 쫓았다. 개가 불안해하는 이유를 확인하기 위해서였다. 그건 곧 확인이 가능했다. 들판 끝에 암흑의 탑이 있었다. 둔탁한 오렌지색의 석양을 등진 채 거무칙칙한 윤곽을 드러낸 석탑과 나선형으로 휘감고 올라간 끔찍한 창문들. 개도 탑을 보고는 그 자리에 멈춰 서서 으르렁거렸다.

종소리. 지옥만큼이나 끔찍하고 두려운 종소리가 울리기 시작했다. 암흑의 종. 하지만 소리만큼은 은방울처럼 맑았다. 그 소리에 암흑의 탑의 검은 창들이 독장미처럼 붉은 빛으로 타오르기 시작했다. 견딜 수 없는 고통의 비명이 칠흑 같은 밤을 찢어놓았다.

꿈은 한순간에 꺼져버렸으나 비명소리는 그대로 남았다. 지금은 신음소리로만 남았으나…… 비명은 현실이었다. 마지막 세계의 끝에 똬리를 틀고 앉은 암흑의 탑만큼이나 현실이었다. 롤랜드는 새벽의 여명으로 돌아와 사막 세이지의 부드러운 보랏빛 향을 맡았다. 그는 총 두 자루를 내려놓고 자리에서 일어섰다. 잠은 완전히 달아난 터였다.

제나는 없었다. 그녀의 부츠는 가방 옆에 텅 빈 채 놓여 있었다. 조금 떨어진 곳에 그녀의 청바지도 버려진 뱀 껍질처럼 허무하게 버려져 있었고 그 위에 셔츠도 있었다. 희한하게 셔츠자락이 여전히 바지 안에 들어 있었다. 그 너머에 있는 것은 두건이었다. 이마에 드리운 종들도 푸석거리는 땅바닥에 놓여 있었다. 그는 한순간 종소리가 울렸다고 생각했지만 그건 다른 소리였다.

종소리가 아닌 벌레 소리. 의사-벌레들. 그들이 세이지 들판에서 노래 불렀다. 귀뚜라미 같으면서도 훨씬 더 부드러운 목소리.

"제나?"

무응답……. 대답은 벌레들이 대신 해주었다. 갑자기 노랫소리가 멈춘 것이다.

"제나?"

역시 침묵. 바람소리와 세이지의 향기.

그는 자신이 무슨 일을 하는지 깨닫지도 못한 채(어차피 추론과 사고가 그의 본령이 아니다.) 허리를 굽혀 두건을 집어 들고는 조금 흔들어보았다. 암흑의 종이 울렸다.

처음에는 아무 반응도 없었다. 잠시 후 세이지 들판에서 수천 마리의 검고 작은 괴물들이 총총걸음으로 달려와 울퉁불퉁한 땅 위에 모여섰다. 롤랜드는 운전사의 침대를 내려오던 대군단을 떠올리곤 조금 뒷걸음질쳤지만 그뿐이었다. 벌레들도 그에게 덤벼들 생각은 없어보였다.

이해가 갈 것도 같았다. 그건 메어리 수녀의 목을 졸랐을 때 느꼈던 감촉과도 관계가 있었다……. 꿈틀거리던 촉감. 그것도 하나가 아닌 여럿의 느낌이었다. 제나도 그런 언급을 했었다. '나도 그들과 함께 피를 마셨어요.' 저런 존재들은 죽지 않는다……. 다만 변할 뿐이다.

벌레들이 떨기 시작했다. 검은 벌레 구름이 대지의 뿌연 먼지를 흔들고 있었다.

롤랜드가 다시 종을 흔들었다.

미묘한 파장이 무리를 관통하더니 하나의 형태를 취하기 시작했다. 그들은 어떻게 진행해야 하는지 모르겠다는 듯 머뭇거렸지만, 이내 다시 무리를 이루어 이것저것 형체를 만들어보기 시작했다. 결국 그들이 선택한 그림은 커다란 글자 하나였다. C.

그건 진짜 글자는 아니었다. 총잡이가 본 것은 곱슬머리였다.

그들이 노래를 부르기 시작했다. 롤랜드에게는 그 소리가 그의 이름을 노래하는 것으로 들렸다.

그의 얼어붙은 손에서 종이 떨어져 내렸다. 종은 바닥에 부딪치며 다시 울었는데 그 순간 벌레들이 흩어져 사방으로 달리기 시작했다. 그들을 불러들일 생각도 해봤으나(종을 다시 울리면 가능할 수도 있지 않을까?) 하지만 그게 무슨 가치가 있겠는가? 무슨 목적이?

'묻지 말아요, 롤랜드. 이미 끝난 일이에요. 끊어진 다리잖아요.'

그녀가 마지막으로 그를 찾아온 것이었다. 전체의 일관성을 잃고 그리하여 생각할 능력조차 상실했을 수천의 세포들에게 그녀의 의지를 덧씌워서……. 그래, 그녀는 어떻게든 생각을 해냈다. 그 사소한 모양을 만든 정도였지만……, 그렇게 하기 위해 얼마나 많은 노력이 필요했던 걸까?

그들은 점점 더 널리 흩어졌다. 일부는 벌써 세이지 속으로 사라졌고 일부는 암벽을 넘어 가버렸다. 아마도 그곳의 균열 속으로 쏟아져 들어가 한낮의 뜨거운 열기를 기다릴 것이다.

그들은 사라졌다. 그녀도 사라졌다.

롤랜드는 바닥에 주저앉아 두 손으로 얼굴을 가렸다. 울고 싶었지만 눈물은 나오지 않았다. 다시 고개를 들었을 때 그의 두 눈은, 검은 옷을 입은 남자 월터를 찾기 위해 건너야 할 사막만큼이나 건조했다.

'저주가 있다면 그건 내가 선택한 것이어야지 저들이 준 것으로 하긴 싫어요.' 그녀는 그렇게 말했다.

그 자신의 저주에 대해서는 그도 아는 바가 없다. 게다가 저주의 가르침은 끝이 아니라 이제 막 시작한 데 불과했다.

그녀는 담배가 들어 있는 가방을 들어다 주었다. 그는 무릎을 꿇은 채로 앉아 담배를 말아 피웠다. 꽁초까지 다 타들어가도록 피우면서 그녀의 텅 빈 옷을 바라보았다. 그녀의 검고 단호한 눈빛을 떠올렸고, 메달 목걸이로 인해 상처받은 손가락을 떠올렸다. 그래, 그녀는 오직 그에게 필요하다는 사실 때문에 고통을 무릅쓰고 메달을 집어든 거야. 덕분에 그의 목에는 지금 메달 두 개가 모두 걸려 있었다.

태양이 완전히 떠오른 다음에야 총잡이는 서쪽으로 움직이기 시작했다. 그게 언제이든 결국 말이나 노새를 찾아내겠지만 당분간은 걷는 데 만족해야 했다. 그날 내내 종소리와 노랫소리가 환청처럼 그를 괴롭힌 탓에, 몇 번이나 멈춰 서서 주위를 둘러보아야 했다. 대지 위로 길게 뻗은 검은 그림자가 일생일대의 악몽처럼(또는 길몽처럼) 쫓아오고 있을 거라 생각했건만 그곳엔 아무도 없었다. 엘루리아의 서쪽 낮은 언덕 위에는 오직 롤랜드 그 혼자뿐이었다.

   오로지.

모든 일은 결국 벌어진다

어느 날 갑자기, 한 젊은이가 교외의 자기 집 배수구에 잔돈을 버리는 장면이 머리에 떠올랐다. 오직 그 하나뿐이었건만 그 이미지가 어찌나 선명하고 기이한지 나는 그 이야기를 써보기로 했다. 이야기란 본디 가공품이라는 지론을 입증이라도 해주려는 듯, 줄거리는 술술 풀려나왔다. 요컨대 창작이란 창조가 아니라 이미 존재하는 일을 파내는 작업이다.

내겐 지금 좋은 직장이 있다. 따라서 이렇게 인상만 죽이고 있을 이유가 없다. 슈퍼세이버 같은 할인점에서 얼치기들과 드잡이할 일도 없고, 카트를 정리할 일도, 스키퍼 같은 개자식한테 시달릴 이유도 없다. 스키퍼는 그저 역겨운 샌드위치나 우걱우걱 씹어

먹는 얼간이에 지나지 않았지만, 이 지구라는 땅덩어리에 19년을 살면서 배운 거라곤 한순간도 긴장을 늦추지 않아야 한다는 사실이다. 스키퍼 같은 쓰레기들은 어디에나 있으니 말이다.

이제 피자 배달 나갈 일도 없다. 소음기가 나간 낡은 포드를 몰고 나갈 일도 없고, 하커빌 주민들한테 광고한답시고 운전석 창을 열고는 이태리 만국기를 흔들며 좆나게 떨 필요도 없다. TV 축구시합에 얼이 빠져 얼굴도 쳐다보지 않고 25센트 팁을 내미는 사람들. 피자 배달은 정말로 엿 같은 일이었다. 그런데, 지금은 전용제트기를 타고 다니는 팔자니, 불만이란 게 어디 말이나 되겠는가?

"고등학교도 졸업 못한 놈이 뭘 더 바라? 평생 이런 식으로 살아야지?"

엄마는 늘 이런 식이었다. 자상하기도 하셔라. 한 번은 정말로 그녀에게 '특별히 편지'를 쓸 생각도 했었다. 하지만 아까도 말했지만 그게 엿 같은 점이다. 그날 밤 차에서 샤프턴 씨가 한 말이 있다.

"이건 단순한 직장이 아니다, 딩크. 이건 죽이는 모험이야."

그건 맞는 말이다. 다른 얘기들이야 늘 개소리에 헛소리뿐이었지만 그래도 그것만은 옳은 말이었다.

글쎄, 이 잘나빠진 일을 하면서 얼마나 받는지 궁금할 수도 있겠다. 에, 솔직히 말해서 신통치는 않다. 솔직하게 까발릴 수도 있겠지만, 에, 아무튼 직업은 돈이나 출세를 위한 것도 아니다. 샤프턴 씨 가라사대, 진정한 직업의 가치란 부가급부에 있다고 했다. 바로 그 점에서 직업의 진가가 드러난다는 말이겠다.

샤프턴 씨. 그를 본 건 그때가 처음이자 마지막이다. 그의 대형 메르세데스 벤츠 뒷좌석에 앉아보기까지 했지만 때때로 한 번만으로 족한 경우란 있은 법이다.

뭐, 꼴리는 대로 알아들으시라. 어떻게 생각하든 상관없으니까.

나도 집은 있다. 그것도 내 집으로 말이다. 그게 부가급부 넘버 원인 셈이다. 가끔 엄마한테 전화를 해 다리가 어떤지 묻기도 하고 개소리를 잔뜩 늘어놓기도 하지만, 집으로 초대한 적은 한 번도 없다. 하커빌은 겨우 100킬로미터 거리고 엄마도 궁금해서 똥줄이 탈지도 모르지만, 솔직히 꼴리지 않으면 아예 찾아가지도 않는 편이다. 당근, 꼴릴 리가 없다. 우리 엄마를 안다면 누구나 마찬가지일 것이다. 거실에 앉아 친척들 험담과 퉁퉁 부은 다리에 대한 불평을 하루 종일 들어보라. 게다가 그 집의 고양이 똥냄새라니. 그건 살아보지 않은 사람은 모른다. 죽으면 죽었지 애완동물 따위는 기를 생각이 없다. 조금만 귀여워해 주면 겁대가리 없이 기어오르는 싸가지들.

난 거의 집에서 죽치는 편이다. 침실이 하나밖에 없지만 그래도 훌륭한 집이다. 퍼그 말마따나 끝내준다. 슈퍼세이버에서 내가 좋아했던 친구다. 그 친구는 뭔가 기막힌 걸 얘기할 때도 다른 사람들처럼 죽인다고 말하지 않고, 그냥 끝내준다고 했다. 웃기지 않는가? 퍼그마이스터. 요즘은 어떻게 지낼까? 뭐, 잘 지낼 것이다. 어차피 안부 전화 같은 걸 할 수는 없다. 엄마한테는 전화할 수 있다. 무슨 일이 있거나, 누군가 쓸데없는 일로 문제를 일으킬 경우 해결해 줄 비상연락망도 있지만 옛 친구한테는 불가능하다(사실 퍼그 말고 나, 딩키 언쇼와 이빨 깐 놈도 없다.). 그것이 샤프턴의 율법이다.

어차피 다 개소리다. 다시 여기 컬럼비아 시의 내 집으로 돌아가 보자. 열아홉 살짜리 중퇴생 중에 자기 집을 갖고 있는 인간이 얼마나 되겠는가? 거기에 새 차까지 있다. 비록 혼다이긴 해도 주행계의 첫 세 자리는 아직 0이고 그건 의미가 있다. 아직 시디를 넣어본 적은 없지만 차에는 시디/테이프 플레이어도 있다. 물론 그 젠장맞을 기기가 돌아갈 것 같지가 않아서 시디를 넣어보지는 않았다. 포드를 몰 때도 그랬는데 그래서 스키퍼 놈이 똥차라고 놀려대곤 했었다. 씨발, 세상엔 스키퍼 같은 놈이 왜 그렇게 많은 건지 알다가도 모를 일이다.

아무튼 나한텐 돈도 어느 정도 있다. 살아가는 데 필요한 액수를 조금 상회할 정도인데, 그건 확인해도 좋다. 나는 점심식사를 하면서 TV 시리즈 「돌고 도는 세상」을 본다. 그럼 목요일이면 연속극 중간에 우편함이 딸깍거리는 소리가 들린다. 물론 난 꼼짝도 해서는 안 된다. 샤프턴 왈, 그게 '규칙'이기 때문이다.

나는 그냥 죽치고 앉아 연속극을 본다. 드라마의 클라이맥스는 언제나 주말에 일어나지만(살인은 금요일, 씹질은 월요일 같은 식이다.) 매일 난 끝까지 다 본다. 특히 목요일이면 거실을 벗어나지 않기 위해 특별히 신경을 써야 한다. 목요일엔 우유 따위를 가지러 부엌에 가는 일도 없다. 드라마가 끝나면 한동안 TV를 끄고 있다가(그 다음이 오프라 윈프리인데 그년 쇼는 질색이다. 그냥 죽치고 앉아 엿 같은 얘기나 주절대고 있으니.) 그 다음에야 현관 쪽으로 나간다.
 우편함에는 예외 없이 얇은 흰색봉투가 들어 있다. 겉에 아무 것도 적히지 않은 밀봉 봉투인데 안에는 언제나 5달러 지폐 14장, 아니면 10달러가 7장 들어 있다. 그러니까 주급인 셈이다. 그 돈으로 하는 일은 이렇다. 영화 두 편, 항상 오후다. 1편에 4달러 50센트이므로 9달러가 든다. 토요일에는 혼다에 기름을 넣는데 대충 7달러쯤 든다. 차를 많이 모는 편은 아니다. 퍼그도 나같이 차에 투자 안 하는 놈은 처음이라고 했다. 그럼 모두 16달러를 쓴 건가? 외식은 4번을 한다. 모두 맥도날드이고, 아침 아니면(에그 맥머핀, 커피, 해시 브라운 둘) 저녁이다(치즈 빅버거. 하지만 맥스페셜은 죽어도 안 먹는다. 그런 샌드위치를 최고로 치는 새끼들은 얼간이들뿐이다.). 일주일에 한 번 정도 치노(카키색의 튼튼한 의류—옮긴이)와 버튼업 셔츠를 차려입고 내 반쪽의 안부를 챙기러 나간다. 그럴 때면 아담스 립이나 처크 웨이건 같은 고급 레스토랑을 찾는데 그 비용은 25달러가 든다. 그래서 지금까지 총 지출이 41달러. 그리고 뉴스플러스에 가서 포르노잡지를 한두 권 산다. 그렇다고 변태성은 아니고 《배리에이션스》나 《펜트하우스》 같은 점잖은 책들이다. 이런 잡지들로 딩키의 서재를 채우려 했으나 성공하지는 못했다. 청소하는 날 사라지는 것도 아닌데, 물건이란 게 늘 그렇듯, 결국 보이지 않게 되는 것이다. 지금 무슨 말 하는지 알겠는가? 솔직히 샤프턴 씨의 청소부들이 쓰레기 잡지(이중적 의미)를 돈 주고 사 모을 것 같지는 않다. 게다가 이런 포르노물을 내 방에서 인터넷으로 볼 수도 없다. 왠지 모르지만 접속 차단이 되어 있기 때문이다. 어떤 일이든 해결책이야 있게 마련이나(막히면

뚫으라는 말도 있지 않은가?) 이건 문제가 다르다.

　장황하게 떠들 생각은 없지만 전화로 900번호를(유료 전환 정보서비스 — 옮긴이) 돌릴 수도 없다. 이른바 자동 다이얼 말이다. 만일 이 세상의 누구든 전화를 걸어 잠시 수다를 떨고 싶다면 아무 문제없다. 그건 좋다. 하지만 900 자동 다이얼만큼은 안 된다. 계속 통화중 신호뿐이다. 차라리 잘 된 일일 수도 있겠다. 내 경험상 섹스 생각은 고작해야 긁어 부스럼이다. 하면 할수록 갈증만 늘어가니 말이다. 게다가 섹스가 별거냐? 적어도 내게는 별 볼 일 없다. 섹스를 해도 끝내주거나 한 적은 없었다. 내가 하는 일에 비추어볼 때, 이런 식의 골샌님 같은 성향은 기이하거나 우스꽝스럽기까지 하다. 물론 그런 주제에 대해(그리고 몇 가지 다른 일에 대해서) 유머감각을 잃은 지는 오래다.

　오 이런, 다시 돈 얘기로 돌아가자.

　《배리에이션스》의 가격이 4달러이니 총액은 45달러로 늘어난다. 남은 돈으로는 시디를 사거나(쓰지도 않겠지만 종종 그러기도 한다.), 캔디바 한두 개를 산다. 캔디바도 바보 같은 짓이다. 10대도 아닌 놈이 그래봐야 호모 새끼처럼 보이기밖에 더 하겠는가. 가끔 전화로 피자나 중국음식을 시키고 싶지만 그러면 트랜스코프 사의 규칙을 어기게 된다. 또 왠지 착취 계급이 된 기분이라 썩 내키는 것도 아니다. 잘 알겠지만 난 피자를 배달했고 그건 정말로 엿 같은 직업이다. 만일 주문만 할 수 있다면 피자맨은 25센트가 아니라 5달러의 팁을 받게 될 거다. 그럼 놀라서 눈을 휘둥그레 뜨겠지?

　현찰이 별로 필요치 않은 이유를 다들 대충은 짐작하기 시작했으리라. 아닌가? 다시 목요일 아침이 돌아올 때쯤 적어도 8달러 정도가 남아 있다. 어떨 때는 20달러가 넘게 남는 경우도 있다. 동전들은 대개 집 앞 빗물 배수관으로 쏟아 붓기 놀이를 해서 없앤다. 이웃에서 본다면 말 그대로 꼭지가 돌아버릴 것이기 때문에, 그 일을 할 때는 파란색의 재생 플라스틱 휴지통을 이용한다(고등학교 퇴학생이라고 다 머리가 나쁜 건 아니다. 뭐? 개소리 말라고?). 휴지통 안에 신문을 넣어가지고 나가(때로는 《펜트하우스》나 《배리에이션스》를 종이뭉치 밑에 반쯤 묻기도 한다. 그런 잡지를 오래 갖고 있을 생각은 없다. 솔직히 누가 그러겠는가?) 보도 위에 내려놓으며 잔돈을 쥔 손을 펴면 그만이다. 딸그랑, 딸그랑, 딸그랑, 첨벙. 그건 마치 마술과도 같다. 그래도 이해가 안 가면 그냥 이 이야기는 여기서 쫑 내는 게 낫겠다. 아무튼 홍수 같은 게 잔돈을 하수처리장 같은 곳으로 날려버리지 않는 한, 하수구는 언젠가 막히게 될 것이고 그럼 정비공을 내려 보낼 것이다. 그럼 그날로 그 친구는 땡 잡은 인생이 되는 것이다. 당연히 그때쯤 난 이미 사라진 후다. 컬럼비아 시에서 인생을 탕진할 생각 따위는 없다. 맹세코. 난 떠난다. 그것도 곧. 무슨 수를 써서라도.

지폐는 더 쉽다. 그냥 디스포저(부엌 찌꺼기 분쇄 처리기 — 옮긴이)에 밀어 넣기만 그만이다. 또 하나의 마술이다. 수리수리 마수리, 지폐여, 상처가 되어라! 이해가 잘 안 될 것이다. 돈을 싱크대에 처넣다니. 처음엔 나도 그랬다. 하지만 하다보면 익숙해지지 못할 일이란 세상에 없다. 그뿐 아니라 목요일이면 어김없이 우편함에 70달러가 떨어지지 않는가? 규칙은 간단하다. 나발 불지 말 것. 1주 내에 빈털터리가 될 것. 솔직히 수백만 달러도 아니고, 기껏해야 일주일에 8~10달러 정도를 버리는 일이다. 그건 푼돈이다.

딩키의 일정판. 그건 또 하나의 특혜이다. 나는 그곳에 한 주 동안 원하는 건 무엇이든 적고 또 뭐든지 얻어낼 수 있다(말했듯이 포르노 잡지는 예외다.). 결국에야 이것도 심드렁해질 일이겠으나 지금이야 1년 내내 산타클로스를 옆에 두고 있는 기분이다. 여자들이 모자란 야채 이름을 적어놓는 부엌 메모판과 비슷하지만 물론 그게 다가 아니다.

예를 들어 '브루스 윌리스 신작 비디오' 또는 '위저의 신보 시디' 등의 내용들을 적는다고 해보자. 이야기가 나왔으니 하는 말인데 위저의 시디에 대해서는 골 때리는 일이 하나 있었다. 어느 금요일의 일이다. 영화가 끝나고(금요일이면 특별히 볼 게 없다지만 영화관을 찾는데 그때가 청소부가 올 시간이기 때문이다.) 우연히 툰스 익스프레스에 들어간 적이 있었다. 비가 내려 공원에 갈 수가 없었기 때문에 대신 시간을 때울 실내공간이 필요해서다. 이런저런 신보들을 구경하는데 한 아이가 점원에게 위저의 신작 시디가 나왔는지 물었다. 점원은 열흘 정도나 지나야 나올 거라고 했다. 웃기는 건 나는 이미 지난 금요일 그 시디를 받았다는 사실이다.

말했잖은가? 특혜라고.

일정판에 '스포츠셔츠'라고 쓰고 금요일 밤 집으로 돌아오면 어김없이 준비되어 있다. 그것도 내가 좋아하는 기막힌 황토색으로 말이다. '새 청바지'나 '치노'라고 적으면 그것들도 배달된다. 모두 '더 갭' 제품인데 내가 직접 산다 해도 그 대리점에 갔을 것이다. 만일 이러저러한 애프터 셰이브나 향수를 원할 때에도 딩키 일정판에 적어놓기만 하면 된다. 그런 물건들은 항상 화장실 카운터에 놓여 있다. 여자를 만나는 건 아니지만, 그래도 난 향수라면 사족을 못 쓴다. 향수는 늘 기분 좋게 해준다.

웃기는 얘기 하나 더 해보자. 언젠가 일정판에 '렘브란트 그림'이라고 쓴 적이 있다. 그리고 영화를 보고 공원에서 사람들의 농탕질도 보고 개새끼들이 프리스비를 잡으러 날뛰는 것도 보면서, 청소부들이 정말로 빌어먹을 렘브란트를 가져다주면 얼마나 끝내줄까 하는 생각을 했다. 생각해 보라, 컬럼비아 선셋놀 지구의 어느 집 벽에 걸린 고대의 거장이라니! 정말로 그렇게 되면 끝내줄 텐데 말이다.

그리고 그 소원은 이루어졌다. 집에 돌아가니 렘브란트가 정말로 거실벽에 걸려 있는 것이 아닌가! 소파 위에 벨벳 광대인형이 걸려 있던 자리였다. 그곳으로 달려가는데 심장이 시속 백만 킬로미터로 뛰기 시작했다. 하지만 가까이 가서보니 그건 모사품이었다. 복사판 말이다. 실망은 했지만 사실 잘못된 건 없었다. 진품이 아니라 그렇지 렘브란트는 렘브란트 아닌가?

언젠가 일정판에 '자필 사인이 있는 니콜 키드먼 사진'이라고 쓴 적이 있었다. 난 그녀가 현존하는 최고의 미녀배우라고 생각했고 또 당연히 푹 빠져 있었다. 그날 집에 갔을 때 냉장고에 그녀의 잡지사진이 붙어 있었다. 그러니까 채소 모양의 자석 두 개로 고정되어 있었던 것이다. 그녀가 「물랑 루즈」에 나오는 그네에 타고 있는 사진인데 그건 진품이었다. 사진에 '딩키 언쇼에게 니콜의 사랑과 키스를.'이라고 적혀 있었던 것이다!

오, 베이비. 오, 허니.

솔직히 말해 볼까? 만일에 정말로 원하고 고집을 부린다면 언젠가 내 벽엔 진짜 렘브란트가 걸려 있을지도 모른다. 이런 거래에서 안 되는 일이란 없다. 그리고 어떤 점에선 그게 제일 겁나는 부분이기도 하다.

식료품 목록을 적어본 적은 없다. 청소부들은 내가 좋아하는 음식을 알고 있다. 스토우퍼의 냉동식품. 특히 으깬 소고기 크림수프같이 끓여먹는 비닐 팩 제품인데, 엄마는 늘 토끼 설사똥 같다고 이죽거렸었다. 그리고 냉동 딸기, 전유, 프라이팬에 살짝 익혀 먹는 햄버거 파이(날고기를 익히는 임은 실새시디.), 플라스틱 컵에 담겨 나오는 푸딩제품들(피부에는 좋지 않다지만 난 너무나 좋아한다.) 같은 평범한 음식들이다. 뭔가 특별한 걸 먹고 싶을 때에야 비로소 난 딩키의 일정판에 원하는 걸 적어 넣는다.

한 번은 기성품이 아닌, 가정에서 만든 애플파이를 주문한 적이 있었다. 그날 밤 어두워질 즈음에 돌아와 보니 파이는 한 주의 식료품들과 함께 냉장고에 들어 있었다. 다른 점이 있다면 포장된 게 아니라 접시 위에 놓여 있었다는 거다. 그래서 그 파이가 집에서 만든 것인 줄 알았다. 처음에는 솔직히 께름칙했다. 출처도 모르는 음식이 아니던가? 하지만 이내 나는 그게 어리석은 기우임을 깨달았다. 그럼, 슈퍼마켓 음식은 정체를 알고 있다는 건가? 천만의 말씀. 단지 포장이 되거나 깡통에 담겨 있거나 '오염방지를 위한 이중포장'이 되어 있기 때문에 괜찮다고 생각하지, 실제로 이중포장 되기 전에, 누군가 더러운 손으로 주물럭거리고, 그 위에 공룡 같은 재채기를 해대고, 포장지로 똥을 닦아내지 않았다고 어떻게 확신하겠는가? 밥맛 떨어지게 하자는 건 아니지만 까놓고 말하면 그렇다 이거다. 세상은 별종들로 가득하고 그 중엔 '쓰레기' 인간들도 부지기수다. 그런 인간들은 수도 없이 겪어 본 이 몸이다. 믿어도 좋다.

아무튼 파이는 기가 막혔다. 난 금요일 밤에 반을 먹고 일요일 아침에 와이오밍의 샤이엔에 전화번호를 돌리며 나머지를 먹었다. 토요일 밤에는 화장실 변기를 끌어안고 지냈다. 애플파이 때문이었겠지만 상관없다. 적어도 맛은 있었으니까. '엄마의 솜씨'라는 말을 자주 듣는다. 하지만 우리 엄마일 리는 없다. 내 엄마는 스팸도 못 굽는 여자다.

일정판에 속옷을 주문해 본 적은 없다. 5주마다 옷장의 낡은 서랍 하나가 비워지고 대신 하네스 자키 신제품 속옷 세 개들이 박스가 4개씩 들어간다. 오염방지를 위해 이중포장이 된…… 하, 하. 화장지, 세탁비누, 세제. 그런 것들은 적을 필요조차 없다. 안 그래도 저절로 나타나니까.

정말로 끝내주지 않는가?

청소부들을 본 적은 없다. 매주 목요일 「돌고 도는 세상」을 보는 도중 70달러를 배달하는 사내(아니 여자일 수도 있겠다.)를 본 게 전부이다. 그들은 봐서도 안 되지만 솔직히 보고 싶은 색각도 없다. 아니, 보고 싶다. 씨발, 까놓고 말하면 그자들이 무섭다. 그건 회색의 대형 메르세데스를 타던 날 샤프턴 씨를 무서워했던 것과 같은 이치다. 젠장, 배 째라.

금요일엔 집에서 점심을 먹지 않는다. 「돌고 도는 세상」을 보고 나면 차를 타고 시내로 들어간다. 그리고 미키디에서 버거 하나를 산 다음 극장으로 직행하는데, 날씨만 좋다면 그 다음은 공원이다. 난 공원을 좋아한다. 생각하기 좋은 장소이기 때문이다. 게다가 요즘 생각할 일로 머리가 돌아버릴 지경이다.

날씨가 개떡이면 상가로 간다. 요즘 낮 길이가 짧아지면서 볼링을 다시 시작해 볼까 하는 생각도 있긴 하다. 금요일 오후엔 뭐든 해야 하기 때문이다. 뭐든. 옛날엔 가끔 퍼그와 볼링을 쳤는데.

갑자기 퍼그가 그립다. 그 새끼한테 전화해서 졸라 이빨이라도 까면 좋으련만. 조금이나마 내 일에 대해 털어놓을 수 있으면 후련할 것 같건만. 예를 들어 그 네프라는 자에 대한 얘기라도.

오, 빌어먹을, 그래봐야 누워서 침 뱉기밖에 더 되겠는가?

내가 나가 있는 동안 청소부들은 벽에서 벽까지 천장에서 바닥까지 청소를 하고, 설거지를 하고(설거지는 나도 잘한다.), 바닥을 닦고, 세탁을 하고, 시트를 갈고, 수건을 새것으로 갈아주고, 냉장고를 채워놓고, 일정판에 적힌 일들을 처리한다. 그야말로 세상에서 제일 능률적인(게다가 끝내주는) 하녀가 딸린 호텔에 사는 기분이다.

그들이 건드리지 않는 공간은 거실 옆의 서재다. 난 그 방을 아주 어둡게 해놓고 산다. 커튼도 항상 쳐 놓고, 그들 역시, 다른 방과 마찬가지로, 햇빛이 비칠 정도 이상으로 커튼을 젖히는 경우는 없다. 다른 방이라면 금요일 밤마다 어김없이 가구용 왁스 냄새가 나지만 이 방은 그런 것도 없다. 그날은 세재 냄새가 너무 강해 발작적으로 재채기를 하는데 그건 알레르기라기보다는 코 신경이 저항하는 것에 가까웠다.

누군가 서재 바닥을 진공청소하고 휴지통도 치우지만, 책상 위에 놓은 서류들만큼은, 아무리 어수선하고 쓰레기처럼 보여도 절대 건드리는 법이 없다. 한 번은 책상 서랍에 테이프를 붙여놓고 실험을 해보았다. 하지만 그날 밤 집에 돌아왔을 때에도 테이프는 떨어지지 않고 그대로 붙어 있었다. 솔직히 그 서랍에 비밀 따위는 없다. 그냥 확인하고 싶었을 뿐이다.

컴퓨터와 모뎀을 켜놓고 나가면 돌아올 때도 역시 그대로다. 모니터는 스크린세이버 프로그램이(고층건물 블라인드 뒤에서 작업하는 사람들을 그린 것인데 내가 제일 선호하는 모델이다.) 돌아가고 있다. 장치를 꺼놓고 나가면 나갔다 와도 꺼져 있다. 요컨대 딩키의 서재는 건드리지 않겠다는 것이다.

어쩌면 청소부들도 나를 두려워하고 있는 건지 모를 일이다.

내 인생을 바꿔놓을 전화를 받은 건, 피자 로마의 배달 일과 엄마 때문에 거의 꼭지가 돌아버릴 때쯤이었다. 물론 이렇게 말하면 사내자식이 그 정도 가지고 운운 하겠지만 적어도 난 심각했다. 전화가 온 것은 근무가 없던 날 밤이다. 엄마도 이웃여자들과 빙고게임을 하겠다고 레저베이션에 가고 없었다. 모두 골초들인데, 딜러가 회전통에서 B-12를 꺼내며 '좋습니다, 숙녀 분들, 오늘 제가 홀딱쇼 한 번 해드리죠.' 식의 저질 멘트를 날릴 때마다 뒤집어져라 웃는 그런 여자들이다. 나로 말하자면, TNT 채널에서 클린트 이스트우드 영화를 보며, 이놈의 지구 혹성만 아니라면 어디든 달아나고 싶다는 생각을 하던 참이었다. 아니 하다못해 서스캐처원(캐나다 남서부의 주 — 옮긴이)이라도 좋겠다.

전화벨이 울렸다. 오, 잘 됐다. 퍼그가 틀림없어. 그래서 전화를 받자마자 가장 부드러운 목소리로 이렇게 말했다.

"예, 하커빌 딩키 공동묘지의 딩키입니다. 파내고 싶으신 무덤이 있으시면 위치를 말씀하시고 지정된 은행계좌로……"

"안녕하신가요, 언쇼 씨."

전화기에서는 한 번도 듣지 못한 목소리가 흘러나왔는데 내 개소리 때문에 주춤하거나 당혹해하는 기색은 눈곱만치도 없는 듯했다. 하지만 난 그 인간도 짜증이 났다. 전화로 그따위 짓을 하고 앉았는데(그러니까 전화에 대고 개소리나 나불대는 일) 아무 상관도 없는 사람이 전화한 경우를 당해봤는가? 언젠가 어떤 여자애가 전화를 걸어, "안녕, 나 헬렌이야. 지금 자기랑 하고 싶어 죽겠어."라고 한 적이 있었단다. 문제는 상대가 남친인 줄 알았는데 유감스럽게도 그녀의 아버지더라는 얘기다. 물론 뉴욕 하수구의 악어떼나 《펜트하우스》의 편지처럼 역시 지어낸 얘기겠지만, 말인즉슨 그렇다 이거다.

"오, 이런, 죄송합니다. 다른 사람인줄 알았네요."

난 너무나 당황해서, 이 낯선 목소리가 장의사 주인 딩키가 언쇼 씨이고 진짜 이름이 리처드 엘러리 언쇼라는 사실을 어떻게 알고 있는지 따질 겨를도 없었다.

"물론 전 다른 사람입니다."

목소리가 말했다. 그 말에 그때는 웃지 않았지만 나중엔 정말로 웃고 말았다. 샤프턴 씨는 당연히 다른 사람이다. 암, 달라도 너무나 다른 사람이라는 게 문제지만 말이다.

"무슨 일이시죠? 엄마를 찾으시는 거라면 메시지를 남겨주세요. 엄마는 지금……"

"……빙고 게임장에 계시죠? 알고 있습니다. 아무튼 제가 원하는 사람은 당신입니다, 언쇼 씨. 일자리를 제안할까 해서죠."

한동안 너무 놀라 아무 말도 못했다. 그때 이런 게 바로 스팸 전화라는 생각이 들었다.

"직장 있어요. 끊겠습니다."

잘 한다!

"피자 배달 말이요? 이런, 그런 것도 직업이라고 부릅니까?"

그의 목소리는 아예 조롱조였다.

"당신 누구요?"

"내 이름은 샤프턴일세. 이제 까놓고 말하지. 자네들이 그런 거 좋아하지 않나, 언쇼? 딩키? 딩키라고 해도 되겠지?"

"그럽시다. 그럼 난 샤피라고 불러드릴까?"

"그래, 이름은 아무렇게나 부르고. 우선 내 말부터 들어보게나."

"말해 보슈."

까짓것 듣지 못할 이유도 없다. 오늘 영화도 지랄스런 「일망타진」이다. 클린트의 명작이 아니라.

"자네가 가져본 최고의 일자리를 주겠네. 앞으로도 영원히 이런 직장은 구경도 못할 걸세. 게다가, 딩크, 이건 단순한 직장이 아니라 모험이라네."

"맙소사, 이거 왕년에 다 써먹은 수법 아닌가요?"

내 무릎엔 팝콘 그릇이 놓여 있고 난 한 주먹을 집어 입 안에 밀어 넣었다. 이야기가 영화보다 재미있게 돌아가고 있지 않은가?

"약속은 다른 사람들이 하네. 나는 배달을 하고. 하지만 이건 얼굴을 맞대고 상의해야 하는 문제야. 한 번 만나보겠나?"

"당신, 게이요?"

"아니. 내 성적 취향과 이 일은 아무 상관이 없네."

그의 목소리는 아예 즐겁다는 투였는데 그 때문에라도 무조건 사기라고 젖혀두기가 어려웠다. 게다가 전회에 응하는 내 반응으로 보아 이미 덫에 걸린 터였다.

"아무튼 왜 장난질입니까? 씨발, 저녁 9시 30분에 전화해서 취직시켜주겠다는 얘기를 날더러 믿으란 말이요?"

"한 번 시험이나 해보라고. 우선 전화를 내려놓고 자네 우편함을 들여다보지 않겠나?"

점점 더 가관이로군. 하긴 뭐 손해 볼 것도 없다. 난 그가 시키는 대로 했다. 봉투 하나가 놓여 있었다. 클린트 이스트우드가 센트럴 파크에서 던 스트라우드를 쫓는 동안 누군가가 우편함 구멍 안으로 밀어 넣은 모양이었다. 그때는 몰랐지만 그건 그 후의 수많은 봉투 중 최초였다. 봉투를 뜯어보니 70달러가 손 안에 떨어졌다. 그리고 쪽지 한 장.

'이건 위대한 경력의 시작이 될 수도 있네!'

나는 돈을 감상하면서 거실로 돌아갔다. 내가 얼마나 정신이 나갔었는지 말해 줄까? 세상에, 거의 팝콘 그릇을 깔고 앉을 정도였다. 다행히 마지막 순간에 그릇을 발견하곤, 한쪽으로 치운 다음 소파에 주저앉아 수화기를 집어 들었다. 어쩌면 샤프턴이 떠났을 거라는 생각도 했으나 내가 '여보세요'라고 부르자 그가 곧바로 대답을 해왔다.

"도대체 무슨 짓이죠? 이 70달러는 웬 겁니까? 돈은 돌려드리리다. 빚져서가 아니라 돈 달라고 한 적 없으니까 말이요."

내가 으르렁거렸다.

"돈은 자네 거야. 그거 챙긴다고 자네한테 빚 갚으라고 할 사람 아무도 없다네. 하지만 작은 비밀 하나 가르쳐주지, 딩크. 이봐, 직업은 돈을 노리는 게 아냐. 진정한 직업이란 특혜가 따르고 그게 바로 권력이라는 걸세."

"꼴리는 대로 생각하쇼."

"한 번 생각해 보기나 하라고. 내 요구는 만나서 조금 더 얘기를 해보자는 것뿐일세. 받아들이기만 하면 난 자네 인생을 송두리째 바꿔줄 제안을 할 걸세. 완전히 새로운 세상을 열어줄 그런 제안이지. 내가 제안을 하고 나면 자넨 뭐든 원하는 질문을 할 수 있고, 또 난 있는 그대로 대답해 주겠네. 아, 그렇다고 원하는 대답을 모두 얻게 된다는 뜻은 아니지만 말이야."

"내가 거절하면요?"

"악수나 하지. 자네 등을 두드리며 행운을 빌어주겠어."

"언제 만나면 됩니까?"

마음 한구석에서는 이 모든 게 장난이라고 외치고 있었으나, 그 이면에 혹하는 심정이 든 것도 사실이다. 예를 들어 당장에 돈을 받았다. 피자 로마에서는 2주간의 배달 팁에 버금가는 금액이다. 그것도 재수 좋을 때 얘기다. 하지만 마음을 끄는 건 그보다 샤프턴의 말투였다. 대학교수 같은 말투……. 물론 반 드루젠에 있는 똥통 주립대와는 차원이 다른 그런 대학 말이다. 게다가 까놓고 말해서 내가 손해 볼 게 뭐란 말인가? 스키퍼의 사고 이후로 이 지구에는 나를 괴롭히거나 학대할 사람이라고는 아무도 없었다. 에, 엄마가 있긴 하지만 그래봐야 엄마의 무기는 주둥이뿐인데다…… 고상한 농담 따위는 아예 꿈도 못 꾼다. 그리고 70달러를 포기할 여자도 아니다. 근처에 빙고 게임이 성행하고 있는 한은 절대 아니다.

"오늘 밤. 아니, 지금 당장 만나지."

그가 말했다.

"좋수다, 안 될 거 없죠. 이리로 와요. 우편함에 달러봉투까지 넣은 걸 보면 주소를 가르쳐줄 필요도 없겠군요."

"자네 집은 안 돼. 슈퍼세이버 주차장에서 보기로 하지."

가슴이 케이블 끊어진 승강기처럼 철렁 내려앉았다. 이제 대화고 뭐고 좆도 재미가 없어졌다. 이건 함정이야. 어쩌면 짭새까지 끼어 있는지도 모른다고! 아니 아니, 스키퍼에 대해서는 아무도 모를 것이다. 짭새들이 눈치 챘을 리도 만무하다. 하지만 하늘은? 편지도 있다. 스키퍼가 그 편지를 어딘가에 남겨두었을 수도 있지 않은가? 물론 그 정도로 무슨 낌새를 챌 수는 없다. 여동생의 이름이 적혀 있기는 하지만 세상에 데비라는 이름은 수백만 개도 넘을 것이다. 편지는 부코프스키 부인의 앞마당 보도에 그려놓은 도형이나, 이 빌어먹을 전화가 울리기 전에 떠들려 했던 헛소리 이상은 될 수 없다. 문제는 어떻게 확신할 수 있느냐는 데 있었다. 게다가 죄의식이라는 것도 있다. 스키퍼에 대해 죄의식을 느끼거나 하지는 않지만 그래도 어쩐지……

"취업 인터뷰하기엔 슈퍼세이버는 좀 그렇지 않습니까? 게다가 8시 이후로는 문도 닫는 데 말입니다."

"그래서 좋은 걸세, 딩크. 공공장소의 비밀유지라는 게지. 카트 정리대 바로 옆에 차를 세워두겠어. 쉽게 찾을 수 있을 거야. 회색 대형 메르세데스니까."

"어렵지 않을 겁니다. 주차장엔 어차피 그 차밖에 없을 테니까."

나는 전화를 끊고 돈은 주머니에 넣었다. 하지만 솔직히 내가 무슨 행동을 하고 있는지도 몰랐다. 온 몸엔 가벼운 땀까지 송골송골 배어나오려 했다. 전화 목소리는 카트를 모아둔 곳에서 보자고 했다. 스키퍼에게 학대를 당하곤 했던 바로 그 자리다. 언젠가는 쇼핑카트 사이에 내 손을 찧고는 비명소리를 들으며 즐거워하기도 했다. 당신들도 한번 찧어보라. 그건 말 그대로 미치도록 아프다. 그 후 손톱 두 개가 까맣게 타더니 결국 떨어져나가고 말았다. 편지를 쓰기로 마음을 먹은 게 그때였는데 그 결과는 정말로 기가 막혔다. 만일 스키퍼 브래니건의 유령이 있다면 카트 보관대야말로 그놈이 제일 좋아하는 장소일 것이다. 괴롭힐 대상을 찾아 헤매는 유령 스키퍼. 전화 목소리가 그곳을 우연히 정했을 리는 없다. 마음속으로야 다 헛소리라고 외치고 있었다. 그런 식의 우연은 비일비재하니까 말이다. 하지만 아무리 그래도 어쩐지 켕기는 건 마찬가지였다. 샤프턴 씨는 스키퍼에 대해 알고 있는 게 틀림없다. 어떻게 알았는지는 모르지만 그건 분명했다.

그를 만나기가 두려웠으나 핑계를 찾아내기가 쉽지 않았다. 뿐만 아니라 그가 얼마나 많이 알고 있는지도 알아낼 필요가 있었다. 누구에게 말했는지까지 포함해서.

나는 자리에서 일어나 코트를 걸쳤다(이른 봄이라 당연히 밤 기온이 찼지만 서부 펜실베이니아는 항상 추웠던 것 같다.). 그리고 문을 향해 움직이려다가 다시 돌아와 엄마에게 메모를 남겼다.

사람 좀 만나러 가요. 밤에는 돌아올게요.

사실 아무 일 없이 돌아올 거라고 믿었지만 그래도 메모를 남기는 것이 좋을 것 같다는 생각이 들었다. 왜 그런 생각을 했는지 따진다면 할 말은 없다. 그래도 대충 알 것도 같지만. 어쩌면 나한테 무슨 일이, 그러니까 나쁜 일이 일어난다면, 엄마가 경찰에 신고하기를 바랐던 것이다.

두려움에는 두 가지가 있다. 적어도 내 생각은 그렇다. TV 두려움과 진짜 두려움이 그거다. 우리는 삶의 대부분을 TV 두려움만 겪으며 살아가는데, 예를 들어 며칠 전의 혈액검사를 기다리거나, 또는 밤늦게 도서관을 나서며 전봇대 뒤에 나쁜 놈들이 숨어 있지 않을까 걱정하는 그런 두려움이다. 그런 식으로는 진짜 두려움을 느낄 수 없다. 왜냐하면 마음 깊은 곳에서 혈액검사가 깨끗할 것이며 또 전봇대 뒤에 나쁜 놈 따위는 없다는 사실을 알고 있기 때문이다. 왜냐고? 그런 건 원래 TV 속에서나 일어나는 일이 아니던가?

넓디넓은 주차장에서 유일하게 서 있는 메르세데스를 보았을 때 내가 느낀 건 진짜 두려움이었다. 그건 스키퍼 브래니건과 골방에 있었을 때 이후로 처음이다. 그때는 벽장 안이었는데, 정말로 뭔가 일어나도 일어날 것만 같은 분위기였다.

샤프턴 씨의 차는 주차장의 노란 수은등 아래 서 있었다. 대형 크라우트모빌. 적어도 450이나 500마력은 되어보였고 시세만 해도 100만이나 200만은 족히 될 것 같았다. 카트 보관대 옆에(밤에는 거의 비어 있다. 낡은 세 발짜리 카트 하나를 빼면 모두 매장 안에 보관해 두기 때문이다.) 주차등을 켠 채 서 있는 자동차의 꽁무니에서 하얀 배기가스가 하늘로 부서지고 있었다. 엔진이 잠든 고양이처럼 푸드덕거렸다.

나는 가까이로 차를 몰고 갔다. 심장이 느리고도 묵직한 속도로 뛰었고 목구멍은 동전 몇 개 삼키기라도 한 듯 답답하기만 했다. 마음 같아서는 포드의 액셀을 짓밟고(이놈의 포드에서는 늘 페페로니 피자 냄새가 진동을 했다.) 꽁지가 빠져라 달아나고 싶었지만 남자가 스키퍼에 대해 알고 있다는 생각을 지울 수가 없었다. 솔직히 털어봐야 나올 건 없을 것이다. 찰스 '스키퍼' 브래니건은 사고를 당했거나 자살을 했다. 경찰도 그 정도는 확신하고 있었다 (짭새들이 그놈을 어찌 알겠는가? 만일 알았다면 자살 가능성은 그

즉시 창밖으로 내던졌을 것이다. 스키퍼 같은 자들은 절대 자신을 포기하지 않는다. 게다가 이제 겨우 스물세 살이 아닌가?). 하지만 그럼에도 불구하고 괴롭기는 마찬가지였다. 넌 이제 끝장이라고, 누군가 다 캐내고 만 거라고, 누군가 편지를 손에 넣고 해독해 낸 거라는 목소리가 끝끝내 뇌리를 떠나지 않았다.

 그 목소리에는 논리가 빠져 있었지만 사실 논리 따위는 필요도 없었다. 어차피 목소리만 크면 장땡인 것이다. 나는 툴툴거리는 메르세데스 옆에 차를 세우고 차창을 내렸다. 동시에 메르세데스의 운전석 차창도 내려왔다. 우리는 서로를 보았다. 나와 샤프턴 씨. 황야의 외나무다리에서 마주친 2인의 총잡이.

 지금은 그에 대해서 잘 기억이 나지 않는다. 그 후로 그가 머리에서 떠나지 않았다는 사실에 비추어본다면 신기한 일이지만 그래도 사실은 사실이다. 날씬했고 정장을 입고 있었다. 의류 판별 같은 거야 내 강점은 아니지만 적어도 내 눈에는 고급정장으로 보였다. 덕분에 마음이 조금 풀어지기도 했다. 내 잠재의식 속에는 정장은 사업을 뜻하고 진과 티셔츠는 개수작을 뜻했다.

 "안녕, 딩크. 내가 샤프턴이네. 이리 들어와 앉지 그래?"
 "그냥 이대로 있으면 안 됩니까? 창문을 통해 얘기할 수도 있잖아요. 다들 그러는데."

 내가 반항했다. 그러자 그는 아무 말 없이 조용히 바라보기만 했다. 몇 초 후 나는 포드 엔진을 끄고 밖으로 나갔다. 이유는 정확히 모르겠지만 아무튼 난 그렇게 했다. 전보다 더 무서워진 것만은 분명했다. 진짜 두려웠고 진짜진짜 무서웠다. 그가 마음대로 나를 조종할 수 있었던 것도 그 때문이었으리라.

나는 샤프턴 씨와 내 차 사이에 잠시 서서 카트 보관대를 돌아보았다. 문득 스키퍼 생각이 났다. 스피커는 키가 컸고 노란 블론드 머리를 뒤로 바짝 넘기고 다녔다. 여드름도 많은데다 립스틱 칠한 여자처럼 입술이 새빨갰다. '이봐, 딩키 어디 네 딩키 좀 보자.' 아니면, '야, 딩키, 내 딩키 한 번 빨아보지 않을래?' 따위의 개수작이나 떨던 개자식. 놈은 툭하면 카트를 내 쪽으로 밀어붙여 발뒤꿈치를 쪼면서 '붕, 부우우우웅, 붕붕붕!' 하고 자동차 경주 흉내를 냈다. 한두 번은 정말로 나를 때려눕힌 적도 있었다. 저녁식사 시간, 무릎 위에 식사를 올려놓고 있는데 일부러 세게 부딪쳐온 것이다. 보디체크 연습을 하는 중이라나 뭐라나. 내가 무슨 얘기를 하고 싶은 건지 알겠는가? 그놈은 학교 자습실 맨 뒷줄에 따분하게 앉아, 아이들을 어떻게 하면 재미있게 해줄까 따위의 생각만 하는 덜떨어진 얼간이였다는 말이다.

나는 일할 때 머리를 뒤로 묶는다. 긴 머리는 말총머리로 묶는 게 슈퍼마켓의 규칙이다. 그러면 스키퍼란 놈이 뒤로 다가와 고무 밴드를 힘껏 잡아당겼다. 어떨 때는 머리카락이 엉키기도 하고, 가끔은 끊어진 고무줄이 목덜미를 씹어버리기도 했다. 덕분에 난 일하러 가기 전에 바지에 고무 밴드를 두세 개 여분으로 넣고 다녔다. 왜 그렇게 했는지, 왜 그렇게 끝끝내 참아야 했는지에 대해서는 가급적 생각하지 않으려 했다. 그랬다면 아마 난 내 자신을 증오하고 말았을 것이다.

그가 괴롭힐 때 뒤를 돌아본 적이 있었다. 놈은 그때 내 얼굴에서 뭔가를 본 모양이었다. 그 순간 짓궂은 웃음이 싹 사라지더니 대신에 다른 웃음이 그 자리를 차지했다. 그 전의 미소와 달리 새로운 미소는 추악한 이까지 드러냈다. 골방에서의 일이다. 골방의 북쪽 벽은 늘 차가웠는데 바로 옆방이 고기 냉동고이기 때문이다. 그가 두 손을 들어 올리고는 주먹을 쥐었다. 다른 직원들은 주변에서 점심식사를 하며 우리를 구경하고 있었다. 물론 나를 도와줄 놈은 하나도 없을 것이다. 퍼그도 아니다. 아무튼 키도 165에 50킬로그램밖에 나가지 않는 놈이다. 스키퍼라면 그 친구를 사탕처럼 삼켜버릴 것이고 퍼그도 그 정도는 알고 있었다.

"그래, 덤벼 봐, 병신아, 어서! 한 번 깝쳐 보겠다는 거 아냐? 괜찮아, 그러니까 어디 해보라고. 얼마든지 상대해 줄 테니까."

스키퍼는 미소를 지은 채로 지껄여댔다. 내 머리에서 끊어낸 고무 밴드가 그의 두 손가락 끝에서 붉은 도마뱀 혓바닥처럼 축 늘어져 있었다.

왜 나만 못살게 구는지 정말로 묻고 싶었다. 도대체 뭘 잘못했는지, 왜 다른 애가 아니라 나여야 하는 건지 알고 싶었다. 물론 그가 대답해 줄 리는 없었다. 스키퍼 같은 놈들에게 이유 따위가 있을 리 없었다. 놈들은 그저 남의 이를 부러뜨리고 싶을 뿐이다. 대신 나는 자리에 앉아 다시 샌드위치를 집어 들었다. 스키퍼에게 덤벼들었다간 결국 병원신세를 면치 못했을 것이다. 나는 먹기 시작했지만, 입맛이 있을 리 없었다. 놈은 나를 멍하니 쳐다보았다. 놈이 어떻게든 나를 괴롭힐 거라고 생각했는데 놈은 의외로 쉽게 주먹을 풀었다. 끊어진 고무 밴드가 바닥의 상처 포장지 옆으로 떨어져 내렸다.

"쓰레기 같은 놈. 말총머리 히피 쓰레기 새끼."

스키퍼가 주절거렸다. 그날은 그게 다였다. 보관대에서 카트로 내 손을 박살낸 건 불과 며칠 후였다. 그리고 며칠 후 스키퍼는 오르간이 연주되는 감리교회 사틴 마룻바닥에 누워 있었다. 하지만 그건 자업자득이었다. 아무튼 그때 내 생각은 그랬다.

"메모리 레인까지 잠시 드라이브나 하세."

샤프턴 씨가 말했다. 난 그 말에 깜짝 놀라 현실세계로 돌아왔다. 나는 두 차 사이에 서 있었다. 스키퍼가 내손을 박살냈던 카트 보관대 바로 옆이었다.

"그게 무슨 소리죠?"

"아무려면 어떤가. 딩크, 타기나 하라고. 잠깐 얘기나 나누자는 거야."

나는 메르세데스의 문을 열고 안으로 들어갔다. 맙소사, 그 냄새라니. 가죽냄새 같은데 꼭 그것만은 아니었다. 모노폴리(보드게임의 일종—옮긴이)의 감옥 탈출 카드라는 걸 아는가? 만일 돈을 벌어서 샤프턴 씨의 회색 메르세데스같이 냄새나는 차를 산다면, 반드시 감옥 탈출 카드를 구해야 할 것이다.

나는 숨을 크게 들이마셨다가 내뱉었다.

"끝내주는군."

샤프턴 씨가 웃었다. 깨끗하게 면도된 두 뺨이 계기반 불빛에 반짝거렸다. 그는 내 말에 대해 묻지도 않았다. 알고 있다는 뜻이겠다.

"세상만사가 끝내주지. 그게 아니라면, 그렇게 만들면 되는 거라네, 딩크."

"그렇게 생각해요?"

"생각이 아니라 아는 거야."

그의 목소리엔 하등의 의구심도 없었다.

"타이가 멋지군요."

내가 말했다. 그냥 무슨 말이라도 해야 할 것 같아 내뱉은 소리지만 그렇다고 거짓말은 아니었다. 끝내주는 정도는 아니지만 그럭저럭 괜찮은 타이였다. 온통 해골이나 공룡, 작은 골프크럽 같은 것으로 도배를 한 넥타이를 본 적이 있는가? 샤프턴 씨의 타이는 온통 검이었는데 그 검을 단단히 움켜쥔 손도 그려져 있었다.

그가 웃으며 타이를 매만졌다. 아니 다독인다고 해야 맞겠다.

"행운의 타이지. 이걸 매면 아더 왕이 된 기분이거든."

그가 말했다. 그의 얼굴에서 미소가 조금씩 빠져 나갔는데, 그래서 난 그가 농담하는 게 아님을 깨달았다.

"아더 왕은 주변에서 최고의 인재들을 끌어 모았네. 그리고 기사들은 그와 함께 원탁에 둘러앉아 세상을 재편하는 거야."

그 말에 소름이 끼쳤지만 내색하고 싶지는 않았다.

"나한테서 원하는 게 뭐죠, 아더? 그게 뭐더라? 아, 성배라도 찾아 바칠까요?"

"타이 하나 맸다고 왕이 되지는 않아. 그게 신경 쓰인다면, 나도 그 정도는 알고 있다네."

나는 다소 불편한 마음에 몸을 뒤척였다.

"이봐요, 당신을 실망시키려고 한 얘기는……"

"괜찮아, 딩크. 정말일세. 우선 내 소개부터 하자면, 두 부분은 헤드헌터이고, 두 부분은 탤런트 스카우터이며, 네 부분은 걸고 말하는 운명이라고 해두겠네. 담배 피우겠나?"

"담배 안 피웁니다."

"그래, 잘 한 거야. 자네는 오래 살 걸세. 담배는 독약이지. 그래서 종종 화장터 굴뚝에 비유하는 거고."

"잘 알아 모시죠."

"그러기를 비네. 정말로 잘 이해했으면 좋겠어. 딩크, 자네는 최고 고객이라네. 믿지 않겠지만 사실이야."

"도대체 어떤 제안을 하시려고 그러는 거죠?"

"스키퍼 브래니건이 어떻게 되었는지부터 말해주게나."

빙고! 결국 최악의 사태가 온 것이다. 그가 알 리가 없었다. 누구도 몰라야 했다. 그런데 알고 있었다. 나는 멍하니 그를 바라보기만 했다. 머리가 지끈거리고 혓바닥은 입천장에 아교라도 칠한 듯 딱 달라 붙어버렸다.

"어서 말해 보게."

그의 목소리가 아득하기만 했다. 한밤중에 듣는 단파 라디오가 이럴까?

나는 억지로 혓바닥을 떼어냈다. 보통 고역이 아니었지만 아무튼 성공은 했다. 그 다음에 들리는 목소리 역시 똑같은 단파 라디오를 타고 있었다.

"난 아무 짓도 안 했어요. 스키퍼는 사고를 당한 거고 그게 다죠. 차를 몰고 집으로 가다가 로커비 강으로 굴러 떨어져 버렸다더군요. 경찰이 폐에서 물을 찾아냈고 그래서 나도 그 인간이 익사한 걸 알게 됐죠. 적어도 기술적으로는요. 하지만 신문에는 그게 아니더라도 죽었을 거라고 했어요. 차가 구를 때 머리가 완전히 찢어졌으니까. 정말로 그랬다니까요. 사고가 아니라 자살이라고 생각하는 사람들도 있는데 난 그렇게 생각 안 해요. 스키퍼는…… 자살하기에는 세상을 너무 즐겼거든요."

"그래. 자네도 그 즐거움의 하나였지, 안 그런가?"

나는 아무 말도 안 했다. 하지만 내 입술은 떨렸고 눈엔 눈물이 고이기 시작했다.

샤프턴 씨가 내 팔을 잡아주었다. 나이든 사람들이 늘 하는 그런 종류의 위로였다. 황량한 주차장에 세워둔 대형 독일제 차에 함께 앉아서 말이다. 하지만 그가 내 몸을 건드렸을 때 나는 그 행위가 그런 것과는 질적으로 다르다는 사실을 직감했다. 그때까지는 내가 얼마나 슬픈 건지도 몰랐다. 너무 슬프면 오히려 실감이 안 나는 경우도 있는 법이다. 나는 고개를 숙였다. 징징 짤 생각은 손톱만큼도 없었지만 눈물은 두 뺨 위로 하염없이 흘러내렸다. 그의 타이에 그려진 검들이 두 겹, 세 겹으로 보였다. 3대 1일이라니. 너무 불공평해,

"내가 경찰일까 봐 그런다면 부질없는 생각이야. 게다가 돈까지 주었잖아? 그 돈이면 자네가 무슨 말을 하든, 충분히 면소 사유가 된다네. 그렇지 않다고 해도, 브래니건 군의 진짜 사인에 대해 믿을 사람은 아무도 없을 걸세. 자네가 TV 쇼에 나가 고해성사를 한다 해도 말이야, 안 그래?"

"예." 내가 말했다. 그리고 좀 더 큰소리로. "많이 참았어요. 더 이상 참을 수 없을 정도까지 참았죠. 나도 어쩔 수 없었단 말입니다. 자업자득이라고요."

"어떻게 된 건지 말해 보게."

샤프턴 씨가 말했다.

"그에게 편지를 썼어요. 특별한 편지였죠."

"그래, 아주 특별했지. 그 안에 적은 건 그 친구한테만 먹혀들 내용이었겠지?"

난 그의 말뜻을 이해했지만 사실 그 이상이었다. 만일 편지를 의인화할 수 있다면 편지의 위력은 상상을 초월하게 된다. 그냥 위험한 게 아니라 치명적으로 만들 수도 있다는 말이다.

"여동생의 이름이에요. 데비."

내가 대답했다. 이제 나도 자포자기의 심정이었다.

내겐 뭔가가 걸려 있다. 일종의 거래 같은 것이다. 어느 정도는 알고 있었으나, 그 거래의 명칭이나 의미, 또는 어떻게 이용할 것인가에 대해서는 전혀 몰랐다. 그에 대해 함구해야 한다는 것도 대충은 안다. 보통 사람들이 이해 못하는 특별한 거래이기 때문이다. 행여 사람들이 알게 되면 나를 서커스에 보내거나 아니면 감옥에 처넣어 버릴 것이다.

희미하긴 하지만, 서너 살 때쯤 더러운 창가에 서서 마당을 내다본 기억이 남아 있다. 아마도 몇 개 안 되는 좋은 기억이기 때문일 것이다. 마당에는 장작 패는 공간이 있고 붉은 깃발이 꽂힌 메일함도 있었다. 교외에 있는 마벨 이모의 집이었던 것 같다. 아빠가 달아나고 우린 그곳에서 살았는데, 그 후 엄마가 하커빌 팬시 베이커리에 취직을 하는 통에 다시 읍내로 돌아와야 했다. 그게 다섯 살쯤이었다. 초등학교에 입학했을 때에도 우린 읍내에 살았다. 일주일에 5일은 부코프스키 부인의 식인괴물 같은 개새끼를 지나쳐야 했기 때문에 잊으려야 잊을 수도 없었다. 귀가 하얀 복서 종의 개. 그런데 메모리 레인에 가보자고?

어쨌든 그때 창밖을 내다보면 창 꼭대기에 늘 파리들이 윙윙거리며 날아다녔다. 어떤 장면인지 알 것이다. 그 소리가 맘에 들지는 않았지만 키가 작은 탓에 잡지를 만다 해도 놈들을 때려잡거나 쫓아 보낼 수는 없었다. 그 대신 나는 손가락 끝으로 유리창 먼지를 긁어내는 식으로 삼각형 두 개를 그렸다. 다른 모양도 그렸다. 원으로 그 삼각형들을 한꺼번에 묶어놓은 것이다. 그리고 그 일을 하자마자, 그러니까 원을 마무리 짓자마자 4~5마리 정도의 파리들이 창틀에 떨어져 죽어버렸다. 감초 맛 젤리빈 만큼이나 커다란 놈들. 나는 그 중 하나를 집어 살펴보았지만 별 재미를 못 느꼈다. 그래서 파리를 바닥에 던지고 다시 창밖을 내다보았다.

그런 일은 이따금 일어났으나 그렇다고 고의는 아니었다. 의도적으로 죽일 생각이 아니었다는 뜻이다. 내 기억에 의도적으로 해본 건(물론 스키퍼는 제외하고 얘기다.) 부코프스키의 개새끼가 전부였다. 부코프스키 부인은 우리가 셋방살이를 하던 더그웨이 애버뉴의 모퉁이에 살았다. 그녀의 개는 야비하고 위험천만한 놈이었다. 때문에 웨스트사이드의 아이들은 모두 그 망할 개를 무서워했다. 개를 옆 마당에 묶어 두기는 했으나 차라리 그건 '잠복근무'라는 말이 무색할 정도였다. 놈은 사람이 지나가면 아무한테나 짖어댔는데, 문제는 다른 개들과 달리 괜한 위협이 아니라는 데 있었다. 그건 마치, '어디 가까이만 와 봐. 아니면 내가 그쪽으로 갈까? 그래, 그럴 수만 있다면 기필코 네놈 불알을 뜯어먹어주마, 이 겁쟁이 인간들아!' 라고 말하는 것 같았다. 한 번은 정말로 풀려나 신문배달 아이를 문 적도 있었다. 다른 사람의 개라면 그저 코를 킁킁거리며 냄새나 맡았을 터이나, 부코프스키 부인의 깡패 개는 아예 경찰서장이 되어 직접 처단에 나선 것이다.

나는 그 개가 스키퍼만큼이나 싫었다. 아니, 어떤 점에선 놈이 바로 스키퍼였다. 계집애라는 비난을 받고 싶지 않는 한(그러니까 등굣길에 블록을 빙 돌아가는 식으로) 부코프스키 부인의 집을 지나는 건 불가피했다. 그럴 때마다 난 로프 끝까지 달려 나와 입과 주둥이에서 거품이 나올 정도로 짖어대는 놈이 너무나 끔찍했다. 가끔은 로프를 너무 세게 잡아당기는 바람에 놈이 두 발로 일어설 때도 있었다. 에그머니나! 다른 사람들한테는 재밌어보일지 몰라도 당하는 난 아니다. 그 개줄도 무서웠다. 그건 체인이 아니라 낡고 평범한 로프 한 자락에 불과했다. 언젠가 로프가 끊어지고 개는 부코프스키 부인의 낮은 피켓 울타리를 뛰어넘어 기어이 내 목을 끊어버리고 말 것이다.

그리고 어느 날 잠에서 깨었을 때 기발한 생각이 떠올랐다. 잠에서 깨어나는 바로 그 순간에 말이다. 콩닥거렸다. 토요일 이른 시각이고 날씨도 좋았다. 때문에 그날은 부코프스키 부인의 집 근처로 갈 필요가 없었지만 그날은 예외였다. 나는 침대에서 나와 후닥닥 옷을 걸쳤다. 그 아이디어를 놓치고 싶지 않았기 때문에 망설일 시간도 없었다. 그건 마치 꿈속에서 사탕을 막 입 안에 넣으려는 순간과 같아서 깨어나는 순간 달아나버릴지도 모른다. 사실 당시엔 그 생각에만 몰두해 있었기 때문에 그때의 기억은 지금도 종소리만큼이나 선명하다. 삼각형으로 둘러싸인 글자들, 그 주변의 소용돌이무늬 몇 개, 그 모든 부조화를 묶어줄 특별한 원들...... 특별한 위력을 발휘하도록 그런 무늬 두어 개를 중첩시키고......

나는 날다시피 거실을 지나 부엌으로 향했다. 엄마는 아직 잠든 터라 자고 있었다. 코고는 소리가 들려왔다. 엄마의 요리복도 화장실 샤워기에 걸려 있었다. 엄마한테도 흑판이 있었는데 전화번호와 여러 가지 잡다한 메모들을 적어놓는 곳이다(딩키의 일정판이 아니라, 엄마의 일정판이라고 해야 하나?). 그곳에 간 이유는 줄에 매달려 있는 핑크색 분필을 챙기기 위해서였다. 나는 분필을 얼른 주머니에 넣고 문 밖으로 달려 나갔다. 지금 생각해 봐도 너무나 아름다운 아침이었다. 시원하지만 춥지는 않은 날씨. 하늘이 어찌나 청명한지 누군가가 하늘을 자동 세차한 것처럼 보일 정도였다. 주위엔 아직 아무도 없었다. 토요일이기 때문에 다들 늦잠을 자고 늑장을 부리고 있는 것이리라.

부코프스키 부인의 개는 깨어 있었다. 빌어먹을 개자식. 놈은 전형적인 고지식표 군바리였다. 내가 울타리 안으로 들어오는 것을 보고는 놈은 여느 때처럼 줄이 팽팽해지도록 달려들었다. 아니, 전보다 훨씬 과격했다. 비록 콩알만 한 개새끼의 두뇌일망정, 그날이 토요일이고 때문에 내가 나타날 이유가 없다는 것쯤은 알고 있는 모양이다. 놈이 로프의 끝까지 달려왔다가(팽!) 곧바로 벌러덩 뒤집어졌다. 그래도 놈은 후닥닥 일어나 줄 끝까지 달려오더니 로프에 목이 졸려 죽어도 상관없다는 식으로 켁켁거리며 짖어댔다. 부코프스키 부인이야 그 소리에 익숙해져 있고 어쩌면 좋아할 수도 있겠지만, 이웃사람들이 어떻게 참아내고 있는지 도무지 이해가 가지 않았다.

　그날만은 나도 상관없었다. 너무나 흥분해 무섭지도 않았다. 나는 주머니에서 분필을 꺼내 한 무릎을 꿇고 앉았다. 순간 모든 게 머릿속에서 날아갔다는 생각이 들었다. 안 돼! 그건 정말로 안 될 말이었다. 그때의 그 슬픔과 절망감이라니! 안 돼, 제발, 제발, 다시 돌아와 줘, 딩키, 기억해 내란 말이야! 뭐든 써보라고. '저 개새끼 씨발새끼' 라도 쓰란 말이야!

　하지만 나는 그렇게 쓰지 않았다. 내가 그린 건 어떤 도해 같은 것이었다. 그런 걸 진이라고 하던가? 기이하지만 적절한 모양의 진. 그 순간 모든 것이 풀려나오며 내 머리는 도형들과 기하학으로 터져나갈 것 같았다. 너무나도 아름다운 광경이었다. 그리고 동시에 두려웠다. 진짜 두려움 말이다. 나는 다음 5분여 동안 보도에 무릎을 꿇고 앉아, 미친 악마처럼 써내려갔다. 한 번도 들어보지 못한 단어들, 그리고 (나뿐아니라 누구도) 한 번도 보지 못한 도형들이었다. 단순한 진이 아니라, 모눈과 십자와 호의 조합이었다. 나는 오른쪽 팔꿈치가 핑크색 먼지로 덮이고 엄마의 분필이 끄트머리만 남아 엄지와 검지로 간신히 쥘 때까지 계속해서 그려나갔다. 부코프스키의 개는 파리들과 달리 그 자리에서 죽지는 않았다. 놈은 내내 짖어대고 물러났고 다시 줄이 끊어져라 달려들었다. 그래도 난 개의치 않았다. 그만큼 몰아지경에 빠진 것이다. 죽었다 깨어나도 설명은 불가능하겠지만 그건 마치 모차르트와 에릭 클랩튼 같은 위대한 음악가들이 작곡을 하거나, 화가들이 캔버스 위에 최고의 걸작을 투사해 내면서 느끼는 그런 경지가 분명했다. 누군가 가까이 온다 해도 눈치조차 채지 못했으리

라. 오, 맙소사, 부코프스키의 개가 로프를 끊고 울타리를 넘어와 엉덩이를 깨문다 해도 나는 아마 놈까지 무시해 버렸을 것이다.

정말로 끝내주는 일이었다. 너무나 끝내줘서 도무지 형언할 수 없다는 게 아쉬울 따름이었다.

가까이 다가오는 사람은 없었다. 차 몇 대와 사람들이 지나쳤지만 그들이 본 거라곤 꼬마가 쪼그리고 앉아 보도에 뭔가를 그리고 있고 개가 짖어대는 광경뿐이었을 것이다. 결국 난 진을 더 강화해야겠다고 생각했다. 진이 개에게 투사하도록 만드는 것이다. 개의 이름은 몰랐기 때문에 나는 남은 분필로 '복서 개'라고 쓰고 주변에 원을 그렸다. 그리고 원의 밑바닥에 화살표를 그려 개를 가리키게 했다. 머리가 어지럽고 지끈거렸다. 이제 막 지독한 시험을 끝냈거나 TV를 너무 오래 봤을 때 같은 어지럼증이었다. 몸도 욱신거렸지만 그래도 기분은 여전히 끝내줬다.

나는 개를 바라보았다. 놈은 어쩐지 생생했다. 놈은 앞발을 들고 허우적거리며 짖어댔다. 하지만 상관없다. 나는 편안한 마음으로 집으로 돌아왔다. 부코프스키 부인의 개는 이제 끝장난 것이다. 훌륭한 화가라면 자신이 좋은 그림을 그렸을 때를 안다. 마찬가지로 훌륭한 작가는 자신이 훌륭한 글을 썼다는 사실을 알고 있다. 뭐든 제대로 일을 해내면 누구든 그걸 직감할 수 있다는 뜻이다. 그 사실이 뇌리와 가슴 속에 각인되기 때문이다.

3일 후 개는 결국 세상을 하직하고 말았다. 얘기를 전해들은 것은 믿을 만한 소식통에게서였다. 이웃에 사는 우체부인데 이름이 셔머론 씨이다. 셔머론 씨의 말에 따르면, 부코프스키 부인의 개가 갑자기 묶여 있는 나무 주변을 빙빙 돌더니 로프가 끝나도 포기하지를 않았다는 것이다(하하, 이른바 생명줄이 끝나도록 달렸다는 뜻이겠다.). 부코프스키 부인도 외출 중이라 개를 도와줄 수 없었다. 그녀가 집에 왔을 때 개는 옆 마당의 나무 밑에 누워 있었다. 물론 목 졸라 죽은 채였다.

보도의 그림은 1주일 정도 그대로 있었다. 그러다 비가 심하게 내렸고, 결국엔 핑크빛 얼룩만 남았다. 하지만 비가 내리기 전까진 너무나도 선명했는데, 그건 신기하게도 아무도 그 도형을 밟지 않았기 때문이었다. 그 사실은 직접 확인했다. 학교에 가는 아이들, 읍내로 가는 아줌마들, 그리고 우체부 셔머론 씨까지 모두 그림을 돌아가는 것이 아닌가! 그들은 심지어 그 사실을 의식조차 못하는 것 같았다. 그 도형에 대해 말하는 사람도 없었다. 그러니까. "바닥에 이 지저분한 낙서는 다 뭐야?"라든가, "이런 걸 도대체 뭐라고 부르는 거지?"라는 식으로 말이다. 그림은 분명히 그곳에 있고 또 그들 모두 그림을 보았건만 의식하지는 못했다. 그렇지 않다면 왜 그림을 우회해서 걸었겠는가?

샤프턴 씨에게 있는 대로 까발리지는 않았지만 스키퍼에 대해서는 다 말해주었다. 어쨌든 난 그를 믿기로 결정했다. 내면의 자아는 그를 믿을 수 있다고 말하고 있으나 의식적 자아는 조금 달랐다. 문제는 그가 내 팔을 잡는 방식에 있었다. 숫제 아버지처럼 잡지 않는가? 아버지는 없지만 그렇다고 상상력까지 없는 건 아니다.

게다가 말투도 그랬다. 그가 경찰이라 나를 체포한다 해도 도대체 스키퍼 브래니건이 차를 도로 밖으로 몰고 나간 이유가 내가 보낸 편지 때문이라고 믿을 정신 나간 판사나 배심원이 어디 있겠는가? 고등학교 기하학에서 (두 번이나) 펑크를 낸 피자배달 소년이 그린, 이상한 문자와 상징으로 가득한 편지 때문에?

이야기를 끝마치자 둘 사이엔 한참 동안의 침묵이 있었다. 마침내 샤프턴 씨가 먼저 입을 열었다.

"당할 짓을 했군. 네 생각도 그렇지?"

이유는 모르겠지만 그 말은 거의 폭탄이었다. 때문에 그간 억눌러왔던 댐이 터지고 난 어린애처럼 엉엉 울고 말았다. 아마도 15분 이상은 그렇게 울었을 것이다. 샤프턴 씨는 내 어깨를 감싸고 꼭 끌어안아주기까지 했다. 눈물이 정장의 옷깃을 적셨지만 그는 그것도 개의치 않았다. 누군가 차를 타고 가다가 보았다면 우리를 호모라고 생각했을 것이다. 다행히 지나가는 차도 없었다. 카트 보관대의 노란색의 수은등 불빛 아래 오직 그와 나뿐이었다. '요피 타이어여, 작은 쇼핑카트를 몰아요. 슈퍼세이버는 당신의 새집이 될 거예요.' 퍼그는 이런 노래를 부르곤 했다. 그때마다 우리는 웃다가 울어버렸다.

마침내 나는 눈물을 거두었다. 샤프턴 씨가 건네준 손수건으로 눈물도 훔쳤다.

"어떻게 알았죠?"

내가 물었다. 무적처럼 깊고도 기이한 목소리였다.

"너를 찾아낸 이상 나머지는 약간의 사소한 조사에 불과했지."

"예. 그럼 어떻게 찾아낸 겁니까?"

"우리한텐 너 같은 남녀를 찾아다니는 전문가들이 있단다. 10여명 정도. 네 능력을 감지하는 능력을 지닌 친구들이지. 그러니까 우주 위성이 핵무기와 발전소를 감지하는 것과 같다고 생각하면 될 거다. 너희들은 황색으로 나타난다더군. 감지자들은 그걸 성냥 불빛으로 묘사했다. 솔직히 나도 죽기 전에 한 번만이라도 그런 걸 보거나 너 같은 능력을 갖고 싶단다. 그래, 피카소처럼 그림을 그리고 포크너처럼 소설을 쓸 수 있다면, 그럼 행복할 것 같거든. 단 한 번만이라도 말이다."

그가 이렇게 말하며 쓰디쓴 미소를 지었다.

"그럴 리가? 우리를 알아볼 수 있는 사람이 있단 말인가요?"

"그래. 우리 사냥개들이지. 그들은 국내뿐 아니라 세계를 휩쓸면서 노란 불꽃을 찾아다닌단다. 어둠 속의 성냥불빛들 말이다. 너를 찾은 낸 건 젊은 여자였어. 널 찾아냈을 때 90번국도 위에 있었다더군. 사실은 휴가를 얻어 고향 가는 비행기를 타기 위해 피츠버그로 향하고 있었다는 거야. 그걸 봤다고 하는 건지, 감지했다고 하는 건지는 모르겠지만, 사실은 그 사람들도 잘 모르는 것 같다. 스키퍼를 정말로 어떻게 했는지에 대해서는 너도 잘 모르잖아, 안 그래?"

"그런……"

그가 한 손을 들어보였다.

"만족할 만한 대답이 못 될 거라고 했잖아. 어차피 이건 지식이 아니라 느낌을 믿고 결정해야 할 사안이야. 두 가지 정도는 말해주지. 우선, 내가 일하는 곳은 트랜스코프라는 이름의 단체다. 이 세상의 스키퍼 브래니건을 모두 없애는 일을 하고 있지. 물론 훨씬 큰일을 저지르는 거물들이다. 본부는 시카고에 있고 훈련소는 피오리아에 있단다. 넌 그곳에서 일주일을 있게 될 거야. 물론 내 제안에 동의한다는 전제조건이 따르겠지만."

그때는 아무 말 하지 않았지만 이미 제안에 동의하게 될 거라는 사실을 알고 있었다. 그게 어떤 일이든 받아들일 것이다.

"딩키, 너는 초능력자야. 그걸 받아들여야 해."

"그게 뭐죠?"

"특성이지. 우리 조직에도 네 자질과 능력을 재능 정도로 보는 사람들이 있다. 아니, 일종의 돌연변이로 보기도 하지. 하지만 그건 아니야. 재능은 특성에서 비롯되는 거야. 특성은 보편성이고 재능은 구체성을 지칭하는 개념이고."

"이런, 맙소사. 난 고등학교 중퇴생이에요. 좀 더 쉽게 해주면 안 됩니까?"

"좋아. 하지만 네가 돌대가리라서 퇴학당한 게 아니라는 것쯤은 나도 안다. 학교가 맞지 않았던 거야. 그런 점에서는 다른 친구들과 다를 바 없다."

그리고 그가 씁쓸한 미소를 지어보였다.

"모두 스물한 명이다. 아무튼 바보 흉내 내지 말고 잘 들어라. 창조성은 팔 끝에 달린 손과 같아. 하지만 손엔 손가락이 여럿 달려 있지, 안 그래?"

"에, 최소한 다섯은 되겠죠."

"그 손가락들을 능력이라고 생각해 봐라. 창조적인 사람들은 글을 쓸 수도 그림을 그릴 수도 있고, 조각을 하거나 기막힌 공식을 만들어낼 수도 있지. 춤을 추거나 노래하거나 악기를 연주할 수도 있고. 그게 바로 손가락이야. 하지만 창조력은 그들에게 생명을 주는 손이란다. 모든 손이 기본적으로 똑같은 한(형식이 기능을 결정하니까.), 일단 손가락이 결합되는 지점까지 내려가고 나면 창조적인 사람들은 모두가 근본적으로 같은 거야."

"초능력자도 손이라고 볼 수 있다. 가끔은 그 손가락들이 미래를 보는 예지력이 되기도 하고, 지난 일을 투시하는 과거 인지력이 되는 거란다. 우리에겐 존 F 케네디의 진짜 살인범을 알고 있는 친구도 있지. 그건 리 하비 오스왈드가 아냐. 사실은 여자라더군. 그밖에도 텔레파시, 염화력자, 영매 등 얼마든지 있단다. 얼마나 많은 종류가 있는지는 우리도 정확히 모르고 있지만 말이다. 이건 새로운 차원의 세계야. 그리고 우린 이제 겨우 첫 대륙에 발을 들인 셈이고. 하지만 초능력이 창조력과 본질적으로 다른 게 하나 있다. 바로 희귀성이지. 심리학자들은 '재능 있는 사람'을 800대 1정도로 보고 있는데, 우린 800만 명 중 하나 정도를 초능력자로 보고 있거든."

난 그 말에 아연했다. 자기가 800만 명 중에 하나밖에 없는 희귀종이라는데 놀라지 않을 사람이 어디 있겠는가?

"요컨대 10억 인구 중에 대충 120명 정도밖에 안 된다는 뜻이야. 우리 판단엔 전 세계에 소위 초능력자라고 불릴 만한 사람은 3000명 안팎이다. 우리 일은 그들을 찾아내는 거야. 하나씩. 아주 더딘 작업이지. 추적자들의 인지능력도 아주 낮은 수준에 그나마 10여 명밖에 없지만 그래도 그들 하나하나는 엄청난 훈련을 받았단다. 물론 어려운 소명이지만…… 그 보상 또한 엄청나니까 하는 거야. 우린 초능력자를 찾아내 일을 시킨다. 딩키, 너에게 원하는 것도 바로 그런 거야. 임무 수행. 네가 재능을 집중시키고,

가다듬고 그래서 인류의 행복을 위해 사용할 수 있도록 도우려는 거란다. 넌 다시는 네 옛친구들을 만날 수 없을 거다. 오래된 친구일수록 비밀유지가 어렵다는 사실을 깨달았기 때문에 내린 조치지. 게다가 보수가 엄청난 것도 아니야. 적어도 처음에는 그래. 하지만 만족감은 크단다. 더욱이 우리가 제공하는 일은, 후일 네가 쳐다볼 수도 없을 만큼의 높은 지위를 위한 기반이기도 해."

"특별한 보너스도 있다고 했잖아요."

나는 마지막 단어를 일부러 강조하면서 말했다. 그러니까 질문처럼 들릴 수도 있도록 한 것이다.

그가 씩 웃으며 내 어깨를 쳤다.

"그래. 아주 특별한 보너스가 있지."

그때쯤이면 난 이미 흥분 상태였다. 의심이 완전히 가신 것은 아니지만 조금씩 녹아가고 있었던 것이다.

"그 얘기도 해보시죠. 내가 거절 못할 제안이라도 하나 던져야 하는 것 아닌가요?"

심장은 여전히 빠르게 뛰고 있었으나 그렇지만 그건 두려움 때문은 아니었다. 이윽고 그가 정말로 거절 못할 제안을 내놓았다.

3주 후, 나는 생전 처음으로 비행기를 탔다. 오, 세상에 촌놈도 그런 촌놈이 없었다. 리어 35기의 유일한 탑승객인 나는 한 손에 콜라를 들고 쿼드 스피커에서 터져 나오는 카운팅 크루의 음악을 들으며, 고도가 1만 3000킬로미터까지 올라가는 광경을 숨죽인 채 지켜보았다. 그건 여느 상용제트기보다 2킬로미터는 높은 고도라고 조종사가 말해주었다. 그런데도 비행은 미인의 팬티에 걸

터앉은 것처럼 부드럽기만 했다.

나는 피오리아에서 1주일을 보냈다. 문득 고향이 그리워졌다. 너무나 그리웠고 너무나 겁이 났다. 심지어 울다가 잠든 밤도 두 번이나 되었다. 쪽팔린 얘기인 줄은 알지만, 난 지금껏 솔직하게 써내려왔다. 이제 와서 거짓말을 하거나 건너뛰고 싶지는 않다.

엄마가 그리운 건 아니었다. 어쩌면 여기까지 읽고 우리가 가까운 사이일 거라고 오해하는 사람도 있을지 모르겠다. 그러니까 '힘겨운 세상을 함께 살아온 모자'라는 식으로 말이다. 하지만 엄마는 사랑이나 위로의 상대가 되지 못한다. 그렇다고 내 머리를 때리거나 겨드랑이에 담배를 지지는 따위의 폭행을 저지른 것도 아니다. 그래서? 아이를 가져본 적이 없어서 잘 모르겠지만, 어쨌든 좋은 부모가 된다는 것이 원숭이 인형을 망가뜨리지 않았다는 정도의 의미는 아닐 것이다. 엄마는 늘 나보다 친구들한테 더 신경을 썼고, 일주일에 한 번 미용실에 가거나 금요일 밤에 레저베이션에 나가는 걸 좋아했다. 그녀의 인생 최대목표는 20 숫자 빙고에서 이겨 몬테카를로 새 차를 몰고 돌아오는 것이다. 아니, 지금 불평하자는 게 아니라, 다만 사실을 알려주고 싶을 뿐이다.

샤프턴 씨가 엄마에게 전화를 걸어 내가 트랜스코프의 수습사원으로 뽑혀 컴퓨터 과정과 근무지 배정 훈련을 받고 있다고 전했다. 요컨대 고등학교 졸업장은 없으나 잠재력이 탁월한 사람들을 위한 특별과정이라는 것이다. 충분히 개연성 있는 설명이었다. 난 수학시간엔 눈 뜬 장님이었고 영문학 시간엔 완전히 겁먹고 지냈지만, 그래도 학교 컴퓨터와는 그럭저럭 사이가 좋았었다. 자화자찬 같은 건 질색이나(이 작은 비밀은 어느 선생에게도 드러내지 않았다.) 까놓고 말해서 내 프로그램 제작 실력은 자끄브와 선생이나 윌콕슨 선생을 능가했다. 컴퓨터 게임을 즐기지 않아도(그런 건 얼간이들이나 좋아한다.) 키보드 위를 움직이는 손은 귀신이 곡할 정도로 현란하다. 퍼그도 그런 나를 볼 때마다 혀를 내두르곤 했다.
"와우, 죽이는데? 야, 그러다가 키보드 불나는 거 아냐?"
"사과껍질을 벗기는 거야 병신도 하지. 진짜는 그 알맹이를 먹는 거야."
내가 어깻짓을 하며 대꾸했다.
그래서 엄마도 그 말을 믿었고(물론 트랜스코프가 나를 사제 제트기에 태워 일리노이스로 데려가는 줄 알았다면 몇 마디 묻기야 했겠지만 엄마는 몰랐다.) 나도 엄마가 보고 싶은 생각은 없었다. 내가 보고 싶은 건 퍼그이고, 존 캐시디였다. 존은 슈퍼세이브에서 함께 일했던 친구인데, 펑크 밴드에서 베이스를 연주했고, 왼쪽 눈썹에 금고리를 달았으며, 서브팝 레코드는 모두 갖고 있었다. 커트 코베인이 골로 갔을 때 울기까지 했다. 눈물을 감추지도 않았고 알레르기 핑계를 대지도 않았다. 그저 '커트 코베인이 죽었대. 나도 죽고 싶어.'라고 말했을 뿐이다. 존은 끝내주는 놈이다.
그리고 하커빌도 그리웠다. 너저분하지만 솔직한 동네. 피오리아의 훈련원에서 지낸 1주일은 어쨌든 새로 태어나는 것과 같았다. 그리고 난 태어난다는 건 늘 아픈 거라는 생각을 했다.
나 같은 부류의 사람들과 만날 수 있을 거라는 생각도 했지만 그런 일은 없었다. 만일 책이나 영화에서는(아니면 「엑스파일」의 에피소드라도) 멋진 젖꼭지에 방 안쪽에서 문을 닫아 버리는 초능력을 지닌 예쁜이들을 만나기도 하던데······. 아무튼 이곳 피오리아에 왔을 때 분명히 다른 훈련병이 있기는 했다. 하지만 웬트워스 박사와 다른 운영진들은 우리를 떼어놓기 위해 애를 쓰는 게 분명했다. 질문을 해도 딴청만 부렸다. 그리고 그때부터 난 초능력 군단이라고 적힌 셔츠 차림의 사람들이나 트랜스코프 회람판을 들고 돌아다니는 사람들 모두가 내 친구나 아버지 대역을 맡기로 한 건 아니라고 마음을 정했다.

게다가 이건 사람을 죽이는 일이다. 내가 훈련을 받는 목적도 그 때문이었다. 피오리아의 사람들은 그런 얘기를 하지 않았지만 그렇다고 내 일에 사탕발림을 하는 사람도 없었다. 난 그저 그 타깃들이 악당, 독재자, 스파이, 연쇄 살인범들임을 기억하면 그만이었다. 샤프턴 씨의 말마따나 전쟁이라면 늘 하는 일이 아니던가. 게다가 사적인 감정은 개입되지 않는다. 총도 칼도 올가미도 없다. 나한테 피가 튀는 일도 없다.

전에 말했듯이 샤프턴 씨를 다시 만나지는 못했다. 적어도 아직은 아니다. 하지만 피오리아에 있는 동안에는 그와 매일 이야기를 나누었고, 덕분에 고통과 어색함을 많이 달랠 수 있었다. 그와의 대화는 누군가 이마에 물수건을 놓아주는 일과도 같았다. 처음 메르세데스에서 얘기하던 날 밤 그는 전화번호를 알려 주며 언제라도 전화하라고 말했다. 힘들거나 괴로우면 새벽 3시라도 상관없다고 했다. 처음 그런 전화를 했을 때 나는 두 번째 신호 만에 전화를 끊고 말았다. 새벽 3시든 언제든 전화하라는 말은 누구나 하지만 정말로 그래주기를 기대하는 사람은 아무도 없을 것이다. 그곳에서 난 힘들었다. 향수병도 깊었지만 그것 때문만은 아니었다. 예를 들어 그곳은 내 기대와는 사뭇 달랐다. 그래서 난 샤프턴 씨에게 그 얘기를 전하고 그가 어떻게 받아들이는지 알고 싶었다.

그는 세 번째 신호에 전화를 받았다. 비록 졸린 목소리였지만 (놀랍지 않은가, 응?) 그렇다고 화가 난 것 같지는 않았다. 난 그에게 이곳 사람들이 아주 기이한 일을 한다고 말했다. 예를 들어 플래시 불빛 실험 같은 것인데, 그들은 간질 검사라고 했지만, 어쩐지……

"그 중간에 무지 졸리더라고요. 잠에서 깼을 땐 머리도 쑤시고 생각하기가 어려웠어요. 내 기분이 어떤지 아세요? 누군가 샅샅이 뒤지고 난 캐비닛 같았다니까요."

"딩크, 무슨 말을 하고 싶은 거냐?"

샤프턴이 물었다.

"아무래도 최면을 건 것 같아요."

짧은 침묵.

"어쩌면 그랬을 거다. 그래, 그럴지도 모르지."

"하지만 이유가 뭐죠? 왜 그래야 해요? 난 시킨 대로 잘 하고 있어요. 굳이 최면을 걸어서 뭘 얻자는 거죠?"

"그곳의 절차나 형식은 나도 다 알지는 못한다. 내 생각엔 너를 프로그래밍하는 것 같구나. 그러니까 자잘한 일들을 네 심부로 밀어 넣어서 의식 세계를 방해하지 않도록 하려는 걸 거다. 최면 중에 네 특수능력을 더 다듬는 것일 수도 있어. 컴퓨터 하드디스크를 프로그래밍 하는 것과 같은 이치지. 걱정할 것 없다."

"하지만 잘 모르시잖아요."

"그래. 말한 대로 훈련과 시험은 내 영역이 아니니까. 하지만 몇 군데 전화는 해보마. 그리고 웬트워스 박사가 너와 상담을 주선할 게다. 딩크, 그게 사실이라면 조절이 가능 할지도 모르겠다. 초능력자들은 너무나 귀하고 소중해서 불필요한 걱정을 심어주는 건 금물이니까 말이야. 그래, 또 다른 문제가 있니?"

난 잠시 생각해 보다가 없다고 했다. 그리고 감사하다고 한 다음 전화를 끊었다. 아무래도 마약을 주입하는 것 같다는 얘기가 혀끝에서 맴돌았으나 그만 두기로 했다……. 그래 봐야 내 향수병을 달래주기 위한 조치라고 하면 그만이다. 게다가 새벽 3시가 아닌가. 마약이든 뭐든 결국 나를 위한 일이라고 생각하기로 했다.

웬트워스 박사가 찾아온 것은 다음날이다. 그는 빅 카후나(주술사를 뜻하는 하와이 말—옮긴이)였다. 그는 내게 미안하다고 했고 또 친절하게 대해 주었다. 하지만 어쩐지 샤프턴 씨가 나와의 통화를 끊고 2분도 채 되지 않아, 이 사람에게 단단히 주의를 줬다는 느낌을 지울 수가 없었다.

웬트워스 박사는 뒤뜰로 나가 함께 산책을 하자고 했다. 뒤뜰은 봄의 끝에 접어들어, 푸르고 번드레하고 상큼하기 그지없었다. 그는 '속도조절'을 하지 못해 미안하다고 말했다. 간질 검사는 정말 간질 검사였고 단층 촬영도 마찬가지라는 말도 했다. 하지만 그 검사가 대부분의 피험자에게 최면상태를 유발하기 때문에, 대개는 그 상황을 '기초 교육'에 이용하는 데 썼다는 것이다. 내 경우에는 내가 컬럼비아 시에서 사용하게 될 컴퓨터 프로그램에 대한 교육이었다. 마침내 박사가 더 알고 싶은 게 있냐고 물었을 때 난 없다고 거짓말을 했다.

이상한 놈이라고 생각할지도 모르겠지만 그건 오해다. 난 고등학교에서 고생만 죽도록 하다가 졸업 3개월을 남겨 두고 그만 두고 말았다. 물론 좋아하는 선생도 증오하는 선생도 있었지만, 내가 전적으로 신뢰한 사람은 하나도 없었다. 요컨대, 알파벳순으로 앉게 하지 않는 한, 교실 뒷자리에 앉아 토론에는 한 번도 참여하지 않는 그런 부류의 학생이었다. 내 의견을 물으면 기껏 "어?"라고 애매한 대답만 했다. 아무리 고문기술자라도 당시의 나한테서 대답을 이끌어낼 수는 없었을 것이다. 샤프턴 씨는 내 생활 영역 안으로 받아들인 최초의 인물이다. 하지만 무테안경 너머로 날카로운 눈매를 쏘아대는 대머리 박사 웬트워스는 샤프턴 씨가 아니다. 그 얼간이 어깨에 대고 우는 건 고사하고, 마음을 열고 대화를 나누는 것조차 불가능했다. 차라리 돼지새끼가 겨울을 날 양으로 남쪽으로 날아가기를 기대하는 게 더 빠를 것이다.

게다가, 젠장, 나 뭘 물어야 할지도 몰랐다. 피오리아의 생활도 맘에 드는 편인데다 기대감으로 들뜬 상태이기도 했다. 새로운 직업, 새로운 집, 새로운 도시. 피오리아의 사람들도 잘해주었고 음식도 기가 막혔다. 미트로프, 프라이드치킨, 밀크셰이크 등 내가 좋아하는 건 다 있었으니까 말이다. 하지만 그 진단검사라는 것들은 도무지 맘에 들지 않았다. IBM 연필로 치르는 헛지랄들. 이따금 멍해지기도 하는데 그럴 때면 누군가 내 짓이겨진 대갈통에 뭔가를 집어넣은 것 같은 기분이 들었다. 때로는 기분이 방방 뜨기도 했다. 적어도 두 번 정도는 분명히 최면에 걸린 것도 사실이다. 하지만 이유가 뭐지? 니미럴, 아무려면 어떤가? 그래, 기껏 해 봐야 나를 죽여 버리겠다며 카트를 몰고 쫓아다니던 미친놈 때문에 슈퍼마켓 주차장으로 달아나던 골샌님이 아니던가?

아무래도 샤프턴 씨와의 통화 내용 하나를 더 소개해야 할 것 같다. 그건 두 번째 비행 바로 전날이었다. 새 집의 열쇠를 받기 위해 컬럼비아 시로 떠나기로 되어 있었다. 그때쯤 나도 청소원들에 대해 알게 되었고 매주 무일푼으로 시작하고 무일푼으로 끝내야 한다는, 기본적인 지불규칙에 대해서도 알았다. 그리고 문제가 생겼을 경우 누구에게 장거리 전화를 해야 하는지도 알았다(물론 정말로 큰 문제들은 내 '감독자'인 샤프턴 씨에게 전화를 한다.). 내게는 지도 세트가 주어졌고 식당 리스트와 극장과 상점이 몰려있는 약도도 지급되었다. 그러니까 거의 모든 것이 완비된 상태였다. 가장 중요한 하나만 제외한다면.

"샤프턴 씨, 뭘 해야 하는 거죠?"

내가 물었다. 카페 밖의 전화로 통화 중이었다. 내 방에도 전화기가 있었지만 그때는 솔직히 너무 초조해 앉아 있기는커녕 침대 위에 누워 있기도 힘들었다. 그들이 음식에 뭔가를 넣는다 해도 그날만큼은 아무 소용이 없었을 것이다.

"그건 나도 모른다, 딩크. 역시 내 관할이 아니야."

"그게 무슨 말이죠? 날 도와야 하잖아요! 나를 끌어들인 건 당신이란 말입니다!"

"비유를 하나 들어주지. 내가 어느 빵빵한 대학의 총장이라고 해보자. 빵빵하다는 게 무슨 뜻인 줄은 알지?"

"돈 많고 잘 나간다는 뜻 아닙니까? 이봐요, 난 바보가 아니라고 했잖아요!"

"그래, 그랬지. 미안하다. 어쨌든 이렇게 생각해 보자. 가령 내가 총장이야. 그래서 학교 돈을 왕창 빼내 유명 소설가를 주재교사로 영입하거나 피아니스트를 고용해 음악을 가르치게 하는 거야. 그렇다고 내가 소설가에게 어떤 글을 쓰라느니, 음악가에게 어떤 종류의 곡을 만들라고 할 수는 없잖겠어?"

"없겠죠."

"절대 아니지. 그런데 내가 그렇게 한 거야. 소설가에게 '파리에 있는 베시 로스(성조기를 최초로 만든 여성 ― 옮긴이)가 조지 워싱턴을 후리는 내용의 코미디를 쓰시오.'라고 하는 거야. 그럼 그가 그렇게 할 수 있을까?"

나는 웃었다. 웃지 않을 수가 없었다. 샤프턴 씨가 서서히 나를 닮아가고 있다는 생각이 들어서다.

"어쩌면요. 보너스를 왕창 때리면 가능하지 않나요?"

"좋아. 하지만 아무리 머리를 쥐어짜고 머리털을 모조리 뽑는다 해도 좋은 소설이 나오지는 않을 게다. 창조적인 사람들을 구속하는 건 바보나 하는 짓이야. 그들이 최고의 작품을 내놓을 때면 언제나 최고의 자유를 구가했을 때니까 말이다. 그 사람들은 두 눈을 감고 '야호'를 외치며 일을 해나가는 사람들이야."

"그게 나하고 무슨 상관이에요? 이봐요, 샤프턴 씨. 컬럼비아 시에 나가 할 일을 아무리 상상해 보려 해도, 보이는 거라곤 깜깜한 암흑뿐이라고요. 사람들을 도와라. 세상을 더 멋지게 만들라고 하셨죠? 스키퍼들을 제거하라고요. 말이야 그럴 듯하지만 도대체 그걸 어떻게 하는 건데요?"

"알게 될 거야. 시간이 되면 저절로."

"웬트워스와 거기 사람들이 내 재능을 갈고 다듬을 거라고 했 잖아요. 그런데 그 새끼들이 한 일이라곤 개떡 같은 실험들을 퍼 붓는 것하고, 또 고등학교에 돌아온 것처럼 만든 게 전부라고요. 내 잠재의식엔 그런 것밖엔 없나요? 내 하드디스크에 있는 게 그 게 다예요?"

"날 믿어라, 딩크. 나를 믿고 너를 믿으려무나."

그랬다. 정말로 그렇게 생각했다. 그런데 요즘엔 제대로 풀리는 일이 하나도 없었다. 모든 게 뒤죽박죽이 되고 만 것이다.

빌어먹을 네프 새끼. 그 인간 때문에 모든 것이 얽히고 말았다. 그 새끼 사진을 보지 않았어야 했어. 아니, 적어도 그놈의 미소 짓 는 사진은 아니었어야 했다고.

컬럼비아에 도착한 첫 주는 아무 일도 하지 않았다. 말 그대로 꼼짝도 않았다. 심지어 극장에도 가지 않았다. 청소부들이 올 때 면 공원벤치로 쫓겨나 온 세상의 감시를 받는 기분에 시달리기도 했다. 목요일이 되어 남은 50달러를 처리할 때는 분쇄기가 아니라 뿌리는 쪽을 택했다. 기억하겠지만 그 방법은 그때가 처음이었다. 엿 같은 기분? 당신들은 그 기분이 어떤 건지 쥐뿔도 모른다. 거 기 서서 싱크대 밑의 모터가 돌아가는 소리를 들으며, 난 계속해 서 엄마 생각을 했다. 엄마가 그때의 내 꼬락서니를 봤다면 모르 긴 몰라도 정육점 칼을 들이대서라도 말렸을 것이다. 그건 10개 도 넘는 20자리 빙고 게임종이가 곧바로 부엌 싱크대 밑에 쓸려

가는 꼴이었을 테니 말이다.

그 주에 나는 지독히도 퍼질러 잤다. 가끔 어쩔 수 없이 작은 서재에 가기도 했지만 정말로 발이 떨어지지 않았다. 범죄 현장으로 돌아가는 범인들의 심정이 그럴 것 같았다. 어쨌든 나는 문간에 서서 어두운 모니터를 들여다보았다. 글로벌 빌리지 모뎀이 달린 컴퓨터. 그러면 난 죄의식과 당혹감과 두려움으로 비오듯 땀을 흘리고 말았다. 사방에서 '이런, 여긴 아무 일도 없는 거야?' 하는 소리나, '도대체 저 케이블 귀신은 뭐 하러 설치한 건데?' 따위의 비난들이 쏟아지고 있었다.

악몽도 자주 꾸었다 언젠가는 초인종이 울리고 문을 열어보니 샤프턴 씨가 와 있었다. 손에 수갑을 들고 있었다.

"손 내밀어, 딩크. 네가 초능력자라고 생각했는데 오판이었다. 종종 그런 일이 일어나지."

"아니, 난 초능력자예요. 초능력자 맞아요. 다만 적응할 시간이 필요한 것뿐이에요. 집에서 너무 멀리 떨어져 있어서 그래요, 알잖아요!"

"벌써 5년이 지났어."

어떻게, 그럴 수가! 도저히 믿을 수가 없었지만 사실이었다. 며칠밖에 안 된 것 같은 데도 정말로 5년이나 지난 것이다. 그리고 그동안 단 한 번도 이 컴퓨터를 켜본 적이 없었다. 청소부들이 아니라면 책상 위에 먼지가 15센티미터는 쌓여 있을 것이다.

"손 내밀어, 딩크. 쓸데없는 짓을 하면 우리 둘 다 곤란해질 게다."

"싫어요. 절대로 그렇겐 못 해요."

그가 뒤를 돌아본다. 세상에, 스키퍼 브래니건이 계단을 오르고 있지 않은가? 붉은색의 나일론 튜닉 차림인데 그 위에는 '슈퍼 세이버'가 아니라 '초능력군단'이라고 적혀 있었다. 창백하긴 해도 그밖에는 멀쩡해 보였다. 그러니까 죽은 사람 같지가 않았다는 얘기다.
"네놈이 날 어떻게 했다고 생각하고 있는 거냐? 네놈한테 그럴 힘이 있을 것 같아? 더러운 히피 새끼 주제에?"
스키퍼의 말이다.
"그 애한테 수갑을 채울 생각이다. 만일 말썽을 일으킨다면 쇼핑카트로 밀어버려."
샤프턴이 스키퍼에게 명령한다.
"그거 끝내주네요."
스키퍼가 말했다. 그리고 난 침대에서 떨어져 잠에서 깨어난다. 나도 모르게 비명을 질렀다.

이사하고 10일쯤 후 또 다른 꿈을 꾸었다. 내용은 잘 기억이 안 나지만 좋은 꿈 같기는 했다. 잠에서 깨었을 때 미소를 짓고 있었으니까. 아주 크고 행복한 미소. 그러니까 부코프스키 부인의 개를 처리할 방법을 깨달았을 때 같았다고 할까? 그렇다, 거의 그 순간과 같았다.
나는 청바지로 갈아입고 컴퓨터로 갔다. 컴퓨터를 켜자 윈도 아이콘들과 그의 프로그램이 나타났다. 이른바 딩키의 노트북이라는 아이콘이다. 나는 곧바로 아이콘을 클릭했다. 그곳엔 그에게 필요한 기호들이 가득했다. 원, 삼각형, 정사방형, 십자, 호선, 와선, 사선, 모눈 등 수백, 수천, 어쩌면 수백만 개의 기호들……. 그건 샤프턴의 말과도 같았다. 난 신세계의 해안에 서 있는 셈이었다.

내가 아는 것은 그 모든 것이 나를 위해 존재한다는 사실이다. 지금은 핑크색 분필 조각 대신에 대형 매킨토시로 일하고, 단어를 타이핑하면 원하는 기호가 모니터에 나타난다는 사실이 달랐다. 내 능력은 최고조에 달해 있었다. 나는 신이었다. 내 머릿속에는 마치 불의 강이 타오르는 듯했다. 나는 편지를 썼다. 기호를 불러내고 필요한 것들을 마우스로 끌어냈다. 그리고 일이 끝났을 때 편지가 한 장 놓여 있었다. 아주 특별한 편지가…….

하지만 누구에게 보내는 편지지?

어디로 보내는 편지일까?

그때 문득 아무래도 상관없다는 사실을 깨달았다. 약간의 마무리만 곁들이면 이 편지를 배달할 수 있는 사람들은 얼마든지 있다. 그 편지는 여자가 아니라 남자에게 쓴 것이다. 어떻게 아는지는 모르지만 어쨌든 알고 있었다. 우선 신시내티부터 시작하기로 했다. 그 도시가 제일 처음 머릿속에 떠올랐기 때문이다. 쥐리히, 스위스, 워터빌, 메인, 사실 어디든 상관은 없었다.

나는 '딩키 메일'이라는 제목의 툴을 열었다. 컴퓨터는 입장을 허가하기 전에 모뎀부터 작동시켰다. 그리고 두 번째로 작동한 모뎀은 312 지역코드를 요구했다. 312는 시카고이다. 그에 대한 내 생각은 이랬다. 통신사에 관한 한 내 호출명령은 모두 트랜스 코프 본부에서 나오고 있다. 그런 건 아무래도 좋았다. 어차피 그 사람들 일이니까. 난 이제 할 일을 찾아냈고 그 일을 해낼 생각이었다.

모뎀이 시카고에 연결되자 컴퓨터가 깜박거렸다.

딩키 메일 준비완료

나는 '지역검색' 아이콘을 클릭했다. 그때쯤 이미 세 시간째 서재에 박혀 있었다. 그 사이에는 얼른 소변을 보고 온 게 전부였다. 내 몸에서 마치 온실에 갇힌 원숭이처럼 땀 냄새와 오줌 냄새가 진동했다. 그것도 상관없었다. 아니 그 냄새가 맘에 들었다. 비로소 맞이한 삶의 절정으로 거의 광기에 휩싸여가고 있었다.

나는 신시내티를 입력하고 엔터를 눌렀다.

신시내티 관련 항목이 없습니다.

좋아, 상관없어. 그래, 콜럼버스를 쳐보자. 어쨌든 고향 근처가 아니던가. 그래, 사람들도 있어! 빙고도 있고!

두 개의 항목을 찾았습니다.

두 개의 전화번호가 있었다. 나는 위쪽의 항목을 클릭했다. 호기심도 일었지만 어떤 결과를 뱉어낼지 조금은 걱정도 되었다. 하지만 그건 사건기록이 아니었다. 개인 프로필도, 사진도 아니었다. 겨우 단어 하나.

머핀

그래서?

그래, 그거로군. 머핀은 콜럼버스 씨의 애완동물 이름이었다. 고양이. 나는 다시 특수기호를 소환해 두 개의 기호를 이식하고 세 번째를 삭제했다. 그리고 위에 '머핀'을 추가로 입력한 후 화살표 하나를 아래로 향하도록 했다. 됐어. 완벽해.

머핀의 주인이 누구인지 궁금하기는 했던가? 그가 어떤 짓을 해서 트랜스코프의 관심을 받게 되었는지, 정확히 그가 어떤 일을 했는지 대해 알고 싶기는 했나? 아니, 그렇지 않았다. 피오리아에서의 검사가 부분적으로는 이런 식의 무관심 때문이었을지도 모른다는 생각은 해본 적도 없었다. 난 내 일을 했고 그것으로 충분했다. 만조를 맞은 조개만큼 행복했다.

나는 스크린 위로 숫자를 불러들였다. 컴퓨터 스피커를 켜두었지만 인사 따위는 없었다. 그저 다른 컴퓨터에 접속을 시도하는 삑삑거리는 소리뿐이었다. 정말, 잘 됐어. 인간에게서 인간적 요소를 제거하면 인생은 좀 더 쉬워진다. 그런 영화도 있지 않은가? 「정오의 출격」. 충성스런 B-25기를 몰고 베를린 상공으로 날아가 충성스런 노든 폭격 조준기를 살피며 충성스런 버튼을 누를 적기만을 기다린다. 공장 굴뚝이나 지붕은 보일지 몰라도 사람은 아니다. B-25기에서 폭탄을 떨어뜨리는 친구들은 엄마들의 비명소리를 듣지 않아도 되고 아이들이 숯덩이가 되는 것도 볼 필요가 없다. 게다가 누가 손을 흔든들 알 게 뭐란 말인가? 이거야말로 정말로 끝내주는 거래다.

한참 후 나는 스피커를 껐다. 모뎀 소리에 정신이 헷갈렸다.

모뎀을 찾았습니다.

컴퓨터가 깜빡이더니 다시 활자가 나타났다.

이메일 주소를 검색하시겠습니까? Y/N.

나는 'Y'를 입력하고 기다렸다. 이번에는 검색시간이 더 길었다. 컴퓨터가 다시 시카고로 돌아가 콜럼버스 씨의 이메일 주소를 열기 위한 조치를 취하는 모양이었다. 30초 정도가 지나서야 컴퓨터가 정보를 물고 돌아왔다.

이메일 주소를 찾았습니다.
딩키 메일을 보내겠습니까? Y/N.

나는 아무런 주저 없이 'Y'를 타이핑해 넣었다. 컴퓨터가 깜빡였다.

딩키 메일 발송 중

잠시 후

딩키 메일 발송 완료

그게 다였다. 불꽃놀이는 없었다.
도대체 머핀에게 어떤 일이 일어났을까? 궁금했다.
나중에 알게 되겠지.

그날 밤 샤프턴 씨한테 전화를 걸었다.
"일 시작했습니다."
"잘했다, 딩크. 좋은 소식이군. 기분은 괜찮아?"
언제나처럼 차분한 목소리. 샤프턴 씨는 늘 타히티의 날씨 같 았다.
"예."
내가 대답했다. 사실은 날아갈 듯한 기분이었다. 내 생애 최고의 날이다. 지금에야 적잖이 의심도 들고 걱정도 많지만 그래도 여전히 그렇게 말할 것이다. 그때가 내 생애 가장 끝내주는 날이었다고. 그건 머릿속을 흐르는 불의 강과도 같았다. 끝내주는 불의 강, 그 느낌을 알겠는가?
"샤프턴 씨도 기분 좋습니까? 이제 한 시름 놓이시죠?"
"네 덕분에 기분은 좋다만 그걸 안심했다고 말할 수는 없을 것 같구나. 이유는……"
"……처음부터 걱정 따위는 없었으니까요."
"그래, 이렇게 될 줄 알고 있었지."
"결국 모든 일은 벌어지게 마련이죠."
그가 그 말에 웃었다. 그 말을 할 때마다 그는 항상 그렇게 웃는다.

"그래, 네 말이 맞다, 딩크. 모든 일은 결국 벌어지게 마련이야."
"샤프턴 씨?"
"응?"
"아시겠지만, 이메일은 비밀이 아닙니다. 하려고만 한다면 누구든 해킹할 수가 있어요."
"네가 보낸 내용에 수신자가 메시지를 삭제하도록 하는 제안도 들어 있는 줄 아는데, 아닌가?"
"예, 하지만 그 사람이 그렇게 할지는 저도 장담 못하죠."
"그걸 누가 본다 해도, 사실 그 편지가 다른 사람에겐 아무런 영향도 못 주는 거겠지, 안 그래? 그건…… 특정인만을 목표로 하니까."
"예, 골치가 조금 아플 수는 있어도…… 그 이상은 아닐 겁니다."
"그리고 내용 자체도 그저 기호 투성이처럼 보일 테지?"
"아니면 암호던가요."
그 말에 그가 큰 소리로 웃었다.
"해킹하라고 그래, 딩키, 응? 걱정할 거 없잖아?"
내가 한숨을 내쉬었다.
"그렇겠죠."
"그보다 더 중요한 얘기나 하자, 딩크……. 기분이 어떻더냐?"
"끝내주는데요."
"좋아, 기적을 믿어, 딩크. 기적을 믿어야 해."
그가 전화를 끊었다.

가끔은 진짜 편지도 보낼 때도 있었다. 딩키의 노트북으로 뚝딱 만들어낸 것을 프린트로 뽑아, 봉투에 넣고 우표를 붙이고 어디어디 누군가에게 보내는 것이다. 라스 크루서스 뉴멕시코 대학의 앤 테비치 교수, 뉴욕 주 뉴욕 시 《뉴욕 포스트》 부사장, 버몬트 스토빙턴 유치우편과 빌리 웅거. 비록 이름뿐이었지만 그건 전화번호보다 훨씬 당혹스러웠다. 전화번호보다 사적이기 때문에, 독일 폭격장소에서 사람들의 얼굴을 언뜻 본 것과 진배없었다. 개소리라고? 그래, 7.5킬로미터 상공에서 얼굴을 본다는 게 말이 안 될 수도 있겠다. 하지만 그런 일은 항상 일어나는 법이다, 안 그런가?

도대체 대학 교수가 어떻게 모뎀 하나 없이 지내는지 이해가 가지 않았다. 사실 그 점에서는 신문사 대가리에 있는 작자도 마찬가지지만, 그렇다고 오랫동안 신경 쓴 것은 아니었다. 그럴 필요가 없었다. 우리는 모뎀 세계에서 살고 있지만 편지를 반드시 컴퓨터로 보낼 이유가 있는 건 아니다. 일반 우편도 여전히 존재하니까 말이다. 게다가 내가 정말로 필요한 정보는 모두 데이터베이스 속에 있었다. 예를 들어 웅거는 1957년산 썬더버드를 소유하고 있었다. 앤 테비치에게는 시몬이라는 연인이 있다. 아, 그가 남편이나 아들일 수도, 아니면 아버지일 수도 있다.

게다가 테비치와 웅거 같은 사람들은 예외였다. 내가 접근하고 접촉하는 사람들 대부분은 콜럼버스의 상류층이고 따라서 21세기에 철저히 대비하고 있었다. '딩키 메일 발송 중.' '딩키 메일 발송 완료.' 임무 완수. 안녕, 여러분, 안녕, 안녕.

얼마든지 그런 식으로 지낼 수도 있었다. 어쩌면 영원히. 데이

터베이스를 뒤지고(지켜야 할 스케줄도 없고 우선순위로 지정된 도시나 목표도 없었다. 난 완전히 내 멋대로였다······. 있다면, 뭔가 있다면 그건 하드디스크 깊숙이 숨은 잠재의식 속이리라.), 오후에는 영화를 보러 다니고, 엄마 없는 작은집의 평화를 누리며, 미래의 성공을 위해 사다리에 오르는 꿈을 꾸었다. 언젠가 잔뜩 발정이 난 채로 잠에서 깬 적이 있긴 했다. 한 시간 정도 오스트레일리아를 검색하면서 일을 했는데 결국 아무 소용이 없었다. 거시기가 꼴려서 집중할 수가 없었던 것이다. 나는 컴퓨터를 끄고 뉴스플러스로 내려갔다. 물방울 란제리 차림의 예쁜 여자들이 나오는 잡지라도 찾아볼 생각이었다.

그곳에 갔을 때 한 남자가 밖으로 나오고 있었다. 남자는 콜럼버스 신문을 읽고 있었다. 그러고 보니 신문을 읽어본 적은 없었다. 뭐 하러 신경 쓴단 말인가? 매일매일이 지저분한 얘기뿐인데. 독재자들은 힘없는 사람들을 두들겨 패고, 짭새들은 죄 없는 사람들한테 돈을 뜯어내고, 정치인들은 노가리를 뜯으며 제 배만 불리는 세상 아니던가? 요컨대, 모두가 세상의 스키퍼 브래니건 얘기라는 뜻이다. 그렇다. 그때 상점 안으로 들어가 아무 생각 없이 신문가판대를 보았다 해도 몰랐을 것이다. 그건 신문의 접힌 하단부에 실렸기 때문에 보이지 않았을 테니 말이다. 그런데 그 개자식이 신문으로 얼굴을 온통 가린 채 밖으로 걸어 나오고 있었다는 게 문제였다.

오른쪽 하단 모퉁이에 파이프담배를 피우며 미소를 짓고 있는 은발 남자의 사진이 있었다. 성격 좋은 아일랜드 인상이었다. 두 눈엔 잔뜩 주름이 잡혀 있고 눈썹도 흰 눈처럼 짙고 하얬다. 사진

위에 헤드라인이 붙어 있었다. 크지는 않았지만 읽는 것은 가능했다……

"네프의 석연찮은 자살. 비통한 동료들."

문득 뉴스플러스를 건너뛸까 하는 생각도 들었다. 란제리 미인들이 다 무슨 소용이란 말인가? 그냥 집에 가서 잠이나 자는 편이 나을지도 모르겠다. 가게 안으로 들어가면 기어이 신문을 집어 들고 말 터인데, 그 아일랜드 남자에 대해 정말로 더 알고 싶은 건지 자신이 없었다. 사실, 따지고 본다면 그 사내에 대해서 아는 건 하나도 없었다. 어쨌든 네프란 이름은 단 두 글자인데다 특별히 기이한 이름도 아니지 않은가. 그러니까 시텐두커스나 호러케이크 같은 이름과 달리, 네프라는 이름을 찾아본다면 수천 개도 넘을 것이라는 뜻이다. 이 사람이 굳이 내가 알고 있는, 프랭크 시나트라의 광팬 네프여야 할 필요는 어디에도 없었다.

그래, 그냥 잊어버리고 내일 다시 왔어야 했다. 내일이면 파이프를 문 남자의 사진은 사라지고, 내일이면 오른쪽 하단 모퉁이의 사진은 다른 누군가로 바뀌어 있을 테니 말이다. 사람들이야 늘 죽어나가지 않던가? 슈퍼스타는 아니더라도, 제1면의 오른쪽 하단 모퉁이에 사진이 실릴 만큼 유명한 사람 역시 죽어나갈 수 있다. 그 죽음에 대해 누구든 의심을 품을 수도 있다. 하커빌의 사람들도 스키퍼의 죽음에 대해 의심의 눈길을 보냈었다. 혈중 알코올 농도도 정상이고, 맑은 날 밤이라 도로가 미끄러운 것도 아닌데, 자살할 성격도 아니었으니 아닐 이유도 없다.

세상은 그런 식의 미스터리로 가득하다. 그런 건 차라리 건드리지 않는 편이 좋을 때도 있다. 해결해 봐야 더욱 더 오리무중으로 얽혀드는 일들.

하지만 문제는 내 의지력은 양갱이보다도 말랑말랑하다는 데 있었다. 피부에 좋지 않다는 사실을 알면서도 초콜릿의 유혹을 이겨보지도 못했다. 그날 콜럼버스 일간지의 유혹에도 지고 말았다. 결국 가게 안으로 들어가 한 부를 산 것이다.

집으로 돌아가는 데 문득 웃기는 생각이 들었다. 1면에 앤드루 네프의 사진이 있는 신문을 내 쓰레기와 함께 처리하고 싶지가 않았다. 쓰레기 수거 인력이 청소트럭을 몰고 왔다. 물론 그들이 트랜스코프와 관계가 있을 리야 없지만 그래도…….

어린 시절 어느 여름인가 퍼그와 함께 보던 TV 쇼가 있다. 제목이 「황금시대」였는데 아마도 잘 모를 것이다. 어쨌든 그 쇼에 나온 남자가 '최고의 편집증은 최고의 깨달음이다.'라는 말을 하곤 했다. 그 남자의 신념쯤 되는 모양이지만 난 정말로 그 말을 믿었다.

아무튼 나는 집으로 가지 않고 공원으로 향했고 그곳 벤치에 앉아 신문을 읽었다. 다 읽은 신문은 공원 휴지통에 처박았다. 그럴 필요까지는 없었지만 솔직히 겁나 있었다. 샤프턴 씨가 사람을 붙여 내가 던져버린 것들을 일일이 조사하게 한다면 그야말로 난 죽은 목숨이다.

앤드루 네프. 62세. 1970년부터 《포스트》 칼럼니스트로 재직. 자살했다는 데에는 의심의 여지가 없었다. 그날 저녁, 정신이 혼미해질 정도로 많은 알약을 삼키고 비닐봉지를 뒤집어쓴 채 욕조 안으로 들어가 팔목을 길게 자르면서 놀았다고 했다. 카운슬링 따위는 아예 안중에도 없었던 모양이다.

그는 쪽지 한 장 남기지 않았다. 검시를 했지만 질병의 흔적조차 찾아내지 못했다. 게다가 동료들은 알츠하이머나 조기 노인성 치매 따위의 가능성을 일축했다. '그 친구는 죽은 그날까지도 총명하기 이를 데 없었소.「퀴즈 파노라마」에 나가면 퀴즈 달인도 문제없던 친구란 말이오. 도대체 그 친구가 그런 짓을 하다니 믿을 수가 없군.'

피트 하밀이라는 남자의 말이었다. 하밀은 또 네프의 '매력적인 기행' 중에 컴퓨터 혁명에 대해 철저하게 반대했다는 사실도 예로 들었다. 그에게는 모뎀은 물론, 랩톱 워드프로세도, 프랭클린 전자출판사의 휴대용 단어 교정기도 없었다. 심지어 자택에 시디플레이어 하나 없었다. 시디야 말로 악마의 작품이다. 재즈곡「회장님」을 좋아했지만 그는 오직 엘피로만 들었다.

하밀이라는 사람뿐 아니라 다른 사람들도, 네프가 늘 쾌활한 성격이었다고 증언했다. 마지막 칼럼을 접수하고 집으로 돌아가 와인 한 잔과 함께 테이프들을 점검하기까지 했다. 《포스트》의 가십 칼럼을 담당하는 리즈 스미스는, 그날 퇴근 전에 함께 파이를 먹었는데, 어딘가 혼란스러워 보이긴 했으나 그밖에는 별다른 일이 없었다고 했다.

물론 혼란스러웠겠지. 머릿속에 모눈에 와선, 호선 따위를 잔뜩 담고 혼란스럽지 않을 재간은 없다.

기사에 따르면 네프는, 철저하게 보수적인 잡지인 《포스트》에서도 줄곧 이단자로 지내왔다. 3년 동안 실업연금을 받아쳐먹고도 아직까지 실직 상태인 연금수혜자들을 전기의자에 앉혀야 한다는 주장은 노골적으로는 아니더라도, 그게 꼭 불필요한 것만은 아니라는 식으로 넌지시 흘리는 잡지, 그게《포스트》이다. 네프는 마치 가정의 민주화를 외치는 사람 같았다. 그는 「사람 사는 세상」이라는 칼럼을 운영하면서, 10대 미혼모를 위한 뉴욕 시의 정책에 변화가 있어야 한다고 주장했고, 낙태를 살인행위로 모는 것은 지나친 처사라는 입장을 보였다. 시 외곽 자치지구의 저임금 주택이야말로 끊임없이 자기혐오를 재생산해 내는 기계라는 주장도 했다. 최근에는 군대의 규모에 대한 칼럼들을 쓰고 있었다. 그는 테러리스트를 제외하면, 적대적인 대상이 전무한 이 시대에 왜 여전히 젊은이들을 군대에 처박아두는 건지 되물었다. 차라리 그 돈으로 일거리 창출에 힘쓰는 게 낫다는 말이다. 다른 사람들이 했다면 게거품을 물고 달려들었을《포스트》의 독자들도 그가 하면 신기하게도 좋아했다. 그건 그가 재미있고 또 매력적이기 때문이었다. 그가 아일랜드산인데다 언변도 좋았기 때문일 것이다.

그 정도면 충분했다. 나는 집으로 향했다. 하지만 어느 지점에선가 우회로를 택해 다운타운을 샅샅이 훑고 돌아다니기 시작했다. 지그재그로 걷다가 상가로 내려가 주차장들을 가로지르기도 했다. 그리고 그동안 내내 앤드루 네프를 생각했다. 욕조에 들어가는 네프, 머리에 비닐을 뒤집어 쓴 네프. 그것도 슈퍼마켓 야채 조각이 남아 있는 4리터들이 대형 봉투였다.

그는 유머가 있고 매력적이었다. 그런 그를 살해한 것이다. 네프는 편지를 열었고 편지가 그의 머리를 갉아먹었다. 신문에서 읽은 바에 의하면, 그 특수기호와 상징들이 그를 망가뜨려 끝내 알약을 먹고 욕조에 들도록 만들기까지 3일 정도가 걸린 것 같았다.

'죽어 마땅한 놈이야.'

샤프턴은 스키퍼에 대해 그렇게 말했다. 어쩌면 그럴지도 모른다. 그때에는…… 하지만 네프도 죽어 마땅한 건가? 그에 대해 내가 모르는 게 있는 건가? 그러니까 어린 소녀들을 범하고, 힘없는 아이들에게 마약을 주사하고 관계를 맺었다는 식의? 스키퍼가 쇼핑카트로 나를 괴롭혔듯이?

'우린 네 힘을 인류복지를 위해 쓰도록 도와줄 생각이다.' 샤프턴 씨의 말이다. 그건 국방성이 미사일에 너무 많은 돈을 쏟아 붓는다고 투덜대는 사람을 죽인 이유와는 거리가 멀어도 너무나 멀었다. 그런 식의 편집증은 스티븐 시걸이나 장 클로드 반담이 나오는 영화만으로도 족하다.

그때 문득 묘한 생각이 떠올랐다. 소름끼치는 생각이.

어쩌면 초능력협회가 그의 죽음을 바란 이유가 칼럼 때문이 아닐 수도 있겠다.

어쩌면 사람들이, 그러니까 그러지 말아야 할 사람들이 그 글에 대해 생각하기 시작했기 때문에 죽은 것일 수도 있겠다.

"미친 짓이야."

내가 중얼거렸다. 소리가 큰 탓에 컬럼비아 의상실의 창을 들여다보던 여자가 고개를 돌리더니 내게 고양이 눈을 흘겼다.

나는 2시쯤 공공 도서관에서 멈추었다. 다리가 쑤시고 머리가 욱신거렸다. 머릿속에서 계속 욕조의 남자가 보였다. 주름진 뱃살, 하얀 가슴 털, 이제는 모호한 외계인의 표정으로 바뀌고 말았을 멋진 미소. 비닐봉지에 머리를 집어넣으며 시나트라의 노래를(아마도 「마이 웨이」였으리라.) 흥얼거리는 그의 모습도 떠올랐다. 그는 봉지를 단단히 당겨 묶은 다음에도, 더러운 창문만큼이나 어릿어릿한 비닐 밖을 보려고 애를 썼을 것이다. 물론 두 팔목의 혈관을 끊어내기 위해서였다. 나도 보고 싶지 않았지만 어쩔 도리가 없었다. 내 조준기가 이제 망원렌즈로 바뀌어버린 탓이다.

도서관에는 컴퓨터가 있고 아주 싼 가격에 인터넷을 사용할 수도 있다. 먼저 도서관 카드를 신청해야 했지만 상관없다. 도서관 카드 하나쯤 갖고 있는 것도 나쁠 건 없다. 신분증이야 많으면 많을수록 좋은 게 아니던가?

앤 테비치를 찾아 그녀의 사망보도를 빼내는 데는 3달러 정도의 돈과 시간이 걸렸다. 그녀의 기사는, 우스꽝스럽게도, 제1면의 오른쪽 하단 모퉁이의 부고란에서 시작해서 다시 사망기사로 넘어갔다. 테비치 교수는 아름다운 여성이었다. 37세의 금발미녀. 사진 속에서는 안경을 들고 있었는데 그 모습이 마치 자기는 안경을 쓰지만 동시에 자기 눈이 얼마나 아름다운지 사람들이 알아주었으면 하는 듯 보였다. 그 모습에 가슴이 아프고 답답해졌다.

그녀의 죽음은 스키퍼만큼이나 극적이었다. 저녁 무렵 뉴멕시코 대학에서 집으로 돌아오는 길이었다. 어쩌면 저녁 식사당번이기 때문에 조금 서둘렀을 수도 있겠다. 하지만 도로 사정도 좋았고 시계도 좋았다. 그녀의 자동차는(DNA FAN이라는 그럴 듯한 번호판이 달린 차라고 했다.) 길을 벗어나 마른 강바닥에 처박혔다. 누군가 헤드라이트 불빛을 보고 그녀를 찾아냈을 때에는 살아 있기는 했으나 희망은 없었다. 부상이 너무 중했기 때문이다.

체내에서 알코올은 검출되지 않았고 결혼 생활도 원만했다(오, 다행히 아이들은 없었다.). 따라서 자살은 말도 안 되는 얘기였다. 그녀는 장래가 촉망되는 교수였으며, 새로운 연구 승인을 축하하기 위해 컴퓨터까지 들여놓을 생각이었다. 1988년 이후로 컴퓨터 사용을 의도적으로 회피해 오기는 했으나, 그건 당시 하드드라이브가 깨지면서 중요한 데이터들을 모두 잃었기 때문이었다. 물론 피치 못할 경우에는 과사무실의 장비를 사용했다.

검시관의 판단은 사고사였다.

임상생물학 분야의 앤 테비치 교수는 웨스트 코스트 에이즈 연구소의 전위부대였다. 캘리포니아의 임상생물학교수로 있는 동료 과학자는, 그녀의 죽음으로 인해 치료연구가 5년은 뒤처지게 되었다고 말했다.

"그녀는 연구의 핵이었죠. 영리하기도 했지만 그 이상의 역할을 수행했어요. 언젠가 '타고난 조정자'라고 그녀를 묘사한 얘기를 들은 적이 있는데 그건 너무나 적절한 표현이에요. 앤은 다른 사람들을 조화시키는 능력을 지는 사람이죠. 그녀의 죽음은 그녀를 알고 사랑하는 사람들에게도 큰 손실이겠지만, 그런 점에서도 더욱 더 아쉬울 뿐이군요."

빌리 웅거도 어렵지 않게 찾아냈다. 그의 사진은 스토빙턴의 《주간신보》 부고란이 아니라 신문 톱뉴스로 떠올라 있었다. 하지만 그건 스토빙턴에 유명한 사람이 별로 없기 때문일 수도 있을 것이다. 웅거는 한 때 윌리엄 '무대포' 웅거 장군으로 알려져 있었다. 한국전쟁 당시 은성훈장과 청동성장을 수여한 바도 있었다. 케네디 행정부 당시에는 국방차관을 지냈고(조달개혁법안 주도) 그 시대의 골수 주전파로 분류되었다. 로스케들을 박살내고 놈들의 피를 마셔라. 미국의 추수감사절 행렬을 안전하게 지키자. 그런 주장들 말이다.

린든 존슨이 베트남에서의 전쟁을 독려하고 있을 때 빌리 웅거는 개과천선을 했는지 갑자기 신문사에 편지를 날리기 시작했다. 그는 우리가 전쟁을 잘못 처리하고 있다고 말하는 것으로 특집기사 시절의 서문을 열었다. 그리고 더 나아가 베트남에 있는 것 자체가 잘못이라고 했고, 1975년경에는 모든 전쟁은 해악이라는 주장까지 서슴지 않았다. 그의 주장은 버몬트 주민들 대부분의 호응을 받았다.

그는 1978년부터 주의회에서 7선의원을 지냈다. 1996년 진보민주당 그룹이 미상원 출마를 독려했으나, 그는 '독서나 하면서 미래의 선택에 대해 고민해 봐야겠다.'며 고사했다. 2000년이나 늦어도 2002년까지는 전국적인 정치입지를 다지겠다는 뜻이었다. 그는 늙어가고 있었으나 버몬트 사람들은 노친네를 좋아한 모양이었다. 1996년 한 해 웅거는 어느 선거에도 지원을 하지 않았다(어쩌면 아내가 암으로 죽었기 때문일지도 모르겠다.). 그런데 2002년이 오기도 전에 그만 숟가락을 내려놓고 만 것이다.

스토빙턴에서도 무대포의 죽음이 사고사라는 주장이 없지는 않았다. 아무리 1년 전에 아내를 암으로 잃었다 해도 은성훈장의 장군이 지붕에서 뛰어내린다는 게 말이 안 된다는 논리였다. 그들은 비록 소수이긴 해도 신념만은 굳었다. 하지만 대개의 사람들은 그가 지붕널을 고치러 올라가지는 않았을 것이라는 점을 지적했다. 물론 새벽 2시에 잠옷 바람으로 수리를 하러 지붕에 올라가는 사람은 없을 것이다.

판결은 자살이었다.

그래, 잘했다, 씨발. 엿이나 먹고 지옥에나 떨어지라지.

도서관을 나선 후 집으로 가고 있다고 생각했는데 실제로는 다시 공원벤치로 돌아가고 있었다. 나는 어스름이 내려앉고, 부메랑을 쫓던 개들과 아이들이 거의 모두 집으로 돌아갈 때까지 그곳에 앉아 있었다. 컬럼비아 시에 3개월 전부터 와 있었지만 바깥 세계에 나와 본 적은 그때가 처음이었다. 슬픈 일이다. 이곳에서 잘 살고 있다고 생각했는데, 마침내 엄마에게서 벗어나 버젓하게 살고 있다고 생각했는데, 지금까지 모든 것이 허깨비 노름에 불과했던 것이다.

만일 그때 누군가가 지켜보고 있었다면 평소와 다른 행보에 적잖이 신경이 쓰였을 터였다. 그래서 나는 일어나 집으로 향했다. 집에 돌아와서는 베니어판 같은 토스트를 데워먹고 TV를 켰다. 내 방엔 프리미엄 영화 채널을 포함한 풀 패키지가 설치되어 있었지만 지금껏 청구서 한 장 보지 못했다. 이 정도면 끝내주는 거래 아닌가? 시네맥스에서는 룻기 하우어가 맹인 가라데 전사 역을 연기하고 있었다. 나는 모조 렘브란트 아래 소파에 앉아 영화를 보았다. 아니 정말로 본 게 아니라 TV 쪽으로 눈만 던진 것에 불과했다. 음식물을 씹는 것도 마찬가지로 기계적이었다.

나는 마법진에 대해 생각하고, 자유주의적 사고에 보수적 리더십을 지닌 신문사 칼럼니스트에 대해서도 생각해 보았다. 에이즈 연구가들과 중요한 연결고리 역할을 수행했던 에이즈 학자와 인생관을 바꾼 늙은 장군에 대해서도 생각했다. 모뎀도 이메일도 없는 사람들이지만 그렇기 때문에 더욱 더 나를 괴롭혔다.

생각해야 할 일을 이 밖에도 많았다. 도대체 어떻게 초능력자를 마취시키고 약물을 투여할 수 있는 거지? 아니, 아예 그를 다른 초능력자에게 넘겨 섣부른 질문을 하거나 섣부른 행동을 하지 못하도록 할 수도 있는 걸까? 아니, 아니, 행여 그가 진실을 깨닫는다 해도 그들로부터 달아나지 못할 거라고 어떻게 확신하고 있는 거지? 사실 그건 무일푼의 존재로 만들어버리면 그만이다. 규칙 1번. 여분의 돈은커녕, 쌈짓돈 한 푼 남기지 않아야 한다. 그럼, 어떤 부류의 초능력자가 그런 식의 덫에 걸리는 거지? 촌뜨기. 얼뜨기. 친구도 없이 자기 그림자와 노는 왕따 인간. 일주일에 약간의 식료품과 70달러만 주면 초능력마저 팔아넘길 개자식. 더욱이 멍청하게도 그게 가치 있는 일이라고 확신하는 슈퍼멍청이.

더 이상 생각하기가 괴로웠다. 나는 그 생각들로부터 벗어나기 위해, 룻거 하우어 주연 맹인 가라데 전사 영화에 집중하려고 애썼다. 퍼그가 있었다면 배꼽을 쥐고 웃었을 일이다.

예를 들어 200이란 수가 있다. 그건 내가 심리적으로 거부하는 숫자이다. 200. 10×20. 4×50. 등등의 로마숫자들. 스크린에 뜬 딩키 메일 발송 버튼을 누른 것이 적어도 200번은 되었다.

문득 내가 살인자라는 생각이 들었다. 대량 학살자. 그건 마치 때늦은 각성과도 같이 밀려든 생각이었다.

정말로 그런 걸까? 그렇게 되고 만 걸까?

인류의 행복? 인류의 불행? 인류에 대한 무관심? 그런 판단은 도대체 누가 하는 거지? 샤프턴 씨? 그의 상관들? 그의 상관들의 상관들? 아니, 그런 게 무슨 상관이람?

나는 상관없다고 판단을 내렸다. 쥐새끼 눈물만큼도 상관없다. 내가 어떤 식으로 중독되고, 마취되고, 어떤 종류의 세뇌를 겪었는지, 평생 징징대면서 살고 싶은 생각은 없다. 솔직히 말해서 이 일을 하는 것도, 특별한 편지를 작성할 때 머리 한가운데로 불의 강이 흐르는 느낌을 사랑하기 때문이기도 했다.

그리고 내가 할 수 있는 일이기 때문에 했다.

"거짓말!"

나는 이렇게 외쳤다. 물론 정말로 큰 소리가 아니라 숨죽인 소리에 가까웠지만. 설마 이곳에 도청장치가 있는 것 아니겠지? 아니, 그 정도까지는 아닐 것이다. 하지만 만사가 불여튼튼 아니던가?

나는 글을 쓰기 시작했다. 어떤 글이었지? 아마도 회고록 같은 글이리라. 그날 밤 늦게, 룻거 하우어 영화가 끝나자마자 회고록을 쓰기 시작한 것이다. 하지만 컴퓨터가 아니라 공책이었고 글씨도 진, 호선, 와선 따위가 아니라 보통 언어였다. 지하실 탁구 테이블 아래 느슨해진 바닥 타일이 있는데 이 기사는 그곳에 감출 생각이다. 그저 이 일이 어떻게 시작했는지를 돌아보자는 게다. '내겐 지금 좋은 직장이 있다. 따라서 이렇게 인상만 죽이고 있을 이유가 없다.' 회고록을 이렇게 시작되었다. 형편없군. 하지만 입술을 오므릴 수 있는 자만이 무덤 너머까지 휘파람을 날릴 수 있는 법이다.

그날 밤 잠자리에 들었을 때 슈퍼세이버 주차장에 있는 꿈을 꾸었다. 퍼그도 있었다. 그 옛날 미키마우스가 「판타지아」에서 입은 것처럼, 붉은 작업복에 모자를 쓰고 있었다. 주차장 한가운데 쇼핑카트들이 줄지어 서 있었다. 이제 퍼그가 손을 들었다가 내릴 것이다. 그가 그렇게 할 때마다 카트가 저절로 구르더니 점점 가속을 얻으며 주차장을 가로질렀고 급기야는 슈퍼마켓의 벽을 들이받았다. 그곳엔 이미 카트들이 잔뜩 쌓여 있었다. 금속과 바퀴로 이루어진 번쩍이는 쓰레기더미. 퍼그는 웃지 않았다. 아마도 생전 처음이리라. 도대체 무슨 짓인지 묻고 싶었지만 이유쯤은 나도 알고 있었다.
"그 사람 나한테 잘해줬어. 정말로 끝내주는 사람이었다고."
내가 꿈속에서 말했다. 내가 말하는 사람은 당근 샤프턴 씨였다.
퍼그가 비로소 나를 돌아보았다. 아니, 그건 퍼그가 아니었다. 그건 스키퍼였다. 머리는 눈썹까지 완전히 함몰되어 있었다. 곤죽이 되어버린 두개골 덩어리가 원 안에 갇힌 모양이 마치 뼈로 만든 왕관을 쓰고 있는 것처럼 보였다.
"조준기를 통해 세상을 본 건 네놈이 아니었어."
스키퍼가 이렇게 말하곤 씩 웃었다.
"네놈이 바로 조준기였지. 어때, 맘에 드냐, 똥개?"
나는 잠에서 깨어났다. 방은 아직 어두웠다. 나는 진땀을 흘렸고 비명을 막기 위해 두 손으로 입을 막았다. 아니, 별로 맘에 들지 않았다.

이 글을 쓰는 건 솔직히 말해서 괴롭다. 그러니까, 진짜 세계에 안녕! 하고 인사를 한다고 할까? 지금껏 일어난 일에 대해 생각할 때 떠오르는 것이라고는 부엌 싱크대에 달려 지폐를 짓이기는 이미지뿐이다. 하지만 그건 돈을 갈아버리는 생각이(또는 배수구에 버리는 생각이) 사람들을 갈아버리는 생각보다 편했기 때문이다.

이따금 내 자신을 증오한다. 이따금 불후의 영혼이라는 게 겁나기도 한다(내게 그런 게 있기는 한가?). 가끔 당황도 한다. 샤프턴 씨는 자기를 믿으라고 했다. 그래서 믿었다. 빌어먹을 어떻게 그렇게 멍청할 수가 있지? 왜 안 돼. 아직 어린애잖아! 그렇게 항변도 해보았다. B-25기를 몰던 애들하고 마찬가지로 철없는 아이들에 불과했다. 멍청이가 되도록 허락받은 애들. 하지만 그렇다고 사람을 죽여도 된다는 얘기는 아니다.

그리고 물론 난 지금도 그 짓을 하고 있다.

그렇다.

처음에는 할 수 없을 거라고 생각했다. 「메리 포핀스」의 아이들도 행복한 생각을 잊고 나면 하늘을 날 수 없는 것과 마찬가지로…… 하지만 할 수 있었다. 나는 곧바로 컴퓨터 모니터 앞에 앉았다. 불의 강이 흐르기 시작했고 난 몰아지경에 빠졌다. 이제 알겠지만(알 거라고 믿겠다.) 내가 지구라는 혹성에 배치된 이유가 바로 이것이다. 나를 끝장내고 그리하여 나를 완성하는 일을 한다고 해서 그 누가 나를 비난할 수 있단 말인가?

대답. 당연히 할 수 있다.

하지만 멈출 수는 없다. 내가 멈추게 되면(단 하루만이라도) 그들이 내가 알아냈음을 알게 될까봐 어쩔 수 없다는 생각도 했다. 그러면 청소부들은 스케줄에도 없는 방문을 할 것이고 이번에는 나를 청소할 것이다. 하지만 그게 이유는 아니다. 내가 그 일을 하는 이유는 중독자이기 때문이다. 골목에서 마약을 피우는 건달이나, 팔에 주삿바늘을 찔러대는 어린 여자애를 생각해 보라. 내가 그 일을 하는 이유는 불의 강의 걷잡을 수 없는 쇄도 때문이고,

딩키의 노트북을 쓸 수 있기 때문이다. 모든 것이 끝내주기 때문이다. 그건 사탕창고에 갇힌 것과도 같다. 게다가 그건 빌어먹을 신문을 펼쳐들고 뉴스플러스에서 나온 개자식의 책임이 아닌가. 그놈만 아니라면 나는 여전히 십자선 안의 모호한 건물들만 보고 있을 것이다. 사람이 아닌 타깃 말이다.

'네놈이 바로 조준기야. 딩키, 네놈이 바로 조준기라고.' 스키퍼는 꿈속에서 그렇게 말했다.

그 말이 옳다. 그게 사실임은 나도 알고 있다. 끔찍하지만 사실이다. 나는 진짜 파일럿들이 들여다보는 망원경이자 그가 누르는 버튼에 불과하다.

파일럿이라니? 그게 누구지?

오, 이런, 솔직해지자고.

난 그에게 전화할 생각을 했다. 드디어 환장했군. 아니, 꼭 그렇지 않을 수도 있다. '언제라도 전화 해, 딩크. 새벽 3시라도 상관없으니까.' 그 남자가 그렇게 말하지 않았던가. 그리고 난 그가 진심이라고 확신한다. 적어도 그것만은 진실이었다. 샤프턴 씨도 그 약속에 충실했다.

그에게 전화해서 이렇게 말할 생각이었다.

"제일 엿 같은 게 뭔지 알아요, 샤프턴 씨? 스키퍼 같은 사람을 제거해서 세상을 더 좋은 곳으로 만들 수 있다고 한 거예요."

당근. 그래, 나는 그들이 사람들을 괴롭힐 때 쓰는 쇼핑 카트다. 웃고 떠들고 경주차 소리를 내는 살인 기계. 나는 최저임금으로 일하는 싸구려 킬러다. 지금까지 죽인 사람만도 200명 이상이건만, 대체 트랜스코프의 비용은 얼마나 들어간 걸까? 오하이오의 지저분한 마을에 있는 작은 집. 주당 70달러. 그리고 혼다자동차에 케이블 TV. 그 사실을 결코 잊지 않으리라.

나는 한동안 전화기를 노려보다가 다시 내려놓았다. 그 중 어느 것도 말할 수가 없었다. 그건 비닐봉지를 뒤집어쓰고 팔목을 긋는 것과 하등 다를 바가 없었다.

그럼 어떻게 한다?

오, 이런, 이제 어떻게 해야 하지?

지하실 타일 밑에서 이 공책을 마지막으로 꺼내 쓴 것이 2주 전이다. 목요일 「돌고 도는 세상」의 방영 중에 우편함이 딸깍거리는 소리를 듣고, 홀에 나가 돈을 찾아온 것도 두 번이다. 그동안 오후시간에 영화를 네 편 보았다. 분쇄기에 지폐를 밀어 넣은 것도 두 번이며, 골목 모퉁이에 파란색 휴지통을 내려놓고 남은 잔돈을 배수구에 쏟아버린 것도 두 번이다. 어느 날은 뉴스플러스에 내려갔다. 《베리에이션》이나 《포럼》을 한 부 살 생각이었는데, 《디스패치》의 1면 톱뉴스가 그나마 남아 있던 성욕을 묵사발내고 말았다. '교황, 평화를 전도하던 중 심장마비로 사망.' 헤드라인은 그렇게 말하고 있었다.

내 짓인가? 아니, 기사는 그가 아시아에서 숨졌다고 했다. 지난 몇 주 동안 난 미국 북서부에만 몰두했다. 하지만 그건 내가 범인이었을 수도 있던 일이다. 지난 주 파키스탄 근처에 코를 들이밀기만 했어도 그 일을 맡은 것은 내가 되었을 것이다.

악몽에서 헤매던 그 2주 사이에.

그리고 그날 아침, 편지 안에 뭔가 들어 있었다. 편지가 아니라 케이마트 광고지였다(그동안 퍼그한테서 서너 통의 편지를 받았는데 이제는 그마저 소식이 끊겼다.). 쓰레기통에 버리려는데 광고지가 활짝 펼쳐지며 그 안에서 뭔가가 떨어져 나왔다. 고딕체로 인쇄된 메모지.

그만 두고 싶은가? 그렇다면 「너무 가까이 오지 말아요」가 최고의 경찰 노래라는 메시지를 보내라.

메모에는 그렇게 적혀 있었다.
심장이 빠르게 뛰기 시작했다. 이집에 처음 온 날, 벨벳 광대 그림 대신 렘브란트의 모사본을 봤을 때처럼 뛰었다.
메시지 밑에 누군가 모눈을 그려놓았다. 그냥 우연히 그려진 무해한 기호였으나 그걸 보는 것만으로도 입의 침이 마르기 시작했다. 그건 진짜 메시지였다. 모눈이 그 증거이다. 하지만 누가 보낸 거지? 나에 대해 어떻게 알게 된 거지?
나는 이런저런 생각을 하며 천천히 서재로 향했다. 누군가 광고지에 끼워 넣은 메시지. 고무인으로 찍어 광고지에 집어넣은 메시지. 그건 누군가 가까이에 있다는 뜻이다. 그것도 이 마을에.
나는 컴퓨터와 모뎀을 켜 컬럼비아 시립 도서관에 접속했다. 저가의 검색이 가능한 곳, 상대적 익명성이 허용된 곳. 내가 보낸 내용들은 시카고의 트랜스코프를 경유하게 되어 있지만 그래도 문제 될 일은 없을 것이다. 그들은 의심조차 못하리라. 주의만 한다면.

그리고 물론 그곳에 누군가 있다면.
있었다. 내 컴퓨터가 도서관 컴퓨터에 연결되고 모니터에 메뉴가 쏟아져 나왔다. 그리고 한동안 다른 아이템도 모니터에 떠 있었다.
사선.
오른쪽 하단 모퉁이에서 반짝거리는 사선.
나는 최고의 경찰 노래에 대한 메시지를 보내면서 부고란 아래쪽에 약간의 변화를 주었다. 진.
이 글을 더 쓸 수도 있었다. 이제 상황이 벌어지기 시작했고 잠시 후에는 걷잡을 수 없는 일들이 쏟아질 테니 써야 했다. 문제는 안전하지 않다는 것이다. 지금까지 내 자신에 대한 얘기만 했지만 만일 더 써내려간다면 다른 사람 얘기도 해야 할 터이니 말이다. 하지만 두 가지만 더 말해야겠다.
첫 번째. 내가 한 일에 대해서는 유감이다. 스키퍼에게 한 일도 유감이다. 할 수만 있다면 되돌리고 싶다. 내가 어떤 일을 하는지 정말로 몰랐다. 정말로 김밥 옆구리 터지는 소리라는 걸 알지만 내가 할 수 있는 핑계는 그뿐이다.
두 번째. 난 지금 특별한 편지를 하나 더 쓸 생각이다. 그 어느 것보다도 특별한 편지를.
내게는 샤프턴 씨의 이메일이 있다. 그보다 훨씬 더 유용한 것도 있다. 그의 고급 대형 메르세데스에 탈 때 그가 행운의 타이를 어떻게 매만졌는지 따위에 대한 기억이다. 그 비단 검을 어찌나 사랑스럽게 쓰다듬던지! 요컨대, 알다시피, 그에 대해서는 충분히 알고 있다는 뜻이다. 그의 편지에 어떤 것을 첨가해야 끝내주게 만들 것인지 알고 있다는 뜻이다. 나는 두 눈을 감고 어두운 허공을 떠도는 단어 하나를 그려본다. 마치 검은 불꽃의 화살처럼 뇌리에 꽂히는 치명적인 단어. 이제야 비로소 의미가 된 한 단어.

엑스칼리버.

〈끝, 하권에서 새로운 단편이 이어집니다.〉

옮긴이 | 조영학

한양대 영문학 박사 수료 후 한양대 등에서 영어와 영문학 관련 강좌를 맡았다.
역서로는 『전쟁 전 한 잔』, 『나는 전설이다』, 『듀마 키』, 『스티븐 킹 단편집』 외 다수가 있다.

모든 일은 결국 벌어진다 (상)

1판 1쇄 펴냄 2009년 6월 19일
1판 12쇄 펴냄 2023년 11월 28일

지은이 | 스티븐 킹
옮긴이 | 조영학
발행인 | 박근섭
편집인 | 김준혁
펴낸곳 | 황금가지

출판등록 | 2009. 10. 8 (제2009-000273호)
주소 | 06027 서울 강남구 도산대로 1길 62 강남출판문화센터 5층
전화 | **영업부** 515-2000 **편집부** 3446-8774 **팩시밀리** 515-2007
홈페이지 | www.goldenbough.co.kr

도서 파본 등의 이유로 반송이 필요할 경우에는 구매처에서 교환하시고
출판사 교환이 필요할 경우에는 아래 주소로 반송 사유를 적어 도서와 함께 보내주세요.
06027 서울 강남구 도산대로 1길 62 강남출판문화센터 6층 민음인 마케팅부

ⓒ 황금가지, 2009. Printed in Seoul, Korea
ISBN 978-89-6017-217-3 04840
ISBN 978-89-6017-216-6 04840(세트)

㈜민음인은 민음사 출판 그룹의 자회사입니다.
황금가지는 ㈜민음인의 픽션 전문 출간 브랜드입니다.